GOLDMANN

Buch

Nachdem die temperamentvolle Iphiginia Bright ihre Schulausbildung für höhere Töchter beendet hat, darf sie endlich die heißersehnten Reisen in ferne Länder unternehmen, die ihr schon immer im Kopf herumspukten. Doch bei ihrer Rückkehr nach London wird ihr plötzlich klar, daß die wahren Abenteuer sozusagen vor der Haustür zu erleben sind: Ihre Tante Zoë wird nämlich von einem finsteren Erpresser unter Druck gesetzt, und es ist natürlich Iphiginia, die sich mit detektivischem Eifer auf den Fall stürzt. Sie verkleidet sich zu Ermittlungszwecken als »Weiße Lady« – als Geliebte des sagenumwobenen Earl of Masters, der, Gerüchten zufolge, von eben jenem Erpresser jüngst ermordet worden sein soll. Im Sturm erobert Iphiginia die Londoner Gesellschaft, und sie hofft, durch ihre Maskerade in Kontakt mit dem Erpresser zu kommen. Sie fällt jedoch aus allen Wolken, als plötzlich bei einem Ball der Earl of Masters höchstpersönlich vor ihr steht – ein Mann, der ihre kühnsten Träume übertrifft. Und auch er ist von seiner angeblichen »Mätresse«, wie es scheint, mehr als angetan …

Autorin

Amanda Quick ist das Pseudonym einer überaus erfolgreichen, mehrfach ausgezeichneten Autorin historischer und zeitgenössischer Liebesromane, deren Auflagen in den USA mittlerweile die 20-Millionen-Grenze überschritten haben. Nach einem Aufenthalt auf den Virgin Islands und einigen Zwischenstationen lebt Amanda Quick heute im Westen der USA.

Bei Goldmann liegen von Amanda Quick folgende Titel bereits vor:

Verführung. Roman (42443) • Verlangen. Roman (42444) • Skandal. Roman (42445) • Gefährliche Küsse. Roman (42620) • Süßer Betrug. Roman (42621) • Entfesselt. Roman (42622) • Verruchte Lady. Roman (42627) • Rendezvous. Roman (42628) • Liebe ohne Skrupel. Roman (42831)

AMANDA QUICK

Verhext

ROMAN

Aus dem Amerikanischen
von Uta Hege

GOLDMANN VERLAG

Originaltitel: Mistress
Originalverlag: Bantam Books, a division of Bantam Doubleday
Dell Publishing Group, Inc., New York

Umwelthinweis:
Alle bedruckten Materialien dieses Taschenbuches
sind chlorfrei und umweltschonend.
Das Papier enthält Recycling-Anteile.

Der Goldmann Verlag
ist ein Unternehmen der Verlagsgruppe Bertelsmann

Deutsche Erstveröffentlichung Juni 1995

Umschlaggestaltung: Design Team München
Umschlagillustration: Daeni/Schlück, Garbsen
Satz: deutsch-türkischer fotosatz, Berlin
Druck: Elsnerdruck, Berlin
Verlagsnummer: 42871
Lektorat: Silvia Kuttny
Redaktion: Sabine Unger
Herstellung: Peter Papenbrok
Made in Germany
ISBN 3-442-42871-8

3 5 7 9 10 8 6 4 2

Für Alberta Castle,
Mutter und Freundin,
in Liebe von
einer dankbaren
Tochter

Prolog

»Ihre neueste Mätresse ist eine Sensation in London, Masters. Die Leute finden sie ungeheuer amüsant.« Charles Trescott, der vor dem Kamin saß, nahm einen Schluck von seinem Brandy und musterte seinen Gastgeber mit einem bösartigen Grinsen. »Da Sie es sich ja nun mal in den Kopf gesetzt haben, sich aus unerfindlichem Grund mitten in der Saison hierher aufs Land zurückzuziehen, dachte ich, ich sollte Sie zumindest darüber informieren, was in der Stadt passiert.«

»Wirklich aufmerksam von Ihnen, sich extra die Mühe zu machen, mich mit den jüngsten Gerüchten zu versorgen.«

»Das war das mindeste, was ich tun konnte, zumal im Augenblick alle Welt von Ihnen spricht. Ich weiß, wie sehr Sie so etwas ärgert.« Trescott, ein permanent gelangweilter dreißigjähriger Dandy, machte eine erwartungsvolle Pause.

»Da irren Sie sich, Trescott. Es interessiert mich nicht die Bohne, worüber sich die sogenannte *bessere Gesellschaft* beim Tee das Maul zerreißt.«

Trescott war enttäuscht, aber nicht entmutigt. Wie ein eigensinniges Kind, das es sich in den Kopf gesetzt hat, den Löwen im Käfig zu reizen, unternahm er einen weiteren Versuch, sein Gegenüber zu einer Reaktion zu bewegen. »Ich muß zugeben, daß es mich genau wie alle anderen interessiert zu erfahren, weshalb Sie ihr dieses empörende Benehmen durchgehen lassen. Alle Welt weiß, daß Sie von Ihren Mätressen immer äußerste Diskretion erwarten. Ich dachte, dies wäre einer Ihrer berühmten Grundsätze.«

Marcus Valerius Cloud, der Earl of Masters, drehte langsam das kristallene Brandyglas in seinen großen, schwieligen Händen. Er studierte die Reflexion der Flammenglut in dem schweren, geschliffenen Glas.

Vor ein paar Monaten hatte er angefangen, sich für die erstaunlichen Eigenschaften von Licht und Glas zu interessieren. Er hatte weitreichende Experimente mit Prismen und Spiegeln durchgeführt, und diese Studien hatten seine Leidenschaft für Teleskope geweckt.

Die Astronomie hatte sich als so faszinierend erwiesen, daß er London in diesem Jahr mitten in der Saison verlassen hatte, um seine Experimente auf einem seiner entlegenen Landsitze fortzuführen. Der Nachthimmel hier in Yorkshire war ungetrübt und klar, anders als die rauchgeschwängerte Luft der Stadt, die die Sicht durch sein neues Teleskop behinderte.

So war es immer gewesen. Bereits als Kind auf dem Bauernhof seiner Familie in Yorkshire hatte er großes Interesse an mechanischen, technischen und naturwissenschaftlichen Dingen bewiesen.

Ob es nun um die Federung einer Kutsche, um Uhrwerke, um Spieluhren oder um die Sterne ging – immer war er ein leidenschaftlicher Entdecker und Erfinder gewesen, und immer hatte er die Regeln und Gesetze zu verstehen versucht, nach denen die Dinge funktionierten.

Marcus mochte Regeln, vor allem seine eigenen. Er hatte eine Reihe eiserner Grundsätze, die er vor Jahren formuliert hatte und von denen er niemals abwich. Sie waren einfach und unkompliziert:

Heirate kein zweites Mal.
Sprich nie über die Vergangenheit.
Erklär niemals dein Handeln.
Laß dich nie von einem Ziel abbringen, und ändere niemals eine einmal getroffene Entscheidung.
Laß dich nie mit Jungfrauen oder den Ehefrauen anderer Männer ein.

Marcus blickte von seinem Brandyglas auf. Er hatte Trescott noch nie besonders gemocht. Er war einer der zahllosen charakterschwachen, zügellosen Draufgänger der besseren Gesellschaft, denen ihre persönlichen Grundsätze nicht im Weg standen, wenn es darum ging, unschuldige junge Frauen und Menschen von niedrigerem gesellschaftliche Rang schamlos auszunutzen.

»Erzählen Sie mir, was die Lady getan hat, daß Sie eine solche Bemerkung machen«, sagte Marcus in bewußt desinteressiertem Ton.

Trescotts Augen blitzten vor Gehässigkeit. »Den Gerüchten zufolge hat sie Ihnen den Laufpaß gegeben und ist jetzt auf der Suche nach einem neuen Liebhaber. Ganz London ist vollkommen aus dem Häuschen.«

»Ach, tatsächlich.«

»Mrs. Bright tauchte vor vierzehn Tagen zum ersten Mal in unseren Kreisen auf und hat die Herzen der Menschen im Sturm erobert. Wir alle können einfach nicht glauben, daß Sie sich von Ihrer Mätresse einfach haben abservieren lassen. Wirklich höchst ungewöhnlich, wenn man Ihren Ruf als – sagen wir – Mann eiserner Prinzipien bedenkt.«

Marcus lächelte leicht, aber er sagte nichts.

Trescott, der mit dieser Reaktion alles andere als zufrieden war, versuchte es noch einmal. »Sie wissen genau, daß Sie als der geheimnisvollste und höchstwahrscheinlich auch als der gefährlichste Mann in ganz London gelten.«

»Wie bei der Schönheit, Trescott, kommt es auch bei dem Geheimnisvollen und dem Gefährlichen ganz auf den Betrachter an.«

»Die Gerüchte über Ihre Vergangenheit garantieren, daß Sie eine lebende Legende sind, Masters. Natürlich wird da jede Frau, die den Nerv hat, Ihnen den Laufpaß zu geben, Gegenstand von Gerüchten und Spekulationen.«

»Natürlich.«

Trescott kniff die Augen zusammen. »Ich gebe zu, daß die Lady selbst für Ihre Verhältnisse höchst ungewöhnlich ist, Sir. Wo haben Sie nur die Bekanntschaft einer solch charmanten Witwe gemacht?«

»Sie haben sie also schon kennengelernt?«

»Selbstverständlich.« Trescott grinste. »Alle Welt kennt Mrs. Bright. Eine Soiree oder ein Ball ist nur dann ein Erfolg, wenn sie dort anzutreffen ist. Ihre Mätresse ist bei weitem das faszinierendste Geschöpf, das in den letzten Jahren in unseren Kreisen aufgetaucht ist.«

»Finden Sie sie faszinierend, Trescott?«

»Natürlich. Alle Welt ist hingerissen. Wissen Sie, wir nennen sie Lady Starlight.«

»Ach ja?«

Trescott zuckte mit den Schultern. »Natürlich ist sie keine besondere Schönheit. Aber das wissen Sie ja besser als jeder andere. Aber sie hat etwas, das die Blicke anzieht, nicht wahr? Ich nehme an, sie hat ihren Spitznamen wegen ihrer Aufmachung.«

»Ach ja. Ihre Kleider.«

Trescott verzog den Mund zu einem boshaften Grinsen. »Man stelle sich nur vor, die neueste Mätresse des berüchtigtsten Mannes der gesamten besseren Gesellschaft kleidet sich in reinstes Weiß, als sei sie eine verdammte Jungfrau. Wirklich empörend.«

Marcus hörte auf, das Brandyglas in seinen Händen zu drehen. Er sah Trescott fragend an. »Sie hat also immer noch eine Vorliebe für Weiß?«

»Sie trägt nie etwas anderes«, versicherte der ihm. »Sie ist wirklich ein Original. Übrigens, alle Frauen beneiden sie glühend um diese lächerlich kleine weiß-goldene Kutsche, in der sie herumfährt. Ist es unhöflich, wenn ich frage, wieviel Sie dafür bezahlt haben?«

»Ich erinnere mich im Augenblick nicht daran.« Marcus blickte ins Feuer.

»Ich nehme an, Sie haben ihr so viele teure Schmuckstücke und Spielereien gekauft, daß die weiße Kutsche und die weißen Stuten, die dazu gehören, gar nicht weiter aufgefallen sind, hmm?«

»Ich schenke derartigen Dingen keine besondere Beachtung.«

Trescott stöhnte. »Es ist bestimmt angenehm, wenn man so reich wie Krösus ist. Nun, ich möchte Ihnen gewiß nicht zu nahe treten, Sir, aber es ist offensichtlich, daß sie Sie ganz schön ausgenommen hat, ehe sie beschloß, sich nach einem anderen Liebhaber umzusehen.«

»Es kommt vor, daß Frauen erhebliche Summen von ihren Ehemännern erben.«

»Es heißt, der verstorbene Mr. Bright sei wesentlich älter als sie gewesen und habe äußerst zurückgezogen irgendwo in Devon gelebt.« Trescott warf Marcus einen prüfenden Blick zu. »Vielleicht hat er ihr etwas Geld hinterlassen, aber alle Welt nimmt an, daß sie sich von Ihnen hat aushalten lassen, Masters.«

»Sie wissen, wie diese Dinge sind. Ein Mann muß eben für seine Vergnügungen bezahlen.«

Trescott bedachte ihn mit einem dünnen Lächeln und stieß dann ganz in den Löwenkäfig vor. »Was ist es für ein Gefühl, von einer intriganten Mätresse ausgenommen zu werden, ehe sie sich einen anderen Mann sucht, um das Bett mit ihm zu teilen?«

»Das Gefühl, das ich im Augenblick verspüre, läßt sich nur schwer beschreiben, Trescott.«

»Es gibt wohl kaum einen Mann, der nicht ein Vermögen dafür gäbe, Ihre Stelle in ihrem Schlafzimmer einzunehmen.«

»Ach, tatsächlich.«

»Auf jeden Fall scharwenzeln all Ihre Bekannten, vor allem diejenigen, mit denen Sie hin und wieder Karten spielen, Nacht für Nacht um sie herum«, fuhr Trescott fort. »Lartmore, Darrow, Ellis und Judson machen ihr allabendlich den Hof. Und dann sind da noch ein paar Gecken und Dandys wie Hoyt, die sich die größte Mühe geben, sie zu amüsieren, um in ihrer Gesellschaft gesehen zu werden.«

»Manchen Männern ist eben nichts zu peinlich, wenn es darum geht, dem Trend zu entsprechen.«

»Da wir gerade vom Trend sprechen«, fügte Trescott hinzu. »Ihre

Kenntnisse von der klassischen Antike haben ihr dazu verholfen, die nähere Bekanntschaft einer Reihe von Ladies zu machen. Sie wissen ja, wie es heutzutage ist. Sämtliche Frauen sind versessen darauf, ihre Häuser im klassischen Stil einzurichten. Und jede von ihnen will, daß ihr Dekor authentischer ist als das der anderen.«

»Antike«, wiederholte Marcus leise.

»Im Augenblick der letzte Schrei, und Ihre Mrs. Bright scheint eine Menge darüber zu wissen. Offenbar ist sie ein Jahr lang durch Italien gereist.« Trescott schüttelte den Kopf. »Ich muß zugeben, daß ich kein besonderes Interesse an intellektuellen Frauen habe.«

»Das ist verständlich, wenn man Ihren eigenen Intellekt nimmt.«

Trescott nahm die Beleidigung gar nicht zur Kenntnis.

»Und das empörende Benehmen dieser Frau macht Ihnen nichts aus?«

»Ich finde es...« Marcus machte eine Pause, um nach dem richtigen Wort zu suchen. »Interessant.«

»Interessant. Ist das alles, was Sie dazu zu sagen haben? Verdammt, Mann, in eben diesem Augenblick werden Sie von einer ehemaligen Mätresse in einigen der besten Londoner Salons lächerlich gemacht.«

»Vielleicht ist es nicht alles, was ich dazu zu sagen habe, aber auf jeden Fall ist es alles, was ich dazu zu sagen beabsichtige. Wollten Sie mir sonst noch etwas berichten, Trescott?«

Trescott runzelte die Stirn. »Nein. Ich denke, das sollte reichen.«

»Das tut es. Es reicht vollkommen. Aber jetzt werden Sie sich zweifellos auf den Weg machen wollen.« Marcus warf einen Blick auf die Uhr. »Es wird bald dunkel, und bis zum nächsten Gasthaus ist es ein gutes Stück.«

Trescott verzog das Gesicht. Falls er eine Einladung erwartet hatte, die Nacht auf Cloud Hall zu verbringen, so war dieser Rauswurf eine herbe Enttäuschung. Er erhob sich.

»Ich wünsche Ihnen noch einen guten Abend, Masters. Ich nehme an, Sie haben über vieles nachzudenken. Ich bin wirklich froh, daß ich im Augenblick nicht an Ihrer Stelle bin. Es ist verdammt peinlich, wenn einen die eigene Mätresse zum Narren macht.«

Trescott wandte sich um und verließ die Bibliothek.

Marcus wartete, bis sich die Tür hinter seinem Besucher geschlossen hatte. Dann stand er auf und ging hinüber ans Fenster.

Der Himmel war klar und wolkenlos, er schimmerte in den Gold- und Pfirsichtönen eines ausgehenden Frühlingstages. Heute nacht würde sich durch das neue Teleskop eine herrliche Sicht auf die Sterne bieten.

Er hatte die Absicht gehabt, den Rest des Monats hier in Yorkshire zu verbringen. Aber nun schien es, als müsse er die Vorkehrungen für seine Rückkehr nach London früher als erwartet treffen.

Seine Neugier, eine Kraft, die ihn ebenso wie sein sexuelles Verlangen trieb, war geweckt.

Ganz London schien davon überzeugt zu sein, daß er von seiner Mätresse lächerlich gemacht wurde. Doch in Wahrheit hatte er im Augenblick gar keine Geliebte.

Er hatte seit über vier Monaten keine Beziehung mehr zu einer Frau gehabt. Er und seine letzte Mätresse, eine bezaubernd schöne Witwe Ende Zwanzig, gingen bereits seit geraumer Zeit getrennte Wege. Irgendwann hatte die Lady eingesehen, daß Marcus seinem Grundsatz, nie wieder zu heiraten, nicht untreu zu werden gedachte, und sie hatte beschlossen, einen willigeren Ehekandidaten zu suchen.

Marcus fragte sich, wer diese geheimnisvolle Mrs. Bright war. Doch vor allem faszinierte ihn ihr Wagemut.

Eine Frau, die die Kühnheit besaß, in den höchsten Kreisen als seine Mätresse aufzutreten, versprach wirklich interessant zu sein. Fast so interessant wie die Sterne.

Kapitel eins

Der Earl of Masters lebte.

Als der Graf den glitzernden Ballsaal betrat, wäre Iphiginia Bright zum ersten Mal in ihrem Leben beinahe in Ohnmacht gefallen. Alles um sie herum drehte sich, doch sie versuchte, gegen den Schock und den dadurch ausgelösten Schwindel anzukämpfen.

Das letzte, was sie in dieser oder irgendeiner anderen Nacht erwartet hatte, war die Entdeckung, daß Masters gar nicht tot war.

Er lebte.

Allmählich legte sich der Schock und wich einem verwirrenden Gefühl aufkommender Freude. Obgleich sie ihm niemals begegnet war, hatte sie vierzehn Tage mit nichts anderem verbracht, als fieberhaft alles mögliche über den Grafen herauszufinden, ehe sie als seine Mätresse ihr Debüt in der Gesellschaft gegeben hatte.

Das Erschütterndste, was sie bei ihren Studien herausgefunden hatte, war, daß er der Mann ihrer Träume war; ein Mann, den sie hätte lieben können, wie sie nie zuvor einen Menschen geliebt hatte; genau der richtige Mann für sie.

Sie hatte erwartet, daß er ewig der Held ihrer intimsten Phantasien bleiben würde. Aber hier war er, lebendig, atmend, echt.

Und wenn er herausfand, wer sie war und was sie getan hatte, würde er sie mit Sicherheit verachten.

»Großer Gott, ich glaube es einfach nicht«, murmelte Lord Ellis. »Masters ist hier.«

Iphiginia starrte sprachlos in Richtung des großen, kräftig gebauten Mannes, der mit lässiger Arroganz die Treppe herunterkam. Ein Teil von ihr stellte verblüfft fest, daß er genauso aussah, wie sie ihn sich vorgestellt hatte: dunkelhaarig, von kühlem Stolz, ein Mann, der seinen eigenen Gesetzen folgte. Sie traute ihren Augen nicht.

Doch das tat offenbar niemand.

Einen Herzschlag lang verharrte der gesamte Ballsaal reglos. Dann brachen die Anwesenden in verwundertes Murmeln aus.

Iphiginia hatte das Gefühl, als seien all die edlen Damen und eleganten Herren in einem Tropfen flüssigen Bernsteins gefangen, der sich verfestigt hatte und in dem sie nun erstarrt waren. Selbst die Flammen der zahlreichen Kerzen in den riesigen Kristalleuchtern schienen einen Augenblick lang nicht zu flackern.

In der nächsten Sekunde wurde der Bernstein jedoch wieder flüssig und gab die schimmernden Geschöpfe wieder frei, die sofort begannen, wie zahllose leuchtende Insekten herumzuschwirren. Ihre grell leuchtenden Flügel flatterten vor Aufregung. Gespannte Erwartung blitzte in ihren harten Facettenaugen auf.

Iphiginia kannte den Grund der allgemeinen Erregung. Alle Welt erwartete eine Szene – eine Szene, die genügend Stoff für den gesamten Klatsch der nächsten Tage bieten würde.

Außerdem wußte sie, daß die Überraschung der Anwesenden von der Tatsache herrührte, daß niemand heute abend mit Masters' Erscheinen gerechnet hatte. Es hatte geheißen, daß er sich für längere Zeit auf einem seiner Landsitze befand. Auf jeden Fall hatte niemand angenommen, daß er hier auftauchen würde, wo er mit seiner ehemaligen Mätresse konfrontiert wurde.

Nur Iphiginia und die Menschen, die ihr am nächsten standen, hatten angenommen, daß er tot sei. Das hatte in der schrecklichen Nachricht des Erpressers gestanden, die deutlich gemacht hatte, daß Iphiginias Tante Zoë, Lady Guthrie, als nächste sterben würde, wenn sie den Forderungen des Schurken nicht nachkäme.

Aber jetzt stand Masters vor ihr, ein Mensch aus Fleisch und Blut, und es ließ sich nicht leugnen, daß er nicht nur lebte, sondern offenbar auch bei bester Gesundheit war. Er strahlte die Gefährlichkeit eines großen Raubtieres aus.

Offensichtlich hatte der Erpresser gelogen. Er hatte sich Masters' Abreise aus London zunutze gemacht, um Zoë in Angst und Schrecken zu versetzen.

Hin- und hergerissen zwischen Freude und Verzweiflung, beobachtete Iphiginia, wie Masters unaufhörlich näher kam. Ihr wurde klar, daß all ihre sorgsam zurechtgelegten Pläne plötzlich vollkommen über den Haufen geworfen wurden.

Eine völlig neue Katastrophe drohte ihr und den Menschen, die ihr lieb und teuer waren. Masters wäre sicher nicht erfreut, wenn er erfuhr, daß er eine Mätresse hatte, der er noch nie in seinem Leben begegnet war. Noch dazu eine Mätresse, die die bessere Gesellschaft glauben machte, daß sie auf der Suche nach einem Ersatz für ihn war.

Sicher würde er ihrer Maskerade ohne viel Federlesen ein Ende machen, dachte sie. Er würde sie bloßstellen als die Lügnerin, die sie war. Iphiginias Herz raste, als sie der geflüsterten Unterhaltung der Herren lauschte, die in ihrer Nähe standen.

»Masters hatte schon immer Nerven wie Drahtseile.« Lord Lartmore, bleichgesichtig und klapperdürr, hob sein Champagnerglas und leerte es mit einem Zug. »Aber ich hätte nicht gedacht, daß er jemals in einem Ballsaal auftauchen würde, in dem Lady Starlight Hof hält. Das ist einfach viel zu erniedrigend.«

»Bei Gott, das verspricht ein interessanter Abend zu werden.« Darrow, ein Mann mittleren Alters, dessen Bauch nur unzureichend von seiner schlechtsitzenden Jacke kaschiert wurde, warf einen forschenden Blick in Richtung von Iphiginia.

Herbert Hoyt beugte sich in einer rührend beschützenden Geste näher zu Iphiginia. Seine blauen Augen, die normalerweise fröhlich blitzten, sahen sie besorgt an. »Tja, das Ganze dürfte etwas unangenehm werden. Nicht ohne guten Grund haben die Generäle die höchst nützliche Taktik des strategischen Rückzugs entwickelt, meine Liebe. Möchten Sie sie vielleicht anwenden? Ich stehe Ihnen selbstverständlich wie immer gern zur Verfügung.«

Iphiginia rang um Fassung. Es fiel ihr schwer, auch nur normal zu atmen. Das Ganze konnte einfach nicht wahr sein. Irgend etwas stimmte nicht.

Ihre Hand, die leicht auf Herberts Arm lag, zitterte. »Seien Sie nicht albern, Mr. Hoyt. Masters wird mir wohl kaum vor allen Leuten eine Szene machen.«

»Darauf würde ich mich lieber nicht verlassen.« Herbert beobachtete, wie die Menschen automatisch zurückwichen, um Masters an sich vorbeizulassen. »Man weiß nie, was er tut. Der Mann ist uns allen ein Rätsel.«

Iphiginia errötete. Trotz der verzweifelten Situation, in der sie selbst sich befand, verspürte sie den Drang, den Grafen zu verteidigen. »Er ist nicht rätselhaft. Er zieht es lediglich vor, sein Privatleben nicht öffentlich zu machen, das ist alles. Das ist ja wohl verständlich.«

»Nun, Sie selbst haben ja wohl dafür gesorgt, daß sein wohlgehütetes Privatleben inzwischen im Mittelpunkt allgemeinen Interesses steht, nicht wahr, meine Liebe? Das wird er kaum zu schätzen wissen, soviel ist klar.«

Unglücklicherweise hatte Herbert wie gewöhnlich recht.

Iphiginia warf ihrem neuen Freund einen unsicheren Blick zu. Herbert wußte weit besser als sie, vor welchen Klippen man sich in der Londoner Gesellschaft in acht nehmen mußte. Er bewegte sich bereits seit zwei Jahren in den trügerischen Gewässern der gehobenen Kreise.

Als sie vor zwei Wochen seine Bekanntschaft gemacht hatte, hatte sie seine Ratschläge schnell zu schätzen gelernt. Herbert schien jeden zu kennen, der etwas auf sich hielt. Er verstand all die Verhaltensnuancen in dieser eleganten Welt, vom einfachen Schnauben bis hin zur offenen Bosheit.

Was seine gesellschaftliche Stellung anbelangte, war Herbert nur ein kleiner Fisch im Londoner Teich. Aber er gehörte zur Reihe der charmanten, galanten Männer unbestimmten Alters, die sowohl für sämtliche Gastgeberinnen als auch für die aufgeregten Mütter junger Debütantinnen unverzichtbar waren.

Männer wie Herbert waren bereit, mit Mauerblümchen zu tanzen oder mit ältlichen Matronen Tee zu trinken. Sie holten Champagner für Ehefrauen, deren Männer im Spielsalon beschäftigt waren. Sie unterhielten sich mühelos mit nervösen jungen Damen, die in die Gesellschaft eingeführt wurden. Kurz gesagt, sie waren außerordentlich nützlich, und deshalb gelang es ihnen immer, Einladungen zu den besten Bällen und Soireen in der Stadt zu erhalten.

Herbert war Mitte Dreißig. Er war ein etwas plump wirkender Mann mit einem freundlichen Gesicht, rötlichen Wangen, blaßblauen Augen und einem gutmütigen, friedfertigen Gemüt. Sein leicht schütteres hellbraunes Haar war entsprechend der neuesten Mode geschnitten und gelockt. Seine gelbe Weste, die an der Hüfte eine Spur zu eng saß, und seine sorgsam geknotete Krawatte waren ebenfalls der letzte Schrei.

Iphiginia mochte Herbert. Er war einer der wenigen Männer, die kein Interesse daran zu haben schienen, den Platz in ihrem Leben einzunehmen, von dem jeder annahm, daß er bisher Masters gehört hatte. In seiner Gegenwart fühlte sie sich wohl. Er fand Gefallen daran, sich mit ihr über Kunst und Architektur zu unterhalten. Und sie respektierte seinen Rat, wenn es um Fragen der gesellschaftlichen Etikette ging.

Doch selbst Herbert, der nur selten um die richtige Antwort in Fragen des gesellschaftlichen Umgangs verlegen war, schien heute abend nicht weiter zu wissen. Offensichtlich wußte er nicht, wie er die drohende Katastrophe abwenden sollte.

Iphiginia öffnete ihren weißen, spitzenbesetzten Fächer und versuchte verzweifelt, Ordnung in ihre sich überstürzenden Gedanken zu bringen. Das einzige, was ihr jetzt noch helfen würde, war ihre Intelligenz. Und davon besaß sie schließlich mehr als genug.

»Masters ist vor allen anderen Dingen ein Gentleman. Es gibt keinen Grund, weshalb er mich oder sich selbst vor allen Leuten in Verlegenheit bringen sollte.«

»Wie Sie meinen, meine Liebe.« Herbert zog skeptisch eine buschige Braue hoch. »Ich versichere Ihnen, es besteht keinerlei Notwendigkeit, mir Einzelheiten über Ihre Beziehung zu Masters zu erzählen. Die ganze Stadt weiß nur allzu gut, welcher Art die Freundschaft zwischen Ihnen und Masters war.«

»Tatsächlich.« Iphiginias Stimme hatte den strengen Ton, den sie immer dann anschlug, wenn sich jemand allzu offen über ihre Beziehung zum Grafen äußerte. Herbert gegenüber hatte sie jedoch nur selten derart reagieren müssen. Für gewöhnlich war er sehr diskret.

Sie konnte sich wohl kaum über die Vermutungen beschweren, die Herbert und die anderen Mitglieder der besseren Gesellschaft über die Natur ihrer Beziehung zu Masters anstellten. Die Leute waren genau zu dem Schluß gekommen, zu dem sie ihren Wünschen gemäß hatten kommen sollen.

Dies war Teil des großen Plans gewesen, mit dessen Hilfe sie Zugang zu Masters' exklusivem Bekanntenkreis hatte finden wollen. Und bis heute abend hatte auch alles hervorragend geklappt.

»Ungeachtet Ihrer bisherigen Beziehung zu Masters«, sagte Herbert, »stellt sich heute abend natürlich jeder die Frage, was als nächstes passieren wird. Sie haben uns glauben gemacht, daß Sie beide inzwischen getrennter Wege gehen, meine Liebe. Aber sein Kommen läßt die Angelegenheit in einem gänzlich anderen Licht erscheinen.«

Iphiginia ignorierte den fragenden Unterton in seiner Stimme. Sie konnte ihm wohl kaum eine Antwort geben, wenn sie selbst keine hatte.

Unfähig, ihre Taktik mitten in dieser Krise plötzlich zu ändern, beschloß Iphiginia, das einzig Mögliche zu tun. Sie würde an der Geschichte festhalten, die sie den Leuten aufgetischt hatte, als sie sich in dieses gefährliche Abenteuer gestürzt hatte.

»Masters weiß ganz genau, daß unsere Beziehung beendet ist, solange er sich nicht für den Streit entschuldigt, den er vom Zaun gebrochen hat«, sagte sie in neutralem Ton.

»Man sollte in Zusammenhang mit Masters nie das Wort *unmög-*

lich gebrauchen«, sagte Herbert. »Aber in diesem Fall glaube ich, daß es zulässig ist. Ich nehme an, niemand der Anwesenden kann sich vorstellen, daß der Graf sich bei einer Frau entschuldigen wird, die ihn vor der gesamten besseren Gesellschaft bloßgestellt hat.«

Iphiginia war entsetzt. »Aber das habe ich nicht getan, Mr. Hoyt.«

»Nein?«

Iphiginia fächerte sich nervös Luft zu. Ihr war plötzlich siedend heiß. »Ich habe lediglich angedeutet, daß wir einander nicht mehr sonderlich wohlgesonnen sind.«

»Und daß das allein seine Schuld sei.«

»Nun, ja.« Iphiginia schluckte. »Gewiß war das allein seine Schuld. Aber ich habe niemals die Absicht gehabt, ihn vor seinen Freunden bloßzustellen.«

Herbert bedachte sie mit einem seltsamen Blick. »Also bitte, meine Liebe. Wir wollen einmal ehrlich sein. Sie haben angedeutet, daß Sie und Masters eine heftige Auseinandersetzung hatten, eine, die ihre enge *Freundschaft* zerstört hat. Sie wollen mir doch wohl nicht erzählen, daß Sie nicht die Absicht hatten, sich dafür ein bißchen an ihm zu rächen, als Sie begannen, in unseren Kreisen zu verkehren. Alle Welt glaubt, daß Sie auf der Suche nach einem geeigneten Ersatz für ihn sind.«

»Das ist nicht wahr.« Iphiginia räusperte sich. »Ich meine, der Graf müßte sich eigentlich bei mir entschuldigen, aber ich hatte nie die Absicht, ihm diese Entschuldigung, hmmm, zu entlocken.« *Wie sollte man schließlich einem Toten eine Entschuldigung entlocken?*

»Was auch immer Ihre Absicht war, Sie haben dafür gesorgt, daß jedermann annimmt, Sie seien diejenige gewesen, die die Beziehung zu Masters abgebrochen hat. Alle glauben, Sie hätten die Kühnheit besessen, Masters den Laufpaß zu geben.«

Das war Teil ihres Plans gewesen, sich bei den Mitgliedern der besseren Gesellschaft interessant zu machen, aber das konnte Iphiginia Herbert wohl kaum erklären. »Was dieses kleine Mißverständnis angeht –«

»Mißverständnis?« Herbert bedachte sie mit einem mitleidigen Blick. »In den letzten vierzehn Tagen haben die Leute sich nicht entscheiden können, ob Sie die wagemutigste Frau von ganz London sind oder einfach ein Fall für die Klapsmühle.«

»Das frage ich mich allmählich selbst«, murmelte Iphiginia mit angehaltenem Atem. Sie mußte verrückt gewesen sein, als sie ihren Plan gefaßt hatte.

»Sie wissen, daß die Leute auf nichts anderes gespannter warten als darauf zu sehen, wie Masters auf Ihren kleinen Racheakt reagieren wird.«

»Wie ich bereits sagte, Mr. Hoyt, habe ich nicht das geringste Interesse daran, mich in irgendeiner Form an ihm zu rächen. Wir hatten eine kleine Meinungsverschiedenheit, das ist alles. Eine Entschuldigung genügt da vollkommen.«

»Inzwischen ist es also nicht mehr als eine kleine Meinungsverschiedenheit, ja? Bisher hieß es immer, sie beide hätten eine heftige Auseinandersetzung gehabt.«

»Wenn die Gerüchteküche erst einmal in Gang gekommen ist, werden diese Dinge immer maßlos übertrieben, nicht wahr?«

»Das stimmt, meine Liebe.« Herbert tätschelte ihr beruhigend die Hand. »Aber keine Angst. Ich werde bei Ihnen bleiben. Dann kann ich notfalls eingreifen, falls Masters unfreundlich werden sollte.«

»Ein beruhigender Gedanke.«

Doch Iphiginia war alles andere als beruhigt. Irgendwie war Masters von den Toten auferstanden, und nun würde sie für ihre Maskerade bezahlen.

Herberts Reaktion auf Masters' Erscheinen hatte alles bestätigt, was Iphiginia bisher über den berüchtigten Grafen in Erfahrung gebracht hatte. Die Leute hielten ihn für herrlich gefährlich und unberechenbar.

Es gab Gerüchte über ein Duell, das vor ein paar Jahren stattgefunden haben sollte, und in dessen Verlauf er seinen Gegner angeblich um ein Haar getötet hätte. Und was noch schlimmer war, es hieß, er sei vielleicht für die Ermordung seines ehemaligen Geschäftspartners, Lynton Spalding, verantwortlich gewesen. Auf jeden Fall ließ sich nicht leugnen, daß Masters nach Spaldings Tod die alleinige Kontrolle über die lukrative Investmentgesellschaft übernommen hatte, die sein Partner zuvor geleitet hatte.

Böse Zungen behaupteten, die Geschäfte seien nicht das einzige gewesen, das Masters nach Spaldings Ableben übernommen hatte. Man erzählte sich, er hätte seine schon vorher bestehende Affäre mit Spaldings Witwe Hannah noch vertieft, und diese Beziehung wäre immer noch nicht beendet, obgleich sie wieder geheiratet hatte und nun Lady Sands war.

Niemand würde jemals die Wahrheit über diese oder andere Dinge erfahren, da Masters sich darüber ausschwieg. In der Tat war einer seiner Grundsätze der, niemals über seine Vergangenheit zu sprechen und niemals eine Erklärung für sein Handeln zu geben. Er behielt die Dinge lieber für sich.

Masters war gewiß nicht die Art von Mann, die sich eine Demütigung einfach gefallen ließ.

Iphiginia sagte sich, daß sie schon oft genug in gefährlichen Situationen gewesen war. Während der einjährigen Italienrundreise, auf der sie gemeinsam mit ihrer Cousine Amelia die römischen Ruinen besichtigt hatte, hatte es den einen oder anderen unerfreulichen Zwischenfall gegeben. In Rom hatten sie eine äußerst unangenehme Begegnung mit einem Straßendieb gehabt, und auf der Reise nach Pompeji hatten sie eine ebenso gefährliche Auseinandersetzung mit einem Wegelagerer überstanden.

Trotzdem war sich Iphiginia durchaus bewußt, daß sie es nie zuvor mit einem Mann zu tun gehabt hatte, dem ein derart legendärer Ruf vorauseilte wie dem Grafen.

Sie mußte unbedingt die Ruhe bewahren und die Kontrolle über das Geschehen behalten, dachte Iphiginia. Sie hatte es mit einem möglicherweise gefährlichen Gegner zu tun, aber sie wußte aufgrund ihrer Nachforschungen, daß Masters ein hochintelligenter

Mann war. Mit etwas Glück würde er es vorziehen, die Auseinandersetzung mit kühlem Kopf und wohlüberlegt zu führen.

Nach allem, was sie über ihn wußte, war sie sich beinahe sicher, daß er sich in den nächsten Minuten nicht von seinen Gefühlen leiten lassen würde.

Fast sicher.

Iphiginia bemerkte, daß Herbert die Umstehenden mit einem besorgten Stirnrunzeln ansah. Sie hörte ein lautes Krachen, blickte hinab und stellte fest, daß sie die dünnen Stäbe ihres Fächers zerbrochen hatte.

In diesem Augenblick teilte sich die Menge direkt vor ihr. Eine Frau lachte nervös auf und unterbrach sich abrupt. Männer sprangen zur Seite. Selbst Herbert trat einen Schritt zurück.

Plötzlich fand sich Iphiginia mutterseelenallein in der Mitte des Ballsaals wieder.

Marcus, Earl of Masters, blieb direkt vor ihr stehen. Da sie auf ihren zerbrochenen Fächer geblickt hatte, waren seine Hände das erste, was sie von ihm bemerkte.

Er war der einzige Mann im Raum, der keine Handschuhe trug.

In einer Welt, in der weiche, elegante, schlanke Finger bei einem Mann bewundert wurden, fiel er allein dadurch auf, daß er die Hände eines Kriegers hatte. Sie waren groß und stark, gehörten einem Mann, der sich alles selbst erarbeitet hatte.

Plötzlich erinnerte sich Iphiginia daran, daß er seinen Titel erst seit fünf Jahren hatte. Er hatte ihn von einem bankrotten Verwandten geerbt. Er war nicht von Geburt an reich und mächtig, sondern hatte sich diese Attribute selbst geschaffen.

Iphiginia riß ihre Augen von dem fesselnden Anblick seiner muskulösen Hände los und sah eilig auf. Marcus hatte ein Gesicht, das auf eine alte Goldmünze gepaßt hätte. Stark, unnachgiebig und unerschrocken, fast hart – das Gesicht eines Eroberers aus der Antike.

Er musterte sie mit bernsteinfarbenen Augen, die vor Intelligenz blitzten. Sein Haar war sehr dunkel, fast schwarz. Es wies ein paar silbrige Strähnen auf, die aus der hohen Stirn gebürstet waren.

Iphiginia blickte in seine strahlenden Augen, und tief in ihrem Inneren blitzte eine Erkenntnis auf, die dort seit Wochen geschwelt hatte.

Dies war der Mann, den sie liebte, obgleich sie sich niemals hätte träumen lassen, daß sie ihm jemals begegnen würde. Er war genau, wie sie ihn sich vorgestellt hatte.

Iphiginia wußte, daß die Menge atemlos darauf wartete, wie sie reagieren würde.

»Mylord«, flüsterte sie so leise, daß nur er es hören konnte. »Ich bin so froh zu sehen, daß Ihr lebt.«

Sie flehte stumm, daß ihre Vermutung richtig war und der Graf sich von seiner Neugier leiten lassen würde. Dann schloß sie die Augen und sank ihm in gespielter Ohnmacht in die Arme.

Marcus fing sie auf, ehe sie zu Boden glitt. »Wirklich clever, Mrs. Bright«, murmelte er ihr ins Ohr. »Ich habe mich die ganze Zeit gefragt, wie Sie sich aus dieser peinlichen Situation retten würden.«

Iphiginia wagte es nicht, die Augen zu öffnen. Sie spürte, daß Marcus sie hochhob und gegen seine Brust preßte. Seine Arme waren stark und fest. Sie fühlte sich seltsam sicher. Sein Geruch weckte eigenartige Gefühle in ihrem Inneren. Die unerwartete, sinnliche Freude, die sie verspürte, verblüffte sie.

Nie zuvor hatte sie etwas Derartiges verspürt. Sie öffnete die Augen gerade weit genug, um zu erkennen, daß sich die weichen Röcke ihres weißen Seidenkleides über den schwarzen Ärmel seiner Jacke ergossen.

Die Menge teilte sich, und Marcus trug sie mühelos quer durch den Ballsaal zur Tür.

Noch während sich in dem überfüllten Raum überraschtes Gemurmel ob dieses großartigen Abgangs erhob, ging Marcus mit ihr auf dem Arm aus dem Haus und stieg ohne anzuhalten die breite Eingangstreppe hinunter. Dort wurden sie bereits von einer glänzenden schwarzen Kutsche erwartet, die von zwei schwarzen Hengsten gezogen wurde.

Die Tür der Kutsche wurde von einem Pagen in schwarzer Livree geöffnet. Marcus schob Iphiginia hinein, und die Tür wurde wieder geschlossen.

Dann fuhr das schwarze Gefährt in die mitternächtlichen Straßen von London hinaus.

Kapitel zwei

»Ich nehme an, daß Sie ein paar Fragen haben, Mylord.«

»In der Tat, einige.« Marcus lehnte sich in seinem Sitz zurück und sah zu, wie Iphiginia sich plötzlich kerzengerade aufrichtete, eine weiße Feder in ihrem Haar geraderückte und ihre Röcke ausschüttelte.

»Das war zu erwarten, und ich bin durchaus bereit, Ihnen die gewünschten Antworten zu geben«, sagte sie. »Aber zunächst möchte ich Ihnen danken, daß Sie mich eben nicht verraten haben. Mir ist durchaus bewußt, daß Sie mein Benehmen wahrscheinlich recht seltsam gefunden haben.«

»Nicht im geringsten, Mrs. Bright. Ich versichere Ihnen, ich fand Ihre schauspielerische Leistung eher faszinierend.«

Sie schenkte ihm ein strahlendes Lächeln. Einen Moment lang war Marcus wie erstarrt. Plötzlich wußte er, wie es ihr gelungen war, fast all seine Bekannten für sich einzunehmen.

»Ich war mir sicher, daß Sie so lange mitspielen, bis Sie der ganzen Angelegenheit auf den Grund gegangen sind.« Iphiginias fröhliche haselnußbraune Augen blickten mehr als nur etwas zufrieden. »Da gab es für mich gar keinen Zweifel. Ich wußte, daß Sie einfach zu clever, zu scharfsichtig, zu besonnen, zu intelligent sind, um etwas Übereiltes zu tun, ehe Sie die Sache nicht eingehend durchleuchtet haben.«

»Ich weiß das Vertrauen, das Sie in mich setzen, zu schätzen. Aber ich versichere Ihnen, daß ich über genug Verstand verfüge, um mich von Ihrer äußerst charmanten Schmeichelei nicht vollkommen von dem Thema, um das es eigentlich geht, ablenken zu lassen.«

Sie blinzelte überrascht. »Aber ich habe Ihnen nicht geschmeichelt, Sir. Ich habe jedes Wort genauso gemeint, wie ich es gesagt habe. Ich habe mich eingehend mit Ihnen beschäftigt, und ich bin zu dem Schluß gekommen, daß Sie ein hochintelligenter Mann sind.«

Marcus starrte sie an. Einen Augenblick war er einfach nur sprachlos. »Sie bewundern meine Intelligenz?«

»Jawohl«, sagte sie mit echter Begeisterung in der Stimme. »Ich habe all Ihre Abhandlungen im *Magazin für Technik und Wissenschaft* gelesen, und ich war tief beeindruckt. Der Artikel über die Leistungsfähigkeit von Dampfmaschinen war besonders interessant. Und Ihr Vorschlag bezüglich der Entwicklung einer mechanischen Dreschmaschine war ebenfalls sehr aufregend.«

»Verdammt.«

Sie errötete. »Ich gestehe, daß ich mich in technischen und mechanischen Dingen nicht besonders gut auskenne. Ich persönlich interessiere mich mehr für antike Statuen. Den Großteil meiner Zeit verbringe ich mit Studien in diesem Bereich.«

»Ich verstehe.«

»Aber es freut mich sagen zu können, daß ich in der Lage war, den Großteil der mechanischen Prinzipien, über die Sie in Ihren Artikeln schreiben, zu verstehen. Sie drücken sich klar und deutlich aus, Mylord.«

»Vielen Dank.« Er hatte zu früh den Mund aufgemacht, als er gesagt hatte, daß er zuviel Verstand besaß, um sich von ihrer Schmeichelei einlullen zu lassen, dachte er mit einem Anflug von Sarkasmus. Im Augenblick jedenfalls war er einfach hingerissen. Nie zuvor hatte ihm eine Frau zu seinen wissenschaftlichen und technischen Aufsätzen oder gar zu seiner Intelligenz gratuliert.

»Außerdem haben Sie eine wirklich lehrreiche Abhandlung über Bautechniken verfaßt, die für mich von besonderem Interesse war«, fuhr Iphiginia fort. Dann begann sie begeistert, die wichtigsten Punkte des Artikels aufzuzählen.

Marcus hörte ihr leicht verwundert zu. Er lehnte sich in die Ecke des schwarzen Samtkissens, kreuzte die Arme vor der Brust und musterte Iphiginias Gesicht im Schein der Kutschenlampe.

Was auch immer er erwartet hatte, als er seine neue »Mätresse« schließlich im Ballsaal der Fenwicks aufgestöbert hatte – Iphiginia Bright entsprach diesen Erwartungen in keinster Weise.

Charles Trescott hatte sich geirrt, als er bemerkt hatte, daß die abenteuerlustige Witwe mit der Wahl ihrer jungfräulich weißen Garderobe jegliche Vorstellung der Leute von Unschuld und Reinheit verspottete.

Irgendwie gelang es Iphiginia Bright, den Eindruck einer echten Jungfrau, einer Dame von ungetrübter, unbefleckter Tugend, zu erwecken. Es war wirklich verblüffend.

Und diese Wirkung erzielte sie nicht nur, indem sie ein Kleid, Handschuhe und Schuhe in engelsgleichem Weiß trug. Die Reinheit schien direkt aus den Tiefen ihres Inneren zu kommen.

Irgend etwas an ihrem klaren, intelligenten, offenen Blick, ihrer interessanten Nase und ihrem weichen, sanften Mund sprach von Tugend. Ihr Haar hatte die Farbe von dunklem Honig. Einerseits war sie eine eindrucksvolle Persönlichkeit, andererseits ein äußerst zartes Geschöpf. Sie war zwar keine besondere Schönheit, aber sie war die interessanteste Frau, der Marcus jemals begegnet war.

Sie strahlte eine verlockende weibliche Sinnlichkeit aus, obwohl sie diese nicht durch ihre Kleidung zu betonen versuchte. Der Schnitt ihres Kleides war erstaunlich sittsam. Wirklich clever, wie Marcus ihr insgeheim zugestehen mußte. Die Phantasie eines Mannes war ein mächtiges Werkzeug, und sie wußte, wie man damit umging.

Die Rundungen von Iphiginias kleinen, hohen, herrlich geformten Brüsten quollen nicht aus dem Oberteil ihres Kleides hervor, sondern waren diskret von einer Reihe weißer Seidenrüschen verdeckt. Solche Brüste waren nicht dazu geschaffen, rauh geknetet zu werden, dachte Marcus. Sie waren für einen Kenner feiner Dinge gemacht, einen Liebhaber, der die schlanken, sensiblen Finger eines Künstlers hatte.

Geistesabwesend blickte er auf seine eigenen kräftigen, schwieligen Finger. Die Tatsache, daß er die Hände eines Bauern besaß, bedeutete nicht, daß er keinen Gefallen an der Berührung feiner, weicher Dinge fand.

Iphiginia war klein und schlank. Die Röcke ihres hochgeschnittenen Kleides fielen locker über eine äußerst schmale Taille. Unter der dünnen Seide war die erregende Form ihrer weiblichen Hüfte und ihrer wohlgerundeten Schenkel deutlich zu erahnen.

Kein Wunder, daß sie das Interesse sämtlicher Männer der besseren Gesellschaft geweckt hatte, dachte Marcus. Und seine ungeteilte Aufmerksamkeit war ihr inzwischen ebenfalls sicher.

Die geheimnisvolle Mrs. Bright faszinierte ihn mehr als jede andere Frau, die er in den letzten Jahren kennengelernt hatte.

Außerdem erregte sie ihn, wie er plötzlich feststellte.

Er spürte den dumpfen Schmerz erwachender Leidenschaft in seinen Lenden. Wahrscheinlich sollte ihn das nicht überraschen. Es war schließlich vier Monate her, seit er das letzte Mal mit einer Frau das Bett geteilt hatte, und all seine Gedanken waren in den vergangenen beiden Tagen einzig um Iphiginia gekreist. Während der Reise nach London hatte er sich mit nichts anderem beschäftigt als mit seiner unbekannten Geliebten.

Marcus kam der Gedanke, daß er keine bessere Wahl als Iphiginia Bright hätte treffen können, selbst wenn er sich bewußt auf die Suche nach einer interessanten neuen Mätresse gemacht hätte.

»Bitte entschuldigen Sie, Mylord«, sagte Iphiginia, offenbar war es ihr peinlich, daß sie sich so ausführlich zu seinem Zeitungsartikel geäußert hatte. »Ich nehme an, daß ich Sie langweile. Schließlich kennen Sie Ihre eigenen Theorien über die Verwendung von Holzpfeilern für Fundamente am besten.«

»Vielleicht sollten wir uns wieder dem eigentlichen Thema zuwenden«, sagte Marcus mit ruhiger Stimme. »Aber zunächst müssen Sie mir Ihre Adresse nennen, damit ich meinem Kutscher entsprechende Anweisungen erteilen kann.«

Iphiginia räusperte sich. »Meine Adresse?«

»Das wäre ganz nützlich in Anbetracht der Tatsache, daß ich im Augenblick versuche, Sie nach Hause zu bringen.«

»Tun Sie das?«

»Aufgrund der Rolle, die ich nach Meinung aller in Ihrem Leben spiele«, erklärte Marcus, »ist es doch wohl nur natürlich, wenn ich Sie nach einem Ball heimgeleite.«

»Aber –«

»Das wird von mir erwartet«, bekräftigte Marcus seine Behauptung. »Die Leute würden sich wundern, wenn ich dieses Privileg nicht nutzen würde.«

»Sind Sie sich ganz sicher, daß es normal ist, mich zu begleiten?«

»Ganz sicher.«

»Oh.« Iphiginia nagte mit ihren strahlend weißen Zähnen an ihrer Unterlippe, während sie die Angelegenheit überdachte. Dann faßte sie einen Entschluß. »Also gut. Ich habe eine Stadtwohnung am Morning Rose Square. Nummer fünf.«

Diese Neuigkeit war interessant. »Die Häuser am Morning Rose Square wurden erst vor kurzem fertiggestellt, nicht wahr? Der Architekt hat hervorragende Arbeit geleistet, indem er klassische Elemente mit einer Bauweise verbunden hat, die zum einen wirklich komfortabel ist und die zum anderen dem englischen Klima angemessen ist. Die Häuser weisen eine gute Konstruktion auf und wurden, soweit ich mich erinnere, schnell an den Mann gebracht.«

Iphiginia blickte ihn überrascht an. »Sie scheinen eine Menge darüber zu wissen.«

»Das Projekt hat mein Interesse geweckt, weil es lukrativ war.« Marcus erhob sich und klopfte gegen die Deckenluke der Kutsche. »Meistens lohnen sich derartige Investitionen nicht. Ich kenne eine Reihe von Leuten, die durch die Finanzierung solcher Bauvorhaben Bankrott gemacht haben.«

Die Dachluke öffnete sich. »Ja, M'lord?« rief der Kutscher von oben.

»Morning Rose Square, Dinks. Nummer fünf.«

»In Ordnung, M'lord.« Dinks ließ die Luke wieder zufallen.

Marcus nahm wieder Platz. »Vielleicht sollten Sie mit Ihren Erklärungen fortfahren, Mrs. Bright.«

»Ja, natürlich.« Iphiginia straffte die Schultern. »Wo soll ich anfangen? Lassen Sie mich Ihnen als erstes sagen, wie erleichtert ich war, als ich feststellte, daß Sie leben, Mylord.«

Er musterte sie mit halbgeschlossenen Augen. »Sie sagten bereits im Ballsaal bei den Fenwicks etwas Derartiges. Hatten Sie denn irgendwelche Zweifel daran, daß ich lebe?«

»Oh, ja. Große Zweifel. Wissen Sie, wir dachten, Sie wären ermordet worden.«

»Ermordet?« Allmählich begann er, sich zu fragen, ob er es vielleicht mit einer Wahnsinnigen zu tun hatte.

»Ja, Mylord, ermordet. Das war auch der Grund, weshalb ich beschloß, als Ihre Mätresse aufzutreten.«

»Und wer war Ihrer Meinung nach verantwortlich für mein Ableben?« fragte Marcus mit kalter Stimme. »Einer Ihrer anderen *intimen* Freunde?«

Sie sah ihn schockiert an. »Natürlich nicht, Mylord. O je, es ist alles so kompliziert. Ich versichere Ihnen, daß ich nicht die Art von Freunden habe, denen es auch nur im Traum einfallen würde, einen Menschen zu ermorden.«

»Das freut mich zu hören.«

»Tante Zoë ist von Natur aus etwas theatralisch, und meine Cousine Amelia ist bisweilen ein wenig grimmig, aber ich glaube, ich kann mit Sicherheit sagen, daß keine von ihnen jemals auf den Gedanken kommen würde, jemanden umzubringen.«

»Ich verlasse mich darauf, Mrs. Bright.«

Sie seufzte. »Das muß alles sehr verwirrend für Sie sein.«

»Ich werde mein Möglichstes tun, um mich durchzuwursteln. Vielleicht ist mir ja meine außerordentliche Intelligenz dabei von Nutzen.«

Sie schenkte ihm ein weiteres strahlendes Lächeln. »Unter den gegebenen Umständen machen Sie es schon recht gut, Mylord.«

»Ich bin bereits zu demselben Schluß gekommen.«

Sein Sarkasmus ließ sie zusammenzucken. »Ah, ja. Ja, tatsächlich. Nun denn, vielleicht sollte ich fortfahren. Wissen Sie, wir dachten, der Erpresser hätte Sie um die Ecke gebracht.«

»Erpresser? Die ganze Sache wird immer absurder. Was für ein Erpresser?«

Jetzt war die Reihe an Iphiginia, überrascht zu sein. »Wollen Sie etwa behaupten, daß Sie nicht erpreßt werden, Sir?«

Diese Frage ärgerte ihn. »Wirke ich wie ein Mann, der sich erpressen läßt, Mrs. Bright?«

»Nein, Mylord. Und das ist genau der Grund, weshalb wir dachten, daß man Sie ermordet hat. Weil Sie sich geweigert haben zu bezahlen.«

»Fahren Sie fort, Mrs. Bright«, befahl Marcus mit ruhiger Stimme. »Sie müssen mir wohl noch einiges erklären, bis ein wenig Licht in die Sache kommt.«

»Meine Tante erhielt eine Nachricht von dem Schurken, in der stand, daß Sie als Warnung für andere Zahlungsunwillige erledigt worden seien. Es hieß, es sei nur eine Frage der Zeit, bis die Leute dahinterkommen würden, daß Sie sich nicht auf einem Ihrer Landsitze aufhalten, sondern daß Sie das Zeitliche gesegnet haben.«

»Großer Gott.«

»Nun, Sie müssen zugeben, daß Sie mitten in der Saison verschwunden waren, Sir. Das ist wirklich höchst ungewöhnlich.«

»Ich war auf meinem Landsitz in Yorkshire«, erwiderte Marcus. »Und nicht in einem dunklen, unbekannten Grab. Madam, das ist einfach lächerlich. Ich habe genug von diesem Spiel. Ich will die Wahrheit hören, und zwar, bevor wir am Morning Rose Square ankommen.«

Sie runzelte die Stirn. »Ich versuche, Ihnen die Wahrheit zu sagen, Sir. Es besteht also keine Veranlassung, unhöflich zu werden. Und jetzt hören Sie bitte auf, mich ständig zu unterbrechen. Wie gesagt, meine Tante hatte allen Grund zu glauben, daß man Sie ermordet hat und daß man sie als nächste ermorden würde, wenn sie den Forderungen des Erpressers nicht nachkommt.«

»Sie hat also bezahlt?« fragte Marcus.

»Natürlich. Sie hatte wirklich Angst. Ich habe von der ganzen Sache erst an dem Tag, nachdem sie bezahlt hatte, erfahren. Ich war gerade von einer einjährigen Reise auf dem Kontinent zurückgekehrt. Meine Cousine Amelia war auch dabei. Wir besuchten Tante Zoë und erfuhren, in was für einer prekären Situation sie sich befand. Also habe ich sofort einen Plan ausgeheckt, mit dessen Hilfe ich versuchen wollte, den Erpresser ausfindig zu machen.«

Jetzt war Marcus wirklich überrascht. »Sie haben gehofft, ihn zu finden, indem Sie sich als meine Geliebte ausgaben?«

»Genau.« Iphiginia bedachte ihn erneut mit einem strahlenden Lächeln. »Zu dem Zeitpunkt glaubte ich, daß ich nicht nur einen Erpresser, sondern einen Schurken jagte, der fähig ist, einen Menschen zu ermorden. Sie können sich sicher vorstellen, wie besorgt ich war.«

»Ich bin nicht tot, Mrs. Bright.«

»Ja, das sehe ich«, sagte sie geduldig. »Das macht die Sache noch verwirrender, finden Sie nicht?«

»Ich hoffe, das stört Sie nicht allzu sehr.«

»Ich habe mich als Ihre Mätresse ausgegeben, um Zugang zu Ihren Kreisen zu finden. Ich hatte die Absicht, diskrete Nachforschungen über Ihre Bekannten anzustellen, um auf diese Weise herauszufinden, wer Sie ermordet haben könnte.«

»Sehr nett von Ihnen zu versuchen, den Schuft zur Strecke zu bringen, der mich ermordet hat.«

»Ich muß zugeben, daß ich nicht in diese Rolle geschlüpft bin, um Ihren Tod zu rächen, Mylord.«

»Das trifft mich tief.«

Iphiginia riß die Augen auf. »Ich möchte nicht hart und gefühllos klingen, Sir, aber Sie müssen bedenken, daß ich Sie schließlich gar nicht kannte, als ich von der ganzen Sache erfuhr. Ich hatte bis dahin noch nicht die Gelegenheit gehabt, Sie kennenzulernen.«

»Ich nehme an, das erklärt Ihren Mangel an Gefühl.«

»Es war kein Mangel an Gefühl, Sir«, beeilte sie sich, ihm zu versichern. »Ganz im Gegenteil. Ich versichere Ihnen, es hat mir außerordentlich leid getan, daß Sie ein so schreckliches Ende genommen haben.« Sie zögerte und fügte dann mit einem Anflug von Ehrlichkeit hinzu: »So etwas tut einem schließlich immer leid, wenn Sie verstehen, was ich meine.«

Es gelang ihm nur mit Mühe, ein Lächeln zu unterdrücken. »Ich bin dankbar für jede Form des Mitgefühls, die Sie entwickelt haben. Es gibt genug Menschen, denen es nicht im geringsten leid täte, von meinem Ableben zu hören, noch nicht einmal, weil es einem für gewöhnlich immer leid tut, wenn jemand ein schreckliches Ende findet.«

»Unsinn. Ich bin mir ganz sicher, daß alle außer sich gewesen wären, wenn sie etwas von Ihrer Ermordung erfahren hätten.«

»Ich rate Ihnen, nicht darauf zu wetten. Aber was zum Teufel glaubten Sie herausfinden zu können, indem Sie sich als meine Mätresse ausgaben?«

Iphiginia beugte sich ein wenig vor. Sie sprudelte inzwischen geradezu über vor Begeisterung. »Ich nahm an, daß der Erpresser jemand sein mußte, der Ihnen in irgendeiner Form nahestand, Mylord. Jemand, der ein Geheimnis kennt, das schrecklich genug ist, daß er annahm, Sie würden ihn eher bezahlen, als daß dieses Geheimnis gelüftet würde.«

Marcus zog eine Braue hoch. »Und dieselbe Person war zugleich in ein furchtbares Geheimnis Ihrer Tante eingeweiht. Ist es das, was Sie dachten?«

»Sie sind wirklich ein guter Beobachter, Sir. Genau das nahm ich an. Aber ich würde noch einen Schritt weiter gehen. Wer auch immer derartige Geheimnisse von Ihnen und meiner Tante kannte, muß zugleich gewußt haben, daß Sie die Absicht hatten, diesen Monat die Stadt zu verlassen.« Iphiginia machte eine bedeutungsvolle Pause. »Wissen Sie, die letzte Nachricht des Erpressers kam genau an dem Tag bei meiner Tante an, als Sie verschwanden.«

Marcus spürte, wie die alte, vertraute Neugier in ihm wach wurde und seinen Verstand für einen Augenblick mehr verwirrte, als körperliche Leidenschaft es jemals vermocht hätte. »Sie nehmen also an, daß es nicht allzu viele Personen gibt, die sowohl mich als auch Ihre Tante so gut kennen?«

»Genau.« Iphiginia sah ihn mit unverhohlener Bewunderung an. »Ihr Verstand arbeitet wirklich sehr schnell, Mylord, genau wie ich gedacht hatte.«

Dieses Mal weigerte sich Marcus standhaft, sich von ihrer glühenden Bewunderung seiner Intelligenz verführen zu lassen. Er ließ sich nicht ablenken. »Also sind Sie in die Rolle meiner Geliebten geschlüpft, um Zugang zu meinem Bekanntenkreis zu bekommen.«

»Unter den gegebenen Umständen schien mir das die einzige Möglichkeit zu sein, obgleich ich zugeben muß, daß ich auch etwas Angst vor dieser Herausforderung hatte.«

»Das kann ich kaum glauben, Mrs. Bright«, stellte Marcus trocken fest. »Ich kann mir nur schwer vorstellen, daß Sie sich jemals vor irgendwem oder irgend etwas fürchten.«

»Das passiert auch nicht oft«, gab sie ohne eine Spur von Bescheidenheit zurück. »Aber in diesem Fall wußte ich, daß ich nicht darauf hoffen durfte, den Erwartungen zu entsprechen, die die Leute in mich setzen würden.«

»Erwartungen?«

»Sie wissen ganz genau, was ich meine, Sir. Nach allem, was ich über Sie herausgefunden hatte, wußte ich, daß Ihre bisherigen Mätressen bemerkenswert hübsche Witwen waren, die ein gewisses, sagen wir, Flair hatten.« In Iphiginias Augen blitzte so etwas wie Wehmut auf. »Es heißt, sie seien ausnahmslos strahlende Schönheiten gewesen.«

»Ach ja?«

»Meine Tante Zoë kennt immer den neuesten Klatsch. Es war also nicht besonders schwer, etwas über Ihre bisherigen Mätressen zu erfahren.«

»Diese Art von Klatsch ist geeignet, einem Mann den Schlaf zu rauben.«

Iphiginia sah ihn verlegen an. »Ich war mir nicht sicher, daß ich da mithalten konnte, wenn Sie wissen, was ich meine.«

Er musterte ihre blütenweiße Aufmachung. Es bestand keinerlei Notwendigkeit, ihr zu erklären, daß die Gerüchteküche sowohl die Zahl seiner Affären als auch die Qualitäten seiner Geliebten immer maßlos übertrieb. »Also haben Sie versucht, eine Illusion zu schaffen, die die Leute überrascht und deshalb vollkommen neue Erwartungen bei ihnen weckt.«

»Ich wollte ein Bild schaffen, das so ungewöhnlich war, daß es Ihre Freunde und Bekannten veranlaßt, ihrer Phantasie freien Lauf zu lassen, und mich zu einem weitaus geheimnisvolleren und strahlenderen Geschöpf zu machen, als ich es tatsächlich bin.«

»Ich muß Ihnen gratulieren, Mrs. Bright. Das ist Ihnen anscheinend gelungen.«

»Bisher hat mein kleines Betrugsmanöver sehr gut funktioniert«, pflichtete sie ihm voller Stolz bei.

Falls sie versuchte, in irgendeiner Weise bescheiden zu wirken, mißlang ihr dieser Versuch vollkommen, dachte Marcus. »Ich bin wirklich beeindruckt. Ich habe die größte Ehrfurcht vor Ihrem schauspielerischen Talent.«

Die kühle Amüsiertheit in seiner Stimme konnte Iphiginia nicht verborgen bleiben. Ihr kurz aufflackernder Stolz wich sofort einem zerknirschten Gesichtsausdruck. »Mir ist bewußt, daß ich in Ihren Augen eine vollkommene Versagerin in der Rolle Ihrer neuen Mätresse bin.«

»Das würde ich nicht unbedingt sagen.«

Sie blickte an ihrem züchtigen weißen Kleid herab, und ihre elegant geformten Wangenknochen wurden von einem leichten Rot überzogen. »Ich weiß, daß ich nicht die Art von Frau bin, mit der Sie normalerweise verkehren.«

»Meine liebe Mrs. Bright, wie Ihnen jeder bestätigen wird, habe ich mich noch nie für das Normale interessiert. Ich habe eine Vorliebe für das Ungewöhnliche.«

»Sind Sie sich wirklich sicher, daß Sie mich nach Hause begleiten sollten?« fragte Iphiginia und blickte verlegen aus dem Fenster.

»Sie wissen ganz genau, daß es vollkommen normal ist, wenn ein Gentleman seine Mätresse nach einem Ball nach Hause bringt. Und gerade in unserem Fall fänden es die Leute wohl sehr seltsam, wenn ich Sie nicht eskortieren würde.«

»Da haben Sie wohl recht.«

»Nun, wenn Sie eine unverheiratete junge Frau auf der Suche nach einem Ehemann wären, wäre es natürlich etwas ganz anderes.« Er musterte sie eingehend. »Aber Sie sind schließlich eine ungebundene Witwe, nicht wahr?«

»Machen Sie sich nicht lächerlich, Sir.« Sie starrte immer noch hinaus auf die nächtliche Straße. »Was sollte ich sonst sein?«

»Genau.« Kein unschuldiges junges Mädchen und keine ehrenwerte unverheiratete Frau hätte es gewagt, sich auf eine derartige Maskerade einzulassen, dachte Marcus. »Und selbst wenn Sie sich nicht bereits als meine Mätresse ausgeben würden, hätte ich mich durch nichts davon abhalten lassen, Sie heute abend nach Hause zu bringen.«

»Nein, aber –«

»Als Witwe ist man in der besseren Gesellschaft am besten dran, finden Sie nicht? Finanziell unabhängig, ohne die Last eines eifersüchtigen Ehemannes, können Sie jede Liaison eingehen, die Sie sich nur wünschen, solange Sie ein gewisses Maß an Diskretion walten lassen.«

»Mir ist klar, daß eine Witwe ein wesentlich größeres Maß an Freiheit besitzt als eine unverheiratete Frau, Sir. Da widerspreche ich Ihnen nicht. Aber die Sache ist die –«

»Ja? Worum geht es?«

Entschlossen drehte sie sich zu ihm um. »Die Sache ist die, ich habe mir große Mühe gegeben, den Leuten ein bestimmtes Bild von mir zu vermitteln. Und ein Teil dieses Bildes ist eine gewisse Unnahbarkeit.«

»Das sagte man mir bereits.«

»Mylord, ich habe noch nie einem Gentleman gestattet, mich nach Hause zu begleiten.«

»Ah.« Er fragte sich, weshalb er bei dieser Erklärung eine gewisse Freude verspürte. »Ein netter Zug von Ihnen.«

»Während der ganzen Zeit, in der ich als Ihre Mätresse aufgetreten bin, bin ich nicht ein einziges Mal von diesem Grundsatz abgewichen.«

»Lady Starlight.«

Sie runzelte die Stirn. »Wie bitte?«

»Man sagte mir, die Leute nennen Sie die unberührbare und unerreichbare Lady Starlight. Sie gelten als ein glitzernder mitternächtlicher Stern, der verlockt und verführt, aber der doch niemals erreichbar ist. Zumindest so lange nicht, wie Sie noch auf der Suche nach einem Mann sind, der mich in Ihrem Schlafzimmer ersetzen kann.«

Iphiginia öffnete den Mund, klappte ihn wieder zu und öffnete ihn ein zweites Mal. Als sie schließlich etwas sagte, klang ihre Stimme atemlos, als sei sie gerade eine weite Strecke gerannt. »Sie wissen, wie die Leute sind, wenn es darum geht, jemanden in eine Schublade zu pressen, Sir. Ich gebe zu, daß es ein wenig übertrieben ist, mich Lady Starlight zu nennen. Trotzdem –«

»Trotzdem ist dieser Name offenbar durchaus passend.«

Sie sah ihn verwirrt an. »Ist er das?«

Marcus stellte fest, daß ihm die Unterhaltung inzwischen Vergnügen bereitete. Sie spielten Katz und Maus, und er war die Katze. »Auf jeden Fall. Außerdem haben Sie Glück. Zufällig habe ich vor kurzem gerade eine Studie über unerreichbare, unberührbare Sterne durchgeführt. Es gibt Möglichkeiten, das Licht einzufangen. Wenn ein Mann besonders clever ist, kann er es in der Hand halten.«

»Ich verstehe nicht, was Sie damit sagen wollen, Sir.«

»Nein, ich glaube nicht. Aber bald werden Sie es verstehen. Bis dahin müssen Sie mir gestatten, ein paar von meinen Geheimnissen zu bewahren, Mrs. Bright. Schließlich gelte ich als durch und durch geheimnisvoller Mensch.«

Sie sah ihn fragend an. »Sie machen es mir nicht gerade leicht, nicht wahr?«

»Das bleibt abzuwarten.«

»So etwas hatte ich befürchtet. Würde es Ihnen etwas ausmachen, mir zu sagen, ob Sie sehr böse sind wegen meiner Maskerade, Mylord?«

»Das wissen Sie nicht?«

»Nein, das weiß ich nicht. Es heißt, Sie seien ein rätselhafter Mensch. Allmählich fange ich an zu verstehen, was die Leute damit meinen. Obwohl ich mich ausführlich mit Ihrer Natur beschäftigt habe, muß ich feststellen, daß es noch eine Menge Dinge gibt, die ich nicht weiß.«

»Ich nehme an, dafür sollte ich dankbar sein«, murmelte er.

»Es besteht keinerlei Notwendigkeit, sarkastisch zu werden«, sagte sie in gekränktem Ton.

Der goldene Schein der Kutschenlampen fiel auf ihr Gesicht und verriet Marcus, daß sie wirklich nervös war, obgleich sie ihre Gefühle bemerkenswert zu verbergen wußte.

Iphiginia saß kerzengerade auf ihrem Platz. Ihre riesigen meergrünen Augen wanderten regelmäßig zum Fenster. Marcus hatte den

Verdacht, daß sie heimlich die Umgebung überprüfte, um sicherzugehen, daß er sie wirklich auf direktem Weg nach Hause brachte. Ihren weißen Fächer hielt sie fest umklammert.

Es freute Marcus, daß Iphiginia nicht annähernd so kühl und gefaßt war, wie sie sich ihm gegenüber gab. Er weigerte sich, auch nur das geringste Mitgefühl zu empfinden. Wenn man bedachte, was er ihretwegen zu Beginn des Abends durchgemacht hatte und was er bestimmt noch durchmachen würde, hatte sie es verdient, ein wenig zu leiden. Sie hatte dafür gesorgt, daß sie beide morgen früh an sämtlichen Frühstückstischen und morgen nachmittag in sämtlichen Clubs in St.James Gesprächsthema Nummer eins sein würden.

»Ich muß Ihnen nochmals gratulieren, Mrs. Bright.« Marcus deutete eine spöttische Verbeugung an. »Nicht jeder Frau wäre es gelungen, die Leute dazu zu bringen, sie für meine neueste Mätresse zu halten.«

Sie biß sich auf die Lippe. »Vielen Dank.«

»In der Tat, eine faszinierende Leistung.«

Nie würde er den Augenblick vergessen, in dem er sie im Ballsaal der Fenwicks zum ersten Mal gesehen hatte. Es war Iphiginia gelungen, dafür zu sorgen, daß alle anderen Frauen im Raum entweder zu vornehm, zu schlicht oder zu schrill gekleidet wirkten. Marcus konnte nicht genau sagen, warum sie so *richtig* aussah, aber er war alt genug, um eine Frau mit einem angeborenen künstlerischen Gespür für Stil zu erkennen. Es hatte nichts mit ihrem Kleid oder den Accessoires zu tun. Es lag daran, wie sie die Dinge trug.

»Es war eine brillante Idee, sich in jungfräulichem Weiß zu kleiden«, fuhr er fort. »Schockierend, aber brillant.«

Sie zögerte, als wisse sie nicht genau, ob er sich über sie lustig machte. Doch dann setzte sie ein strahlendes Lächeln auf. »Einer der Gründe, weswegen ich Weiß gewählt habe, war, daß es hieß, Sie selbst bevorzugen Schwarz.« Mit ihrer behandschuhten Hand wies sie auf die eleganten schwarzen Kutschenwände mit den Ebenholzbeschlägen. »Wie ich sehe, stimmten die Gerüchte.«

»Sie sind also davon ausgegangen, daß ich mich von diesem Gegensatz angezogen fühlen würde?«

Iphiginia dachte darüber nach. »Ich selbst halte nicht viel von dieser Theorie. Ich meine, daß sich Menschen zueinander hingezogen fühlen, die einander ähnlich sind. Aber ich wußte, daß die Leute das Gegenteil glauben. Die meisten Menschen denken, daß sich Gegensätze anziehen.«

»Und schließlich ging es nur darum, die Leute zu überzeugen.«

»Tante Zoë hatte Angst, daß mein Plan nicht funktionieren würde, aber ich habe ihr versichert, daß er unsere einzige Hoffnung sei.«

»Ah, ja. Ihr Plan, einen Erpresser zu fangen. Den hätte ich beinahe schon wieder vergessen.«

Sie sah ihn böse an. »Sie glauben mir kein Wort, nicht wahr, Sir? Ich wußte, daß Sie hochintelligent sind, und die Leute haben mir versichert, daß Sie sich eine Menge darauf einbilden, aber ich wußte nicht, daß Sie obendrein so stur sind.«

Er zog es vor, diese Bemerkung zu ignorieren. »Erzählen Sie mir von Ihrer Tante Zoë.«

»Was wollen Sie wissen?«

»Es gibt eine ganze Reihe von Zoës in unseren Kreisen. Welche von ihnen ist Ihre Tante?«

Iphiginia runzelte die Stirn. »Lady Guthrie. Aber ich warne Sie. Wir haben unsere Verwandtschaft geheimgehalten. Ich dachte, es sei besser, wenn niemand etwas davon weiß. Wissen Sie, wenn die Leute wüßten, daß ich ihre Nichte bin, könnte das zu viele Fragen bezüglich meiner Person aufwerfen.«

»Natürlich«, murmelte Marcus. »Niemand durfte wissen, wer Sie in Wirklichkeit sind.«

»Jawohl, Sir. Eine Frage hätte zur anderen geführt, und unter Umständen wäre ich aufgeflogen, ehe ich mein Ziel erreicht hätte. Zumindest hätte der Erpresser vielleicht herausgefunden, daß ich gar nicht Ihre Mätresse bin.«

»Ich verstehe.«

»Die Leute denken, Zoë und ich seien befreundet, mehr nicht. Auf diese Weise haben wir auch eine gute Entschuldigung dafür, daß wir regelmäßige Kontakte pflegen.«

Marcus stellte im Geiste eine Liste der Menschen auf, die in seinen Kreisen verkehrten. Sein Gedächtnis war hervorragend. Und er war sich sicher, daß er Zoë, Lady Guthrie, noch niemals begegnet war. »Ich glaube, ich erinnere mich daran, daß ein gewisser Lord Guthrie Mitglied in ein, zwei meiner Clubs war. Ich glaube, er starb vor ungefähr einem Jahr.«

»Tante Zoë ist Guthries Witwe.«

»Ich glaube nicht, daß ich bereits das Vergnügen hatte, ihre Bekanntschaft zu machen.«

»Nein. Das ist ja das Seltsame an der ganzen Sache«, beeilte Iphiginia sich zu sagen. »Tante Zoë sagte, Sie beide wären sich niemals begegnet. Sie hat Sie zwar hin und wieder auf irgendwelchen Festen und Bällen gesehen, und Guthrie hat Ihren Namen einmal beiläufig erwähnt, aber das ist auch schon alles.«

»Und trotzdem behauptet Ihr Erpresser, daß wir beide auf seiner Liste stehen?«

»Ja. Recht eigenartig, finden Sie nicht?«

»Ich finde die ganze Situation recht eigenartig.«

»Mylord, ich schwöre Ihnen, daß das Ganze kein Scherz ist. Es gibt diesen Erpresser wirklich, und er bedroht meine Tante. Ich kam zu dem Schluß, daß es irgendeine Verbindung zwischen Ihrem Bekanntenkreis und dem meiner Tante geben muß.«

»Sie vergessen etwas, Mrs. Bright«, sagte Marcus mit ruhiger Stimme. »Ich werde nicht erpreßt.«

Sie runzelte die Stirn. »Sind Sie sich da ganz sicher, Mylord?«

»Das ist wohl kaum etwas, was man so einfach vergessen würde.«

Iphiginia preßte die Lippen aufeinander. »Nein, ich nehme an, da haben Sie recht. Aber warum hat der Erpresser von Ihnen gesprochen, als er meine Tante bedrohte?«

Marcus blickte hinaus auf das rege Treiben in der dunklen Straße. »Wenn er von mir gesprochen hat, dann offensichtlich, um Ihrer Tante angst zu machen, damit sie bezahlt.«

»Er hat wirklich von Ihnen gesprochen, Sir«, betonte Iphiginia noch einmal.

»Sagen Sie, wie weit sind Sie mit Ihren Nachforschungen bisher gekommen?«

»Nun, was das betrifft, bin ich bisher recht gut vorangekommen«, sagte sie eifrig. »Es ist mir bereits gelungen, die Arbeitszimmer von Mr. Darrow und Lord Judson zu durchsuchen.«

»Sie haben *was* getan?«

Sie legte den Kopf schräg und sah ihn fragend an. »Ich sagte, daß ich die Gelegenheit hatte, die Arbeitszimmer von Darrow und Jodson zu durchsuchen. Ich war in ihren Häusern jeweils zu einer Soiree eingeladen, und es ist mir bei beiden gelungen, im Verlauf des Abends in ihre Arbeitszimmer zu schleichen und ihre Schreibtische zu durchsuchen.«

Sie meinte es wirklich ernst. »Verdammt, Frau, sind Sie denn vollkommen wahnsinnig? Ich glaube es einfach nicht. Was für einen Grund gibt es, bitte schön, die Arbeitszimmer der beiden zu durchsuchen? Was hatten Sie denn gehofft, dort zu finden?«

»Schwarzes Wachs und ein Siegel mit einem Phönix«, sagte sie in barschem Ton. »Diese beiden Dinge wurden für die Erpresserbriefe verwendet, die Tante Zoë erhalten hat.«

»Verdammt.« Marcus war viel zu verblüfft über ihre Verwegenheit, als daß er hätte klar denken können. Doch schließlich riß er sich zusammen. »Schwarzes Siegelwachs ist durchaus nichts Ungewöhnliches. Ich selbst habe welches.«

»Ich weiß, aber Sie selbst sind ein ungewöhnlicher Mensch, sonst würden Sie so etwas nicht für Ihre normale Korrespondenz verwenden. Die meisten Menschen benutzen schwarzes Wachs nur für Todesanzeigen oder Kondolenzschreiben. Und Sie müssen zugeben, daß ein Siegel mit einem Phönix ebenfalls ungewöhnlich ist. In der

Tat ist es schon höchst eigenartig, daß überhaupt ein Siegel verwendet wurde. Man sollte meinen, daß ein gewöhnlicher Erpresser seine Briefe einfach mit einem Tropfen Wachs verschließt.«

»Gibt es so etwas wie einen gewöhnlichen Erpresser?«

»Ich meine es ernst, Sir. Schwarzes Wachs und ein Siegel mit einem Phönix sind viel zu belastende Beweismaterialien gegen einen Erpresser.«

»Also haben Sie nach den beiden Dingen gesucht?« Er konnte es immer noch nicht glauben. Die Lady log, das hatte er von Anfang an vermutet. Das war die einzige Erklärung.

Und er hatte sich immer eingebildet, er selbst sei ein guter Lügner, dachte er mit schmerzverzerrtem Gesicht. Von Iphiginia Bright konnte er noch eine Menge lernen.

»Unglücklicherweise hatte ich bisher nicht die Gelegenheit, die Arbeitszimmer oder Bibliotheken der anderen zu durchsuchen.«

»Welcher anderen?«

»Der anderen Männer, mit denen Sie regelmäßig Karten spielen, natürlich.«

»Sie haben vor, die Bibliothek oder das Arbeitszimmer jedes Mannes zu durchsuchen, mit dem ich schon einmal Karten gespielt habe?« Marcus war gespannt zu sehen, wie ausgefeilt ihre Lügengeschichte war.

»Nein, nur die der Männer, die zugleich mit Lord Guthrie Karten gespielt haben«, sagte Iphiginia steif. Sie hob die Hand hoch und zählte eine Reihe bekannter Namen auf. »Lartmore, Darrow, Pettigrew und Judson. Diese vier Männer haben sowohl einen Bezug zu Ihnen als auch zu meiner Tante.«

»Weil sie hin und wieder mit mir oder Guthrie Karten gespielt haben?«

Iphiginia seufzte. »Das ist die einzige Beziehung, die ich zwischen Ihren Kreisen und denen meiner Tante entdeckt habe. Ich schloß also, daß irgend jemand, der Lord Guthrie kannte, hinter das Geheimnis meiner Tante gekommen ist. Vielleicht über einen der

Dienstboten. Und dieselbe Person wußte auch eine ganze Menge über Sie.«

»Aber sie wußte nichts, womit sie mich hätte erpressen können«, stellte Marcus fest. »Wie ich bereits gesagt habe, ich werde nicht erpreßt.«

»Vielleicht nicht, Mylord, aber der Erpresser kannte Sie gut genug, um zu wissen, daß Sie die Absicht hatten, die Stadt eine Zeitlang zu verlassen.«

»Das war auch kein Geheimnis.«

»Nein?« Iphiginia warf ihm einen herausfordernden Blick zu. »Für die meisten Menschen ist fast alles, was Sie tun, ein Geheimnis, Sir. Denken Sie einmal zurück. Wie viele Leute wußten tatsächlich, daß Sie die Absicht hatten, einen Monat auf Ihrem Landsitz zu verbringen?«

»Da gab es genug Leute«, erwiderte Marcus leichthin. »Mein Mittelsmann zum Beispiel. Meine Bediensteten.«

»Und die Männer, mit denen Sie Karten gespielt haben, kurz bevor Sie London verlassen haben?« fragte Iphiginia geradeheraus.

»Verdammt und zugenäht.« Marcus konnte eine gewisse Bewunderung nicht verbergen. Die Lady war wirklich clever. »Sie haben sich wirklich eingehend informiert, was?«

»Ja, Sir, das habe ich. Ich habe ein Talent für solche Sachen. Und eins der ersten Dinge, die ich herausgefunden habe, war, daß Sie am Tag vor Ihrer Abreise in einem Ihrer Clubs mit Lartmore, Darrow, Pettigrew und Judson Karten gespielt haben.«

»Und Lady Guthrie hat Ihnen bestätigt, da sie auch hin und wieder mit ihrem verstorbenen Gatten gespielt haben.«

»Nicht nur das«, sagte Iphiginia im Ton größter Zufriedenheit. »Sie haben sich fast zwanzig Jahre lang regelmäßig mit ihm zum Kartenspiel getroffen, Sir. Das ist von erheblicher Bedeutung, daß das dunkle Geheimnis meiner Tante einen Vorfall betrifft, der sich vor achtzehn Jahren ereignete.«

Marcus lächelte. »Wirklich brillant, Mrs. Bright. Absolut brillant.

Sie haben sich eine wahrhaft erstaunliche Geschichte ausgedacht, um Ihr eigenartiges Benehmen zu erklären. Ich bin voll der Bewunderung für Ihren Einfallsreichtum und Ihre Originalität.«

Sie verzog das Gesicht. »Sie glauben also, ich hätte mir die ganze Geschichte nur ausgedacht?«

»Ja, Madam, das tue ich.« Marcus hob eine Hand. »Aber lassen Sie sich nicht unterbrechen. Die Sache gefällt mir. Sie sind eine bezaubernde Schauspielerin mit einem außerordentlichen Talent. Ich fühle mich geehrt, daß mir eine Nebenrolle in diesem Stück zuteil wird.«

In ihren Augen blitzten Verwirrung und tiefer Argwohn auf. »Sie glauben mir nicht, aber Sie sind mir nicht böse?«

»Um ganz ehrlich zu sein, bin ich mir noch nicht ganz sicher, was ich von der ganzen Sache halten soll. Ich denke noch darüber nach.«

»Ich verstehe«, murmelte sie. »Brauchen Sie im allgemeinen lange, ehe Sie wissen, was Sie von einer Sache halten?«

Er lächelte, als er die Schroffheit in ihrer Stimme bemerkte. »Sie klingen wie eine Gouvernante, die von einem etwas langsamen Schüler eine Antwort fordert. Einer meiner Grundsätze ist der, daß ich eine einmal getroffene Entscheidung nicht mehr ändere. Und die logische Folge dieses Grundsatzes ist die, daß ich immer erst alle Fakten kennen muß, ehe ich eine Entscheidung fälle.«

Ihre Miene hellte sich auf. »Ich kenne Ihre berühmten Grundsätze, Sir. Dann darf ich also annehmen, daß Sie im Augenblick immer noch dabei sind, die Fakten zusammenzutragen?«

»Das dürfen Sie.«

»Das beruhigt mich, Sir.« Sie bedachte ihn erneut mit ihrem erschütternden, strahlenden Lächeln. »Ich vertraue auf Ihren Intellekt. Ich weiß, wenn Ihnen erst einmal klar wird, daß ich die Wahrheit sage, werden Sie nur allzu bereit sein, mir bei der Suche nach dem Erpresser zu helfen.«

Marcus merkte, daß die Kutsche zum Stehen kam. »Seien Sie versichert, Mrs. Bright, daß ich mit dem größten Vergnügen alles in Erfahrung bringen werden, was mit dieser Sache in irgendeinem Zusammenhang steht.«

»Natürlich.« Sie schien jetzt regelrecht vergnügt zu sein. »Das liegt schließlich in Ihrer Natur.«

»Wissen Sie«, bemerkte Marcus, während der Page die Kutschentür öffnete, »ich glaube nicht, daß sich je zuvor jemand die Mühe gemacht hat, mein Wesen zu ergründen. Fanden Sie diese Aufgabe interessant?«

»Oh, ja, Mylord.« Mit glühenden Augen ließ sie sich von ihm auf den Gehweg helfen. »Ebenso interessant wie die Besichtigung der Ruinen von Pompeji.«

»Gut zu wissen, daß ich mit einer klassischen Ruine mithalten kann.« Marcus stieg ebenfalls aus und nahm ihren Arm. Dann blickte er zum Kutschbock. »Es wird eine Weile dauern, Dinks.«

Dinks, der seit Jahren bei ihm angestellt war, nickte ergeben. »In Ordnung, M'lord. Ich warte dann so lange.«

Iphiginia warf Marcus einen fragenden Blick zu, als er mit ihr die Stufen zum Morning Rose Square Nummer fünf erklomm. »Was soll das heißen? Es wird nicht lange dauern.«

»Also bitte, meine Liebe. Sie haben doch sicher die Absicht, mich noch auf ein Glas Brandy einzuladen?« Marcus blickte zufrieden in Richtung der neuen Gaslaternen, die vor den Häusern angebracht waren.

»Drinnen?« Iphiginia klang ehrlich überrascht. »Machen Sie sich nicht lächerlich, Sir. Ich habe nicht die Absicht, Sie um diese Uhrzeit mit hineinzunehmen.«

»Wir haben noch eine Menge zu besprechen, Mrs. Bright, und ich kann mir keinen besseren Zeitpunkt und keinen geeigneteren Ort für diese Unterhaltung denken.« Marcus hob die Hand, um den Messingklopfer zu betätigen.

»Nein, warten Sie, klopfen Sie nicht«, sagte Iphiginia. »Ich habe meine Haushälterin angewiesen, nicht auf mich zu warten. Ich habe einen Schlüssel dabei.«

Marcus streckte die Hand nach dem Schlüssel aus. Sie zögerte, doch dann gab sie ihn ihm. Er nahm ihn ohne ein Wort und öffnete die Tür.

Iphiginia trat eilig in die dunkle Eingangshalle. Sie griff nach der Kerze, die auf einem der Tische stand, zündete sie an und fuhr zu ihm herum. »Sir, ich glaube wirklich nicht, daß Sie noch mit hereinkommen sollten.«

Er setzte einen Fuß über die Schwelle und lächelte. »Wenn Sie wollen, daß die Leute weiterhin an Ihre Geschichte von unserer Beziehung glauben«, sagte er im Flüsterton, »dann fürchte ich, müssen Sie mir gestatten, heute abend noch eine Weile hierzubleiben. Wissen Sie, das wird erwartet.«

»Erwartet?« Sie starrte ihn an. Plötzlich flackerte neue Hoffnung in ihr auf. »Wollen Sie damit sagen, daß Sie bereit sind, mir zu gestatten, mich weiterhin als Ihre Mätresse auszugeben?«

»Warum nicht?« Marcus trat ein und schloß die Tür mit einem vernehmlichen Knall. »Sie können wohl kaum mit Ihren Nachforschungen fortfahren, wenn zum jetzigen Zeitpunkt Ihre wahre Identität bekannt wird. Ist Ihre Maske erst einmal gefallen, wird man Sie aus den besseren Kreisen ausschließen, und Sie werden keine Möglichkeit haben, sich erneut Zugang zu verschaffen.«

»Das stimmt. Sir, ich kann Ihnen gar nicht sagen, wie dankbar ich Ihnen bin. Mir ist bewußt, daß Sie meinen Erklärungen bisher keinen Glauben schenken. Ich möchte, daß Sie wissen, daß ich die offene Art, in der Sie mit der Situation umgehen, höchst bewundernswert finde. Sie bestätigt alles, was ich bisher über Sie in Erfahrung gebracht habe.«

»Schon gut, Mrs. Bright. Ich bin bereit, Sie noch eine Weile gewähren zu lassen, zumindest, bis all meine Fragen beantwortet sind. Ist dies die Bibliothek?« Marcus ging durch die Tür auf der linken Seite der Eingangshalle.

»Ja, das ist sie.« Iphiginia raffte ihre Röcke und eilte ihm nach. »Mylord, Sie sind wirklich außerordentlich großzügig.«

»Ich weiß.« Marcus konnte in der Dunkelheit nichts erkennen, also ging er in die Richtung, in der er den Kamin vermutete.

»Da Sie anscheinend doch kein Opfer des Erpressers sind, haben Sie keinerlei Verpflichtung, mir zu helfen.«

»Ich habe bereits vor Jahren damit aufgehört, irgend etwas aus Pflichtgefühl heraus zu tun. Ich habe festgestellt, daß es einfach sinnlos ist. Aber hin und wieder tue ich Dinge, weil mich die Neugier ... verflucht.« Marcus fuhr zusammen, als sein Fuß gegen einen großen, unnachgiebigen Gegenstand stieß.

»Seien Sie vorsichtig, Mylord.« Iphiginia hielt ihre Kerze höher. »Hier ist es im Augenblick etwas eng.«

»Das sehe ich.«

Die Kerze sandte tanzende Schatten durch einen Raum voller Statuen, Totenmasken, eigenartig geformter Urnen und riesiger Vasen.

Das Mobiliar war noch seltsamer. Um das Fenster herum waren Stühle mit Klauenfüßen und greifsköpfigen Armlehnen gruppiert. Ein massives Sofa im griechischen Stil mit grünem Samtbezug und goldenen Fransen nahm den gesamten Raum vor dem Kamin ein. Im Schein der Kerze wirkte es wie ein sinnlicher, heidnischer Kultgegenstand. Die Tische zu beiden Seiten des Sofas waren mit Löwenköpfen und Sphinxen verziert.

»Ich habe Ihnen ja bereits erzählt, daß meine Cousine und ich erst kürzlich von einer äußerst lehrreichen Reise auf dem Kontinent zurückgekehrt sind«, sagte Iphiginia. »Unterwegs habe ich zahlreiche Statuen erstanden.«

Marcus spähte hinab auf den ungleichmäßigen Marmorbrocken, der die schimmernde Politur seiner schwarzen Lederstiefel verschrammt hatte. Iphiginias Kerze spendete gerade genug Licht, um zu erkennen, daß es sich um den Fuß der Statue eines mythischen Flügelwesens handelte. »Was in aller Welt ist denn das?«

»Ich habe es in einem Geschäft in Rom gekauft.« Iphiginia stellte den Kerzenleuchter auf den Schreibtisch. Marcus hörte ein kratzendes Geräusch, als sie eine Lampe anzündete. »Faszinierend, nicht wahr? In demselben Geschäft habe ich noch ein paar andere ebenso interessante Dinge gekauft. Ganz besonders gefällt mir dieser römische Zenturio.«

Wie Marcus feststellte, war der Zenturio, abgesehen von seinem Helm, seinem Schwert und seinem Schild vollkommen nackt.

»Es sieht aus, als hätten Sie einen kompletten archäologischen Ausgrabungsort hierher transportiert«, sagte er.

»Ja, ich bin wirklich froh darüber.« Iphiginia blickte sich zufrieden um und strich liebevoll mit ihren behandschuhten Fingerspitzen über den nackten Zenturio. »Es regt die Sinne an und stimuliert zugleich den Geist. Finden Sie nicht?«

Marcus konnte den Blick einfach nicht von ihren Fingern reißen, die langsam über die marmornen Muskeln glitten. Der Anblick hatte eine dramatische Wirkung auf seine bereits deutlich angewachsene Männlichkeit. Anders als der Zenturio war er schließlich nicht aus Stein gemacht.

»Was wollen Sie mit all den Sachen machen, Mrs. Bright?«

Sie lehnte sich nachdenklich an die Statue, stützte einen Ellbogen auf die Schulter des Kriegers und legte das Kinn auf ihren Handrücken. »Ich bin mir noch nicht sicher. Im Augenblick studiere ich die Gegenstände eingehend und mache ein paar Skizzen.«

»Sie studieren sie?« Marcus beobachtete, wie ihre Röcke sich über die nackten Schenkel der Statue legten. Er meinte beinahe, die Seide auf seiner eigenen Haut zu spüren.

»Ich habe vor, ein Musterbuch herauszubringen für die Dekoration von Häusern«, vertraute sie ihm an. Ihre Augen blitzten vor Begeisterung. Sich der Wirkung, die sie auf Marcus hatte, völlig unbewußt, schob sie ihre Hüfte noch dichter an die Statue.

»Ich verstehe.« Marcus wurde von einer beinahe überwältigenden Ruhelosigkeit gepackt. In dem vergeblichen Versuch, sie abzuschütteln, lockerte er seine Krawatte und atmete tief ein.

Prompt stieg ihm ein Hauch von Iphiginias Parfüm in die Nase, der seine Sinne noch mehr vernebelte als zuvor.

»Heutzutage sind viele angeblich akkurate archäologische Muster ungenau oder gar falsch«, erklärte sie.

»Das habe ich bereits gemerkt.«

»Haben Sie?« Sie schenkte ihm ein erfreutes Lächeln.

»Ja.« Sein Blick glitt über die sanfte Rundung ihres Schenkels, der sich warm an den kalten Marmor der Statue preßte. Seit Jahren hatte er nicht mehr so kurz davor gestanden, die Beherrschung zu verlieren.

»Mein Musterbuch wird auf der Untersuchung echter antiker Statuen und Vasen wie dieser hier basieren.« Iphiginia machte eine ausladende Handbewegung, um ihn auf die Ansammlung von Kunstgegenständen aufmerksam zu machen. »Auf diese Weise können sich die Leute, die ihre Häuser im klassischen Stil dekoriert haben möchten, sicher sein, daß ihre Architekten und Dekorateure sich an das Original halten. Egal ob es sich dabei um die griechische, römische, ägyptische oder etruskische Antike handelt.«

»Ein ehrgeiziges Vorhaben, Mrs. Bright.«

»In der Tat. Aber ich freue mich bereits darauf. Ich habe das vergangene Jahr mit dem Zusammentragen dieser Stücke verbracht, und wie Sie sich sicher vorstellen können, bin ich nun ganz versessen darauf, mit meinem Musterbuch anzufangen.«

»Natürlich.« Er hatte den Blick auf ihre Haut geheftet, die im Licht der Lampe cremefarben schimmerte, und fragte sich, wie sie wohl schmeckte. Vorsichtig machte er einen Schritt in ihre Richtung.

»Aber alles zu seiner Zeit.« Iphiginia richtete sich wieder auf und stieß sich von der Statue ab. »Ich muß mich erst um diese Erpressergeschichte kümmern, ehe ich mit meinem Projekt beginnen kann. Sind Sie sich wirklich sicher, daß meine kleine Maskerade Ihnen keine größeren Probleme bereiten wird?«

»Ganz im Gegenteil. Ich bin sicher, daß ich deswegen nichts als Scherereien haben werde.« Marcus streckte die Hände aus und berührte ihre nackten Schultern. Ihre Haut war unglaublich warm und weich unter seinen harten, schwieligen Händen. Iphiginia fuhr nicht zusammen, sondern schien vielmehr einen Augenblick wie verzaubert zu sein.

»Marcus? Ich meine, Mylord?« Sie fuhr sich mit der Zungenspitze über die Unterlippe. »Ich möchte nicht, daß Sie meinetwegen Schwierigkeiten haben, Sir.« Wieder klang sie vollkommen atemlos. Ihre Augen waren wie tiefe, verlockende Strudel in einem bodenlosen Meer.

»Ich stehe Ihnen jederzeit zur Verfügung, Mrs. Bright.«

»Das ist sehr freundlich von Ihnen, Sir. Dürfte ich vielleicht fragen, weshalb Sie bereit sind, mir gegenüber so hilfsbereit zu sein, obwohl Sie meinen Erklärungen bezüglich des Erpressers noch nicht einmal Glauben schenken?«

»Zufällig brauche ich gerade eine Mätresse.«

Er preßte seinen Mund auf ihre Lippen und küßte sie, wie er sie hatte küssen wollen, seit er sie zum ersten Mal auf dem Fenwickschen Ball gesehen hatte.

Kapitel drei

Die Hitze, die Iphiginia durchfuhr, hatte die Heftigkeit eines Blitzes, der durch die Wolken schießt.

Sie hätte nicht überraschter sein können, wenn der marmorne Zenturio plötzlich zu Leben erwacht wäre und sie in seine Arme genommen hätte.

Die Berührung mit Marcus' Lippen verblüffte sie derart, daß sie ein paar ungläubige Sekunden lang vollkommen reglos verharrte.

Marcus küßte sie. Seine starken, kräftigen Hände ruhten auf der nackten Haut ihrer Schultern und ließen kleine, erregte Schauder über ihren Rücken gleiten.

Dieser berühmt-berüchtigte Mann, den sie so gut kannte und den sie so sehr bewunderte, dieser Mann, der seit bald einem Monat unablässig durch ihre Gedanken geisterte, liebkoste sie hier in ihrer eigenen Bibliothek. Marcus hatte sie jeden wachen Moment seit ihrer Rückkehr nach London beschäftigt. Sie hatte Tage damit verbracht, seinen Charakter zu studieren, um glaubhaft die Frau verkörpern zu können, von der die Leute meinten, daß er sie liebte.

Sie hatte sich auf jede ihr zugängliche Quelle gestürzt und sämtliche Gerüchte und Geschichten sowie ein paar Fakten gespeichert. Sie hatte alles gelesen, was er geschrieben hatte und dessen sie hatte habhaft werden können. Sie hatte Stunden damit verbracht, auch die kleinsten Details abzuwägen, die sie über ihn in Erfahrung gebracht hatte, in dem Versuch, ihn zu verstehen und ihn wirklicher erscheinen zu lassen.

Im Verlauf all dieser Aktivitäten hatte sie sich ein sehr persönliches Bild von ihm geschaffen, das sie mit niemandem teilte, noch nicht einmal mit Amelia oder Tante Zoë.

Spät nachts, nach langen, angespannten Abenden, in denen sie ihre Rolle gespielt hatte, hatte sie wach in ihrem Bett gelegen und sich vorgestellt, was für ein Gefühl es wäre, wirklich Marcus' Geliebte zu sein, die Frau, mit der er das Bett teilte, die Frau, die er liebte.

Die Frau, die er liebte.

Vor langer Zeit war sie zu dem Schluß gekommen, daß sie nicht die Art Frau war, die große Leidenschaft empfinden oder in einem Mann wecken konnte. Sie hatte sich mit diesem Wissen abgefunden, es akzeptiert. Sie hatte sich gesagt, daß sie zu vernünftig, zu praktisch, zu intellektuell war, um sich zu verlieben.

Aber trotz dieses Wissens hatte sie ein ganzes Phantasiegespinst um Marcus gewoben.

Diese Gedankengänge waren ihr vollkommen harmlos erschienen, denn schließlich war der Mann tot.

Doch heute abend war er aus ihren Träumen direkt in ihr Leben getreten. Und als Mann von Fleisch und Blut war er noch viel faszinierender, als er es je in ihren Träumen gewesen war.

»Du bist eine höchst ungewöhnliche Frau, Iphiginia. Nicht im geringsten das, was ich erwartet hatte.« Marcus' Stimme war tief und dunkel, schwer vor Sinnlichkeit. »Aber du bist genau das, was ich heute nacht will.«

Sie konnte nicht antworten, nicht nur, weil er erneut ihren Mund mit seinen Lippen bedeckte, sondern auch, weil sie von Kopf bis Fuß zitterte. Seine Arme legten sich enger um sie, während er zunächst sanft, dann werbend und schließlich fordernd an ihrer Lippe saugte. Seine Hände spannten sich fest um ihre Schultern.

Sie keuchte und öffnete den Mund. Er reagierte, indem er mit der Zunge zwischen ihre Zähne glitt.

Die momentane Starre, die von ihrer anfänglichen Überraschung herrührte, löste sich, und Iphiginia fühlte sich unglaublich warm und geschmeidig. Hitze wallte in ihrem Unterkörper auf. Es war ein außerordentlich angenehmes Gefühl.

Das gedämpfte Stöhnen, das ihr entfuhr, schien Marcus zu gefallen. Seine Finger gruben sich in ihre Haut. Eine neue Woge herrlicher Schauder fuhr durch ihren Körper.

Sie hob ihre Hände und griff nach den baumelnden Enden seiner langen weißen Krawatte. »Ich bin wirklich verblüfft, Mylord.«

»Ja, nicht wahr?« Er küßte ihre Wange und ihre Nasenspitze. »Und ich versichere dir, daß du nicht verblüffter bist als ich.«

»Mylord.«

»Ich heiße Marcus.«

»Oh, Marcus.« Da die Flammen der Leidenschaft sie zu verzehren drohten, ließ sie von seiner Krawatte ab und schlang ihre Arme um seinen Hals.

Die Bewegung brachte ihren Körper in engeren Kontakt mit dem seinen. Sie preßte sich eng an ihn. Ihre Brüste wurden gegen seinen breiten Oberkörper gedrückt. Sie spürte die schockierend harte Wölbung seiner Männlichkeit in seiner Hose.

Seine langen Finger strichen sanft über ihren Nacken.

Als Reaktion auf diese Berührung schrie sie leise auf. Die Stelle zwischen ihren Beinen wurde feucht. Ihr Kopf fiel zurück, und seine Lippen fanden ihren Hals.

»*Marcus.* Gütiger Himmel.« Sie vergrub ihre Finger in seinem Haar. Die ganze Welt schien sich um sie zu drehen. Sie konnte nicht mehr denken.

»Ich glaube, du gibst eine hervorragende Mätresse ab, meine Süße.« Marcus trat einen Schritt zurück in Richtung des breiten grün-goldenen Sofas. Iphiginia zog er mit.

Sie hörte einen dumpfen Knall, als sein Stiefel gegen einen der zerbrochenen Marmorklötze stieß.

»Verdammt.«

»Oh, je.« Iphiginia wich ein wenig zurück. »Seien Sie vorsichtig, Mylord. Sie werden sich noch weh tun.«

»Zweifellos, aber ich nehme an, das ist es wert.« Marcus machte einen Schritt um den Stein herum und ließ sich rückwärts auf das Sofa fallen.

Er ließ einen Fuß auf dem Boden und zog Iphiginia auf sich. Sie sank auf seinen harten, muskulösen Körper, und er fing sie zwischen seinen Schenkeln. Ihre duftigen Röcke flatterten kurz, als wollten sie gegen die ungestüme Behandlung protestieren, doch dann ergaben sie sich mit einem leisen Flüstern und legten sich weich um seinen Beine.

Die Hitze, die von Marcus ausging, drohte Iphiginia zu verbrennen. Nie zuvor hatte sie die Nähe eines Menschen mit einer derartigen Intensität gespürt.

Er nahm ihr Gesicht zwischen beide Hände und zog ihren Mund auf seine Lippen herab.

Eine entsetzte Stimme, die aus Richtung der Tür zu ihnen herüberschrie, brach den Bann. »*Iphiginia.* Was geht hier vor sich?«

Verwirrt durch Marcus' Zärtlichkeit hob Iphiginia den Kopf. »Amelia?«

»Lassen Sie sofort von ihr ab, Sie nichtswürdiger Mensch. Hören Sie mich? Um Gottes willen, lassen Sie sie los.«

»Amelia, warte. Hör auf.« Iphiginia stützte sich auf ihre Hände und wandte den Kopf in Richtung der Tür. Dort stand Amelia in einem Chintzmorgenmantel, mit offenem Haar, bereit, sich durch das Wirrwarr an Statuen und Möbeln auf den Angreifer zu stürzen.

»Amelia, es ist alles in Ordnung.« Iphiginia versuchte, sich aufzusetzen.

Amelia hielt inne, aber nur lange genug, um sich einen Schürhaken vom Kamin zu schnappen, den sie drohend schwang. Sie starrte Marcus mit finsterer Miene an. »Lassen Sie sie sofort los, Sie Bastard, oder ich schlage Ihnen den Schädel ein. Das schwöre ich.«

Mit einer eiligen, überraschend heftigen Bewegung schob Marcus Iphiginia beiseite, rollte von der Sofakante und sprang auf die Beine. Er streckte die Hand aus und entriß Amelia den Schürhaken, noch ehe sie wußte, wie ihr geschah.

Amelias Entsetzensschrei ging über in einen hohen, schmerzlichen Klagelaut.

»Amelia, beruhige dich.« Iphiginia stolperte auf die Füße, glitt an Marcus vorbei und rannte hinüber zu ihrer Cousine. Dann legte sie die Arme um die völlig aufgelöste Frau. »Beruhige dich, Cousine. Es ist alles in Ordnung. Er hat mir nichts getan, das schwöre ich.«

Amelia hob den Kopf und starrte Iphiginia verständnislos an. Dann drehte sie sich um und sah in Marcus' Richtung. »Wer ist das? Was macht er hier? Ich wußte, daß dein Plan gefährlich ist. Ich wußte, daß früher oder später irgendein Mann versuchen würde, dir zu nahe zu treten.«

Iphiginia tätschelte ihr beruhigend den Arm. »Amelia, ich möchte dir den Earl of Masters vorstellen. Mylord, dies ist meine Cousine, Miss Amelia Farley.«

Marcus zog eine Braue hoch und legte den Schürhaken beiseite. »Ich nehme an, es sollte mir ein Vergnügen sein.«

Amelia starrte ihn entgeistert an. »Aber Sie müßten tot sein.«

»Das sagte man mir bereits.« Er verzog den Mund zu einem unmerklichen Grinsen. »Doch hier bin ich – unübersehbarer Beweis des Gegenteils.«

Amelia fuhr zu ihrer Cousine herum. »Also hat ihn der Erpresser gar nicht umgebracht?«

»Offenbar nicht.« Iphiginia errötete und strich hastig ihr Kleid glatt. Sie bemerkte, daß eine ihrer Federn neben Marcus' Fuß auf dem Boden lag. »Es ist wirklich eine große Erleichterung zu wissen, daß wir es doch nicht mit einem Mörder zu tun haben, nicht wahr?«

Amelia blickte Marcus mit zusammengekniffenen Augen an. »Da bin ich mir nicht so sicher. Womit genau *haben* wir es denn zu tun?«

»Das ist eine gute Frage. Auf jeden Fall nicht mit einem Geist.« Marcus bückte sich, hob die weiße Feder auf und reichte sie Iphiginia. »Ich werde Ihnen mit dem größten Vergnügen dabei behilflich sein, die Frage genauer zu erörtern, Mrs. Bright. Aber da es bereits recht spät ist und die Stimmung des Abends durch die Ereignisse der letzten Minuten ein wenig getrübt worden ist, glaube ich, daß ich jetzt besser gehe.«

»Ja, natürlich, Mylord.« Iphiginia riß ihm die Feder aus der Hand. »Aber Sie haben es ernst gemeint, als Sie sagten, Sie würden mir gestatten, mich weiter als Ihre Mätresse auszugeben, nicht wahr?«

»Und ob ich es ernst gemeint habe, meine liebe Mrs. Bright.« Marcus' Augen blitzten im Licht der Lampe. »Ich werde alles tun, was in meiner Macht steht, um Ihnen zu helfen, Ihr kleines Täuschungsmanöver so realistisch durchzuführen, daß niemand den Unterschied zu einem richtigen Verhältnis bemerkt.«

»Das ist sehr freundlich von Ihnen, Sir.« Iphiginia war ihm wirklich dankbar. »Ist es Ihre intellektuelle Neugier, die Sie dazu bewegt, mir zu helfen, Mylord, oder ist es Ihre angeborene Galanterie?«

»Ich fürchte, mein Angebot hat nichts mit Galanterie zu tun, Madam.«

»Dann muß es an Ihrer intellektuellen Natur liegen«, stellte sie zufrieden fest.

Er warf ihr einen amüsierten Blick zu, während er zur Tür schritt. »Wie gut Sie mich doch kennen.«

»Das sollte sie auch.« Amelia starrte ihn immer noch finster an. »Sie hat schließlich ausführliche Nachforschungen über Sie angestellt, Mylord.«

»Ich fühle mich geehrt.« Marcus trat in die Eingangshalle. Dort blieb er stehen und sah Iphiginia nachdenklich an. »Sorgen Sie dafür, daß die Eingangstür verschlossen wird, nachdem ich gegangen bin.«

Iphiginia lächelte. »Natürlich, Mylord.«

Marcus trat hinaus in die Nacht und schloß lautlos die Tür.

In der Bibliothek herrschte angespanntes Schweigen. Einen Augenblick später hörten die beiden Frauen, wie die Räder der schwarzen Kutsche des Grafen sich ratternd in Bewegung setzten.

Amelia wirbelte zu ihrer Cousine herum. Sie hatte inzwischen die Beherrschung wiedergefunden, aber in ihren sanften braunen Augen lag immer noch eine Spur der alten Furcht.

Sie war sechsundzwanzig, ein Jahr jünger als Iphiginia. In vielerlei Hinsicht war sie die weitaus Hübschere von ihnen beiden, mit ihren feinen Gesichtszügen, dem schimmernden dunkelbraunen Haar und den herrlichen Augen. Aber sie wirkte äußerst unnahbar, beinahe streng.

»Ich dachte, er hätte dich überwältigt«, flüsterte sie.

»Ich weiß, daß du das dachtest. Ich verstehe deine Besorgnis. Aber er hat mich wirklich nur geküßt, Amelia.«

Iphiginia war der einzige Mensch, dem Amelia jemals die Einzelheiten des höllischen Erlebnisses anvertraut hatte, das sie vor acht Jahren als achtzehnjährige Hauslehrerin gehabt hatte.

Amelias Mutter war bei der Geburt ihrer Tochter gestorben. Amelia war von ihrem gelehrten, aber armen Vater aufgezogen worden, der ihr das einzige gegeben hatte, von dem sie im Übermaß besaß – Bildung. Als er gestorben war, war das magere Lehrergehalt, von dem er und seine Tochter gelebt hatten, fortgefallen.

Auf sich allein gestellt, hatte Amelia das getan, was zahlreiche junge Frauen taten, die zwar eine gute Ausbildung genossen hatten, denen es aber an finanziellen Mitteln fehlte: Sie hatte sich als Erzieherin beworben.

Dann war sie von einem der Gäste ihres Arbeitgebers, einem Mann namens Dodgson, vergewaltigt worden.

Die Dame des Hauses war nur wenige Augenblicke später zufällig ins Zimmer gekommen. Sie war außer sich gewesen und hatte Amelia auf der Stelle entlassen.

Die Vergewaltigung hatte die mittellose Amelia nicht nur ihre dringend benötigte Anstellung gekostet, sondern sie hatte es ihr darüber hinaus unmöglich gemacht, einen Posten in einem anderen Haushalt zu finden. Die Agentur, die sie in das Haus geschickt hatte, in dem sie vergewaltigt worden war, hatte sich geweigert, ihr einen anderen Posten zu suchen.

Die Leiterin der Agentur hatte sie wissen lassen, daß sie nicht mehr respektabel sei und somit nicht mehr für eine Firma arbeiten könne, die sich ihrer exklusiven Kundschaft rühmte und die für den einwandfreien Charakter der Hauslehrerinnen und Gesellschafterinnen zu bürgen hatte, die sie nur an die besten Familien vermittelte.

Iphiginia wußte, daß die Narben, die Amelia in jener schrecklichen Nacht tief in ihrem Inneren davongetragen hatte, inzwischen zwar weniger schmerzten, daß sie jedoch niemals völlig verheilen würden.

»Du hast ihm *erlaubt,* dich zu küssen?« Amelia schüttelte verwundert den Kopf. »Aber er ist ein Fremder. Eigentlich müßte er sogar ein toter Fremder sein.«

»Ich weiß.« Iphiginia ließ sich langsam auf einen der Stühle im römischen Stil sinken. Sie starrte auf die Feder in ihrer Hand. »Aber ich habe nicht das Gefühl, daß er ein Fremder ist. Weißt du, was mein erster Gedanke war, als ich ihn heute abend im Ballsaal bei den Fenwicks sah?«

»Was?« Amelia konnte ihren Argwohn nicht verbergen.

Iphiginia lächelte. »Ich dachte, daß er genauso aussah, wie ich ihn mir vorgestellt hatte.«

»Unsinn. Du hast einfach zuviel Zeit damit verbracht, dir über das Gedanken zu machen, was du für sein Wesen hältst.«

»Wahrscheinlich.«

Amelia runzelte die Stirn. »Und er tauchte einfach so auf dem Fenwickschen Ball auf?«

»Ja. Übrigens weiß er nicht das geringste von dieser Erpressergeschichte. Er sagt, daß ihn ganz bestimmt niemand erpreßt.«

»Großer Gott. Und er hat dich nicht verraten?«

»Nein. Offenbar hat er all die Gerüchte gehört, die wir in die Welt gesetzt haben. Man könnte meinen, er und ich hätten unsere Meinungsverschiedenheit vor den Augen der gesamten besseren Gesellschaft beigelegt.«

»Ich frage mich, weshalb er mitgespielt hat«, sagte Amelia nachdenklich.

»Masters ist ein hochintelligenter Mann, der zugleich sehr neugierig und allem Neuen gegenüber aufgeschlossen ist. Offensichtlich ist er zu dem durchaus vernünftigen Schluß gekommen, daß es besser ist, mich nicht zu demaskieren, ehe er nicht weiß, was ich überhaupt mit meinem kleinen Täuschungsmanöver bezwecke.«

Amelia schnaubte. »Hmmm.«

»Ein Mann mit seinem Intellekt hat natürlicherweise ein vernünftiges, besonnenes Wesen. Er ist nicht die Art von Mann, die irgendwelche voreiligen Schlüsse zieht.«

»Das Ganze ergibt keinen Sinn«, brauste Amelia auf. »Die Sache gefällt mir nicht. Ich wette, daß er noch einen anderen Grund hat, sich so kooperativ zu zeigen.«

»Was für ein Grund sollte das sein?«

»Es würde mich nicht überraschen, wenn er zu dem Schluß gekommen wäre, daß es ganz amüsant sein könnte, dich wirklich zu seiner Geliebten zu machen.«

Iphiginia schnappte nach Luft. »Oh, ich denke wirklich nicht –«

»Genau.« Amelia bedachte sie mit einem grimmigen Blick. »Du hast seit Beginn dieser ganzen Geschichte nicht mehr gedacht. Bah. Warum zum Teufel ist der Kerl nicht tot, wie wir alle dachten?«

»Er war auf einem seiner Landsitze und ist nur deshalb in die Stadt zurückgekommen, weil er von mir gehört hat.«

»Also war die Nachricht an Tante Zoë, in der stand, daß Masters ermordet worden sei, weil er sich geweigert habe, dem Erpresser zu bezahlen, nichts anderes als ein Trick, um ihr Angst einzujagen.«

»Offensichtlich. Das Ganze ist sehr seltsam, Amelia.«

»Dein ganzer Plan ist mir von Anfang an seltsam vorgekommen.«

»Ich weiß, daß er dir nicht gefällt«, sagte Iphiginia. »Aber ich finde, daß er bisher ganz gut funktioniert hat.«

»Bis Masters von den Toten auferstanden ist. Manche Leute tauchen einfach grundsätzlich zum falschen Zeitpunkt auf. Und was willst du jetzt tun?«

»Ich habe keine andere Wahl, als weiter die Rolle von Masters Mätresse zu spielen.« Iphiginia legte einen behandschuhten Finger auf ihre gespitzten Lippen. »Mein ursprünglicher Plan ist immer noch das einzige, was wir haben, und ich glaube immer noch, daß er gut ist. Wenn meine wahre Identität herauskommt, verliere ich den Zugang zu Masters Bekanntenkreis.«

»Was kein besonderer Verlust wäre, wenn du mich fragst«, knurrte Amelia.

»Da muß ich dir widersprechen. In der Rolle der geheimnisvollen Mrs. Bright, Mätresse des Earl of Masters, komme ich überall hin und kann mit allen Leuten sprechen.«

»Aber als Miss Bright, unverheirateter Blaustrumpf und ehemalige Leiterin von Miss Brights Akademie für junge Damen, hast du keinen Zugang mehr zu diesem erlauchten Kreis. Ist es das?«

Iphiginia verzog das Gesicht. »Ich fürchte, ja. Zwar verfüge ich inzwischen über ausreichende finanzielle Mittel dank des Glücks, das wir mit unserem Bauvorhaben hatten –«

»Du meinst dank deiner hervorragenden Architekturkenntnisse

und Mr. Manwarings Talent als Geschäftsmann«, verbesserte Amelia.

»Und dank deiner Fähigkeit, mit Geld umzugehen«, fügte Iphiginia hinzu. »Vergiß nicht, was du dazu beigetragen hast.«

»Ja, nun, darum geht es nicht.«

Iphiginia lächelte wehmütig. »Was ich sagen wollte, war, daß mir trotz meiner ausgezeichneten Finanzsituation als Miss Iphiginia Bright die gesellschaftlichen Kontakte und das Ansehen fehlen, die ich bräuchte, um mich in Masters' Kreisen bewegen zu können.«

»Und du bist nach wie vor überzeugt, daß, wer auch immer hinter der Erpressung steckt, er jemand ist, der in der Welt von Masters und deiner Tante zu Hause ist.«

Iphiginia strich die weiße Feder glatt. »Da bin ich mir ganz sicher. Es ist klar, daß derjenige genau über Masters Pläne für die Saison Bescheid wußte. Er war in der Lage, Tante Zoë genau zum richtigen Zeitpunkt zu drohen.«

»Ja, ich weiß, aber –«

»Und er kennt Tante Zoës altes Geheimnis. Die einzige Verbindung zwischen Masters und Tante Zoë sind die Männer, die früher mit Guthrie Karten gespielt haben und die jetzt hin und wieder mit Masters spielen.«

»Aber Guthrie wußte doch gar nichts von Zoës Geheimnis.«

»Guthrie war die meiste Zeit so betrunken, daß er noch nicht einmal beim Kartenspiel gewinnen konnte, ganz zu schweigen davon, daß er mitbekommen hätte, was um ihn herum geschah. Aber jemand anders, der häufig mit ihm zusammentraf, hat vielleicht erraten, was sich zwischen Zoë und Lord Otis abgespielt hat, so daß er bei Maryannes Geburt nur noch eins und eins zusammenzählen mußte.«

»Und dieser Jemand versucht, sie deswegen achtzehn Jahre später zu erpressen?«

»Ja. Vergiß nicht, die Neuigkeit, daß Maryanne nicht Guthries, sondern Lord Otis' Tochter ist, war nicht besonders viel wert, ehe der Earl of Sheffield vor ein paar Monaten um ihre Hand angehalten hat.«

Iphiginia brauchte die Sache nicht weiter zu vertiefen. Sie beide wußten, daß Sheffield seinen Antrag bestimmt zurückziehen würde, wenn Maryannes Name irgendwie mit einem Skandal in Verbindung gebracht wurde.

Die Sheffields waren eine hochangesehene Familie. Höchstwahrscheinlich fanden sie die Vorstellung von der Hochzeit ihres Erben mit einer Frau wie Maryanne sowieso nicht besonders reizvoll. Es stimmte, sie brachte eine ordentliche Mitgift in die Ehe ein, aber nicht gerade ein Vermögen. Und auch wenn sie ein wirklich liebreizendes Geschöpf war, stammte sie doch aus einer relativ unbekannten Familie.

Sheffield hätte eine wesentlich bessere Partie machen können, und alle Welt wußte das. Seine Beziehung zu Maryanne basierte auf Liebe, und Liebe war in den Augen der besseren Gesellschaft nicht gerade der beste Heiratsgrund.

»Ich weiß nicht, Iphiginia«, sagte Amelia nach einer Weile. »Der ganze Plan war schon gefährlich genug, als wir noch dachten, der Graf sei tot. Aber nun, da er lebt, habe ich das Gefühl, daß die ganze Sache wesentlich komplizierter werden könnte.«

»Ja.« Iphiginia blickte verträumt in Richtung des nackten Zenturios. »Aber ich muß sagen, ich bin wirklich froh, daß er lebt, Amelia.«

»Das sehe ich.« Amelia verzog das Gesicht und erhob sich. »Und es überrascht mich nicht. Du bist bereits seit Wochen in ihn verliebt.«

Iphiginia spürte, daß sie errötete. »Du übertreibst.«

»Ich kenne dich besser als irgend jemand anders. Wahrscheinlich sogar besser als deine Schwester oder deine Tante Zoë. Und ich habe dich noch niemals derart auf einen Mann reagieren sehen. Nicht einmal auf Richard Hampton.«

Iphiginia zog eine Grimasse, als sie den Namen des frischgebackenen Ehemannes ihrer Schwester hörte. »Ich versichere dir, ich fand Richard niemals so…«, sie suchte nach dem richtigen Wort, »so *interessant* wie Lord Masters.«

»Noch nicht einmal, als er dir den Hof gemacht hat?« fragte Amelia leise.

»Richard hat mir niemals wirklich den Hof gemacht«, sagte Iphiginia scharf. »Ich habe seine Absichten eine Zeitlang mißverstanden. Es war alles ein schreckliches Mißverständnis. Aber das hat sich schnell geklärt.«

Zu Iphiginias großer Enttäuschung war ihre Schwester Corina diejenige gewesen, in die Richard verliebt gewesen war.

»Du warst nicht die einzige, die seine regelmäßigen Besuche falsch verstanden hat«, sagte Amelia. »Das haben wir alle getan. Und wenn du die Wahrheit wissen willst, ich bin nach wie vor überzeugt, daß er es anfangs auf dich abgesehen hatte. Doch dann hat er es sich anders überlegt, als er sah, wie sich Corina zu einer regelrechten Schönheit entwickelte.«

»Das ist unfair, Amelia. Richard ist kein oberflächlicher Kerl.«

»Da wäre ich mir an deiner Stelle nicht so sicher. Und ich will dir noch etwas sagen. Er hätte nie um Corinas Hand angehalten, wenn du sie nicht mit einer so großzügigen Mitgift ausgestattet hättest. Seine Eltern hätten der Verbindung niemals zugestimmt, wenn sie nicht geglaubt hätten, daß sie ein bißchen Geld mit in die Ehe bringt.«

»Da hast du wahrscheinlich recht.« Iphiginia rümpfte verächtlich die Nase. Richards Eltern hatte sie noch nie gemocht.

Iphiginia und Richard hatten sich bereits von Kindesbeinen an gekannt. Sie hatten beide das gleiche Alter. Die Hamptons und die Brights waren Nachbarn gewesen in Deepford, einem kleinen Dorf in Devon.

Squire Hampton, Besitzer eines ausgedehnten Gutes, und seine Frau hatten immer auf Iphiginias Eltern herabgesehen. Ungehemmte, künstlerisch orientierte Menschen waren in einem kleinen Dorf, in dem das Leben von Hunderten unausgesprochener

Anstands- und Verhaltensregeln bestimmt wurde, immer verdächtig.

Trotzdem hatte Iphiginia Richard immer gemocht, und er war ihr gegenüber immer freundlich gewesen, vor allem in der schweren Zeit, nachdem ihre Eltern auf See verlorengegangen waren.

Unglücklicherweise hatten die Brights ihren beiden Töchtern kaum etwas hinterlassen. Iphiginias Mutter hatte mit ihren Gemälden nie besonders viel Geld verdient, und ihrem Vater, einem begnadeten Architekten, hatte es an genügend Geschäftssinn gefehlt, um seine eleganten klassischen Entwürfe in die Realität umzusetzen.

Unerwartete versteckte Baukosten, unfähige Geschäftspartner und die zahlreichen Probleme, die mit dem Bau von Häusern als Spekulationsobjekten verknüpft waren, hatten den Großteil von Brights Einkünften verschlungen.

Auf jeden Fall hatten Iphiginias Eltern immer ein weitaus größeres Interesse daran gehabt, ihren künstlerischen Horizont durch regelmäßige Fahrten zu den Ruinen in Ägypten, Italien und Griechenland zu erweitern, als Geld zu verdienen.

Die Brights waren viel gereist, ohne sich jemals groß um die zahlreichen Kriege zu kümmern, die über Jahre hinweg an verschiedenen Plätzen auf dem Kontinent gewütet hatten.

Für gewöhnlich hatten Iphiginia und ihre Schwester die beiden begleitet. Aber als die unbezähmbaren Brights zu ihrer letzten Reise aufgebrochen waren, hatten sie Iphiginia und Corina zurückgelassen. Die Nachricht von ihrem Tod war ein schwerer Schlag für die Mädchen gewesen.

Um für sich und Corina sorgen zu können, hatte Iphiginia einen gewagten Schritt unternommen. Sie hatte jeden Pfennig zusammengekratzt, den sie durch den Verkauf der Bilder ihrer Mutter und eines Skizzenbuchs ihres Vaters erhalten hatte, und hatte die bescheidene Summe benutzt, um ihre Akademie für junge Damen zu eröffnen, die sofort ein Erfolg geworden war.

Richard hatte Iphiginia geholfen, indem er seinen Vater überredet hatte, ihr gegen eine geringe Miete ein passendes Haus zu überlassen. Und er hatte ihr viele andere kleine Dienste erwiesen wie zum Beispiel den, seine Mutter dazu zu bewegen, Iphiginias Akademie weiterzuempfehlen.

Sie würde Richard zeit ihres Lebens dankbar sein, dachte Iphiginia. Und sie würde immer eine gewisse Zuneigung für ihn empfinden. Er war ein gutaussehender Mann mit einem freundlichen Wesen und ausgezeichnetem Benehmen.

Aber zugleich wußte sie, daß sie nicht die richtige Frau für ihn gewesen wäre, was er damals anscheinend eher gesehen hatte als sie.

In Wahrheit wäre sie wohl ziemlich unglücklich geworden, wenn sie gezwungen gewesen wäre, den Rest ihres Lebens in Deepford zu verbringen. Erst als sie letztes Jahr das Dorf verlassen hatte, war ihr klargeworden, wie sehr sie ihr angeborenes überschwengliches, unabhängiges, abenteuerlustiges, intellektuelles Wesen hatte unterdrücken müssen.

Sie hatte das Gefühl gehabt, als habe sie endlich einen Kokon abgestreift und sei zu einem Flügelwesen geworden.

Im vergangenen Jahr hatte Iphiginia entdeckt, daß sie ein großes Maß der unkonventionellen, künstlerischen Empfindungen ihrer Eltern geerbt hatte. Es wäre ihr wirklich äußerst schwer gefallen, sich ein Leben lang so ruhig, zurückhaltend und sittenstreng zu geben, wie es von der Gattin eines seriösen Landedelmannes erwartet wurde.

Ihre Schwester hingegen fühlte sich in der Enge des Lebens in Deepford durchaus wohl. Corina schien selbst die Familie ihres Mannes zu mögen.

»Iphiginia?«

Iphiginia tauchte aus ihrer kurzen Träumerei auf. »Ja?«

»Ich mache mir ernsthaft Sorgen wegen der neuen Entwicklung.«

»Was meinst du?«

»Diese Situation ist gefährlich.«

»Unsinn. Wir werden den Erpresser ausfindig machen, und alles wird gut werden.«

»Ich spreche nicht über den Erpresser.« Amelia sah sie prüfend an. »Ich spreche über deine persönliche Situation. Diese Maskerade als lebenslustige Witwe birgt viel zu viele Risiken in sich. Du brauchst nur an das zu denken, was heute nacht hier passiert ist.«

Iphiginias Wangen glühten. »Also wirklich, Amelia. Es war nur ein Kuß.«

Amelia schien das keineswegs zu beruhigen. »Um deinetwillen bitte ich dich, dafür zu sorgen, daß es nicht zu weiteren derartigen Zudringlichkeiten kommt. Masters ist kein harmloser kleiner Gutsbesitzer, den du mit ein paar Worten oder einem Stirnrunzeln zur Raison bringst. Er ist ein mächtiger Mann, der es gewohnt ist, das zu bekommen, was er will.«

»Er ist ein Gentleman«, protestierte Iphiginia.

»Männer seines Schlages nehmen sich, was sie wollen, ohne dabei zu bedenken, ob sie andere dadurch verletzen.«

Iphiginia wußte nicht, was sie darauf erwidern sollte. Ihr war nur allzu bewußt, daß Amelia aus schmerzlicher Erfahrung sprach.

In der gefahrvollen Zeit, die vor ihr lag, durfte sie nicht vergessen, daß sie nicht wirklich Mrs. Bright war, die aufregende, exotische Witwe, die geheimnisvolle Geliebte des berüchtigsten Mannes der gesamten besseren Gesellschaft.

Sie war Miss Bright, unverheiratet, gebildet, mit Interesse für die Architektur der Antike. Und sie mußte einen Erpresser stellen.

Sie war einfach faszinierend, dachte Marcus, während er die Eingangstreppe zu seinem Stadthaus hinaufstieg. Intelligent, leidenschaftlich und so herrlich anders als die anderen Frauen. Sie würde eine interessante Mätresse abgeben für den Rest der Saison. Wenn er Glück hatte, vielleicht sogar länger.

Marcus verspürte etwas, das sich nur als Hoffnung bezeichnen ließ. Es wäre eine enorme Erleichterung für ihn, wenn er eine bequeme, stabile, langfristige Affäre mit einer intelligenten Frau einginge.

Einer Frau, die seine Grundsätze respektierte, ohne zu versuchen, ihn zu einer Heirat zu drängen oder ihn mit kindischen Wutanfällen oder lästigen Gefühlsausbrüchen verärgerte.

Einer Frau, die die Anforderungen verstand, die seine diversen intellektuellen Interessen an ihn stellten.

Einer Frau, die nicht permanent versuchte, seine Aufmerksamkeit von jedem Buch, das er gerade las, oder jedem Projekt, an dem er gerade arbeitete, abzulenken.

Einer Frau, mit der er sich tatsächlich unterhalten konnte, nachdem die Leidenschaft erst einmal befriedigt war.

Als Marcus die oberste Stufe erreichte, öffnete Lovelace die Tür. »Guten Abend, Sir. Ich hoffe, Sie hatten eine angenehme Zeit.«

»Es war ein interessanter Abend, Lovelace.« Marcus streifte seinen Mantel ab und gab ihn zusammen mit seinem Hut an den Butler weiter.

Auf Lovelaces Miene, die für gewöhnlich die Reglosigkeit einer ägyptischen Totenmaske hatte, zeigte sich ein Anflug von Überraschung. »Freut mich zu hören, Sir. Normalerweise kommen Sie von einer Soiree oder einem Ball nicht mit einer solchen, eh, Begeisterung zurück.«

»Das ist mir durchaus bewußt, Lovelace. Aber der Ball, den ich heute abend besucht habe, war in gewisser Weise ungewöhnlich.« Als Marcus durch die Eingangshalle hinüber zur Bibliothek ging, hallten seine Stiefel auf dem golddurchwirkten schwarzen Marmorboden wider. »Sie dürfen sich zurückziehen. Ich werde die Lichter löschen.«

»Vielen Dank, Sir.« Lovelace machte eine bedeutungsvolle Pause. »Es gibt noch etwas, was ich Ihnen sagen sollte.«

»Und das wäre?«

»Ihr Bruder kam am frühen Abend hierher. Er ist vor einer Stunde gegangen. Ich glaube, er wollte in seinen Club.«

»Bennet ist hier in London?« Marcus runzelte die Stirn. »Ich dachte, er wäre zu Besuch bei Freunden in Schottland.«

»Ja, M'lord. Ich weiß.«

»Nun, ich werde morgen früh mit ihm sprechen.« Marcus betrat die Bibliothek. »Gute Nacht, Lovelace.«

»Gute Nacht, Sir.« Lovelace schloß leise die Tür.

Marcus ging durch das Zimmer zu dem kleinen Tisch in der Ecke. Der edle französische Brandy in der Kristallkaraffe schimmerte bernsteinfarben.

Marcus schenkte sich ein Glas ein und nahm in dem großen, bequemen Ohrensessel Platz. Er atmete geistesabwesend den schweren Duft ein, der ihm aus dem Glas entgegenstieg, und dachte über die Tatsache nach, daß er eine neue Affäre beginnen würde.

Das Überraschende daran war, daß ihn der Gedanke mit freudiger Erwartung erfüllte. Wirklich ungewöhnlich.

Die normalen Unannehmlichkeiten, die mit dem unvermeidbaren Ende einer Beziehung verbunden waren, hatten ihn schon immer gestört. Aber in letzter Zeit hatte er selbst die Zeit und Mühe gescheut, die es kostete, um eine neue Liaison einzugehen.

Es war schwierig, eine gewisse Begeisterung für die Sache zu entwickeln, wenn man von vornherein wußte, wie alles enden würde. Mit der Zeit hatte er sogar ein Talent dafür entwickelt, genau sagen zu können, wann alles vorbei wäre.

Die Zeiträume zwischen den einzelnen Techtelmechteln waren immer länger geworden, bis die körperlichen Bedürfnisse zu stark wurden, als daß er sie länger hätte ignorieren können.

Die Schwierigkeit bestand einfach darin, daß er die normale männliche Begierde nicht einfach vollkommen abschütteln konnte. Wenn er besonders melancholisch gestimmt war, fragte er sich manchmal, wie es wohl wäre, von allen Gefühlen frei zu sein. Dann wäre er in der Lage, die undurchsichtige Welt romantischer Wirrungen hinter sich zu lassen und sich ganz seinen intellektuellen Neigungen hinzugeben.

Der Gedanke zauberte ein Grinsen auf sein Gesicht. Wenn er heute nacht eines festgestellt hatte, dann, daß es nicht allzu wahrscheinlich war, daß sein Körper ihm in nächster Zeit gestatten würde, seine Lust zu ignorieren. In seinen Lenden spürte er immer noch den Schmerz unbefriedigter Leidenschaft.

Aber der interessanteste Aspekt der ganzen Situation war, daß ihn der Gedanke an die Arbeit, die es ihn kosten würde, um die Dame zu verführen, nicht abschreckte. In der Tat war dies seit langer, langer Zeit das erste Mal, daß er sich regelrecht darauf freute.

Sein Instinkt sagte ihm, daß die Dinge mit Iphiginia vollkommen neu und anders sein würden.

Als erstes hatte er nicht bereits das unweigerliche Ende ihrer Affäre vor Augen.

Endlich einmal würde er eine Beziehung anfangen, ohne direkt zu wissen, wann und wie sie enden würde. Das allein reichte, um seinen Appetit anzuregen.

Marcus nippte an seinem Brandy und dachte über die Vergnüglichkeiten einer leidenschaftlichen Affäre nach, die ihm viele Überraschungen versprach.

Er fragte sich, wie lange sie wohl an ihrer lächerlichen Geschichte von der Erpresserjagd festhalten würde.

Er mußte der Lady zu ihrem Einfallsreichtum gratulieren. Sie hatte es auf brillante Art und Weise geschafft, sich Zugang zu den höchsten gesellschaftlichen Kreisen zu verschaffen.

Zweifellos hatte sie erwartet, daß er nicht vor Ende des Monats nach London zurückkehren würde, was ihr genug Zeit gelassen hätte, sich einen wohlhabenden Liebhaber zu angeln. Oder vielleicht war sie die ganze Zeit darauf ausgewesen, seine Aufmerksamkeit zu wecken.

Dieser letzte Gedanke war durchaus angenehm. Und höchst schmeichelhaft.

Marcus drehte langsam das Brandyglas in seinen Händen. Seinetwegen sollte sie diese Erpressergeschichte aufrechterhalten, solange es ihr Spaß machte. Dieses Spielchen schadete niemandem, und es wäre amüsant zu sehen, wie lange sie diese Maskerade durchhalten konnte.

Aber bis dahin würde er noch andere, weitaus interessantere Spiele mit Iphiginia Bright spielen.

Ein unangenehm feuchtes Gefühl ließ Marcus auf seine Jacke blicken. Er stöhnte, als er den großen, dunklen Fleck entdeckte, der den teuren Stoff verunzierte.

Er sprang auf, zog die Jacke aus und griff in die Innentasche, aus der er einen kleinen metallenen Gegenstand zog, den er enttäuscht anstarrte.

Offensichtlich mußte er sein neuestes Modell eines mit einem Wasserreservoir und einem eigenen Tintenvorrat ausgestatteten Füllfederhalters noch einmal überarbeiten.

Dies war die dritte Jacke, die er innerhalb von drei Wochen ruiniert hatte.

Kapitel vier

Marcus hatte sich gerade eine Portion Eier aus einer der Schüsseln auf dem Sideboard genommen, als Bennet in das Frühstückszimmer geschlendert kam.

»Morgen, Marcus.«

»Guten Morgen. Lovelace sagte bereits, daß du nach London zurückgekehrt wärst. Ich hatte dich nicht erwartet.« Marcus sah in Richtung seines Bruders, setzte zu einem Lächeln an und blinzelte dann überrascht. »Verdammt. Was ist denn mit deinen Haaren passiert?«

»Nichts ist damit passiert.« Bennet verzog beleidigt sein hübsches

Gesicht. Er ging hinüber zum Sideboard und hob die Deckel der diversen Schüsseln an. »Das ist die allerneueste Mode.«

»Nur bei Leuten wie Byron.« Marcus musterte die kunstvoll zerzauste Lockenpracht. Normalerweise war Bennets dunkles Haar vollkommen glatt, genau wie sein eigenes. »Sag deinem Kammerdiener bloß, daß er vorsichtig mit der Brennschere sein soll. Wenn er nicht aufpaßt, sengt er dir noch die Haare an.«

»Haha. Wo sind die Muffins?«

»In der Schüssel ganz am Ende, glaube ich.« Marcus trug seinen schwerbeladenen Teller zurück an den Tisch und nahm Platz. »Ich dachte, du wolltest den ganzen Monat mit deinem Freund Harry und seiner Familie in Schottland verbringen.«

Bennet wandte den Blick nicht von der Schüssel mit Muffins. »Ich dachte, du wolltest den ganzen Monat in Yorkshire bleiben.«

»Ich habe es mir anders überlegt.«

»Nun, ich mir auch.«

Marcus runzelte die Stirn. »Gab es einen besonderen Grund dafür, daß du deine Pläne geändert hast?«

»Nein.« Bennet konzentrierte sich voll darauf, Eier auf seinen Teller zu laden.

Marcus starrte besorgt auf den Rücken seines Bruders. Er kannte Bennet einfach zu gut. Er hatte noch nie etwas vor ihm geheimhalten können. Irgend etwas stimmte nicht.

Marcus hatte Bennet nach dem Tod der Mutter vor achtzehn Jahren ganz allein aufgezogen. Der Vater hatte zwar damals noch gelebt, aber George Cloud hatte sich nie mehr für seinen jüngeren Sohn interessiert als für seinen älteren. George zog es vor, sich um seine Hunde zu kümmern, auf die Jagd zu gehen und mit seinen Freunden in der örtlichen Taverne herumzulungern, statt die Mühsal des Familienlebens auf sich zu nehmen.

Da sich sonst niemand um Bennet gekümmert hatte, war Marcus die Aufgabe zugefallen, ebenso wie ihm bereits Jahre zuvor die Verantwortung für den Bauernhof der Familie übertragen worden war.

Der Erfolg seiner Experimente mit neuem Werkzeug, Düngemitteln, mechanischen Pflügen und verbesserten Zuchttechniken hatte dazu geführt, daß sich die Erträge des Hofes mit der Zeit erheblich gesteigert hatten.

George hatte einen Großteil der Einkünfte für bessere Jagdhunde und Pferde ausgegeben. Als Marcus' Mutter schüchtern vorgeschlagen hatte, den Jungen nach Oxford oder Cambridge zu schicken, hatte George die Idee auf der Stelle verworfen. Er würde doch nicht freiwillig auf das Geld verzichten, das ihm der beste Bauer im gesamten Bezirk erwirtschaftete.

Hin und wieder hatte George Marcus auf den Rücken geklopft und etwas davon gemurmelt, daß er einen wirklich nützlichen Sohn gezeugt hätte. Und ab und zu hatte er sogar daran gedacht, Bennet in einer Geste, die Zuneigung ausdrücken sollte, in die Luft zu heben.

Cloud hatte regelmäßig voller Zufriedenheit festgestellt, daß seine beiden Söhne glücklicherweise seine eigene hervorragende Konstitution geerbt hatten, da es verdammt lästig war, wenn man wie Mrs. Cloud permanent kränkelte. Aber das war das Äußerste gewesen, was er seinen Söhnen an väterlicher Aufmerksamkeit geschenkt hatte.

Marcus' Mutter hatte unter Melancholie und permanenter Müdigkeit gelitten. Ihre körperlichen Gebrechen waren im allgemeinen eher vager Natur gewesen, doch in dem Jahr, als Marcus achtzehn geworden war, war sie plötzlich von heftigem Fieber befallen worden und ihm innerhalb weniger Stunden erlegen. Marcus hatte sich, den zweijährigen Bruder auf dem Arm, an ihr Bett begeben und war nicht einmal von ihrer Seite gewichen, während sich sein Vater auf der Fuchsjagd vergnügt hatte.

Cloud hatte den Tod seiner Frau vor allem deshalb bemerkt, weil er seine Jagdpläne gestört hatte, und nicht, weil er ihn mit einem Gefühl des Verlustes erfüllt hätte. Er hatte sein Leben unverändert weitergelebt, doch elf Monate nachdem seine von ihm sträflich vernachlässigte Frau dem Fieber erlegen war, hatte sein neuestes Reitpferd vor einem Zaun gescheut, er war abgestürzt und hatte sich das Genick gebrochen.

An dem Morgen, als der Pfarrer gekommen war, um ihm die Nachricht vom Tod seines Vaters zu überbringen, hatte Marcus gerade mit den Männern auf dem Feld gearbeitet. Er war gerade damit beschäftigt gewesen zu überprüfen, ob die Veränderungen, die er an der neuen Mähmaschine vorgenommen hatte, zu einer Leistungsverbesserung geführt hatten.

Er erinnerte sich noch genau an die eigenartige Unberührtheit, mit der er die gemurmelten Beileidsbezeugungen des Pfarrers vernommen hatte.

Ein Jahr zuvor hatte er den Tod seiner Mutter tagelang heimlich beweint. Aber an dem Morgen, als sein Vater gestorben war, hatte er nicht eine einzige Träne vergoßen.

Das einzige, was er verspürt hatte, war ein Anflug sinnlosen Ärgers.

Er hatte den Grund für diesen Zorn nicht verstanden, also hatte er ihn irgendwo tief in seinem Inneren vergraben und ihm niemals erlaubt, noch einmal zutage zu treten.

Dem kleinen Bennet schien die Abwesenheit des Vaters gar nicht aufzufallen. Er hatte seine gesamte Aufmerksamkeit und Zuneigung auf die einzige Person gerichtet, die in seinem Leben schon immer eine wichtige Rolle gespielt hatte, seinen älteren Bruder Marcus.

Marcus schob die Erinnerungen beiseite und beobachtete, wie Bennet zum Frühstückstisch gewandert kam.

»Harry und ich fingen an, uns in Schottland zu langweilen«, war alles, was er an Erklärung bot. »Also haben wir beschlossen, die Saison in London zu verbringen.«

»Ich verstehe.« Marcus strich Marmelade auf eine Scheibe Toast. »Ich dachte, du wärst der Ansicht, daß die Ballsaison so ziemlich das Langweiligste ist, was es gibt.«

»Tja, nun, das war letztes Jahr.«

»Natürlich.«

Letztes Jahr war Bennet kaum neunzehn gewesen. Er war gerade aus Oxford zurückgekehrt, ein junger Mann voller Begeisterung für Politik und Poesie. Die frivolen Feste der besseren Gesellschaft hatte er verachtet. Marcus hatte ihn in einen Club eingeführt, in dem es zahlreiche andere junge Männer gab, die ebenso leidenschaftlich für die neuesten Dichter und die jüngsten politischen Theorien schwärmten, und Bennet schien sich dort außerordentlich wohl zu fühlen.

Marcus hatte sich insgeheim gefreut, daß sein Bruder nicht zu der Gruppe junger Männer gehörte, die sich von den oberflächlichen Vergnügungen der besseren Gesellschaft blenden ließen.

Oxford hatte ihm gutgetan.

Marcus hatte Bennet nicht zum Zweck einer akademischen Ausbildung dorthin geschickt. Er hatte immer dafür gesorgt, daß sein Bruder zu Hause von zwei hervorragenden Hauslehrern unterrichtet wurde und daß ihm die riesige, heimische Bibliothek jederzeit offenstand.

Ein junger Mann ging nicht nach Cambridge oder Oxford, um dort zu studieren. Er war dort, um die Regeln des gesellschaftlichen Umgangs zu lernen und andere junge Männer kennenzulernen, mit denen er es später geschäftlich zu tun haben würde. Er war dort, um Freundschaften mit den Sprößlingen der besten Familien zu schließen, Familien, die ihn eines Tages mit einer standesgemäßen Frau versorgen würden.

Marcus war entschlossen gewesen, dafür zu sorgen, daß sein Bruder nicht wie er ein naiver, ungehobelter kleiner Gutsbesitzer werden würde, der außer seinem Bauernhof nichts kannte.

Marcus hatte einen hohen Preis für seinen eigenen Mangel an Weltgewandtheit bezahlt. Er wollte nicht, daß es Bennet genauso erging. Ein Mann mußte seine Illusionen und Träume so schnell wie möglich loswerden, wenn er ihnen nicht zum Opfer fallen wollte.

Marcus biß herzhaft in seinen Toast. »Wo warst du gestern abend?«

»Harry und ich waren in unserem Club«, sagte Bennet unbestimmt. »Dann schlug Harry vor, daß wir noch ein paar der interessanteren Soireen besuchen.«

»Welche?«

»Ich weiß nicht mehr genau. Ich glaube, zum Beispiel den Ball bei den Broadmores. Und dann waren wir wohl noch kurz auf dem Empfang bei den Fosters.«

»Und, hat es dir gefallen?«

Bennet sah Marcus kurz an, und dann senkte er eilig den Blick. Er zuckte mit den Schultern. »Ganz nett.«

»Bennet, weich mir nicht aus. Wenn etwas los ist, dann sag es mir.«

»Nichts ist los.« Bennet starrte ihn finster an. »Zumindest nicht mit mir.«

»Was zum Teufel soll das nun wieder heißen?«

»Also gut, Marcus. Ich will ganz offen sein. Wie ich höre, hast du dich gestern abend reichlich lächerlich gemacht.«

»Lächerlich?«

»Verdammt und zugenäht. Es heißt, du hättest deine neue Mätresse auf dem Arm aus dem Ballsaal der Fenwicks herausgeschleppt. Du mußt wirklich eine schöne Vorstellung gegeben haben!«

»Ah, da also liegt das Problem.« Marcus umklammerte den Griff seines Messers und schnitt sein Würstchen in kleine Stücke. »Habe ich dich damit etwa in Verlegenheit gebracht?«

»Marcus, willst du den Rest deines Lebens damit verbringen, der Gesellschaft mit deinem eigenartigen Verhalten als Hofnarr zu dienen?«

»Ich habe dich also in Verlegenheit gebracht.« Marcus piekste ein Stück Würstchen auf und kaute nachdenklich darauf herum. »Versuch, es dir nicht allzu sehr zu Herzen zu nehmen, Bennet. Die Leute haben wahrlich schon Schlimmeres gesehen.«

»Darum geht es ja wohl nicht.« Bennet knallte ein Stück Butter auf sein Muffin. »Die Sache ist die, daß ein Mann in deinem Alter einen gewissen Sinn dafür haben sollte, was sich gehört.«

Marcus wäre beinahe an seinem Würstchen erstickt. »Ein Mann in meinem Alter?«

»Du bist sechsunddreißig. Du hättest schon vor Jahren wieder heiraten und einen Erben bekommen sollen.«

»Verdammt. Woher kommt bitte deine plötzliche Sorge, daß ich noch keinen Erben habe –? Du weißt ganz genau, daß ich nicht die Absicht habe, ein zweites Mal zu heiraten.«

»Und was ist mit deiner Verpflichtung gegenüber deinem Titel?«

»Ich bin ganz zufrieden damit, dir den Titel zu hinterlassen.«

»Nun, ich will ihn aber nicht, Marcus. Er gehört dir, und er sollte an deinen Sohn gehen.« Bennet runzelte in offensichtlicher Verzweiflung die Stirn. »Es wäre demnach nur angemessen, wenn du deine Pflicht erfüllen würdest.«

»Wie ich sehe, hat dich mein gestriges Verhalten wirklich peinlich berührt«, stellte Marcus trocken fest.

»Du mußt zugeben, daß es manchmal etwas unangenehm ist, einen älteren Bruder zu haben, der bereits sechsunddreißig und nicht weniger als ein Graf ist, und dem es nicht das geringste ausmacht, sich zum Gespött der Leute zu machen.«

»Das ist schließlich nicht das erste Mal.«

»Aber es ist das erste Mal, daß du einer Frau mitten in einem Ballsaal eine Szene machst.«

Marcus zog eine Braue hoch. »Woher willst du das bitte wissen? Du bist doch so gut wie nie auf irgendwelchen Festen zu Gast.«

»Miss Dorchester hat mir davon berichtet«, erwiderte Bennet deutlich gereizt.

Marcus sah ihn reglos an. »Juliana Dorchester?«

»Ich hatte die große Ehre, gestern abend mit ihr tanzen zu dürfen«, murmelte Bennet.

»Ich verstehe.«

»Immer, wenn du in diesem Ton ›ich verstehe‹ sagst, heißt das, daß du mit etwas nicht einverstanden bist. Nun, du sagst mir gegenüber besser nichts Unhöfliches über Miss Dorchester, Marcus. Sie ist eine wunderhübsche junge Dame mit einem ausgezeichneten Benehmen, und es würde ihr nicht im Traum einfallen, sich jemals in eine derart skandalöse Szene verwickeln zu lassen.«

»Das ist für Juliana Dorchester die zweite Saison«, sagte Marcus in grimmigem Ton. »Dieses Mal muß sie einen Ehemann finden, denn die Dorchesters können sich eine dritte Saison für sie nicht leisten. Verstehst du mich, Bennet?«

»Du versuchst, mich vor ihr zu warnen, nicht wahr? Nun, das wird dir nicht gelingen. Sie ist der Inbegriff weiblicher Tugend, und ich werde auf ewig dankbar sein, daß sie mir gestern abend gestattet hat, sie zu unterhalten.«

»Zweifelsohne dankt sie gerade in diesem Augenblick dem Himmel dafür, daß du sie überhaupt bemerkt hast. Von jetzt an wird sie dafür sorgen, daß sie in jedem Ballsaal auftaucht, den du betrittst.«

»Verdammt. Sie ist nicht der Typ, der irgendwelche Intrigen spinnt. Sie ist viel zu unschuldig, zu sanft, zu weichherzig, um an so etwas auch nur zu denken.«

»Sie denkt an nichts anderes. Glaub mir.«

»Woher willst du das bitte wissen?«

»Sie ist Dorchesters Tochter, und ich kenne Dorchester. Er ist verzweifelt darauf aus, Juliana mit einem reichen Mann zu verheiraten. Und ihre Mutter wünscht sich nichts so sehr wie einen Titel für ihre Familie.« Marcus zeigte mit seiner Gabel auf Bennet und kniff die Augen zusammen. »Du bist einer der größten Fische auf dem Heiratsmarkt, Bennet. Du bist reich, und es ist zu erwarten, daß du eines Tages meinen Titel erben wirst. Du mußt aufpassen.«

Bennet warf seine Serviette auf den Tisch. »Das ist wirklich die Höhe. Miss Dorchester ist nicht der Typ Frau, dem es um Geld und Titel geht.«

»Wenn du das wirklich glaubst, dann bist du noch naiver, als ich dachte.«

»Ich bin nicht naiv. Aber ich bin auch nicht so kalt, streng und starrsinnig wie du, Marcus. Und auf jeden Fall gebe ich mich nicht mit so frevelhaften Frauen ab, wie deine Mrs. Bright es ist.«

»Entweder sprichst du respektvoll von Mrs. Bright, oder du sprichst überhaupt nicht über sie, ist das klar?«

»Um Himmels willen, sie ist deine Geliebte.«

»Sie ist eine sehr gute Freundin.«

»Alle Welt weiß, was *das* heißt. Du hast wirklich Nerven. Du kritisierst Miss Dorchester, aber wenn du mich fragst, könnte deine Mrs. Bright von ihr noch eine Menge über Anstand und Benehmen lernen.«

Marcus knallte seine Kaffeetasse auf die Untertasse. »Ich frage dich aber nicht.«

Die Tür zum Frühstückszimmer öffnete sich, und Lovelace trat ein. In einer seiner behandschuhten Hände hielt er ein kleines Silbertablett.

»Eine Nachricht für Sie, M'lord. Sie wurde gerade abgegeben.«

Mit gerunzelter Stirn nahm Marcus den Zettel vom Tablett. Lautlos überflog er den Inhalt.

M:
Ich muß dich sofort sehen. Es ist dringend. Im Park.
Zehn Uhr. Am Brunnen.
H

Marcus blickte zu Lovelace auf. »Geben Sie Anweisung, daß Zeus gesattelt und um halb zehn herübergebracht wird. Ich glaube, ich werde heute morgen ein wenig spazierenreiten.«

»Sehr wohl, M'lord.« Lovelace zog sich mit einer Verbeugung aus dem Frühstückszimmer zurück.

»Von wem war die Nachricht?« wollte Bennet wissen.

»Von einer Freundin.«

»Ich nehme an, Mrs. Bright.«

»Nein, sie ist nicht von Mrs. Bright.«

Bennet preßte die Lippen zusammen. »Ich habe dich noch nie so empfindlich erlebt, wenn es um eine deiner Mätressen ging.«

»Sie ist eine *Freundin.«* Marcus warf seine Serviette auf den Tisch und erhob sich. »Vergiß das nicht, Bennet.«

Um fünf vor zehn ritt Marcus auf Zeus, seinem muskulösen schwarzen Hengst, in den Park. Er nahm den Kiesweg, der zum Zentrum der ausgedehnten, baumbestandenen Grünanlage führte, da hier die wenigsten Menschen anzutreffen waren.

Hannah, Lady Sands, wartete bereits in einer kleinen, geschlossenen Karriole. Sie trug ein dunkelbraunes Reisekleid, dessen hoher Rüschenkragen ihren schlanken Hals betonte. Ihr liebliches Gesicht wurde von dem Schleier ihres modischen braunen Hutes verdeckt.

»Marcus. Gott sei Dank, daß du gekommen bist.« Sie lüftete den Schleier und sah ihn aus weit aufgerissenen Augen ängstlich an. »Ich bin schon seit Tagen vollkommen fertig. Als ich heute morgen hörte, daß du wieder in der Stadt bist, habe ich dir sofort eine Nachricht zukommen lassen. Ich hatte schon Angst, daß du so kurzfristig nicht kommen kannst.«

»Du weißt, daß ich dir jederzeit zur Verfügung stehe, Hannah.« Ihre angespannte Miene und der traurige Blick aus ihren grauen Augen gefielen ihm nicht.

Hannah war neunundzwanzig. Sie war mit dem wohlhabenden, liebenswerten Lord Sands verheiratet und hatte vor kurzem einem Sohn das Leben geschenkt.

Vor sieben Jahren war ihr erster Mann ums Leben gekommen. Ihre neue Ehe, die sie vor drei Jahren eingegangen war, schien glücklich zu sein. Marcus hatte sich für sie gefreut. Er hatte geglaubt, die Tage der Angst wären für sie vorbei, aber heute morgen meinte er, den alten, gehetzten Ausdruck in ihren Augen wiederzuerkennen.

»Was ist los, Hannah?«

»Ich werde erpreßt«, flüsterte sie, und ihr Gesicht drückte Verzweiflung aus. »Oh, Marcus, irgend jemand weiß *alles.«*

Marcus rührte sich nicht. »Das ist vollkommen unmöglich.«

»Nein, es ist wahr.« Tränen stiegen ihr in die Augen. »O Gott, er *weiß* es, verstehst du mich? Er weiß, wie Spalding zu Tode kam. Er weiß, daß ich ihn umgebracht habe.«

»Hannah, beruhige dich. Willst du mir etwa erzählen, daß jemand Geld von dir gefordert hat?«

»Ja. Fünftausend Pfund. Ich habe sie bereits bezahlt. Ich war gezwungen, ein Paar Ohrringe zu versetzen.«

»Verflucht.«

»Ich fürchte, es wird weitere Forderungen geben.«

»Ja.« Marcus klopfte mit seiner Reitgerte gegen seinen Stiefel. »Wir müssen davon ausgehen, daß es weitere Forderungen geben wird. So ist es immer, wenn man es mit einem Erpresser zu tun hat.«

»Gütiger Himmel, Marcus, ich habe solche Angst.«

»Hannah, hör mir gut zu. Wann hast du die erste Forderung erhalten?«

»Vor sechs Tagen. Ich hätte dich sofort benachrichtigt, aber ich wußte nicht, wo du warst. Ich wußte nur, daß du die Stadt für längere Zeit verlassen hattest.«

»Ich war auf Cloud Hall.«

»Ich bin vollkommen verzweifelt. Ich habe seit Tagen nicht mehr geschlafen. Sands macht sich bereits ernste Sorgen. Er fragt mich immer wieder, was los ist. Er will den Arzt kommen lassen. Was soll ich nur tun?«

»Im Augenblick erst einmal gar nichts«, sagte Marcus sanft. »Ich werde mich um die Sache kümmern.«

»Aber was willst du tun? Marcus, hast du mich verstanden? Diese Person weiß, daß ich ..., daß ich eine Mörderin bin.«

»Pst, Hannah. Beruhige dich. Du hast Lynton Spalding nicht ermordet. Du hast in Notwehr gehandelt. Das darfst du niemals vergessen.«

»Niemand wird mir glauben. Was wird Sands sagen, wenn er die Wahrheit erfährt?«

»Ich nehme an, daß dein Ehemann weitaus verständnisvoller ist, als du denkst«, sagte Marcus. Dies war nicht das erste Mal, daß er versuchte, Hannah dazu zu bewegen, Sands die Wahrheit über den Tod ihres ersten Ehemannes zu sagen. Aber Hannah weigerte sich standhaft, seinen Rat zu befolgen.

»Ich wage es nicht, ihm alles zu erzählen, Marcus. Er könnte niemals akzeptieren, daß er eine Frau geheiratet hat, die ihren ersten Ehemann umgebracht hat. Was würdest denn du an seiner Stelle tun?«

Marcus zuckte mit den Schultern. »Aufgrund dessen, was ich über Spalding weiß und darüber, wie er dich behandelt hat, würde ich dir zu deiner Treffsicherheit gratulieren.«

Hannah war erschüttert. »Bitte mach dich nicht lustig über mich.«

»Ich mache mich nicht lustig über dich. Es ist die Wahrheit. Ich glaube, du unterschätzt deinen neuen Ehemann.«

»Ich kenne ihn besser als du. Er hält mich für den Inbegriff weiblicher Tugend. Ich kann ihm einfach nicht die Wahrheit sagen.«

»Das weiß offenbar auch der Erpresser«, bemerkte Marcus. »Interessant.«

»Was willst du tun?«

»Ich glaube, daß ich mich erst einmal ausführlich mit einer Person unterhalten werde, die mehr über die ganze Sache zu wissen scheint, als ich dachte.«

»Was in aller Welt soll das heißen?« jammerte Hannah. »Marcus, du darfst niemandem etwas davon verraten.«

»Mach dir keine Sorgen. Ich werde dein Geheimnis nicht verraten. Aber ich habe die Absicht, die Antworten auf eine Reihe von Fragen zu bekommen, die ich gestern abend zu stellen versäumt habe.«

»Ich verstehe nicht, was du damit sagen willst.«

»Anscheinend habe ich etwas getan, was ich nur sehr selten tue: Ich habe voreilig irgendwelche Schlüsse gezogen.« Marcus beruhigte den nervös trippelnden Zeus. »Weißt du, ich dachte, daß mir jemand eine außerordentliche Lügengeschichte aufgetischt hat.«

»Wovon sprichst du?«

»Egal. Das ist eine lange Geschichte, und ich habe im Augenblick nicht genug Zeit, um sie dir zu erzählen. Aber sei versichert, daß ich mich umgehend um die Sache kümmern werde, Hannah. Und zahl diesem Erpresser keinen Pfennig mehr, ohne dich vorher mit mir in Verbindung zu setzen, hast du mich verstanden?«

»Ja.« Hannahs Hände, die in eleganten Handschuhen steckten, griffen die Zügel ihrer Pferde fester. »Ich bin so froh, daß ich endlich mit dir über diese Sache sprechen konnte. Ich hatte schon Angst, vollkommen verrückt zu werden.«

»Es wird alles gut werden. Das verspreche ich.«

Hannah lächelte traurig. »Das hast du auch in der Nacht gesagt, als du mir geholfen hast, Spaldings Leiche fortzuschaffen.«

»Und ich hatte recht, nicht wahr?«

Sie bedachte ihn mit einem seltsamen Blick. »Du hast mein Geheimnis bewahrt, aber zu einem hohen Preis für dich selbst. Du weißt sehr gut, daß es immer noch genügend Leute gibt, die behaupten, du hättest Spalding kaltblütig ermordet, um die Kontrolle über die Investmentgesellschaft zu erlangen.«

Marcus lächelte. »Niemand hat jemals beweisen können, daß er nicht von einem Straßenräuber erschossen worden ist, und das ist das einzige, was zählt. Was die Leute sagen, interessiert mich nicht. Ich bin es gewohnt, daß über mich geredet wird.«

Sie verzog schmerzlich den Mund. »Manchmal denke ich, daß du wirklich über den Dingen stehst.« Sie zögerte. »Ich habe die Morgenzeitung gelesen. Zufällig stieß ich auch auf die Geschichte von einer angeblichen Szene auf dem Fenwickschen Ball gestern abend.«

»Ach ja?«

Hannah sah ihn fragend an. »Also bitte, Marcus. Wir beide sind alte Freunde. Du kannst dich mir anvertrauen. Wir beide wissen, daß du nicht der Typ Mann bist, der sich wegen einer Frau zum Gespött der Leute macht. Hast du Mrs. Bright wirklich auf dem Arm aus dem Ballsaal geschleppt?«

»Sie ist in Ohnmacht gefallen.«

»Du hast dich noch nie mit jemandem eingelassen, der zu auffälligen Szenen neigt. Du bist berühmt dafür, daß du von deinen Mätressen absolute Diskretion verlangst.«

»Mrs. Bright ist nicht meine Mätresse«, sagte Marcus kalt. »Sie ist eine sehr gute Freundin. Sie ist in Ohnmacht gefallen und ich habe dafür gesorgt, daß sie an die frische Luft kam, um sich zu erholen. Das war alles.«

Hannah seufzte. »Du bist heute seltsam gestimmt.« Sie zog ihren Schleier wieder vor das Gesicht. »Verzeih mir meine Neugier. Deine Beziehung zu Mrs. Bright ist allein deine Sache.«

»Allerdings.«

»Ich muß los. Ich habe Sands erzählt, ich fahre einkaufen.«

Marcus' Stimme wurde sanft. »Versuch, dir nicht allzu viele Sorgen wegen dieses Erpressers zu machen, Hannah. Ich kümmere mich um die Sache.«

»Danke.« Sie bedachte ihm mit einem weiteren traurigen Lächeln. »Ich habe großes Glück, dich zu meinen Freunden zählen zu dürfen.« Sie schnalzte mit den Zügeln, und die Pferde setzten sich in Bewegung.

Marcus betrachtete noch lange Zeit den plätschernden Brunnen, und dann wandte er den Kopf seines Hengstes, um zurück zum westlichen Eingang des Parks zu reiten.

»Aber es heißt, er sei tot«, jammerte Zoë, Lady Guthrie. »Warum ist er es dann nicht?«

»Pst, Tante Zoë.« Iphiginia sah sich eilig in dem beinahe menschenleeren Ausstellungsraum der Polsterei Hornby und Smith um. Glücklicherweise schien niemand Zoës Lamento gehört zu haben. »Ich weiß es nicht, aber das ist doch eine erfreuliche Entwicklung, findest du nicht?«

»Es macht die ganze Sache nur noch verwirrender, wenn du mich fragst«, erklärte Zoë.

Amelia, die eines der langweiligen braunen Baumwollkleider trug, die sie bevorzugte, nickte zustimmend.

»Tante Zoë hat vollkommen recht. Die ganze Sache ist einfach rätselhaft. Mir gefällt das alles nicht.«

»Bitte sprecht beide etwas leiser, sonst hört euch noch irgendwer.« Erneut sah Iphiginia sich in dem Ausstellungsraum um.

Die Eigentümer drückten sich hinter einem Tresen am anderen Ende des Ladens herum. Mr. Smith war ein dicklicher, plumper Mann, der durch seine grell rosafarbene Weste und durch die hochmodernen Bügelfalten in seiner Hose auffiel. Hornby, hager, krummbucklig und kahlköpfig, trug eine Weste mit Paisleymuster, die sich deutlich von seiner violetten Jacke abhob.

Hornby blickte ungeduldig in Richtung von Iphiginia, Zoë und Amelia, die sich über ein Musterbuch gebeugt hatten. Ganz offensichtlich wartete er auf eine Gelegenheit, sich auf die drei Damen stürzen zu können. Er war bereits zweimal abgewiesen worden, aber Iphiginia wußte, daß er drauf und dran war, ihnen ein drittesmal seine Hilfe anzubieten.

Die Wände des langgezogenen Raums waren mit Gemälden und Mustern bedeckt, die den Kunden Anregungen für die Dekoration ihrer Häuser gemäß der jüngsten Mode geben sollten. Stühle und Tische im neuesten Stil waren in der Mitte des Zimmers in einer Reihe aufgestellt.

Auf verschiedenen Tischen lagen Musterbücher mit Zeichnungen von luxuriösen Innendekors für jeden Raum des Hauses aus.

Iphiginia, Zoë und Amelia gaben vor, sich die Zeichnung einer Bibliothek anzusehen, die zugleich als Ausstellungssaal für Statuen dienen konnte. Der wahre Grund, weshalb sie sich heute morgen hier bei Hornby und Smith getroffen hatten, war jedoch, die jüngsten Entwicklungen der Krise zu besprechen.

»Offensichtlich hat der Erpresser gelogen, als er behauptete, er habe Masters ermordet«, sagte Iphiginia. »Er hat versucht, dir angst zu machen, Tante Zoë, damit du seine Forderungen auch bestimmt erfüllst.«

»Was ihm gelungen ist. Immerhin habe ich ihm fünftausend Pfund bezahlt«, murmelte Zoë. »Das ist wirklich zuviel. Da erlange ich endlich nach all den Jahren, in denen ich zusehen mußte, wie Guthrie mein Vermögen für Pferde und Frauen verschleudert hat, wieder die Kontrolle über mein Geld, und was passiert? Irgend so ein widerlicher Erpresser taucht auf und versucht, es mir wieder abzunehmen.«

»Ich verstehe deinen Zorn, Tante Zoë. Aber wir werden ihn finden und der Sache ein Ende machen, das verspreche ich dir«, murmelte Iphiginia mitfühlend.

Sie mochte ihre Tante sehr gern und hatte die feste Absicht, ihr möglichstes zu tun, um Zoë diesen Erpresser vom Hals zu schaffen.

Mit ihren fünfundvierzig Jahren war Zoë eine energische, lebenslustige Frau mit einem Hang zum Dramatischen. Ihr Haar, das einst ebenso lohfarben gewesen war wie das von Iphiginia, wies inzwischen attraktive silbrige Strähnen auf. Sie hatte das feingemeißelte Profil, das alle Frauen der Brightschen Familie auszeichnete.

Vor fünfundzwanzig Jahren war Zoë nicht nur eine regelrechte Schönheit, sondern darüber hinaus auch noch eine reiche Erbin gewesen. Die großzügige Mitgift, mit der sie als einzige Tochter ihrer Eltern ausgestattet gewesen war, hatte das Interesse von Lord Guthrie geweckt. Als Zoës Familie herausgefunden hatte, daß er so gut wie mittellos war, war Zoë bereits mit ihm verheiratet gewesen, und er hatte als ihr Ehemann die Kontrolle über ihr Vermögen erlangt.

Sobald er das Geld in den Händen gehalten hatte, hatte Guthrie jegliches Interesse an seiner jungen Braut verloren. Glücklicherweise war er kein völliger Narr gewesen. Es war ihm gelungen, immerhin einen Teil von Zoës Vermögen unangetastet zu lassen. Doch ehe er endlich freundlicherweise einem Herzinfarkt erlegen war, hatte er die gesamten Einkünfte und einen beachtlichen Teil ihres Kapitals durchgebracht.

Wie Zoë einmal zu Iphiginia gesagt hatte, war es typisch für Guthrie, sie noch selbst bei seinem Ableben zu demütigen. Er war in einem Bordell gestorben.

Zoë ließ alle Welt wissen, daß das einzig Positive, was ihr ihre Ehe jemals eingebracht hatte, ihre liebliche Tochter Maryanne war. Sie war ganz entzückt von Maryannes Verlobung mit dem gutaussehenden und, wie ihre Nachforschungen ergeben hatten, wohlhabenden Sheffield.

Während all der langen Jahre ihrer unglücklichen Ehe mit dem verhaßten Guthrie hatte Zoë Trost in ihrer Liaison mit Lord Otis gefunden. Otis war ihr von dem Moment an ergeben gewesen, in dem sie einander kennengelernt hatten. Er hatte niemals geheiratet. Trotzdem war die Tatsache, daß er Maryannes leiblicher Vater war, immer ein dunkles Geheimnis gewesen, bis der Erpresser es irgendwie herausgefunden hatte.

Maryanne, eine charmante, warmherzige junge Dame, war Otis herzlich zugetan. Sie behandelte ihn wie ihren Lieblingsonkel. Und Otis war vollkommen vernarrt in sie.

Nach dem Tod ihres Mannes hatte Zoë wie so viele Witwen in der besseren Gesellschaft endlich ihrer Wege gehen können.

Als erstes hatte sie alles, was von ihrer Erbschaft übrig gewesen war, zusammengekratzt und in Iphiginias erstes Bauvorhaben, den Morning Rose Square, gesteckt.

Als letztes Jahr die ersten Gewinne ausbezahlt worden waren, hatte Zoë Maryanne umgehend mit einer beachtlichen Mitgift ausgestattet. Sie und ihre Tochter hatten sich daran gemacht, all die tristen, unmodernen Kleider in ihren Schränken durch Modellkleider französischer Schneiderinnen zu ersetzen. Als alles bereit gewesen war, war Maryanne in die Gesellschaft eingeführt worden, und kurz nach ihrem ersten Ball hatte Sheffield ihr einen Heiratsantrag gemacht.

Zoë studierte mit zusammengekniffenen Lippen die Zeichnung von der Bibliothek. »Otis sagt, daß es höchstwahrscheinlich bald weitere Forderungen geben wird. Er meint, Erpresser seien wie Blutegel. Sie kommen immer wieder, bis sie ihre Opfer ausgeblutet haben.«

Iphiginia erschauderte. »Was für ein gräßlicher Vergleich. Aber nach allem, was ich gehört habe, hat er wohl recht.« Sie blickte mit gerunzelter Stirn in das Musterbuch, während sie weiter über das Problem ihrer Tante nachdachte.

»Es ist wirklich schade, daß Masters die ganze Sache für einen Scherz hält.«

»Bist du sicher, daß er dir nicht geglaubt hat?« fragte Zoë.

»Er hat mir deutlich zu verstehen gegeben, daß er der Meinung ist, ich hätte mir das alles nur ausgedacht, um eine Erklärung für meine Maskerade zu haben.«

Zoë stöhnte. »Was für eine scheußliche Angelegenheit das Ganze doch ist. Ich kann immer noch nicht glauben, daß er sich wirklich bereit erklärt hat, dir zu erlauben, dich weiterhin als seine Mätresse auszugeben.«

»Nun, er hat es mir gestattet, und dafür müssen wir ihm dankbar sein. Auf diese Weise kann ich wenigstens noch die Arbeitszimmer und Bibliotheken der anderen Verdächtigen durchsuchen.«

»Allmählich glaube ich, daß das alles vielleicht nur Zeitverschwendung ist«, sagte Zoë. »Bis jetzt haben wir nicht das geringste herausgefunden.«

Iphiginia trommelte leise mit einem behandschuhten Finger auf der Zeichnung herum. »Das würde ich nicht sagen. Immerhin konnte ich bereits sowohl Darrow als auch Judson von der Liste der Verdächtigen streichen.«

Zoë seufzte. »Ich weiß nicht. Das alles klingt so furchtbar vage.«

»Im Augenblick haben wir nichts anderes.« Iphiginia unterbrach sich, als sie aus dem Augenwinkel heraus etwas Violettes erblickte. »Oh, hallo, Mr. Hornby. Wie Sie sehen, sind wir immer noch mit der Zeichnung beschäftigt.«

»Natürlich.« Hornby konnte der Versuchung, potentielle Kundinnen zu ermutigen, einfach nicht widerstehen und glitt ein wenig näher an sie heran. »Vielleicht kann ich Ihnen in irgendeiner Weise behilflich sein?« Er bedachte Iphiginia, Zoë und Amelia mit einem öligen Lächeln.

Iphiginia dachte eilig nach. »Hier über dem Kamin haben Sie ein höchst ungewöhnliches Muster gewählt, Mr. Hornby.«

Hornby strahlte. »Das ist die genaue Kopie von einer alten Grabruine, Madam. Sie verleiht der Bibliothek eine ernste, stimmungsvolle Atmosphäre, was dem Gebrauch eines solchen Raumes angemessen ist.«

»Ich verstehe«, sagte Iphiginia.

»Hochinteressant.« Zoë beugte sich über die Zeichnung. »Aber was in aller Welt sind das für seltsame Gestalten, die Sie da als Lampenhalter verwendet haben?«

»Sphinxen, Madam. Im Augenblick der letzte Schrei. Sie passen ausgezeichnet zu den Tapeten mit ägyptischen Hieroglyphen.«

»Ja, natürlich.«

Amelia runzelte die Stirn. »Und was sind das für Tücher, die da von der Decke herabhängen, Mr. Hornby?«

»Türkische Zeltvorhänge, Madam. Sie verleihen dem Raum ein exotisches Aussehen, das jeden Besucher verblüffen wird.«

»Das wird es bestimmt«, murmelte Iphiginia. Sie sah sich das Bild genauer an. »Der Raum scheint eine Sammlung der verschiedensten antiken Vasen zu beherbergen.«

»Es handelt sich dabei um genaue Nachbildungen antiker etruskischer Vasen, Madam. Hochmodern.«

Iphiginia zog es vor, ihm nicht zu erklären, daß die Vasen wahrscheinlich ebenso etruskisch waren wie seine Weste im Paisleymuster. »Und wo wollen Sie die Bücher unterbringen?«

»Die Bücher?« Mr. Hornby sah sie verblüfft an.

»Es ist doch eine Bibliothek, oder nicht?« sagte Iphiginia.

Hornby bedachte sie mit einem herablassenden Blick. »Vielleicht ist sich Madam der Tatsache nicht bewußt, daß heutzutage nur wenige modebewußte Menschen eine Bibliothek zum Zwecke des Lesens benutzen.«

Iphiginia unterdrückte ein Lächeln. »Natürlich. Ich weiß überhaupt nicht, wie ich auf den Gedanken kommen konnte, von Büchern zu sprechen.«

»Schon gut, Madam«, beruhigte Hornby sie. »Es ist ja gerade der Wunsch, derartige Dekorationsfehler zu vermeiden, der Menschen mit Geschmack dazu bewegt, ein Unternehmen wie Hornby und Smith aufzusuchen.«

Amelia runzelte erneut die Stirn. »Mr. Hornby, offenbar sind Sie sich der Tatsache nicht bewußt, daß Mrs. Bright als Expertin für antike Raumgestaltung gilt.«

Hornby riß die Augen auf. »Uh, nein. Nein, das wußte ich nicht. Verzeihen Sie, Madam. Das war mir nicht bekannt.«

Iphiginia machte eine wegwerfende Handbewegung. »Schon gut.«

Ihre Kenntnisse von der klassischen Antike waren ihr bei der Maskerade äußerst hilfreich gewesen. Zoë hatte überall herumerzählt, daß die geheimnisvolle Mrs. Bright sich hervorragend mit dieser Stilrichtung auskannte, die momentan der letzte Schrei war.

Da eine moderne Wohnungseinrichtung für die Mitglieder der besseren Gesellschaft mindestens ebenso wichtig war wie die allerneueste Kleidung, gab es immer genügend Leute, die mit Iphiginia über die Neugestaltung ihrer Häuser sprechen wollten. Auf diese Weise hatte sich von Anfang an auf jedem Ball eine größere Menschenschar um sie versammelt.

Ehe Hornby sich weiter bei ihr entschuldigen konnte, klingelte leise das kleine Glöckchen über der Eingangstür des Ladens, und eine kleine, rundliche Frau mittleren Alters kam in den Ausstellungsraum geeilt. Sie war in mehrere Meter rüschen- und volantbesetzter weißer Musseline gehüllt.

Ihr Kleid war unter ein weißes Überjäckchen gezwängt, und auf dem Kopf trug sie einen ausladenden weißen Hut, der mit weißen

Blumen geschmückt war. In der Hand hielt sie einen spitzenbesetzten weißen Sonnenschirm und ein schneeweißes Täschchen.

»Gütiger Himmel«, murmelte Zoë und starrte mit offenem Mund in Richtung der seltsamen Erscheinung. »Lady Pettigrew sieht aus wie ein riesiger Schneeball.«

»Das ist nicht meine Schuld«, flüsterte Iphiginia.

Amelia zog eine Braue hoch. »Und ob es das ist. Sie nennen es die Lady-Starlight-Mode. Sämtliche Damen der besseren Gesellschaft sind wild entschlossen, es dir gleichzutun.«

»Oh, Mrs. Bright«, flötete Lady Pettigrew. »Wußte ich's doch, daß ich Ihre Kutsche draußen auf der Straße gesehen habe. Was für ein Glück. Ich war ganz versessen darauf, mit Ihnen zu sprechen. Hätten Sie vielleicht einen Augenblick Zeit für mich?«

»Guten Morgen, Lady Pettigrew«. Iphiginia war der plumpen, flatterhaften, exzentrischen Lady Pettigrew auf einer Reihe von Festen begegnet. Obwohl ihr Ehemann auf Iphiginias Liste möglicher Erpresser stand, mochte Iphiginia die Frau. »Gestatten Sie mir, Ihnen meine Freundin Lady Guthrie und meine Cousine Miss Farley vorzustellen.«

»Sehr erfreut.« Lady Pettigrew lächelte huldvoll in Richtung von Zoë und Amelia. »Ich nehme an, Sie haben Mrs. Bright wegen Ihrer Einrichtung um Rat gebeten, Lady Guthrie? Genau das habe ich auch vor.«

»In der Tat habe ich Mrs. Bright gebeten, mir zu erklären, wie ich antike Vasen in meinem Stadthaus am besten zur Geltung bringe«, erwiderte Zoë, ohne mit der Wimper zu zucken.

Lady Pettigrew strahlte vor Begeisterung. »Es ist allseits bekannt, daß Mrs. Bright eine regelrechte Korphäe ist, wenn es um die klassische Antike geht. Ich persönlich möchte sie um eine Beurteilung meines Tempels der Vesta bitten.«

Nun war Iphiginias Interesse geweckt. »Sie bauen einen antiken Tempel, Lady Pettigrew?«

»Tatsächlich besitze ich ihn bereits«, sagte Lady Pettigrew nicht ohne Stolz in der Stimme. »Es ist eine herrliche alte Ruine, die in einem entzückenden kleinen Wäldchen in der Nähe unseres Landhauses in Hampshire steht.«

»Wie alt ist sie?« wollte Iphiginia wissen.

»Sie wurde vor etwa dreißig Jahren von Pettigrews Vater errichtet. Die Sache ist die, daß ich nicht ganz sicher bin, daß die Details stimmen. Ich würde sie liebend gerne vollkommen originalgetreu restaurieren.«

Trotz ihrer dringenden anderen Sorgen war Iphiginia von der Vorstellung, die Pettigrewsche Ruine untersuchen zu können, hingerissen. »Zufällig habe ich sorgfältige Messungen und Skizzen von der Ruine eines echten Vestatempels gemacht, als ich in Italien war. Es wäre mir ein Vergnügen, sie mit Ihrer Ruine zu vergleichen, Lady Pettigrew. Vielleicht kann ich dann ja ein paar Vorschläge machen, wie Sie die Kopie präzisieren können.«

»Wunderbar, wunderbar. Nächste Woche gebe ich ein kleines Fest in unserem Landhaus. Ich werde Ihnen eine Einladung schicken. Unser Anwesen ist nur eine Tagesreise von London entfernt.«

»Das ist sehr freundlich von Ihnen. Ich würde gerne kommen.«

Das war die perfekte Gelegenheit, dachte Iphiginia. Auf diese Weise würde sie die Möglichkeit haben, die Bibliothek von Lord Pettigrews Landhaus zu durchsuchen, um zu sehen, ob er dort schwarzes Siegelwachs und ein Siegel mit einem Phönix versteckt hatte. Und zugleich könnte sie den Tempel der Vesta besichtigen. *Sie würde also zwei Fliegen mit einer Klappe schlagen.*

Plötzlich öffnete sich erneut die Eingangstür, dieses Mal mit einer Heftigkeit, daß das kleine Glöckchen erzitterte, auf und ab hüpfte und dann zu Boden fiel. Mit einem verschüchterten, leisen Plopp erstarb er. Alle wandten die Köpfe zur Tür.

Marcus kam in den Ausstellungsraum marschiert. Er trug eine schwarze Reitjacke, Reithose und schimmernde ebenholzschwarze Stiefel. Da er keinen Hut aufhatte, war sein dunkles Haar windzerzaust.

Seine bernsteinfarbenen Augen blickten sofort mit kalter Entschlossenheit auf Iphiginia. Mit dem Ingrimm einer rohen, gefährlichen Naturgewalt bewegte er sich zwischen den zierlichen Salonmöbeln und den modischen Wandbehängen hindurch auf sie zu.

Iphiginia fühlte sich eindeutig unwohl. Irgend etwas war ganz und gar nicht in Ordnung. Dies war nicht der nachsichtige, leicht amüsierte Mann, der sie gestern nacht geküßt hatte.

Es war Lady Pettigrew, die das angespannte Schweigen brach, das sich mit Marcus' Ankunft über den Laden gesenkt hatte. Sie klimperte fröhlich mit den Augen.

»Masters«, rief sie. »Wie schön, Sie zu sehen. Ich unterhielt mich gerade mit Ihrer guten Freundin, Mrs. Bright.«

»Ach, tatsächlich?« Marcus wandte den Blick nicht ein einziges Mal von Iphiginia. »Ich habe ebenfalls die Absicht, mich mit ihr zu unterhalten.«

Der drohende Klang seiner Stimme ließ Iphiginia zusammenfahren. Sie sah, daß Amelia die Augen zusammenkniff.

Lady Pettigrew, die von der Spannung im Raum nichts zu bemerken schien, bedachte Marcus mit einem strahlenden Lächeln und einem verschwörerischen Blick. »Ich habe sie gerade eingeladen, nächste Woche zu einem kleinen Fest in unser Landhaus zu kommen. Vielleicht hätten Sie ja ebenfalls Lust zu kommen? Ich weiß, Sie finden keinen besonderen Gefallen an derartigen Veranstaltungen –«

»Allerdings nicht.«

»Aber vielleicht haben Sie ja Lust, in diesem Fall eine Ausnahme zu machen, Mylord.« Lady Pettigrew zog eine Braue hoch. »Ich bin sicher, daß Sie und Mrs. Bright viel Spaß bei einem Aufenthalt auf dem Land hätten. Wissen Sie, man ist dort so wunderbar ungestört.«

Iphiginia brauchte ein paar Sekunden, um Lady Pettigrews eigenartige Betonung des Wortes *ungestört* zu begreifen, doch dann spürte sie, daß sie heftig errötete. Lady Pettigrew gab Marcus zu verstehen, daß er und seine Geliebte ausgiebig Gelegenheit haben würden, während ihres Aufenthaltes in dem Landhaus ihrem Techtelmechtel zu frönen.

Marcus löste den Blick widerwillig von Iphiginia und wandte sich an Lady Pettigrew, die wie ein kleiner Schneeball leuchtete. »Das ist sehr freundlich von Ihnen, Lady Pettigrew. Ich werde es mir überlegen.«

Lady Pettigrew strahlte. »Das freut mich zu hören, Mylord. Wissen Sie, ich bin ganz versessen darauf, meinen Vestatempel von Mrs. Bright untersuchen zu lassen. Ich möchte gern wissen, ob die Ruine ihrer Meinung nach dem antiken Vorbild entspricht.«

Marcus starrte Lady Pettigrew an, als habe er soeben entdeckt, daß sie selbst eine recht merkwürdige antike Gestalt war. »Vestatempel?«

»Den Stil kennen Sie sicher, Mylord«, murmelte Iphiginia hilfreich. »Ein hervorragendes Beispiel dafür findet sich in Tivoli. Eine herrliche runde Struktur. Es heißt, die Jungfrauen der Vesta hätten dort die heilige Flamme gehütet.«

»Jungfrauen«, sagte Marcus, »waren noch nie von besonderem Interesse für mich.«

Kapitel fünf

»Ich werde Mrs. Bright nach Hause bringen«, sagte Marcus, als er mit Iphiginia, Zoë und Amelia vor den Laden von Hornby und Smith trat. »Wir haben noch ein, zwei Dinge unter vier Augen zu besprechen.«

Zoë und Amelia sahen erst sich und dann Iphiginia an.

»Macht euch keine Sorgen«, beeilte Iphiginia sich zu sagen. »Nehmt meine Kutsche. Ich treffe euch dann später.«

»Bist du dir sicher?« Amelia warf Marcus einen eisigen Blick zu.

»Ja, Amelia.« Der rauhe Unterton in Marcus' Stimme gefiel ihr genauso wenig wie Amelia oder Zoë. Sie hielt es jedoch für besser, sich nicht gerade hier, mitten auf der Pall Mall, darüber auszulassen.

»Also gut.« Zoë bedachte Marcus mit einem letzten forschenden Blick und nickte dann in Richtung von Amelia. »Laß uns gehen.«

Marcus sah Amelia und Zoë nach, die zu Iphiginias kleiner, zierlicher weißer Kutsche gingen. Das leichte, elegante Gefährt war goldverziert und wurde von zwei weißen Stuten gezogen, deren geflochtene Mähnen mit weißen Federn geschmückt waren. Das schimmernde Geschirr blitzte in der Frühlingssonne. Der Kutscher trug eine weiße Livree mit goldenen Knöpfen.

»Ich nehme an, das ist Ihre Kutsche?« sagte Marcus zu Iphiginia.

»Wie haben Sie das erraten?«

»Sie sieht aus, als käme sie direkt aus irgendeinem verdammten Märchen.«

»Ich fand das passend. Der Beschreibung, die ich von Ihrer Kutsche erhielt, konnte ich entnehmen, daß sie aussieht, als würde sie von einem bösen Troll gefahren. Und da wollte ich einen Gegenpol schaffen.«

»Ein böser Troll, he? Und was sind Sie, meine liebe Mrs. Bright? Eine verwunschene Prinzessin?«

»Ich versichere Ihnen, ich bin durchaus keine verwunschene Prinzessin.«

»Na, das ist zumindest schon mal etwas.« Marcus packte Iphiginias Arm fester und begann, eilig die breite Promenade der eleganten Einkaufsstraße entlangzumarschieren. »Ich habe auch so schon genug Probleme im Moment.«

Iphiginia vergrub die Absätze ihrer weißen Samtstiefel im Boden. »Wenn Sie mit mir über Ihre Probleme sprechen wollen, was anscheinend Ihre Absicht ist, dann müssen Sie schon langsamer gehen, Mylord. Ich habe nämlich nicht die Absicht, neben Ihnen die Pall Mall hinabzugaloppieren.«

Marcus runzelte die Stirn, aber er verlangsamte seinen Schritt. »Genug von diesem Unsinn. Wer sind Sie, und was zum Teufel haben Sie vor?«

»Wie bitte?« Iphiginia versuchte gerade, ihren weißen, spitzenbesetzten Sonnenschirm zu öffnen. »Ich verstehe weder Ihren Ton noch die Bedeutung Ihrer Worte, Mylord. Ich habe Ihnen gestern nacht alles erklärt.«

»Gestern nacht«, sagte Marcus, »dachte ich, Sie würden irgendein cleveres Spiel spielen, um Zugang zur besseren Gesellschaft zu bekommen.«

»Ja, ich weiß, daß Sie das dachten.«

»Heute morgen jedoch wurde mir deutlich gemacht, daß hinter der Sache etwas anderes als nur der Wunsch nach einer amüsanten Maskerade steckt. Ich will genau wissen, was Sie vorhaben.«

Iphiginia rang sichtlich um Geduld. »Das habe ich Ihnen bereits gesagt, Sir. Ich versuche, die Person ausfindig zu machen, von der meine Tante erpreßt wird. Daran hat sich nichts geändert. Aber was hat Sie denn heute morgen derart durcheinandergebracht?«

»Ich bin nicht durcheinander. Sie sagen das so, als wäre ich einem Hirngespinst aufgesessen. Aber das bin ich nicht. Ich bin verdammt wütend.«

»Oh.«

Er warf ihr einen eisigen Blick zu. »Ist das alles, was Sie dazu zu sagen haben?«

Iphiginia dachte darüber nach. »Wenn es Ihnen nicht allzuviel Mühe macht, Mylord, dann wüßte ich gern, weshalb Sie derart, eh, empört sind.«

Er zögerte, als überlege er, wieviel er ihr erzählen könne. »Ich habe soeben erfahren, daß eine gute Freundin von mir erpreßt wird.«

Iphiginia starrte ihn verblüfft an. »Gütiger Himmel. Also wird außer meiner Tante noch jemand erpreßt? Das sind in der Tat interessante Neuigkeiten, Mylord.«

»Nicht wahr?«

»Sir, ich verstehe nicht, weshalb Sie so sarkastisch sind. Man sollte meinen, es würde Sie beunruhigen zu hören, daß die Geschichte, die ich Ihnen erzählt habe, vielleicht doch stimmt und daß eine Freundin von Ihnen ebenfalls ein Opfer des Erpressers ist. Warum also sind Sie so böse auf mich?«

»Ich schlage vor, daß Sie selbst versuchen, den Grund für meine Verärgerung herauszufinden.«

»Wie bitte?«

»Raten Sie mal, Mrs. Bright. Na los, raten Sie einfach.«

Iphiginia blieb vor Verblüffung der Mund offenstehen. Jetzt war er mehr als nur sarkastisch. Er wurde direkt unhöflich. Doch sie riß sich zusammen und hob schützend ihren Sonnenschirm vors Gesicht, als sie bemerkte, daß drei in der Nähe herumlungernde Dandies sie bereits offen anstarrten.

»Das ist einfach lächerlich, Masters. Warum sind Sie auf mich so böse?«

»Weil ich zu dem Schluß gekommen bin, daß Sie höchstwahrscheinlich die Erpresserin sind.«

»Was sagen Sie da?« Iphiginia blieb abrupt stehen. Sie entriß Masters ihren Arm und wirbelte zu ihm herum. »Sie gehen wirklich zu weit, Sir. Wofür halten Sie mich?«

»Ich halte Sie für eine clevere, ränkeschmiedende kleine Abenteurerin, die einen Schritt zu weit gegangen ist.« Marcus' Stimme war leise, aber stählern. »Gestern nacht fand ich Ihre lächerliche Maskerade noch ganz unterhaltsam.«

»Mylord, bitte –«

»Ich war sogar bereit, eine Weile mitzuspielen, denn ich muß zugeben, daß Sie die interessanteste Frau sind, die mir seit langem über den Weg gelaufen ist. Aber als ich heute morgen die Wahrheit erfuhr, kam ich zu dem Schluß, daß Sie alles andere als amüsant sind, Madam.«

»Alles andere als amüsant? Von all den Dingen, die Sie bereits gesagt haben, ist das wirklich das Dümmste, Idiotischste und Beleidigendste. Sie wissen ganz offensichtlich nicht, was Sie sagen. Und ich bin nicht bereit, länger hier stehenzubleiben, um mir Ihre lächerlichen Anschuldigungen anzuhören, Sir.« Iphiginia machte auf dem Absatz kehrt. Sie hörte das Kichern der drei Dandies.

Marcus streckte die Hand aus und packte sie am Arm. »Nicht so eilig. Ich habe noch ein, zwei Fragen, Iphiginia.«

»Ich habe wahrlich bessere Dinge zu tun, als Ihre beleidigenden Fragen zu beantworten.«

»Wie zum Beispiel?«

»Wie zum Beispiel einen Erpresser zu finden«, zischte Iphiginia. »Lassen Sie mich los, Mylord, oder ich schreie.«

»Verdammt, wir sind hier nicht im Kindergarten. Bitte lassen Sie also das Theater.« Marcus zwang sie, sich umzudrehen, so daß sie ihn ansehen mußte. »Es sei denn, Sie wollen, daß heute abend die ganze Stadt von unserer kleinen Auseinandersetzung erfährt.«

»Warum sollte mich das stören? Es spricht sowieso schon die ganze Stadt über uns, Mylord.«

»Glauben Sie mir, die Gerüchte können noch erheblich bösartiger werden als sie es bereits sind. Und wenn Sie darauf bestehen, sich in aller Öffentlichkeit mit mir zu streiten, dann wird das bestimmt passieren.«

Iphiginia errötete vor Zorn. »Soll das eine Drohung sein, Masters?«

»Allerdings. Wenn Sie nicht wenigstens den Anschein aufrechterhalten, eine Lady zu sein, dann werde ich mich auch nicht wie ein Gentleman benehmen. Ich schwöre Ihnen, wenn Sie versuchen zu gehen, werde ich Sie über meine Schulter legen und irgendwohin schleppen, wo wir unsere Unterhaltung ohne Zuhörer fortführen können.«

Iphiginia kochte. »Das würden Sie nicht wagen.«

»Wollen wir wetten, Iphiginia?« fragte er mit viel zu sanfter Stimme. »Es ist eine Sache, eine ohnmächtige Dame aus dem Ballsaal der Fenwicks zu tragen, aber es ist etwas gänzlich anderes, Sie wie einen Sack Kohle über die Straße zu hieven.«

Iphiginia überlegte kurz. Sie war sich der wachsenden Zahl neugieriger Blicke nur allzu bewußt, die in ihre Richtung gingen. Mehr als ein Kopf hatte sich bereits zu ihnen herumgedreht. Und mehr als ein Ohr versuchte, unauffällig den faszinierenden Wortwechsel zwischen Masters und seiner neuen Mätresse zu belauschen.

Sein herausfordernd gerecktes Kinn und sein zusammengepreßter Mund zeigten deutlich, daß er alles andere als gutgelaunt war. Offenbar war er durchaus bereit, die eleganten Besucher der Pall Mall mit einer peinlichen Auseinandersetzung zu unterhalten, wenn Iphiginia sich seinen Wünschen nicht beugte.

»Also gut, Mylord.« Sie schenkte ihm ein strahlendes Lächeln und legte ihre behandschuhten Fingerspitzen leicht auf seinen Arm. »Wenn Sie darauf bestehen, den bösartigen Troll zu spielen, werde ich mich Ihnen fügen.«

»Ein weiser Entschluß. Ich habe schon oft die Rolle des Trolls spielen müssen, und ich versichere Ihnen, daß ich diese Rolle hervorragend beherrsche.«

»Daran habe ich nicht den geringsten Zweifel. Aber ich versichere Ihnen, Sir, daß ich es während meiner Reise auf dem Kontinent im letzten Jahr nicht ein einziges Mal mit einem derart unhöflichen Kerl wie Ihnen zu tun hatte. Der widerliche kleine Straßendieb, der uns in Rom überfallen hat, hatte bessere Manieren als Sie.«

»Vielleicht habe ich ja eines Tages die Gelegenheit, bei ihm Unterricht zu nehmen. Es heißt, reisen bildet. Kommen Sie, wir haben genug Aufmerksamkeit erregt.« Marcus nahm sie fest am Arm und setzte sich erneut in Bewegung.

»Die Leute starren uns an.«

»Man sollte meinen, daß wir uns inzwischen daran gewöhnt hätten. Sagen Sie, weshalb sollte ich nicht zu dem Schluß kommen, daß Sie die Erpresserin sind?«

»Erzählen Sie mir erst, wie Sie darauf gekommen sind, daß ich es sein könnte.«

Marcus' Blick war unergründlich. »Sie sind eine äußerst clevere

Frau. Sie haben sich so ausgiebig mit mir beschäftigt, daß Sie in der Lage waren, die gesamte bessere Gesellschaft glauben zu machen, Sie seien meine Mätresse.«

»Wir alle haben irgendwelche Talente.«

»Aber Ihre Talente zeigen mir, daß Sie sich außer mit meinem auch mit dem Leben anderer Menschen hätten beschäftigen können, wobei Sie dann genug herausgefunden haben könnten, um ein paar von ihnen zu erpressen.«

Iphiginia rang nach Luft. »Wie zum Beispiel Ihre Freundin?«

»Genau.«

»So etwas würde ich niemals tun.« Iphiginia merkte, daß sie nicht nur wütend, sondern obendrein verletzt war, ohne genau zu wissen, weshalb. Marcus' beunruhigende Schlußfolgerungen waren unter den gegebenen Umständen durchaus vernünftig. Trotzdem schmerzten sie. »Wenn Sie mich besser kennen würden, Mylord, dann würden Sie eine derartige Anschuldigung gegen mich nicht erheben.«

»Ah, aber ich kenne Sie so gut wie gar nicht, nicht wahr? Nicht halb so gut, wie Sie mich zu kennen scheinen. Und das, Madam, beunruhigt mich allmählich.«

»Ich weiß nicht, wie ich Sie von meiner Unschuld überzeugen soll, aber selbst wenn ich es wüßte, würde ich mich bestimmt nicht dazu herablassen, es auch nur zu versuchen.«

»Dann haben wir ein kleines Problem, meine Liebe.« Marcus nickte einem Bekannten zu, der von der Tür eines Tabakladens herübergrüßte.

Iphiginia gab vor, sich ein paar Handschuhe in einem der Schaufenster anzusehen. Sie spürte die lebhafte Neugier im Blick des Mannes. In der Tat spürte sie mindestens ein Dutzend Augenpaare, die sich in ihren Rücken bohrten.

Hier in der Stadt blieb nichts geheim. Anonymität war unmöglich, vor allem für eine Frau, deren Name mit dem des Earl of Masters in Verbindung gebracht wurde.

Es war beinahe so schlimm wie in Deepford, dachte Iphiginia angewidert. Aber wenigstens mußte sie sich hier in London nicht die Vorträge über gutes Benehmen anhören, die ihr der Pfarrer und die Schwiegereltern ihrer Schwester immer gehalten hatten.

So etwas mußte sie sich nun von Marcus gefallen lassen.

»Sie verkomplizieren das Ganze nur unnötig«, sagte Iphiginia bestimmt. »Aber irgend etwas sagt mir, daß Sie eben ein komplizierter Mensch sind.«

»Auch wenn es sehr unangenehm für Sie ist, werden wir eine Menge Zeit miteinander verbringen, bis das Rätsel gelöst ist, Madam.«

»Was soll das heißen, Mylord?«

»Das heißt, daß ich die Absicht habe, Sie nicht aus den Augen zu lassen, solange ich nicht restlos davon überzeugt bin, daß Sie mit der Erpressung nichts zu tun haben.« Marcus lächelte ohne eine Spur von Amüsiertheit. »Was für ein Glück für mich, daß Sie sich als meine Mätresse ausgegeben haben. Auf diese Weise habe ich eine gute Entschuldigung dafür, daß ich ständig in Ihrer Nähe bin.«

Iphiginia schnaubte verächtlich. »Und was ist, wenn ich nicht länger als Ihre Mätresse auftreten will?«

»Es ist zu spät, als daß Sie Ihre Rolle in diesem netten kleinen Schauspiel noch aufgeben könnten.« Marcus grüßte einen anderen Bekannten. »Dafür stecken Sie bereits viel zu tief in der Sache drin.«

»Wenn dem so ist, dann lassen Sie sich gesagt sein, daß ich mit meinen Nachforschungen weitermachen werde. Ich bin fest entschlossen herauszufinden, wer hinter diesen Erpressungen steckt.«

»Was für ein seltsamer Zufall. Genau dasselbe habe ich auch vor.«

Iphiginia starrte ihn einen Augenblick schweigend an. »Also machen wir weiter wie bisher?«

»Ja.« Marcus erwiderte den Gruß einer älteren Frau, die aus einem der Buchgeschäfte kam. »Mrs. Osworth.«

»Masters.«

Iphiginia erkannte die Frau mit den Knopfaugen, und es gelang ihr, ein höfliches Lächeln aufzusetzen. »Guten Tag, Mrs. Osworth.«

»Guten Tag, Mrs. Bright.« Mrs. Osworth wandte sich an Marcus. »Herrlicher Tag heute, nicht wahr, Mylord?«

»In der Tat«, sagte Marcus.

»Ich nehme an, man wird Sie beide heute abend auf dem Ball bei den Lartmores sehen?« murmelte Mrs. Osworth.

»Das wage ich zu bezweifeln«, sagte Marcus mit regloser Stimme.

»Ich für meinen Teil habe die Absicht zu kommen«, sagte Iphiginia brüsk. Aus dem Augenwinkel heraus sah sie, daß Marcus mißbilligend die Lippen zusammenpreßte. Trotzig verzog sie ihren Mund zu einem strahlenden Lächeln. »Wie ich hörte, verfügt Lord Lartmore über eine ausgedehnte Statuensammlung.«

»Ja, ich glaube, das tut er«, sagte Mrs. Osworth. »Mein Mann sprach einmal davon. Ich selbst habe sie nie gesehen. Ich interessiere mich nicht besonders für die Antike. O je, bitte entschuldigen Sie mich. Ich muß weiter.«

»Ja, natürlich«, sagte Iphiginia.

»Ich habe noch einen Termin mit einer Frau von der Wycherley Agentur. Wissen Sie, ich suche eine neue Gesellschafterin.«

»Ach.«

»Die letzte – ein flatterhaftes kleines Ding, wenn Sie die Wahrheit wissen wollen – ist vor zwei Tagen mit einem jungen Mann ohne jeden gesellschaftlichen Hintergrund durchgebrannt. Können Sie sich so etwas vorstellen? Nach allem, was ich für das Mädchen getan habe. Ein undankbares Geschöpf. Dieses Mal werde ich jemand Älteren anheuern. Und Häßlicheren. Also, dann bis heute abend, meine Liebe.«

»Guten Tag, Mrs. Osworth«, sagte Iphiginia.

Marcus schwieg, bis Mrs. Osworth außer Hörweite war. »Warum wollen Sie auf den Ball bei den Lartmores? Dort ist es immer todlangweilig.«

»Aus zwei Gründen«, sagte Iphiginia steif. »Zum einen würde ich mir liebend gerne Lord Lartmores Statuensammlung ansehen.«

»Er gestattet nur seinen engsten Bekannten und bestimmten, eh, Kennern einen Rundgang durch seine Ausstellungshalle.«

»Ich hoffe, daß ich ihn dazu bewegen kann, mir seine Sammlung zu zeigen.«

»Sie ist vollkommen uninteressant für Sie. Größtenteils billige Kopien.«

Iphiginia vergaß für einen Augenblick, daß sie böse auf Marcus war. »Sie haben sie also gesehen?«

»Ja, und Sie dürfen mich beim Wort nehmen. Lartmores Statuensammlung ist nicht im geringsten von Interesse für Gelehrte.«

»Wie schade. Ich hatte mich so darauf gefreut, seine antiken Figuren zu sehen.«

»Sparen Sie sich die Mühe. Und was war der zweite Grund, weswegen Sie auf den Ball wollten?«

»Meine Nachforschungen, was sonst? Sein Name steht auf der Liste der Männer, die sowohl mit Ihnen als auch mit meiner Tante in Verbindung stehen. Schließlich haben Sie am Abend vor Ihrer Abreise nach Yorkshire in Ihrem Club mit ihm Karten gespielt.«

Marcus sah sie nachdenklich an. »Sie wissen wirklich bestens über meine Aktivitäten Bescheid, nicht wahr?«

»Ich habe Ihnen doch bereits gesagt, daß ich Ihre Gewohnheiten genauestens studiert habe.«

»Lartmore ist kein Erpresser.«

»Woher wissen Sie das?«

»Er ist äußerst wohlhabend. Er hat keinen Grund, jemanden zu erpressen.«

»Vielleicht hat er in letzter Zeit irgendwelche finanziellen Verluste erlitten.«

»Das halte ich für unwahrscheinlich«, sagte Marcus. »Aber zufällig habe ich die Absicht, heute abend in meinem Club zu speisen. Danach werde ich ein wenig Karten spielen. Ich werde sehen, ob ich etwas über Lartmores Finanzen herausfinde.«

Iphiginia verzog das Gesicht. »Ich wünschte, ich könnte in ein paar der Clubs spielen. Wer weiß, was ich dabei alles herausfinden würde.«

»Am besten denken Sie gar nicht erst darüber nach«, sagte Marcus. »Es ist vollkommen unmöglich, und das wissen Sie ganz genau. Ich werde Sie gegen elf auf dem Ball bei den Richardsons treffen. Dann kann ich Ihnen Bericht erstatten.«

»Versuchen Sie etwa, mich davon abzubringen, zu den Lartmores zu gehen?«

»Mrs. Bright, damit das ganz klar ist: Erlauben Sie mir, Ihnen mitzuteilen, daß ich Ihnen verbiete, zu den Lartmores zu gehen.«

»Hmm. Mylord, ich habe eine Frage.«

»Ja?«

»Würde es Ihnen etwas ausmachen, mir zu sagen, weswegen Ihre Freundin erpreßt wird?«

»Ja, das würde es«, erwiderte Marcus. »Sie erwarten doch sicher nicht, daß ich das Vertrauen dieser Person mißbrauche, indem ich Ihnen ihr Geheimnis anvertraue?«

»Nein, natürlich nicht. Ich dachte nur, wenn ich das Geheimnis Ihrer Freundin kennen würde, wäre ich vielleicht in der Lage, es mit der Sache zu vergleichen, wegen der meine Tante erpreßt wird. Ich frage mich, ob es eventuell irgendwelche Parallelen gibt.«

Marcus kniff die Augen zusammen. Er konnte eine gewisse Bewunderung für Iphiginias Intelligenz nicht verhehlen. »Ich nehme an, Sie wollen mir nicht erzählen, weswegen Lady Guthrie angeblich erpreßt wird?«

»Nein.«

»Also weiß ich noch nicht einmal sicher, ob sie tatsächlich erpreßt wird.«

Iphiginia bedachte ihn mit einem hochmütigen Lächeln. »Sie können nicht erwarten, daß ich Ihnen meine Geheimnisse anvertraue, nachdem Sie mir deutlich zu verstehen gegeben haben, daß Sie nicht gewillt sind, mir Ihre Geheimnisse anzuvertrauen.«

Marcus' starke Hand legte sich fester um ihren Arm. »Ihr mangelndes Vertrauen in mich macht unsere Zusammenarbeit nicht gerade leichter.«

»Gewiß nicht«, pflichtete Iphiginia ihm bei. »Und Ihr fehlendes Vertrauen in mich ist ebenfalls nicht dazu angetan, die Zusammenarbeit angenehmer zu gestalten.«

Marcus bedachte sie mit einem beunruhigenden Lächeln. »Es ist klar, daß wir uns besser kennenlernen müssen, wenn wir die Barrieren des Mißtrauens zwischen uns einreißen wollen, Mrs. Bright.«

»Und wie sollen wir uns Ihrer Meinung nach besser kennenlernen, Sir?«

»Vielleicht erzählen Sie mir ja zunächst einmal, was mit Mr. Bright passiert ist.«

»Wie bitte?«

Marcus hob eine Braue hoch. »Ich spreche von Ihrem verstorbenen Ehemann.«

»Oh, von ihm.«

»Offensichtlich trauern Sie nicht mehr um den Verstorbenen.«

»Das hätte er nicht gewollt.« Iphiginia schluckte. Sie mußte lernen, diesen Mann als Gegner zu betrachten. »Er war der Meinung, man solle traurige Ereignisse hinter sich lassen. Selbstverständlich nach einer angemessenen Trauerzeit.«

»Selbstverständlich. Und, gab es eine angemessene Trauerzeit nach seinem Tod?«

»Sie war den Umständen angemessen. Mr. Bright war wesentlich älter als ich«, murmelte Iphiginia.

»Ich verstehe.«

»Er hatte ein ausgefülltes, aktives Leben.«

»Ich nehme an, es wurde noch erheblich aktiver, nachdem er Sie geheiratet hatte.«

Iphiginia sah ihn streng an. »Ich möchte nicht mehr über dieses Thema sprechen. Ich bin sicher, Sie verstehen das, Mylord. Es ist einfach zu schmerzlich.«

»Ich verstehe«, sagte Marcus.

»Das sollten Sie auch. Ich glaube, einer Ihrer Grundsätze ist der, niemals über die Vergangenheit zu sprechen, nicht wahr?«

»Ja, Mrs. Bright. Dies ist einer meiner Grundsätze.«

»Ich persönlich halte nicht allzu viel von Grundsätzen, aber ich glaube, diesen sollte ich übernehmen.« Iphiginias Blick fiel auf ein kleines Schild an der Ecke einer kleinen Seitenstraße. »Oh, sehen Sie, dort drüben ist das Museum von Dr. Hardstaff. Mr. Hoyt hat gestern abend von diesem Etablissement erzählt.«

»Ich wüßte nicht, was er darüber erzählen sollte.«

»Er sagte irgend etwas davon, daß Lord Thornton dort vor kurzem behandelt worden sei.« Iphiginia sah sich das Schild genauer an.

DR. HARDSTAFFS MUSEUM
DER GÖTTINNEN DER MANNESKRAFT
LERNEN SIE DIE GEHEIMEN
UND AUTHENTISCHEN WIEDERBELEBUNGSKRÄFTE
DER GÖTTINNEN DER ANTIKE KENNEN

Marcus warf ebenfalls einen Blick auf das Schild. »Sie dürften kein besonderes Interesse an Dr. Hardstaffs Museum haben, Iphiginia.«

»Aber ich habe großes Interesse an der Antike.« Iphiginia wandte den Kopf noch einmal zu dem Schild um, als Marcus sie hinter sich herzog. Sie runzelte die Stirn. »Ich glaube nicht, daß ich weiß, welche klassischen Göttinnen insbesondere für die Manneskraft zuständig sind.«

»Sie überraschen mich, Madam. Ich dachte, Sie wüßten auf alles eine Antwort.«

Kurz nach zehn an diesem Abend verließ Marcus den Spielsalon seines Lieblingsclubs. Obwohl er wie meistens gewonnen hatte, war er schlecht gelaunt.

Es bedeutete ihm nicht besonders viel zu gewinnen. Das Spiel war keine besondere Herausforderung, wenn die Mitspieler so tief in ihre Gläser geblickt hatten, daß sie kaum noch in der Lage waren, die Karten zu halten.

Die Ruhelosigkeit, die ihn erfaßt hatte, hatte jedoch nichts mit dem Kartenspiel zu tun. Die Nervosität hatte eingesetzt, als er Hannah im Park getroffen hatte, und sie hatte sich nach dem Gespräch mit Iphiginia noch verstärkt.

Sein Verstand sagte ihm, daß er ihr nicht trauen konnte, aber sein wachsendes Verlangen nach ihr wurde von Logik und Vernunft nicht geschmälert.

Er wollte sie.

Marcus blickte auf die imposante Standuhr und sah, daß es an der Zeit war, Iphiginia auf dem Ball bei den Richardsons zu suchen. Was sie wohl den ganzen Abend über gemacht hatte? Hatte sie unschuldig ihre Nachforschungen vorangetrieben, wie sie es nannte, oder hatte sie andere mögliche Erpressungsopfer ausfindig gemacht?

Der verstorbene Mr. Bright war wirklich zu bedauern, dachte Marcus. Ein Mann, der mit Iphiginia verheiratet war, mußte ja frühzeitig altern.

»Ich dachte mir, daß ich Sie hier finden würde, Masters.«

Marcus blickte über die Schulter. Er mußte sich zusammenreißen, um nicht laut zu fluchen, als er Hannahs Ehemann, Lord Sands, entdeckte.

Marcus hatte schon oft gedacht, daß er sich unter anderen Umständen mit Sands wohl sehr gut verstanden hätte. Der Mann strahlte etwas Solides, Anständiges aus, er wirkte durch und durch integer. Er war die Art Mann, die man sich in der Hitze eines Gefechts an seine Seite wünscht. Ein Mann, mit dem man Geschäfte machen konnte.

Aber Marcus wußte, daß nicht die geringste Chance bestand, daß er und Sands jemals echte Freunde würden, solange Hannah und ihr Geheimnis zwischen ihnen stand.

»Guten Abend, Sands.« Marcus nickte höflich. »Was bringt Sie hierher? Sie beehren diesen Club doch nur höchst selten mit Ihrem Besuch.«

»Ich bin gekommen, um mit Ihnen zu sprechen.« Sands' normalerweise freundliches, offenes Gesicht wirkte, als wäre es aus Stein gemeißelt.

Marcus sagte sich, daß ihn das nicht überraschen sollte. Trotzdem hatte er gehofft, diese Auseinandersetzung irgendwie vermeiden zu können. »Was kann ich für Sie tun?«

Sands ballte die Hände zu Fäusten. »Sie können sich von Hannah fernhalten, Sie verfluchter Schweinehund. Ich weiß, daß Sie sie heute morgen im Park getroffen haben. Und das dulde ich nicht.«

»Hannah ist eine alte Freundin«, sagte Marcus leise. »Das wissen Sie.«

»Hören Sie mir zu, Masters, und zwar gut. Was auch immer zwischen Ihnen und Hannah war, ehe sie mich geheiratet hat, ist Ihre Sache. Aber sie hat sich für mich entschieden. Sie ist meine Frau, und ich werde nicht zulassen, daß Sie weiterhin Ihr Spielchen mit ihr spielen, haben Sie mich verstanden?«

»Wenn Sie mich auch nur etwas besser kennen würden, Sands, dann wüßten Sie, daß ich einen eisernen Grundsatz habe, der besagt, daß ich mich niemals mit Jungfrauen oder den Ehefrauen anderer Männer einlasse. Und ich halte mich immer an meine Grundsätze.«

»Ich habe von Ihren sogenannten Grundsätzen gehört«, sagte Sands mit rauher Stimme. »Den Gerüchten zufolge haben Sie es sich zur Regel gemacht, immer nur Beziehungen mit den interessantesten und attraktivsten Witwen der besseren Gesellschaft einzugehen. Aber es heißt auch, daß Hannah die Ausnahme von dieser Regel ist.«

»Sie sollten es eigentlich besser wissen, als auf irgendwelche Gerüchte zu hören«, sagte Marcus.

»Wenn ich dahinterkomme, daß Sie sich auch nur noch ein einziges Mal heimlich mit meiner Frau treffen, dann werde ich Sie zu einem Duell herausfordern, das schwöre ich. Ich bluffe nicht, Masters. Und ich gelte als guter Schütze.«

»Ich glaube Ihnen«, sagte Marcus in ruhigem Ton.

»Ich habe gehört, daß Sie einmal beinahe einen Mann auf dem Feld der Ehre getötet hätten, aber das schreckt mich nicht.«

»Ich habe nicht die Absicht, mich mit Ihnen zu duellieren, Sands.«

»Dann halten Sie sich von Hannah fern.«

»Hat Hannah Ihnen erzählt, daß wir uns heute morgen getroffen haben?«

»Das brauchte sie mir nicht zu erzählen. Ich erfuhr es von einem Bekannten, der wiederum von jemand anders erfahren hatte, daß Sie beide im Park gesehen wurden.«

Marcus zuckte mit den Schultern. »Sie haben mein Ehrenwort, daß ich Ihrer Frau gegenüber keine unlauteren Absichten habe. Da Sie ja anscheinend auf Gerüchte hören, haben Sie wahrscheinlich inzwischen auch gehört, daß ich im Augenblick einen Großteil meiner Zeit mit einer charmanten Witwe namens Mrs. Bright verbringe.«

»Ich habe von Ihrer sogenannten Lady Starlight gehört. Sie scheint hervorragend zu Ihnen zu passen. Wenn Sie vernünftig sind, konzentrieren Sie sich ganz auf sie.«

»Genau das habe ich vor.« Marcus sah noch einmal auf die Uhr. »Wenn Sie mich jetzt bitte entschuldigen wollen, werde ich mich jetzt auf die Suche nach der Dame machen. Wir sind auf dem Ball bei den Richardsons verabredet. Guten Abend, Sands.« Marcus nickte freundlich mit dem Kopf und ging an Sands vorbei in Richtung der Tür.

Nicht nur, daß Iphiginia Bright sein Leben unendlich kompliziert gemacht hatte, jetzt wurde er zu allem Überfluß auch noch von einem eifersüchtigen Ehemann verfolgt.

Eine halbe Stunde später stapfte Marcus die Eingangstreppe des Richardsonschen Stadthauses wieder hinunter. Er grübelte nicht länger über die Schwierigkeiten nach, die Iphiginia ihm bereitete. Er kochte.

Niemals wäre ihm in den Sinn gekommen, daß sie seinen Befehl, ihn bei den Richardsons zu treffen, einfach ignorieren könnte. Marcus war es nicht gewohnt, daß man seine Anweisungen einfach mißachtete. Aber das war noch nicht das Schlimmste.

Was ihn wirklich ärgerte, war der Verdacht, daß sie tatsächlich zu den Lartmores gegangen war.

Als er wieder in seine Kutsche steigen wollte, zögerte er. Auf den Londoner Straßen drängten sich um diese Zeit Fahrzeuge aller Art. Es war Mitternacht, mitten in der Saison, und jeder, der etwas auf sich hielt, war unterwegs von einer Soiree zur nächsten. Es würde leicht vierzig Minuten dauern, bis sein Kutscher sich einen Weg zum Haus der Lartmores gebahnt hätte.

»Ich werde zu Fuß gehen«, rief Marcus Dinks zu. »Holen Sie mich bei den Lartmores wieder ab.«

»Jawohl, M'lord«, murmelte Dinks vom Kutschbock. »Passen Sie auf sich auf. In Nächten wie dieser treibt sich alles mögliche Gesindel auf der Straße rum.«

»Ich werde vorsichtig sein.«

Marcus schob sich eilig durch die Menge. Die Straße wurde vom trüben Licht der Gaslaternen erhellt, die vor kurzem in diesem Stadtteil installiert worden waren.

Er überholte betrunkene Dandies, die aus den Spielhöllen in St. James kamen, grell gekleidete Gecken, die unterwegs waren, um die Schauspielerinnen in den Theatern aus dem Konzept zu bringen, und junge Männer, die in Byronesker Langeweile auf der Suche nach dem Abenteuer in den Londoner Bordellen waren. Marcus hoffte nur, daß Bennet nicht zu diesen Jünglingen gehörte.

Hier und da versuchten Prostituierte, die Vorbeigehenden aus dem Schatten einer Tür heraus anzulocken. Eine zerlumpte Gestalt mit einer zerfledderten Kappe und einer durchlöcherten Hose musterte interessiert Marcus' maßgeschneiderten Anzug, aber sie bewegte sich nicht aus dem Schutz der Gasse heraus.

Knappe fünfzehn Minuten später erklomm Marcus die Stufen zum Eingang des Lartmoreschen Stadthauses. Der diensthabende Page verbeugte sich, ohne auch nur nach seiner Einladung zu fragen. Marcus ging direkt auf den Balkon, von dem aus man den überfüllten Ballsaal überblicken konnte.

Er stützte beide Hände auf das Geländer und sah auf das glitzernde Szenarium zu seinen Füßen. Irgendwo in der Menge mußte eine schillernde Gestalt in jungfräulichem Weiß auftauchen.

»Ich glaube, Sie finden sie in der Ausstellungshalle, Masters. Lartmore hat sie eingeladen, seine antiken, eh, Statuen zu besichtigen.« Herbert Hoyt tauchte mit einem leichten Grinsen auf den Lippen hinter Marcus auf. »Ich an Ihrer Stelle würde mir deswegen keine allzu großen Sorgen machen. Sie hat mir versichert, daß sie mit Lartmore allein fertig wird.«

Marcus drehte sich um und blickte in Hoyts amüsiertes Gesicht. Er kannte den Mann nicht besonders gut, aber er kannte die Art. Hoyt war ein harmloser Kerl. »Woher wissen Sie, wo Mrs. Bright in diesem Augenblick ist?«

Herbert lehnte sich mit seinem gut gepolsterten Schenkel an das Geländer und nahm einen Schluck aus dem Champagnerglas, das er in seinen Wurstfingern hielt. »Weil ich bei ihr war, als sie Lartmore um eine Führung bat.«

»Ich verstehe.«

»Wissen Sie, Mrs. Bright gilt als Autorität für klassische Statuen und die Architektur der Antike.«

»Ja, ich weiß.«

»Sie und ich hatten bereits zahlreiche anregende Gespräche über dieses Thema. Vor kurzem hat sie mir ihre Ausgabe von Graysons *Bilder der klassischen Antike* geliehen. Haben Sie das schon gelesen, Sir?«

»Nein.« Marcus war nicht in der Stimmung zuzuhören, wie ein anderer Mann über seine enge Freundschaft zu Iphiginia sprach, mochte er auch so harmlos sein wie Herbert Hoyt. »Entschuldigen Sie mich.«

Herbert bedachte ihn mit einem zerknirschten Blick. »Ich habe versucht, ihr zu erklären, daß Lartmores Statuen wahrscheinlich von keinem besonderen Interesse für sie sein dürften, aber sie hat darauf bestanden, sie zu sehen. Und ich habe die Erfahrung gemacht, daß es so gut wie unmöglich ist, Mrs. Bright von etwas abzubringen, das sie sich einmal in den Kopf gesetzt hat.«

»So scheint es.« Marcus versuchte, sich an seinem Gegenüber vorbeizudrängen.

»Meinen Glückwunsch, Sir. Mrs. Bright ist eine wirklich faszinierende Frau. Aber mich haben schon immer Frauen fasziniert, die den Eindruck erweckten, als seien sie nicht das, wofür sie sich ausgeben.«

Marcus blieb stehen und drehte sich noch einmal um. »Was zum Teufel wollen Sie damit sagen, Hoyt?«

Herbert hob abwehrend die Hand und nahm eilig einen weiteren Schluck Champagner zu sich. »Ich bitte um Verzeihung. Ich versichere Ihnen, daß ich der Dame in keiner Weise zu nahe treten wollte. Wissen Sie, sie wirkt einfach sehr aufregend und geheimnisvoll, in gewisser Weise schwer faßbar, finden Sie nicht?«

»Mrs. Bright ist nur manchen Menschen ein Rätsel«, sagte Marcus mit gefährlich leiser Stimme. »Für mich ist sie wie ein offenes Buch. Wir verstehen uns sehr gut.«

»Ich verstehe.« Herbert hob überrascht eine Braue. »Dann wußten Sie zweifellos bereits, daß sie großes Interesse an Lartmores Statuen hatte. Ich muß zugeben, mich hat es ein wenig überrascht.«

Herbert Hoyt mochte noch so harmlos sein, Marcus verspürte das beinahe übermächtige Bedürfnis, ihn über das Geländer zu stoßen. Doch das würde nichts nützen. Hoyt hatte schließlich nichts gesagt, was nicht auch jeder andere bereits dachte, der wußte, daß Iphiginia Lartmores Statuen besichtigte.

Marcus machte auf dem Absatz kehrt und ging ohne ein Wort davon. Er wußte, wo er Iphiginia finden würde. Schließlich war Lartmores Sammlung erotischer Statuen jedem männlichen Mitglied der besseren Gesellschaft wohlbekannt.

Kapitel sechs

»Diese hier heißt Ekstase. Sie bemerken sicher die üppig geformten Brüste der weiblichen Figur, meine liebe Mrs. Bright.« Lord Lartmore strich mit seinen Skeletthänden über die außergewöhnlich großen Brüste einer der Steinskulpturen. »Einzig die Künstler der Antike wußten ihre Arbeiten so schwelgerisch zu gestalten.« Er zwickte eine der Brustwarzen. »Schade, daß diese Vitalität heutzutage verlorengegangen ist.«

Iphiginia schluckte und starrte die Statue an, wobei sie sich verzweifelt bemühte, ihr Entsetzen zu verbergen. Sie war mit den Arbeiten der Bildhauer der Antike nur allzu vertraut, aber nie zuvor hatte sie etwas gesehen, das den Figuren in Lartmores Ausstellungsraum auch nur im entferntesten ähnelte.

Es war nicht die Tatsache, daß die üppige Skulptur, die Lartmore gerade derart lasziv streichelte, nackt war, die Iphiginia überraschte. Sie hatte bereits zahlreiche nackte Statuen gesehen. Es war vielmehr die eigenartige Haltung der Figur, die ihr für einen Augenblick die Sprache verschlug.

Die steinerne Frau saß aufrecht auf den nackten Lenden einer zurückgelehnten männlichen Figur. Ihre Schenkel waren weit geöffnet, so daß die Spalte ihres Hinterteils deutlich sichtbar wurde. Ihr Rücken war gebogen, ihr Kopf zurückgeworfen, ihre Augen geschlossen und ihr Mund geöffnet, so daß sie den Eindruck erweckte, entsetzlich zu leiden.

Der Mann schien ähnliche Qualen zu erleiden, da er sich aufbäumte und die Hüften nach oben preßte. Es war offensichtlich, daß sein steinernes Glied tief in der marmornen Frau steckte.

»Höchst ungewöhnlich«, gelang es Iphiginia zu murmeln. Sie hoffte nur, daß ihr roter Kopf im Dämmerlicht nicht allzu deutlich zu erkennen war.

»Wirklich anregend, finden Sie nicht?« Lartmore machte eine ausholende Geste, die den gesamten Raum umfaßte. »Wie Sie sehen, umfaßt meine Sammlung das Einzigartige und das Ungewöhnliche. Ich bin der Überzeugung, daß jedes Teil meiner Statuensammlung wahre antike Empfindungen ausdrückt.«

Iphiginia überlegte, ob sie ihn davon in Kenntnis setzen sollte, daß keine einzige seiner Statuen dem wahren antiken Kunstverständnis entsprach, soweit sie es beurteilen konnte.

Sie versuchte, ein paar der Figuren objektiv zu betrachten, doch das war keine leichte Aufgabe. Das Licht der schwach glimmenden Lampen erhellte einen Raum voller steinerner und marmorner Statuen, die nur eine Gemeinsamkeit zu haben schienen. Sie alle stellten Männer und Frauen dar, die in überraschend intimen und höchst eigenartigen Stellungen dargestellt waren.

Eine dralle Frau hatte sich auf Hände und Knie gestützt und das Hinterteil in die Luft gereckt. Die männliche Figur hinter ihr hatte ihre Hüften umfaßt, während er sie von hinten nahm.

»Diese hier hat den Namen *Ungezügelte Leidenschaft«*, murmelte Lartmore. »Eine meiner Lieblingsstatuen.«

»Ach.« Iphiginia fiel nicht ein, was sie sonst noch hätte sagen können.

»Da drüben die heißt *Kostprobe der Wonne.«*

Iphiginia warf einen Blick auf die Skulptur einer Frau, die auf einem Stein saß. Ein Mann hockte zwischen ihren weit gespreizten Beinen, das Gesicht zwischen ihren prallen Steinschenkeln vergraben.«

»Ich verstehe.«

»Und die hier heißt *Das Elixier des Lebens.«* Lartmore strich über ein steinernes Bein und bedachte Iphiginia mit einem Lächeln.

Iphiginia betrachtete die Figuren mit gerunzelter Stirn. Zuerst dachte sie, die Frau würde beten, doch dann errötete sie heftig, als sie feststellte, daß die nackte Schönheit das Glied des dazugehörigen Mannes in ihrem Mund hatte.

»Gütiger Himmel«, hauchte Iphiginia.

»Ganz besonders gefallen mir meine neuesten Errungenschaften.« Lartmore führte sie ans andere Ende des Raums, wo eine Reihe ähnlicher Skulpturen aufgestellt waren. Er strahlte vor Stolz. »Ich würde mich geehrt fühlen, wenn Sie mir sagen würden, was Sie davon halten, Mrs. Bright. Wie jedermann weiß, sind Sie eine Expertin auf diesem Gebiet.«

Iphiginias erste Reaktion auf die Statuenserie war Erleichterung. Die ersten Figuren schienen wesentlich schicklicher zu sein als die vorherigen. Zumindest waren sie bekleidet.

Leicht aufatmend trat Iphiginia einen Schritt näher, um die etwas im Dunkeln stehenden Statuen genauer zu betrachten. Die erste zeigte eine junge Frau in einem züchtigen Kleid, die neben einem anständig gekleideten Mann auf einer Steinbank saß. Die beiden schienen sich höflich zu unterhalten.

Dann bemerkte Iphiginia, daß die Hand des Mannes auf dem Bein der Frau lag – und zwar unter ihren Röcken.

»Und wie nennen Sie diese Serie?« fragte sie unbehaglich.

»Die gesamte Serie nennt sich *Der Riß des Jungfernhäutchens.* Wie Sie sehen, kommen sich die Figuren in jeder Statue ein wenig näher, bis bei der letzten die Tat endlich vollbracht ist. Amüsant, finden Sie nicht?«

Iphiginia warf ihm einen skeptischen Blick zu und bemerkte, daß ein hartes Glitzern in Lartmores farblose Augen getreten war. Sein kahler Schädel war schweißbedeckt. Noch während sie ihn ansah, rückte er näher, bis sein klapperdürrer Körper ihre weißen Röcke berührte.

Es war eindeutig an der Zeit, in den Ballsaal zurückzukehren. So sehr sie es auch haßte, es zugeben zu müssen – Marcus hatte recht gehabt. Es war ein Fehler gewesen hierherzukommen. Sie mußte einen anderen Weg finden, um heute abend in Lartmores Bibliothek zu gelangen.

Iphiginia räusperte sich vernehmlich. »Da Sie mich nach meiner Meinung über Ihre Statuen gefragt haben, Mylord, will ich sie Ihnen sagen. Ich fürchte, es handelt sich bei sämtlichen Stücken um höchst armselige Imitationen der antiken Originale.«

»Meine liebe Mrs. Bright, wie können Sie so etwas sagen?« Lartmore schien ernsthaft getroffen zu sein.

»Um ganz ehrlich zu sein, der Stil entspricht nicht im geringsten dem der Antike. Ich entdecke weder römische noch griechische oder etruskische Motive an Ihren Skulpturen.«

»Aber Mrs. Bright, Sie müssen sich irren.«

»Nein, Sir, ich irre mich nicht. Ich versichere Ihnen, daß ich eine ganze Reihe echter antiker Statuen untersucht habe, und keine von ihnen hatte auch nur die geringste Ähnlichkeit mit den Stücken, die Sie mir gezeigt haben.«

Lartmore legte sich in einer schmerzlichen Geste die Hand auf die Brust. »Das tut mir außerordentlich leid.« Er trat noch einen Schritt näher.

»Ich hoffe, daß Sie nicht allzu viel für diese Figuren bezahlt haben.« Iphiginia wich ihm beherzt aus. »Falls ja, hat man Sie übers Ohr gehauen.«

»Mrs. Bright, erlauben Sie mir, Ihnen den Rest meiner Sammlung zu zeigen.« Lartmore streckte eine langfingrige Hand aus, um sie zurückzuhalten.

»Ich habe leider keine Zeit mehr.« Mit einem eiligen Schritt zur Seite gelang es Iphiginia, seiner tastenden Hand auszuweichen.

»Aber ich bestehe darauf.« Lartmore machte einen Satz vorwärts, um sie zu packen.

Iphiginia raffte ihre Röcke und floh.

Sie sprang um die Steinfigur eines Mannes herum, der hinter einer hockenden Frau kniete, sprintete an einem Mann und einer Frau vorbei, die sich auf einem Sockel dem Geschlechtsverkehr hingaben, und prallte mit einem riesigen, unbeweglichen Gegenstand zusammen, der ihr im Weg stand.

Diese männliche Figur war bestimmt nicht aus Stein, aber sie war ebenso unnachgiebig wie die Skulpturen.

»Marcus.« Sie reagierte instinktiv. Sie stolperte und klammerte sich mit einem strahlenden Lächeln an seinen Arm, um ihr Gleichgewicht wiederzufinden. »Ich kann Ihnen gar nicht sagen, wie froh ich bin, Sie zu sehen, Mylord.«

»Ich habe Sie bereits gesucht, Mrs. Bright«, sagte Marcus, ohne sie anzusehen. Sein Blick war auf Lartmore geheftet. »Ich dachte, daß wir bei den Richardsons verabredet gewesen wären.«

»Ja, nun, ich hatte die Absicht, direkt von hier aus dorthin zu fahren, Sir.« Iphiginia überprüfte, ob die weißen Rosen, die sie sich in die Haare gesteckt hatte, noch an Ort und Stelle waren. »Lord Lartmore war so freundlich, mir anzubieten, seine Statuensammlung zu besichtigen, so daß es etwas spät geworden ist.«

»Ich verstehe. Wie dumm.«

Iphiginia zuckte zusammen, als sie den drohenden Unterton in seiner Stimme bemerkte. Sie versuchte eilig, die Situation zu retten. »Tja, nun, da Sie ja jetzt hier sind und ich bereit bin zu gehen, wüßte ich nicht, weshalb wir noch länger verweilen sollten.«

»Wir gehen gleich«, sagte Marcus. »Aber erst möchte ich noch ein, zwei Dinge klären.«

Lartmore setzte zu einer Verteidigungsrede an. »Masters, ich versichere Ihnen, daß an dieser kleinen Besichtigungstour nichts Unschickliches war. Ich habe Mrs. Bright um eine fachliche Beurteilung meiner Sammlung gebeten, das war alles.«

»Das war alles?« wiederholte Marcus mit drohender Stimme.

»Jawohl.« Unter Marcus' kaltem Blick schien Lartmore noch dürrer und skelettartiger zu werden. Er schob einen seiner knochigen Finger unter seine Krawatte und versuchte, den Knoten des gestärkten Stoffs ein wenig zu lockern. »Wir waren gerade am Ende des Rundgangs angelangt, Masters. Ich wollte Mrs. Bright soeben in den Ballsaal zurückbegleiten.«

»Das war die letzte derartige Tour«, sagte Marcus.

»Ja, ja, natürlich.« Lartmore warf Iphiginia einen verzweifelten Blick zu.

»Ich habe Lord Lartmore gesagt, was ich von seiner Statuensammlung halte«, sagte Iphiginia kühl. »Ich fürchte, ich fand sie recht erbärmlich. Die Stücke entsprechen nicht im geringsten antiken Originalen.«

»Faszinierend«, sagte Marcus mit sanfter Stimme. »Ich glaube, ich hatte Ihnen bereits gesagt, daß sie nicht besonders gut und somit für Sie nicht von Interesse ist.«

»Ah, ja.« Iphiginia hatte sich inzwischen wieder gefangen. »Ja, das haben Sie, Mylord, aber ich ziehe es vor, mir meine eigene Meinung zu bilden.«

»Vielleicht wäre es gut, wenn Sie lernen würden, hin und wieder einen vernünftigen Rat anzunehmen.«

Iphiginia runzelte die Stirn, zog es aber vor, nichts zu sagen. Irgendwie hatte sie das Gefühl, daß dies nicht der geeignete Augenblick war, um ihn davon in Kenntnis zu setzen, daß sie nur noch höchst selten auf den Rat anderer Leute hörte. Zu Hause in Deepford war sie viel zu häufig gezwungen gewesen, das zu tun, was andere für richtig gehalten hatten.

»Wenn Sie mich jetzt bitte entschuldigen wollen.« Lartmore glitt zwischen zwei kopulierenden Statuen hindurch und wandte sich zur Tür. »Ich muß mich wieder um meine Gäste kümmern.«

Iphiginia starrte dem flüchtenden Lartmore wütend hinterher. Als er verschwunden war, fuhr sie zu Marcus herum.

»Ich erinnere mich nicht daran, daß Sie mir nur *gesagt* hätten, die Sammlung sei nicht von Interesse, Mylord. Ich glaube, Sie haben es etwas anders ausgedrückt. Man könnte vielleicht sogar so weit gehen zu sagen, Ihr gutgemeinter Hinweis sei eher so etwas wie ein Befehl gewesen.«

Marcus machte einen Schritt auf sie zu. Sein Blick war unergründlich. »Es war doch Ihre Idee, sich als meine Mätresse auszugeben, oder?«

Iphiginia machte einen Schritt zurück. »Ja, nun, ich nehme an, man könnte sagen, daß es ursprünglich meine Idee war. Trotzdem –«

»Lassen Sie mich Ihnen eins ganz klar sagen. Solange Sie sich in der Stadt herumtreiben und sich als meine Mätresse ausgeben, spielen Sie diese Rolle gefälligst auch.«

Beunruhigt durch die gefährliche Sanftheit seiner Stimme, trat Iphiginia noch einen Schritt zurück. »Also hören Sie, Mylord, Sie müssen verstehen, daß dies schließlich nur eine Rolle ist. Man könnte sagen, daß ich nur dem Namen nach Ihre Mätresse bin.«

»Wenn Sie erwarten, daß ich Ihnen erlaube, diese Rolle weiterzuspielen, dann befolgen Sie meine Ratschläge aufs Wort.«

Sie reckte trotzig das Kinn. »Sie meinen, Ihre *Befehle,* nicht wahr?«

»In der Tat, Madam. Meine Befehle.«

Iphiginia zog sich vorsichtig weiter zurück, bis ihr Bein gegen die kalte Marmorstatue zweier sich windender Gestalten stieß. »Ich bin es nicht gewohnt, die Befehle irgendeines Mannes zu befolgen, Sir.«

»Das ist mir klar. Der bedauernswerte verstorbene Mr. Bright hat Ihnen offensichtlich alles durchgehen lassen. Aber wenn Sie meinen, daß ich zulassen werde, daß Sie mich vor der gesamten besseren Gesellschaft zum Narren halten, dann irren Sie sich.«

Iphiginia verspürte plötzlich gewisse Schuldgefühle. »Mylord, es läßt sich leider nicht leugnen, daß meine Maskerade Sie in eine etwas unglückliche Position gebracht hat, aber ich versichere Ihnen, daß ich niemals die Absicht hatte, Sie in irgendeiner Weise zu erniedrigen.«

»Das liegt ja wohl nur daran, daß Sie irrtümlich davon ausgingen, ich sei tot.«

»Ja, nun, das gebe ich zu. Trotzdem –«

»Gestern abend fand ich Ihre Kühnheit noch recht unterhaltsam, aber heute abend sind Sie eindeutig zu weit gegangen, und ich bin nicht mehr auch nur im geringsten amüsiert.«

Iphiginias Schuldgefühle verflogen, und an ihrer Stelle wallte Zorn in ihr auf. »Ich hatte auch niemals die Absicht, Sie mit meiner Maskerade zu amüsieren, Mylord.«

Marcus machte einen erneuten drohenden Schritt in ihre Richtung. »Solange Sie die Rolle meiner Mätresse spielen, werden Sie meine Anweisungen befolgen, Madam.«

»Ihre Anweisungen?« Sie konnte sich nicht weiter zurückziehen, da sie zwischen den steinernen Gliedern des Paares, das hinter ihr kopulierte, gefangen war. »Sir, ich werde diese Rolle spielen, wie es mir paßt.«

»Nein, Madam, das werden Sie nicht.« Marcus streckte die Arme aus und umfaßte einen Fuß und eine Schulter der Statue hinter ihr, so daß sie zwischen seinen Armen festsaß. »Ich weiß am besten, wie sich meine Mätressen normalerweise verhalten. Ohne mich gäbe es diese Rolle schließlich gar nicht. Habe ich recht?«

»Ich nehme an, daß Sie in gewisser Weise recht haben, aber –«

»Ich *habe* recht. Ich habe diese Rolle geschaffen, und aus diesem Grund werde ich Ihnen zeigen, wie Sie sie zu spielen haben.«

Er neigte den Kopf, legte seinen Mund auf ihre Lippen und preßte sie gegen einen steinernen Schenkel.

Was Iphiginia als leises, atemloses Keuchen gedacht hatte, wurde zu einem stummen Seufzer. Sie klammerte sich an seine Schultern, mehr um die Balance zu halten, als um ihn fortzustoßen. Das Gewicht, mit dem er sich gegen den Marmor drückte, war berauschend.

Genau wie gestern nacht wallte Erregung in ihr auf, ein strahlender Regen, der all ihre Sinne auf einmal erblühen ließ.

Sie hörte Marcus stöhnen. Es war ein rauhes, dunkles Geräusch aus der Tiefe seiner Brust. Er beugte sich tiefer über sie. Sein Körper war so hart wie der der Statue, aber unendlich wärmer.

Sie spielte eine Rolle, sagte sich Iphiginia. Aber plötzlich hatte sie das Gefühl, als sei sie wirklich seine Geliebte.

Zitternd schlang sie die Arme um seinen Hals, genau wie sie es gestern nacht getan hatte. Jetzt spürte sie jeden Zentimeter seines Körpers. Er fühlte sich so gut an, so stark, so richtig.

Sie war wie verzaubert. Die Heftigkeit der Begierde, die sie verspürte, verwirrte ihre Sinne.

Marcus löste seine Lippen von den ihren. In seinen Augen leuchtete Verlangen und Verwunderung. »Du raubst mir noch den Verstand.« Er fuhr mit seinen Fingern durch ihr elegant frisiertes Haar, griff sich eine Handvoll, zwang ihren Kopf sanft nach hinten und küßte ihren Hals.

Dieser sinnliche Angriff ließ Iphiginia erschaudern. Und dann küßte sie ihn mit einer leidenschaftlichen Wildheit, die aus dem Nichts aufgetaucht zu sein schien. Sie reckte sich ihm entgegen, um ihn zu küssen, ihn zu berühren, ihn zu spüren.

Sie liebte das Gefühl von seiner Haut unter ihren Lippen. Sein Duft umnebelte ihre Sinne. Die Stärke seiner Hände zog sie in seinen Bann.

»Marcus.«

»Ich habe dir bereits gestern nacht gesagt, daß ich eine wirkliche Mätresse brauche.«

Er glitt mit einer Hand zu ihrer Taille und spreizte seine Finger um ihre Hüfte, wo er sanft die weiße Seide ihrer Röcke zusammendrückte. Als sie stöhnte, fuhr er tiefer, nahm eine Handvoll Seide und schob sie ihren Schenkel hinauf.

Überrascht spürte Iphiginia plötzlich den kalten Stein auf der Haut ihres Beins. Sie öffnete verwirrt die Augen.

»Ich weiß nicht –«

»Pst.« Marcus bedeckte ihren Mund erneut mit seinen Lippen und brachte so ihren halbherzigen Protest sanft zum Verstummen.

Er preßte sie gegen die Statue, glitt mit seiner Hand ihr bestrumpftes Bein hinauf und schlang seine Finger um ihre blanken Schenkel.

Iphiginia fuhr zusammen.

Zu ihrer Überraschung hielt er mitten in der Bewegung inne. »Ist meine Berührung eine Beleidigung für Sie? Finden Sie meine Hände rauh auf Ihrer weichen Haut, Mrs. Bright?«

»Nein«, gelang es ihr, erstickt zu flüstern. Sie klammerte sich fester an ihn. »Ich liebe Ihre Hände, Sir.« Sie küßte ihn auf die Wange. »Sie sind so … so …« Ihr fehlten die Worte.

»Ja?« Er strich mit seiner harten Hand über die Innenseite ihres Schenkels.

Iphiginia schrie lautlos auf und vergrub ihr Gesicht an seiner Schulter. »So erregend.«

Er schien sich zu entspannen. »Es freut mich, daß ich Sie errege.« Er küßte sie zart auf das Ohr, und seine Finger spannten sich fester um ihr Bein.

Iphiginia stockte der Atem. Nie zuvor hatte ein Mann sie derart intim berührt. Die Gefühle, die in ihr tosten, machten sie vollkommen sprachlos.

Plötzlich erinnerte sie sich daran, daß Marcus sie für eine erfahrene Frau hielt und nicht für eine unschuldige Jungfer. Sie durfte sich also nicht anmerken lassen, daß seine Berührung sie vollkommen überwältigte.

»Sir, ich bin mir keineswegs sicher, daß dies der rechte Ort oder die rechte Zeit für derartige Dinge ist. Es könnte jemand hereinkommen.« Eigentlich wollte Iphiginia nicht, daß er aufhörte. Sie wollte nur, daß er etwas langsamer vorging. Aber schließlich konnte sie ihm wohl kaum erklären, daß sie Zeit brauchte, um sich an die neuen und verwirrenden Anforderungen körperlicher Leidenschaft zu gewöhnen.

»Beruhige dich, Iphiginia. Wir sind allein hier in diesem Raum. Und es ist höchst unwahrscheinlich, daß jemand hereinkommt.«

Ohne jede Vorwarnung hob Marcus ihr Bein und hängte es über einen der steinernen Arme der Statue. Ihre Röcke rutschten über ihren Schenkel, so daß ihr Bein bloß lag. Marcus' Hand glitt direkt zu der heißen, feuchten Stelle zwischen ihren Beinen.

Iphiginia schrie leise auf. *»Mylord.«*

Marcus küßte sie leidenschaftlich, so daß ihr überraschter Ausruf ungehört verhallte. Dann streichelte er sie weiter.

Iphiginia erstarrte und vergrub ihre Finger in seinen Schultern. *Sie war eine Witwe mit Erfahrung, eine Frau von Welt …*

»Mein Gott, du fühlst dich wunderbar an«, flüsterte Marcus mit heiserer Stimme. Es klang zufrieden und irgendwie bewundernd. »Reagierst du immer so?«

Iphiginia versuchte zu antworten, aber sie brachte keinen Ton heraus. Also preßte sie ihr glühendes Gesicht gegen seine Schulter und schüttelte eilig den Kopf.

»Nein? Dann hatte also der verstorbene Mr. Bright keine derartige Wirkung auf dich?«

Iphiginia wagte es nicht, den Kopf zu heben. Erneut schüttelte sie heftig den Kopf. »Nein.«

Langsam zog Marcus einen Finger durch die weichen, prallen Falten weiblichen Fleischs. »Und deine bisherigen Liebhaber? Bist du jemals für einen von ihnen so schnell feucht und heiß geworden?«

Iphiginia war inzwischen vollkommen außer sich. Ihre Finger vergruben sich so tief in den Stoff seiner Jacke, daß sie überrascht war, noch keine Löcher hineingebohrt zu haben.

»Bist du, Iphiginia?« Marcus berührte eine unglaublich empfindliche Stelle.

»Nein«, schrie Iphiginia in den Stoff. »Nein, Mylord. In der Tat bin ich –«

»Hat es viele gegeben?«

Iphiginia konnte kaum noch denken. »Viele was?« fragte sie zerstreut. O Gott, was machte er an dieser besonderen Stelle? Er rieb sie, zupfte sanft daran, umkreiste sie mit seinem Finger. Ihr gesamter Unterkörper zog sich zusammen.

»Hat es seit dem Tod deines Mannes viele Liebhaber gegeben?« Marcus schob einen Finger in ihre weibliche Öffnung hinein.

»Nein. Oh, nein.«

»Das erklärt, weshalb du so eng bist.« Er untersuchte sie sanft mit seinem Finger. »Tatsächlich, außergewöhnlich eng. Du wirst mir besser passen als ein Paar neuer Reithosen.«

Wenn er sie nicht gegen die Statue gedrückt hätte, wäre Iphiginia auf den Boden gesunken wie eine geschmolzene Wachsfigur.

»Gütiger Himmel.«

Nie zuvor in ihrem Leben hatte sie sich so verrucht, so sinnlich gefühlt. Sie stand eindeutig kurz davor, sich den unkontrollierbaren künstlerischen Empfindungen hinzugeben, die sie nach Meinung aller von ihren Eltern geerbt hatte.

Während all der Jahre in Deepford war sie von zahllosen Menschen ermahnt worden, vor derartigen Neigungen beständig auf der Hut zu sein. Doch ehe Marcus in ihr Leben getreten war, hatte sie zu ihrer Enttäuschung immer gedacht, daß sie gar keine interessanten Neigungen hätte, vor denen es sich in acht zu nehmen galt.

»Ich bin froh, daß du seit dem Tod deines Mannes nicht so viele Liebhaber hattest.« Marcus nahm ihr Ohrläppchen zwischen seine Zähne. »Ich habe zwar keine Verwendung für unerfahrene Frauen, aber ich gebe zu, daß ich eine Vorliebe für Frauen habe, die bei der Wahl ihrer Liebhaber eine gewisse Sorgfalt an den Tag legen.«

»Das habe ich bestimmt getan, Sir.«

»Irgend etwas sagt mir, daß der verstorbene Mr. Bright nicht allzu anspruchsvoll war.«

»Uh, nein.« Einen Augenblick lang stockte ihr der Atem, da Marcus begann, sie schneller zu streicheln. »Nein, das war er nicht. Er war ein ... durch und durch rücksichtsvoller Gentleman.« *Was auch immer das hieß.*

»Was für eine Verschwendung.« Marcus glitt erneut mit einem Finger in sie und untersuchte sie genauer. »Ich versichere dir, daß ich diesen Fehler nicht machen werde.«

Iphiginia schrie auf. Ihr ganzer Körper schien sich um Marcus' Hand zusammenzuziehen. Sie hing an ihm wie eine Ertrinkende und vergrub ihr Gesicht tiefer in seiner Schulter, als das eigenartigste Gefühl, das sie jemals verspürt hatte, in ihr aufwallte.

»Verdammt«, keuchte Marcus, als sie in seinen Armen erzitterte. »So also fühlt sich das Licht der Sterne an.«

Iphiginia konnte nicht mehr sprechen. Sie rang nach Luft und sank in sich zusammen.

Marcus' leises Lachen enthielt eine heisere Spur männlicher Zufriedenheit. Er zog langsam seine Hand zwischen ihren Beinen hervor, half ihr, die Balance wiederzufinden und begann seine Hose zu öffnen.

Iphiginia merkte kaum, was er tat. Sie war viel zu sehr damit beschäftigt, über die wunderbaren Schauder der Erleichterung zu staunen, die bereits abzuebben begannen.

»Das war wirklich erstaunlich, Sir.«

»Ja. Durchaus bemerkenswert. Und es wird noch wesentlich interessanter werden, wenn ich beim nächsten Mal in dir bin.«

»In mir?« Iphiginia versuchte zu verstehen, was er sagte.

»Machen Sie sich keine Sorgen, Madam. Ich habe ein Kondom mitgebracht. Natürlich französisch. Sie machen wirklich die besten, nicht wahr? Genau nach meinen Wünschen angefertigt. Nach einigen Studien habe ich das ursprüngliche Design ein wenig verändert, um –«

»Um Himmels willen, Sir.«

Marcus zuckte zusammen. »Verzeihung. Dies ist wohl weder die rechte Zeit noch der rechte Ort, um ein derart technisches Gespräch zu führen. Manchmal geht einfach mein Interesse an mechanischen und wissenschaftlichen Dingen mit mir durch. Aber ich versichere dir, daß ich sehr vorsichtig sein werde.«

Iphiginia war sprachlos. Sie hatte bereits von Kondomen gehört. In Italien hatte eine reizende Gräfin ihr und Amelia beim Nachmittagstee davon erzählt. Sie waren aus Schafsdärmen und wurden mit kleinen roten Bändern befestigt.

Von der Tür her drang plötzlich ein Geräusch zu ihnen herüber, gefolgt von dem Kichern einer Frau. Ein Mann ermahnte sie mit gedämpfter Stimme, leise zu sein, ehe er selbst in betrunkenes Gelächter ausbrach.

»Verdammt und zugenäht.« Marcus machte eilig seine Hose zu.

»Was ist los?«

»Wir sind nicht mehr allein.« Marcus zog die Röcke ihres Kleides herab und schüttelte sie für sie aus.

»Jemand ist hier drin? In diesem Raum?«

»Ja. Ist alles in Ordnung?« Er warf ihr einen besorgten Blick zu.

»Ja, natürlich.« Iphiginia fühlte sich seltsam träge, und es war ihr fast egal, ob man sie hier in einer derart kompromittierenden Situation überraschte.

Doch dann kehrte mit einem Schlag die Realität zurück und die Erinnerung daran, weswegen sie Lord Lartmore ursprünglich gebeten hatte, sie in den Ausstellungsraum zu führen. Sie zögerte und blickte ängstlich in Richtung der Tür.

»Es besteht kein Grund, sich zu verstecken.« Marcus klang amüsiert. »Du siehst vollkommen unberührt aus.« Er strich mit dem Finger über ihre nackte Schulter und lächelte. »Nicht im geringsten, als hättest du eben noch eine dieser Statuen imitiert.«

»Aber ich bin aus einem bestimmten Grund hierher gekommen.«

Marcus' Miene wurde düster. »Ach, ja?«

»Ja. Und ich kann diese Chance unmöglich ungenutzt lassen. Vielleicht bekomme ich ja sonst keine Gelegenheit mehr. Hier entlang. Beeilung.«

Von der Tür her drang erneut betrunkenes Gelächter zu ihnen herüber. Die Neuankömmlinge waren offensichtlich stehengeblieben, um sich die erste der erotischen Statuen anzusehen.

»Was zum Teufel hast du vor, Iphiginia?«

»Am anderen Ende des Raums gibt es noch eine Tür. Lartmore hat mir erzählt, daß sie direkt in seine Bibliothek führt.«

»Warum in aller Welt willst du –« Plötzlich dämmerte es ihm. »Nein. Auf gar keinen Fall. Wir werden heute nacht bestimmt nicht deinen lächerlichen Plan verfolgen.«

»Vielleicht ist dies die einzige Gelegenheit, die sich mir bietet.«

»Verdammt, Iphiginia, das ist vollkommener Unsinn. Laß uns hier verschwinden und einen ruhigen Ort suchen, an dem wir dort weitermachen können, wo wir eben aufgehört haben.«

Sie errötete und sah ihn überrascht an. »Wollen Sie damit etwa sagen, daß das noch nicht alles war?«

Marcus verzog das Gesicht. »Das ist nicht lustig, Madam. Ich leide.«

»Sie scheinen vollkommen in Ordnung zu sein, Sir. Kommen Sie, hier entlang.« Iphiginia griff nach seiner Hand und begann, sich ihren Weg durch das Gewirr von Statuen zu suchen.

Marcus ließ zu, daß sie ihn bis ans andere Ende des Raums zerrte. »Das werde ich bestimmt noch bedauern.«

»Reden Sie keinen Unsinn.« Sie fand die Tür gerade in dem Moment, als das andere Paar erneut in Gelächter ausbrach.

»Hier sind wir«, flüsterte Iphiginia und drehte am Knauf der Tür, die sich problemlos öffnen ließ.

Lartmores kleine Bibliothek, die nicht viel größer als ein Arbeitszimmer war, lag vollkommen im Dunkeln. Das Mondlicht reichte gerade aus, um die Kerze auf dem Schreibtisch zu sehen.

Das heisere Stöhnen eines Mannes drang durch den Ausstellungsraum. »Alle Achtung, genau wie die verdammte Statue. Bei Gott, genau wie die *Statue.«*

»Verflucht«, murmelte Marcus. »Jetzt können wir nicht mehr zurück.«

Er schob Iphiginia in die Bibliothek, folgte ihr und schloß eilig die Tür vor dem lauten Stöhnen der Frau.

»Keine Sorge, Marcus. Sie wissen nicht, daß wir hier sind.«

Er fuhr zu ihr herum. »Also gut, Madam. Sie haben uns hierher gebracht. Und was machen wir jetzt?«

»Ich möchte mir nur schnell Lartmores Schreibtisch ansehen.« Iphiginia zündete die Kerze an und hielt sie hoch.

Marcus verzog grimmig das Gesicht. »Suchst du schwarzes Wachs und ein Siegel mit einem Phönix, Iphiginia, oder suchst du nur nach irgend etwas Wertvollem, was du dir unter den Nagel reißen kannst?«

Sie starrte ihn an. »Sie halten nicht besonders viel von mir, nicht wahr, Sir?«

»Du mußt zugeben, daß diese Frage angesichts der Situation durchaus berechtigt ist.«

»Und Sie machen natürlich sofort von diesem Recht Gebrauch.«

»Angesichts der, ah, ungewöhnlichen Art unserer Beziehung denke ich, daß ich in gewisser Weise befugt bin, die Ehrenhaftigkeit einiger deiner Taten in Frage zu stellen.«

»Sie sind also gewillt, mit mir zu schlafen, aber Sie vertrauen mir nicht. So ist es doch, oder?«

»Iphiginia.«

»Schon gut, Mylord.« Iphiginia reckte stolz das Kinn. »Ich verstehe. Aber beruhigen Sie sich; ich bin nicht hier, um das Tafelsilber zu stehlen. Ich stelle lediglich gewisse Nachforschungen an.«

»Ich habe dir doch bereits erklärt, daß Lartmore wohl kaum der Erpresser ist.«

»Ja, ich weiß, daß Sie mir erklärt haben, wie Sie die Sache sehen, Sir, aber ich ziehe es vor, mir meine eigene Meinung zu bilden.« Iphiginia sah sich suchend auf dem Schreibtisch um, bis sie den Wachstopf entdeckte.

»Ich verstehe.« Marcus lehnte sich an den Schreibtisch und kreuzte die Arme vor der Brust. Dann beobachtete er aufmerksam, wie sie das Motiv auf dem Siegel und die roten Wachsreste untersuchte. »Hörst du eigentlich jemals auf andere Menschen?«

»Ich war jahrelang gezwungen, auf andere zu hören, Mylord. Aber inzwischen bin ich eine unabhängige Frau.«

»So, so, eine unabhängige Frau.«

»Ja. Verdammt. Auf dem Siegel ist irgendeine Blume, kein Phönix.«

Marcus blickte ohne großes Interesse auf das Siegel. »Was hattest du denn erwartet? Nur ein Narr würde sein eigenes Siegel auf einem Erpresserbrief hinterlassen. Die Leute würden es schließlich erkennen.«

Iphiginia funkelte ihn böse an. Er hatte nicht unrecht, aber sie wollte nicht, daß er dachte, sie wäre nicht bereits selbst auf diesen Gedanken gekommen. Marcus war auch so schon arrogant genug.

»Mir ist der Gedanke gekommen, daß der Erpresser zwei Siegel haben könnte, von denen er eins ausschließlich für seine häßlichen Schriebe benutzt«, informierte sie ihn. »Vielleicht hat er sogar zwei Farben Wachs, eine für seine normale Korrespondenz und eine für die Erpresserbriefe.«

»Und?«

»Und ich hoffe, daß ich entweder das zweite Siegel finde, das er zweifellos irgendwo versteckt hat, oder daß ich Spuren von schwarzem Wachs in seinem Wachstopf entdecke.«

»Der Wachstopf. Natürlich.« Marcus konnte sich nicht helfen, diese Frau war wirklich alles andere als dumm. »Es ist wohl eher unwahrscheinlich, daß er zwei Wachstöpfe hat.«

»Genau. Selbst wenn er zwei Farben benutzt, schmilzt er sie bestimmt in ein und demselben Topf.« Iphiginia untersuchte das Gefäß auf Lartmores Schreibtisch, doch sie entdeckte nur rote Wachsspuren.

»Nun?«

»Ich glaube, ich entdecke keine schwarzen Wachsreste.«

»Ich glaube, ich habe bereits zu einem früheren Zeitpunkt erwähnt, daß du keine finden würdest. Lartmore hat seine Fehler, aber er ist kein Erpresser.«

Iphiginia stellte den Wachstopf wieder ab. »Niemand mag einen Menschen, der immer alles besser weiß, Mylord.«

Er verzog leicht das Gesicht. »Ich werde es mir merken.«

»Tun Sie das.«

Marcus sah sie fragend an. »Hast du außer dem Siegelwachs und dem Phönix sonst noch irgendeinen Anhaltspunkt bezüglich der Person des Erpressers?«

»Nein.« Sie warf ihm einen verärgerten Blick zu. »Aber selbst wenn dem so wäre, bin ich mir nicht sicher, ob ich dieses Wissen mit Ihnen teilen würde, nun, da ich weiß, daß Sie mir nicht vertrauen.«

»Es ist offensichtlich, daß sich unsere Beziehung ein wenig schwierig gestalten wird, Mrs. Bright.«

»Mir erscheint das Ganze sehr einfach.«

»Ach, ja?«

»Allerdings«, erwiderte Iphiginia mit kühler Stimme. »Wir haben ein einziges gemeinsames Interesse. Wir beide wollen herausfinden, wer hinter den Erpressungen steckt, obwohl ich annehme, daß Sie lediglich den Beweis dafür suchen, daß ich dafür verantwortlich bin.«

»Ganz im Gegenteil, Iphiginia. Es gibt noch etwas außer der Suche nach einem Erpresser, das uns aneinander bindet.«

Sie blickte argwöhnisch von der Schublade auf, die sie gerade zu öffnen versuchte. »Und das wäre?«

»Leidenschaft, meine liebe Mrs. Bright. Reine, ungezügelte, ehrliche Leidenschaft. Oder haben Sie bereits vergessen, was eben im Ausstellungsraum passiert ist?«

Sie errötete. »Das habe ich nicht vergessen. Und ich gebe zu, daß es eine äußerst interessante Erfahrung war.«

»Vielen Dank.« Er verbeugte sich mit gespielter Eleganz.

»Aber ich bin zu dem Schluß gekommen, daß es das beste ist, wenn wir derartige Experimente in Zukunft vermeiden.«

Marcus' Augen schimmerten im Licht der Kerze. »Wieso meinst du, daß es uns gelingen könnte, sie in Zukunft zu vermeiden?«

»Sie werden feststellen, Mylord, daß ich eine Frau mit einem ausgeprägten Willen bin. Im allgemeinen gelingen mir die Dinge, die ich mir vornehme.« Sie blies die Kerze aus. »Kommen Sie, lassen Sie uns gehen. Hier gibt es nichts Interessantes mehr.«

»Da bin ich anderer Ansicht.« Marcus' Stimme war leise und herausfordernd, als er sich vom Tisch erhob und ihren Arm ergriff. »Mein Interesse ist geweckt, meine liebe Mrs. Bright. Und wie Ihnen gelingen auch mir im allgemeinen die Dinge, die ich mir vornehme.«

Kapitel sieben

Zwei Tage später saß Iphiginia am Schreibtisch in ihrer Bibliothek und studierte eine Skizze des ersten Stockwerks eines Hauses. Es war eine von mehreren Zeichnungen, die sie für das neue Bauvorhaben angefertigt hatte, das Amelia und sie in Angriff genommen hatten.

Der Platz, an dem die Stadthäuser errichtet werden würden, sollte im Gedenken an ihre Eltern Bright Place genannt werden. Der Name des Projekts war jedoch bisher nur Iphiginias wenigen Verwandten und ihrem vertrauenswürdigen Mittelsmann Adam Manwaring bekannt. Solange sie noch die Rolle von Masters' Mätresse spielte, wollte Iphiginia nicht, daß der Name öffentlich gemacht wurde, da sie fürchtete, es könnte zu viele Gerüchte geben. Zumindest hätte sie auf keinem Ball und keiner Soiree mehr Ruhe vor möglichen Investoren. Und vielleicht würden diese Fragen stellen, die auch ihre Vergangenheit betrafen.

Der Stil der Häuser am Bright Place würde sich von dem der meisten englischen Stadthäuser unterscheiden. Statt eine bestimmte klassische Linie zu verfolgen, wollte Iphiginia eine harmonische Mischung der besten antiken und modernen Stilrichtungen schaffen.

Sie kümmerte sich sowohl um die Außenfassaden als auch um das Innendekor der Häuser, wobei sie versuchte, dem englischen Wesen und dem Klima des Landes Rechnung zu tragen. Das Baumaterial würde von bester Qualität sein. Was die technische Seite des Vorhabens betraf, so hatte sie die Absicht, einige von Marcus' Theorien über Baufundamente anzuwenden.

Sie hatte sich geschworen, daß sie der klassischen Tradition nicht so verhaftet sein würde wie ihr Vater. Aber ebensowenig würde sie der Antike spotten, indem sie den höchst gewagten künstlerischen Impulsen nachgab, die sie von ihrer Mutter geerbt hatte.

Der Trick bestand darin, eine elegante Synthese zu finden. Natürlich würde sie die Fähigkeiten nutzen, die sie von ihrem Vater hatte: ihren Blick für perspektivische und architektonische Details und ihre Kenntnisse von der klassischen Bauweise. Doch zugleich würde sie den gewagten Stil ihrer Mutter einbringen.

Sie wußte, daß das Geheimnis ihres Erfolgs beim Bau des Morning Rose Square darin bestanden hatte, niemals zu vergessen, daß die Gebäude nach England passen mußten. Sie war fest entschlossen, den Fehler zu vermeiden, den so viele andere Architekten begingen: Sie würde nicht versuchen, Gebäude, die für das heiße, trockene Klima in Rom oder Griechenland gedacht waren, in England nachzubauen. Die Menschen brauchten Häuser, die der Feuchtigkeit und der Kälte langer Winter trotzten.

Kritisch betrachtete sie ihre neueste Zeichnung. Alle Räume hatten hohe Decken und große, wohlproportionierte Fenster. Diese Elemente waren das Erbe ihres Vaters. Er hatte eine Vorliebe für die palladianische Tradition gehabt.

Ihre jüngste Skizze wies zwar klassische Züge auf, doch zugleich zeugten die breiten Treppenaufgänge von einer Leichtigkeit und Offenheit, die mit der Wuchtigkeit der antiken Tradition brach. Iphiginias künstlerischer Instinkt sagte ihr, daß diese Mischung durchaus gelungen war.

Für gewöhnlich half es ihr, sich auf ihre Zeichnungen zu konzentrieren, wenn sie ihre Gedanken ordnen wollte. Wenn sie also über etwas nachdenken mußte, griff sie häufig zu Papier und Feder und zeichnete eine Bibliothek oder einen Salon. Aber heute morgen versagte diese Technik.

Sie war völlig verwirrt.

Genau wie gestern morgen.

In der Tat stellte sie verärgert fest, daß sie sich seit dem Augenblick nicht mehr konzentrieren konnte, in dem Marcus in den Ballsaal der Fenwicks spaziert gekommen war und sie nach draußen geschleppt hatte.

Sie stützte die Ellbogen auf den Schreibtisch und legte das Kinn auf die Hände. Sie hatte in ihrem Leben schon viele Probleme lösen müssen, von Corinas Erziehung bis hin zu den Schwierigkeiten, denen sie und Amelia auf ihrer Reise begegnet waren. Doch nie zuvor hatte sie es mit einem Menschen wie Marcus zu tun gehabt.

Jedesmal, wenn sie an die intime Art dachte, in der er sie in Lartmores Ausstellungsraum voller erotischer Statuen berührt hatte, brannte ihr Innerstes. Iphiginia fragte sich, ob Marcus überhaupt jemals an dieses Zusammensein dachte oder ob dies für ihn ein derart normales Ereignis war, daß er es bereits vergessen hatte.

Auf jeden Fall hatte er es in den letzten beiden Tagen kein einziges Mal erwähnt. Seit er sie dazu gebracht hatte, in seinen Armen zitternd und schlaff zusammenzusinken, hatte er sich wie der vollkommene Gentleman verhalten.

Vielleicht war er zu dem Schluß gekommen, daß es wohl doch nicht ratsam war, mit einer Frau zu schlafen, der er mißtraute.

Mit gerunzelter Stirn lauschte sie dem Karren eines Gemüseverkäufers, der unter ihrem Fenster die Straße herunterpolterte. Sie hatte gewiß nicht die Absicht, Marcus zu gestatten, sie jemals wieder auf eine derart erschütternde intime Weise zu berühren.

Nicht, solange er nicht ein gewisses Maß an Vertrauen, Respekt und, ja, Zuneigung zu ihr entwickelt hatte.

Das war bestimmt nicht zuviel verlangt. Schließlich liebte sie diesen Mann. Das mindeste, was er also tun konnte, war, ihr gegenüber eine gewisse Wärme zu zeigen.

Seine bisherigen Erfahrungen hatten ihn offensichtlich viel zu argwöhnisch, zu zynisch, zu beherrscht werden lassen, als daß er in der Lage wäre, sich der Liebe hinzugeben. Er war ein Mensch, der versuchte, ein Gefühl, von dem er meinte, daß es ihn verletzlich machen könnte, möglichst gar nicht erst aufkommen zu lassen.

Bisher hatte sie noch nicht herausgefunden, was ihn derart negativ beeinflußt hatte, aber es ließ sich nicht leugnen – Marcus hatte in seinem Leben schon böse Narben davongetragen.

Bis zu einem gewissen Punkt brachte sie Verständnis und Mitgefühl für ihn auf. Sie war sogar bereit, ihm ein paar Dinge nachzusehen. Aber wenn er meinte, sie würde ihn als Geliebten akzeptieren, solange er sie nicht liebte, ja ihr noch nicht einmal vertraute, dann hatte er sich gewaltig geirrt.

Iphiginia fragte sich, ob er wußte, wie ernst es ihr war. Schließlich war er ein höchst intelligenter Mann. Vielleicht war das der Grund, weshalb er seit dem Vorfall in Lartmores Haus nicht mehr versucht hatte, sich ihr in irgendeiner Weise zu nähern.

Er war ein Mann, der gründlich nachdachte, ehe er den zweiten Schritt unternahm.

Die Tür der Bibliothek öffnete sich.

»Iphiginia?« Amelia betrat den Raum. Sie trug ein graues, hochgeschlossenes Kleid, das sie wesentlich älter als sechsundzwanzig erscheinen ließ. »Mrs. Shaw bringt gleich den Tee.«

»Ich könnte eine Tasse vertragen. Ich muß meine Gedanken sammeln, ehe Mr. Manwaring kommt.«

»Er wird bald da sein.« Amelia blickte auf die Uhr. »Er ist ein pünktlicher Mensch. Übrigens, ich habe schon einmal eine Liste der Witwen und unverheirateten Frauen erstellt, die Interesse an unserem neuen Projekt haben könnten.«

»Waren sie an der Morning-Rose-Square-Sache beteiligt?«

»Die meisten, aber zwei sind neu. Eine Miss Sanders und eine Miss Crest. Ich habe sie letzte Woche im Museum kennengelernt. Sie sind beide bezahlte Gesellschafterinnen, die eine kleine Summe gespart haben, die sie gerne investieren würden.«

»Hervorragend.« Plötzlich fiel Iphiginia etwas ein. »Das erinnert mich an etwas. Ich habe vor ein paar Tagen zufällig Mrs. Osworth getroffen. Sie erwähnte, daß sie eine neue Gesellschafterin sucht. Über die Wycherley Agentur.«

Amelia verzog das Gesicht. Die Wycherley Agentur hat nur Kunden wie die Osworths. Alle sehr exklusiv.«

»Irgendwie hat mich der Name an etwas erinnert. Das war doch die Agentur, bei der du beschäftigt warst, oder nicht?«

»Ja.« Amelia preßte die Lippen zusammen. »Das Unternehmen ist schon seit Jahren im Geschäft.«

Ein diskretes Klopfen an der Tür unterbrach sie. Iphiginia blickte auf. »Was gibt's, Mrs. Shaw?«

Mrs. Shaw, eine stattliche Frau, die beinahe die Würde einer klassischen Ruine ausstrahlte, trat ein. »Mr. Manwaring wünscht Sie zu sehen, Mrs. Bright.«

»Bitte schicken Sie ihn herein.«

Mrs. Shaw trat beiseite und ließ den Besucher an sich vorbei in die Bibliothek. Iphiginia und Amelia hießen ihn mit einem Lächeln willkommen.

»Ich habe Ihre Kutsche gar nicht gehört, Mr. Manwaring«, sagte Iphiginia.

»Es ist so ein schöner Tag, daß ich es vorgezogen habe, zu Fuß zu kommen.« Adam Manwaring lächelte ebenfalls. Sein Blick ruhte warm auf Amelia, die davon jedoch nichts zu merken schien.

Mit seinen siebenundzwanzig Jahren war Adam bereits ein ernster, besonnener Mann. Er war der jüngste Sohn eines Gutsbesitzers aus dem Norden. Da er sich keine Hoffnungen darauf machen durfte, den Besitz seines Vaters eines Tages übernehmen zu können, war Adam gezwungen gewesen, selbst für sich zu sorgen. Sein ungewöhnliches Talent im Umgang mit Zahlen und sein hervorragendes Gedächtnis hatten ihn veranlaßt, zunächst als Sekretär zu arbeiten.

Da er jung war und nicht über die entsprechenden Beziehungen verfügte, war es ihm anfangs schwergefallen, einen Arbeitgeber zu finden. Gerade als er die Hoffnung hatte aufgeben wollen, jemals einen guten Posten zu bekommen, hatten Iphiginia und Amelia ihn als Mittelsmann angeheuert. Seit nunmehr drei Jahren war er den beiden Frauen treu ergeben.

Inzwischen beruhte seine Loyalität ihnen gegenüber jedoch nicht mehr auf reiner Dankbarkeit, sondern sie wurde noch durch eigene finanzielle Erwägungen gestärkt. Als sie das Morning-Rose-Square-

Projekt in Angriff genommen hatten, hatte Adam jeden Pfennig zusammengekratzt und in das Unternehmen investiert. Vor einem Jahr dann hatte er, genau wie die Witwen und unverheirateten Frauen, die als Investorinnen fungiert hatten, bedeutende Gewinne eingestrichen.

Obgleich Iphiginia Adam bedingungslos vertraute, hatte sie ihm nichts von der Erpressungsgeschichte erzählt. Er hatte Anweisung, hinsichtlich ihrer Identität absolutes Stillschweigen zu wahren. Adam nahm an, daß ihre Beteiligung an dem Bauvorhaben nur deshalb anonym bleiben sollte, damit sie nicht ständig von potentiellen Investoren belästigt wurde.

Er selbst verkehrte nicht in ihren Kreisen und hatte nur wenig Interesse an Klatschgeschichten. Trotzdem wußte er genau über die Mitglieder der besseren Gesellschaft und, was noch wichtiger war, über ihre finanziellen Verhältnisse Bescheid.

»Bitte nehmen Sie Platz, Mr. Manwaring.« Iphiginia tat, als bemerke sie die leichte Rötung von Adams Wangen nicht, als er sehnsüchtig zu Amelia hinübersah.

Am liebsten hätte Iphiginia ihre Cousine geschüttelt. Sah Amelia denn nicht, daß sie und Adam wie füreinander geschaffen waren?

Sie selbst hatte sofort erkannt, daß die beiden gut zueinander paßten, als sie Adam vor ein paar Wochen persönlich kennengelernt hatten. Zuvor hatten sie immer nur brieflich miteinander verkehrt.

Adams ehrliches, offenes Wesen machte es leicht, ihn zu durchschauen. Es bestand kein Zweifel daran, daß er eine gewisse Zuneigung zu Amelia entwickelt hatte, obgleich er bisher noch nicht den Mut gefunden hatte, ihr einen Antrag zu machen.

»Und, wie geht es mit dem Bright Place voran?« fragte Iphiginia, als Adam sich ihr gegenüber an den Schreibtisch setzte.

»Es freut mich, Ihnen sagen zu können, daß die erste Phase des Projekts fast abgeschlossen ist«, berichtete Adam eifrig. Er beugte sich vor, um seine sauber beschrifteten Papiere auf dem Tisch auszubreiten. »Ich habe die letzten Vorkehrungen für den Kauf des

Grundstücks getroffen. Außerdem habe ich einen Vertrag mit dem Bauunternehmer abgeschlossen, den wir auch beim Morning Rose Square hatten. Es fehlt nur noch die vollständige Liste der Investoren.«

»Ich habe schon mal eine vorläufige Liste interessierter Personen erstellt«, sagte Amelia.

»Hervorragend.« Adams Wangen röteten sich noch ein wenig mehr. »Ich nehme an, es sind dieselben Namen wie beim letzten Mal?«

»Ja, und zwei neue.«

Adam strahlte sie voller Bewunderung an. »Sehr gut. Übrigens, nun, da wir das Grundstück haben, fängt die Gerüchteküche an zu kochen. Ich habe bereits ein paar Anfragen reicher Herren, die von den Profiten gehört haben, die mit dem Morning Rose Square erzielt wurden. Sie haben ihr Interesse an unserem neuen Vorhaben bekundet.«

Iphiginia sah ihn scharf an. »Sie wissen doch nicht, daß Miss Farley und ich die Hauptinvestoren sind, oder?«

»Nein, nein, natürlich nicht«, beruhigte Adam sie eilig. »Sie wissen, daß ich Ihr Vertrauen niemals in dieser Weise mißbrauchen würde. Wann immer ich in dieser Angelegenheit angesprochen wurde, habe ich erklärt, daß die beiden Initiatoren des Projekts anonym bleiben möchten.«

Iphiginia entspannte sich. »Gut. Ich möchte nicht überall von möglichen Investoren angesprochen werden. Das wäre mir wirklich lästig.«

»Ich verstehe«, sagte Adam.

Amelia klopfte mit ihrer Feder auf das Blatt Papier in ihrer Hand. »Wer sind die Herren, die sich für unser neues Projekt interessieren?«

»Ich habe die Namen dabei.« Adam nahm ein Blatt von dem Stapel, den er gerade auf Iphiginias Schreibtisch gelegt hatte. »Lassen Sie mich sehen. Matthews, Conklin, Jenerette, Dodgson ...«

Amelia erstarrte.

Iphiginia fuhr Adam an: »Sagten Sie Dodgson?«

Adam blickte verwirrt auf. »Ja. Mr. Anthony Dodgson. Den Gerüchten zufolge ist er in gewissen finanziellen Schwierigkeiten, so daß er geradezu versessen darauf ist, ein paar erfolgversprechende Investitionen zu tätigen. Kennen Sie den Mann?«

»Nein.« Iphiginia vermied es, in Amelias Gesicht zu sehen.

»Ich persönlich bin ihm nie zuvor begegnet. Aber ich habe von ihm gehört. Er ist sicher nicht die Art Mensch, mit der Sie geschäftlich zu tun haben möchten, oder, Miss Farley?«

»Nein.« Amelias Stimme war beinahe unhörbar. Sie schluckte sichtlich und versuchte es noch einmal. »Nein, gewiß nicht.«

Iphiginia blickte Adam an. »Sie dürfen Mr. Dodgson davon in Kenntnis setzen, daß wir ihn nicht an unserem Projekt beteiligen werden. Bezüglich der anderen Namen auf Ihrer Liste werden wir es uns noch überlegen, aber ich persönlich ziehe es vor, wohlhabende und einflußreiche Männer aus der Sache herauszuhalten. Für gewöhnlich versuchen sie immer, alles an sich zu reißen. Wir kommen auch sehr gut allein zurecht.«

»Wie Sie wünschen.« Adam warf einen Blick auf Amelias wachsbleiches Gesicht und wandte sich mit besorgter Miene an Iphiginia. »Darf ich fragen, weshalb Sie gerade Dodgson ausschließen wollen? Er wird sicher eine Erklärung von mir verlangen.« Iphiginia konzentrierte sich auf die Skizzen, die vor ihr lagen. »Sie können Mr. Dodgson sagen, daß die Mehrheit der Investoren Witwen und unverheiratete Frauen sind.«

»Das habe ich ihm bereits gesagt.«

»Außerdem sollten Sie ihn vielleicht daran erinnern, daß viele Witwen und unverheiratete junge Frauen gezwungen sind, als bezahlte Gesellschafterinnen oder Gouvernanten zu arbeiten. Da Mr. Dodgson in dem Ruf steht, weibliche Angestellte äußerst rüde und unfreundlich zu behandeln, haben sie natürlich nicht den Wunsch, mit ihm Geschäfte zu machen.«

»Ich verstehe.« Adam kniff seine hellen Augen zu schmalen Schlitzen zusammen. »Ich wußte nicht, daß der Mann ein solcher Schuft ist. Ich werde ihm mit dem größten Vergnügen mitteilen, daß die anderen Investoren ihn nicht dabeihaben wollen.«

Amelia seufzte erleichtert auf, aber das Blatt, das sie in der Hand hielt, zitterte immer noch.

»Das wäre dann also erledigt.« Iphiginia beugte sich erneut über die Zeichnung. »Machen wir uns an die Arbeit.«

Marcus brachte den glänzenden schwarzen Zweispänner mit einem schwungvollen Bremsen vor Iphiginias Stadthaus zum Stehen. Er warf seinem Stallburschen die Zügel zu und sprang auf den Gehweg.

»Ich bin in ein paar Minuten zurück.«

»In Ordnung, M'lord.« Der junge Mann beruhigte die kraftstrotzenden, übermütigen Hengste.

Gerade als Marcus die Treppe hinaufsteigen wollte, öffnete sich die Tür des Hauses, und ein ordentlich gekleideter junger Mann trat mit ernster Miene heraus.

»Verzeihung.« Der Mann blieb stehen, als er Marcus sah, und blinzelte ein-, zweimal gegen die Sonne. Dann fiel sein Blick auf das Wappen, das golden auf der schwarzen Kutsche prangte. »Mylord.« Er nickte ihm höflich zu und eilte die Treppe hinunter.

Marcus blieb auf der obersten Stufe stehen und sah hinterher, wie der andere die Straße hinabeilte. Sein Gesicht verriet Verärgerung.

Verdammt, dachte er, er konnte unmöglich eifersüchtig sein. Dieses Gefühl gestattete er sich nie. Es ärgerte ihn einfach, vor Iphiginias Haustür über einen anderen Mann zu stolpern.

Das war eine vollkommen normale Reaktion. Jeder Mann an seiner Stelle wäre unter solchen Umständen erbost. Das hieß, wenn es überhaupt einen anderen Mann in der Stadt gab, der sich in einer solch außergewöhnlichen Situation befand.

Was höchst unwahrscheinlich war.

Wahrscheinlich war er der einzige Mann in ganz England, der nur dem Namen nach eine Mätresse hatte.

Geistesabwesend streifte er seine ledernen Handschuhe ab. Die einzige Gelegenheit, bei der er jemals Handschuhe trug, war, wenn er ausritt oder seine Kutsche lenkte. Ansonsten ignorierte er diese Mode. Er nahm an, daß es ein perverser Teil seines Wesens war, der ihn veranlaßte, seine höchst uneleganten, rauhen Arbeitshände offen zur Schau zu stellen.

»Sie wünschen, Sir?« fagte die Haushälterin von der offenen Tür her.

Marcus wandte sich langsam um. »Bitte informieren Sie Mrs. Bright, daß Masters hier ist.«

»Sehr wohl, M'lord. Bitte kommen Sie herein. Mrs. Bright ist in der Bibliothek.«

Marcus blickte auf die verschlossene Tür zu seiner Linken. »Wenn ich es mir überlege, brauchen Sie sich nicht erst die Mühe zu machen, mich anzukündigen. Ich finde schon den Weg.«

»Aber Euer Lordschaft –«

Marcus ignorierte die um ihn herumflatternde Haushälterin. Er öffnete die Tür der Bibliothek und betrat den Raum. Iphiginia saß an ihrem Schreibtisch, ein Traum in weißem Musselin und einem weißen Spitzenhäubchen. Ihre Cousine saß ihr gegenüber.

Beide Frauen blickten überrascht auf.

»Masters.« In Iphiginias Augen blitzte es fröhlich auf, doch eine Sekunde später legte sie eilig ein paar Blätter zusammen, die auf ihrem Schreibtisch verstreut gewesen waren, und schob sie unter ein großes Musterbuch. »Ich habe eine Kutsche gehört, aber ich wußte nicht, daß Sie es waren. Ich hatte Sie vor eins nicht erwartet.«

»Guten Tag, die Damen.« Marcus schloß die Tür und ging direkt hinüber zum Schreibtisch. Unglücklicherweise kam er zu spät, um noch einen Blick auf die Papiere werfen zu können, die Iphiginia vor ihm hatte verstecken wollen. »Ich dachte, es wäre eine gute Idee, möglichst früh zu kommen, damit wir genug Zeit im Museum haben.«

»Ja, natürlich.« Iphiginia sah Amelia an. »Würde es dir etwas ausmachen, seine Lordschaft kurz zu unterhalten, während ich nach oben gehe und Hut und Mantel hole?«

»Nicht das geringste«, murmelte Amelia.

Iphigina erhob sich und eilte aus dem Zimmer.

Marcus und Amelia warfen einander unfreundliche Blicke zu. Es war sinnlos, falsche Höflichkeit walten zu lassen, dachte Marcus. Die Frau mochte ihn einfach nicht.

»Wer war der Herr, der eben gegangen ist?«

»Mr. Manwaring.«

»Aha. Ich glaube nicht, daß ich ihn kenne.«

»Ich bezweifle, daß er in Ihren Kreisen verkehrt, Mylord.« Amelia sah ihn böse an. »Möchten Sie vielleicht eine Tasse Tee, während Sie auf Iphiginia warten?«

»Nein, danke. Er schien es eilig zu haben.«

»Wer?«

»Mr. Manwaring.«

»Ach, ja?« Amelia nahm einen Stapel Blätter auf und legte sie ordentlich übereinander. »Vielleicht hatte er noch eine geschäftliche Verabredung.«

»Er sah aus wie ein Sekretär oder Mittelsmann.«

Amelia zögerte. »Das liegt zweifellos daran, daß er einer ist. Sind Sie sicher, daß Sie keinen Tee möchten, Mylord?«

»Nein, danke.« Marcus überflog die Titel einiger der Bücher, die in den Regalen standen. Anerkannte und oft gedruckte Werke über klassische Architektur wie Desgodetz' *Antike Gebäude Roms* und Langleys *Restauration und Verbesserung antiker Architektur* standen Seite an Seite mit Hopes *Haushaltsmöbel und Dekoration* und Halfpennys *Kunst des soliden Bauens.* »Wie lange leben Sie schon mit Ihrer Cousine zusammen, Miss Farley?«

»Fast fünf Jahre.« Amelia sprach vorsichtig.

»Dann haben Sie also schon zu Lebzeiten ihres Gatten bei ihr gelebt?« fragte Marcus leichthin.

»Ah, ja. Ja, das habe ich.«

»Ich habe eine vage Erinnerung daran, einmal eine Familie Bright gekannt zu haben.« Marcus hielt kurz inne, als versuche er, sich an etwas weit Zurückliegendes zu erinnern. »Ich glaube, sie kamen aus dem Lake District.«

Amelia runzelte die Stirn. »Ich bezweifle, daß es da eine Verbindung gibt. Mrs. Brights Mann hatte keine Verwandten im Lake District.«

»Dann muß er etwas mit den Brights aus Yorkshire zu tun haben.«

»Nein«, beeilte Amelia sich zu sagen. »Die Familie kam aus Devon.«

»Ich verstehe. Ich kannte ein paar Brights aus Devon. Sie lebten in der Nähe von Plymouth.«

»Dann gibt es auch da keine Verbindung«, versicherte Amelia ihm. »Mr. Brights Familie stammte aus dem Norden.«

»Also Barnstaple.«

»Nein, Deepford«, verbesserte Amelia. »Ein ganz kleines Dorf.«

»Ich glaube, das kenne ich nicht.«

Amelia wirkte erleichtert. »Die Brights aus Deepford waren eine ganz kleine Familie«, sagte sie betont beiläufig. »Mr. Bright war der letzte seiner Linie.«

»Wie schade. Es gibt also keine Erben?«

»Nein.«

»Gefällt es Ihnen in London, Miss Farley?«

»Ich finde es interessant.« Amelia schien dankbar für den Themenwechsel zu sein. »Äußerst lehrreich.«

»Ganz anders als auf dem Land.«

»Allerdings.«

»Ich nehme an, Sie und Mrs. Bright hatten zu Mr. Brights Lebzeiten nicht häufig Gelegenheit, in die Stadt zu kommen?«

»Mr. Bright war recht gebrechlich. Er ist nicht gern gereist.«

»Ich verstehe.« Dies brachte ihn nicht weiter. Er mußte es anders probieren. »Vielleicht nehme ich doch eine Tasse Tee.«

Amelia sprang auf. »Ich werde Mrs. Shaw bitten, eine frische Kanne zu bringen.«

Schweigend warteten sie auf den Tee.

Als er gebracht wurde, nahm Marcus eine Tasse und ging damit zum Fenster neben Iphiginias Schreibtisch, um auf die sonnenbeschienene Straße zu blicken.

»Ein schöner Tag, um spazierenzugehen.« Marcus hielt seine Tasse ein wenig schräg und verschüttete wie zufällig ein wenig Tee auf einer Ausgabe der *Morgenpost,* die am Ende des Tisches lag.

»O, je«, stieß Amelia hervor.

»Verdammt. Wie ungeschickt von mir.«

Amelia sprang auf. »Die Flüssigkeit wird das Holz ruinieren.«

»Holen Sie Ihre Haushälterin«, befahl Marcus in dem Ton, den er verwendete, wenn er unbedingten Gehorsam verlangte. Es schien immer zu funktionieren, und inzwischen erwartete er es nicht mehr anders. Außer bei Iphiginia. Sie hatte kein besonderes Talent dafür, Befehle zu befolgen.

»Ich rufe Mrs. Shaw.« Amelia eilte zur Tür.

Marcus zog ein großes Taschentuch hervor und begann, den Tee aufzuwischen. »Ich glaube, daß kein allzu großer Schaden entsteht, wenn Sie sich beeilen.«

»Ich hoffe nicht.« Amelia warf ihm einen tadelnden Blick über die Schulter zu. »Iphiginia hängt sehr an diesem Schreibtisch. Ihr Vater hat ihn gestaltet.« Sie öffnete die Tür. »Mrs. Shaw? Bitte kommen Sie schnell. Wir haben etwas Tee verschüttet.«

Marcus hob den Rand des Musterbuches und warf einen Blick auf das oberste Blatt Papier. Es war die Skizze einer Reihe von Stadthäusern. Am unteren Rand des Bildes stand »Bright Place«.

Ehe Amelia sich wieder herumdrehte, legte er das Musterbuch zurück an seinen Platz.

»Mrs. Shaw kommt sofort.«

»Ich glaube, ich habe den Großteil des Tees aufgesaugt. Und der Rest ist in die Zeitung gelaufen.« Marcus faltete sein teebeflecktes Taschentuch zusammen.

Ein Tuch in der Hand, kam die Haushälterin herbeigeeilt. »Also, wo ist der verschüttete Tee?«

»Hier drüben.« Marcus trat vom Schreibtisch zurück. »Ich fürchte, das Ganze ist meine Schuld. Aber ich glaube, ich habe das meiste bereits aufgewischt.«

In diesem Augenblick erschien Iphiginia in der Tür. Sie trug einen weißen Mantel über ihrem weißen Musselinkleid. In der einen Hand hatte sie einen weißen Strohhut, in der anderen eine große Schürze.

Mit gerunzelter Stirn sah sie auf das Durcheinander in der Bibliothek. »Was ist passiert?«

Marcus konnte sie ein paar Sekunden lang nur anstarren. Sie sah so rein und sauber aus wie frischgefallener Schnee. Es gab doch nichts Trügerischeres als den Anschein von Unschuld.

Doch dann riß er sich zusammen. »Ein kleines Unglück. Ich habe etwas Tee verschüttet. Aber Ihrem Schreibtisch ist nichts passiert.«

»Das freut mich zu hören.« Iphiginia setzte ihren Hut auf und band ihn fest. Dann lächelte sie fröhlich. »Nun denn, wollen wir gehen, Mylord? Ich freue mich schon darauf, die Sammlung griechischer Vasen zu sehen.«

»Ich stehe Ihnen zu Diensten«, sagte Marcus und fragte mit einem Blick auf die Schürze: »Wofür ist die?«

Iphiginia verzog das Gesicht. »Weiß ist manchmal eine sehr nützliche Farbe, aber sie hat eindeutig auch Nachteile.«

Eine halbe Stunde später stand Marcus mit Iphiginia im Dämmerlicht einer riesigen, grabähnlichen Museumshalle.

Der Raum mit den hohen Decken war vollgestopft mit zerbrochenen Statuen, Steinbrocken und wild zusammengewürfelten Teilen alter Ruinen. Staubflocken tanzten in den Sonnenstrahlen, die durch die hochgelegenen Fenster fielen. Über der gesamten Szene lag die Ruhe der Antike.

Iphiginia hatte ihre Schürze umgebunden und lief trotz der Friedhofsatmosphäre fröhlich zwischen den Ausstellungsstücken herum. Wie Marcus feststellte, war ihre Begeisterung ansteckend.

Er hatte sich zwar mal flüchtig mit den etwas interessanteren Konstruktionsdetails des klassischen Stils befaßt, aber ansonsten hatte er sich nie besonders für die Antike interessiert. Er war ein Mann der Moderne. Im allgemeinen widmete er sich lieber Dingen wie der Astronomie oder Dampfmotoren.

Heute jedoch ging von den archäologischen Funden eine eigenartige Faszination aus.

Er beobachtete, wie Iphiginia die Muster auf einer Reihe alter Vasen untersuchte. Sie war wunderschön, wenn sie in ihre Studien versunken war. Fast so schön, wie sie gewesen war, als sie bei Lartmore in seinen Armen Erleichterung gefunden hatte.

Wenn er nicht genau gewußt hätte, daß sie eine gewisse Erfahrung hatte, wäre er sicher gewesen, daß es das erste Mal gewesen war, daß ein Mann sie zu einem sinnlichen Höhepunkt gebracht hatte.

Ohne Vorwarnung wallte erneutes Verlangen in ihm auf. Heiß, süß und dringend erschütterte es sein Innerstes. Er war zugleich erregt und verärgert.

Diese abrupten, heftigen Anwandlungen von Leidenschaft traten in letzter Zeit immer häufiger auf. Und mit jedem Mal schienen sie stärker zu werden. Heute morgen war er bei Anbruch der Dämmerung wach geworden und hatte festgestellt, daß er hart wie eine Marmorstatue war.

Heute nachmittag wurde er schwer, nur weil er Iphiginia in einem Museum sah. Wenn es nicht so verdammt unbequem wäre, wäre es wirklich lächerlich.

Er konnte es kaum noch erwarten. Bald. Sehr bald würde er mit ihr schlafen müssen.

Wenn er es nicht täte, würde er verrückt.

Er zwang sich, die große Vase anzusehen, die ihre Aufmerksamkeit geweckt hatte. »Etruskisch, oder?«

»Nein. Zweifellos griechisch.« Iphiginia wandte sich der nächsten Reihe staubbedeckter Vasen zu. »Wirklich einzigartig, finden Sie nicht? Die Formen sind so perfekt, so vollkommen richtig. Sie zeugen von einer höchst beeindruckenden Kombination von Geist und Kunst.«

»Wirklich beeindruckend«, pflichtete Marcus ihr bei, wobei sein Blick auf den sanften Rundungen ihrer Brüste ruhte.

Sie wandte den Kopf und errötete, als sie bemerkte, daß er ihren Busen ansah. »Haben Sie schon irgend etwas Nützliches gelernt, Mylord?«

»Über griechische Vasen?«

»Natürlich. Worüber sonst?«

Marcus lehnte sich an einen Haufen alter Steine, kreuzte die Arme vor der Brust und sah eine der Vasen an. »Ich habe eine ganze Menge gelernt, meine liebe Mrs. Bright, aber noch lange nicht genug.«

Sie bedachte ihn mit einem zustimmenden Lächeln, als sei er ein wißbegieriger Schüler. »Es liegt eben in Ihrer Natur, immer nach mehr zu dürsten, Mylord. Die Leidenschaften des Geistes sind nur sehr schwer zu befriedigen, nicht wahr?«

»In der Tat. Glücklicherweise gibt es auch Leidenschaften, die leichter befriedigt werden können, Iphiginia. Manchmal genügt schon die rechte Zeit und der rechte Ort.«

Um kurz vor vier an diesem Nachmittag eilte Barclay, Marcus' korpulenter, bebrillter Mittelsmann, in die Bibliothek seines Arbeitgebers. Er war vollkommen atemlos, und sein kahler Schädel war schweißbedeckt.

»Sie haben nach mir geschickt, Sir?«

»Das habe ich.« Marcus blickte von den Notizen auf, die er gerade machte. »Danke, daß Sie so schnell gekommen sind.«

»Nichts zu danken, M'lord.« Barclay nahm Platz, zog ein Taschentuch hervor und wischte sich über die Stirn. »Sie wissen, daß ich Ihnen jederzeit zu Diensten stehe. Was kann ich für Sie tun?«

»Zwei Dinge. Erstens möchte ich, daß Sie Nachforschungen über einen Gebäudekomplex namens Bright Place anstellen. Ich weiß nicht viel darüber, aber ich glaube, daß es sich dabei um ein neues Investitionsvorhaben handelt.«

»Hier in London?«

»Ich bin mir nicht sicher. Es könnte auch in Bath sein.« Marcus erinnerte sich an die Zeichnung, die er auf Iphiginias Schreibtisch gesehen hatte. »Wahrscheinlich in einer der beiden Städte, obwohl ich annehme, daß es auch irgendwo anders sein kann. Auf den Zeichnungen, die ich gesehen habe, waren eindeutig Stadthäuser, wenn Sie wissen, was ich meine.«

»Ich verstehe.« Barclay stieß einen leisen Seufzer aus, rückte seine Brille zurecht und machte sich eine Notiz.

»Zweitens möchte ich, daß Sie so viele Informationen wie möglich über einen gewissen Mr. Bright sammeln.«

Barclay bedachte ihn mit einem argwöhnischen Blick und räusperte sich vorsichtig. »Über den *verstorbenen* Mr. Bright?«

»Ja.«

»Den verstorbenen Gatten einer gewissen Mrs. Iphiginia Bright, wohnhaft am Morning Rose Square?«

Marcus lächelte kühl. »Einer der Gründe, weshalb Sie so wertvoll für mich sind, Barclay, ist, daß Sie immer die allerneuesten Gerüchte kennen.«

Barclay ignorierte die ironische Bemerkung. Er runzelte die Stirn. »Sie wollen also, daß ich so viel wie möglich über einen toten Mann in Erfahrung bringe, M'lord?«

»Genau.« Marcus lehnte sich in seinem Stuhl zurück. Er nahm seinen neuen Füllfederhalter mit hydraulischem Tintenreservoir in die Hand und untersuchte die Stahlspitze. Sie schien nicht auszulaufen. »Natürlich erwarte ich vollkommene Diskretion in dieser Sache.«

»Natürlich.« Barclay fuhr sich erneut mit dem Taschentuch über die Stirn. »Und wo würden Sie vorschlagen, daß ich mit meinen Nachforschungen über den verstorbenen Mr. Bright beginne?«

»Ich glaube, Sie fangen am besten in Devon an.«

»Devon ist ziemlich groß, M'lord. Haben Sie vielleicht eine Vorstellung, wo in Devon ich suchen sollte?«

»Sie könnten es in einer kleinen Stadt namens Deepford versuchen.«

Kapitel acht

Dicht gefolgt von Amelia, fegte Iphiginia um zehn nach drei am folgenden Nachmittag in Zoës Salon.

»Wir sind so schnell wie möglich gekommen.« Iphiginia blickte erst ihre Tante an, die es sich auf ihrem neuen roten Samtsofa bequem gemacht hatte, und dann sah sie in Richtung von Lord Otis, der sich am anderen Ende des Raums ein Glas Brandy einschenkte.

»Gott sei Dank, daß ihr hier seid«, verkündete Zoë mit einer Stimme, die einer griechischen Tragödie durchaus würdig gewesen wäre.

Otis, ein untersetzter, stämmiger Mann mit freundlichem Gesicht, strich sich durch das schüttere graue Haar und zog seine buschigen Brauen hoch. Er bedachte Iphiginia und Amelia mit einem Ausdruck grimmiger Verzweiflung. »Das Drama nimmt seinen Lauf.«

»Was in aller Welt ist denn los?« Iphiginia löste die Bänder ihres imposanten, wenn auch leicht zerknitterten weißen Huts. »In deiner Nachricht stand, daß etwas Entsetzliches passiert sei, Tante Zoë.«

»Ich habe einen neuen Erpresserbrief erhalten«, sagte Zoë. Sie nahm einen zusammengefalteten Zettel vom Tisch und reichte ihn Iphiginia. »Lies selbst.«

Iphiginia nahm das Schreiben, warf einen Blick auf das zerbrochene schwarze Siegel mit dem inzwischen allzu vertrauten Phönixmotiv und faltete es auseinander, um es laut vorzulesen.

Madam,
wenn Sie weiterhin mein Schweigen in einer bestimmten, äußerst persönlichen Angelegenheit wünschen, bringen Sie fünftausend Pfund zu der neuen Grabstätte von Mrs. Eaton auf dem Friedhof von Reeding. Kommen Sie heute um Mitternacht, und legen Sie das Geld auf den Stein in der Mitte des Grabmals.

Kommen Sie allein, Madam, oder ich verlange beim nächsten Mal das Doppelte.

Ihr
Phönix

Amelia ließ sich auf einen der Stühle sinken. »Also haben wir recht gehabt. Die erste Forderung war nur der Anfang.«

»Ich habe euch gesagt, daß es so kommen würde«, murmelte Otis mit düsterer Stimme. Er ging hinüber zu Zoë und legte ihr tröstend eine Hand auf die Schulter. »Erpresser geben sich niemals mit einer Zahlung zufrieden. Das liegt in der Natur der Sache.«

»Was soll ich nur tun?« jammerte Zoë. »Ich konnte einmal fünftausend Pfund bezahlen, und ich nehme an, daß ich die Summe auch ein zweites Mal aufbringen werde. Dieser Erpresser scheint gerissen genug zu sein, seine Forderungen nicht zu übertreiben. Aber ich kann nicht für den Rest meines Lebens bezahlen. Früher oder später wird er mich ausgeblutet haben.«

»Wir werden den Bastard finden«, versprach Otis. »Und dann werde ich ihm persönlich den Hals umdrehen.«

Zoë strich Otis dankbar über die Hand. Dann wandte sie sich an Iphiginia. »Hast du überhaupt schon etwas herausgefunden?«

Iphiginia nahm vorsichtig auf einem der klauenfüßigen Stühle Platz. »Ich glaube, daß wir drei der Männer, die vor achtzehn Jahren regelmäßig mit Guthrie Karten gespielt haben und die auch zu Masters Bekanntenkreis gehören, von der Liste der Verdächtigen streichen können.«

»Wen?« wollte Otis wissen.

»Lartmore, Judson und Darrow. Es ist mir gelungen, mich in ihre Arbeitszimmer oder Bibliotheken zu schleichen, um ihre Wachstöpfe und Siegel zu untersuchen. Keiner von ihnen scheint schwarzes Wachs zu benutzen. Und ich habe auch nirgends ein Siegel mit einem Phönix entdeckt.«

»Vielleicht haben sie sowohl das Siegel als auch das Wachs versteckt«, warf Amelia ein.

»Ja, ich weiß«, räumte Iphiginia ein. »Das hat Masters auch schon gesagt. Aber ich habe ihre Schreibtische wirklich gründlich durchsucht. Auf jeden Fall bleibt uns keine andere Wahl, als mit unseren Nachforschungen fortzufahren. Das schwarze Wachs und das Phönix-Siegel sind die einzigen Hinweise, die wir haben.«

»Bisher haben sie uns jedenfalls nicht weitergebracht.« Zoë ließ sich gegen die Lehne ihres Sofas sinken und stieß einen theatralischen Seufzer aus. »Ich bin verloren. Was sollen wir bloß tun?«

»Na, na, nimm es nicht so schwer, meine Liebe.« Otis tätschelte ihre Schulter. »Wir werden einen Weg finden, wie wir der Sache ein Ende machen.«

Iphiginia faltete den Brief wieder zusammen und blickte nachdenklich auf das Siegel. »Ich frage mich, ob die Freundin von Masters auch einen zweiten Brief bekommen hat.«

Amelia runzelte die Stirn. »Das ist eine gute Frage.«

»Ich weiß nichts von möglichen Forderungen an seine Bekannte«, murmelte Zoë. »Aber ich weiß, daß ich sofort handeln muß. In dem Brief steht, daß ich das Geld heute um Mitternacht an den genannten Ort bringen soll.«

»Um Mitternacht auf einen Friedhof«, sagte Iphiginia langsam.

»Höchst melodramatisch. Anscheinend hat unser Erpresser ein paar der Romane von Mrs. Radcliffe gelesen.«

»Entweder das, oder es macht ihm einfach nur Spaß, sich auf seltsame Weise zu amüsieren«, sagte Zoë.

»Ja.« Iphiginia faßte einen Entschluß. »Dieses Mal werde ich das Geld übergeben.«

Zoë, Amelia und Otis starrten sie verwundert an.

»Auf gar keinen Fall«, sagte Zoë. »Das wird Otis tun, genau wie beim letzten Mal.«

»Das kannst du nicht machen, Iphiginia«, sagte auch Amelia. »Das ist viel zu gefährlich.«

»Die beiden haben vollkommen recht«, verkündete Otis. »Ich werde mich um die Geldübergabe kümmern.«

Iphiginia hob gebieterisch die Hand. »In dem Brief steht extra, daß Zoë das Geld überbringen soll. Das heißt, daß der Schuft bestimmt irgendwo in der Dunkelheit lauert, um zu sehen, ob seine Anweisungen befolgt werden. Er wird eine Frau erwarten. Und wenn keine Frau erscheint, wird er beim nächsten Mal zehntausend Pfund verlangen.«

»Zehntausend Pfund.« Zoë sah aus, als würde sie jeden Augenblick in Ohnmacht fallen.

Otis holte eilig ihr Riechfläschchen. »Hier, meine Liebe.«

»Vielen Dank.« Zoë atmete vorsichtig ihr Riechsalz ein.

Otis wandte sich mit einem Stirnrunzeln an Iphiginia. »Du kannst das Geld nicht überbringen. Irgendwer könnte deine kleine weiße Kutsche erkennen und sich fragen, was du nachts auf einem Friedhof verloren hast.«

»Mach dir keine Sorgen. Mir wird nichts passieren.« Iphiginia runzelte nachdenklich die Stirn. »Ich werde eine Mietdroschke nehmen und den Kutscher bezahlen, damit er auf mich wartet. Außerdem werde ich einen Umhang mit einer Kapuze tragen, so daß mich niemand erkennen kann. Wenn der Erpresser mich sieht, wird er mich für Zoë halten.«

»Aber, Iphiginia.« Zoë starrte ihre Nichte entsetzt an, »um Gottes willen, ein Friedhof. Und dann auch noch um Mitternacht.«

»Ich bin in Italien zwischen so vielen Ruinen herumspaziert, daß ich mich an Grabstätten gewöhnt habe.«

»Diese Sache ist wohl kaum mit einer Besichtigung der Ruinen von Pompeji zu vergleichen«, murmelte Amelia. »Zoë hat recht. Es ist viel zu gefährlich.«

»Ich kann dir einfach nicht erlauben, etwas so Gefährliches zu tun«, sagte Otis mit autoritärer Stimme.

»Unsinn«, erwiderte Iphiginia. »Es ist nicht gefährlich. Der Erpresser wird die Person, die ihm das Geld übergibt, wohl kaum ermorden. Das hieße schließlich, die Gans zu töten, die die goldenen Eier legt.«

Zoë starrte sie entgeistert an. *»Ermorden.* Gütiger Himmel. Ich dachte, wir wüßten inzwischen wenigstens, daß der Schuft kein Mörder ist.«

»Vielleicht habe ich mich etwas unglücklich ausgedrückt«, sagte Iphiginia eilig. »Was ich sagen wollte, ist, daß es keinen Grund gibt, weshalb mir der Erpresser etwas antun sollte.«

»Ich werde dich begleiten«, bot Amelia an.

Otis Brauen hüpften auf und ab. »Ich auch.«

»Ich komme auch mit«, fügte Zoë hinzu.

»Nein, nein, nein.« Iphiginia schüttelte ungeduldig den Kopf. »Das ist vollkommen unmöglich. Der Erpresser könnte euch sehen und beschließen, seine Drohung wahrzumachen und die Forderungen zu erhöhen. Nein, wir müssen seine Anweisungen aufs Wort genau befolgen.«

Amelia runzelte die Stirn. »Warum willst du ihm überhaupt dieses Mal das Geld übergeben, Iphiginia?«

»Ich hoffe, daß ich dabei irgend etwas in Erfahrung bringe«, gestand Iphiginia.

Zoë riß die Augen auf. »Du willst doch wohl nicht sagen, daß du versuchen wirst zu beobachten, wie der Erpresser das Geld abholt. Ich kann dir unmöglich erlauben, ein solches Risiko einzugehen.«

»Nein, natürlich nicht«, beruhigte Iphiginia sie. »So etwas würde ich nie tun.«

Doch genau das hatte sie vor.

Heute nacht auf dem Friedhof von Reeding würde sich ihr vielleicht endlich die Gelegenheit bieten, hinter die Identität des Schurken zu kommen.

Um zehn Minuten vor Mitternacht hielt die Droschke vor den nebelumhüllten Toren des Friedhofs von Reeding.

Iphiginia, die ein unscheinbares graues Kleid und einen langen grauen Umhang trug, spähte hinaus in die Dunkelheit.

Schwaden kalten Nebels stiegen zwischen den Grabsteinen und Denkmälern auf, mit denen der kleine Friedhof übersät war, und verschluckten das schwache Licht der Kutschenlampen. Iphiginia erschauderte, als sie den Segeltuchbeutel voller Banknoten und eine Laterne nahm und sich daran machte, die Droschke zu verlassen.

Der Erpresser hätte keinen unheimlicheren Übergabeort nennen können, dachte sie, als sie die Tür öffnete. Sicher hatte er die Absicht, sein Opfer zu ängstigen. Sie fragte sich, ob er vielleicht sogar den Nebel vorausgesehen hatte.

Sie stieg aus, hob die Laterne in die Luft und wandte sich an den Kutscher.

»Ich bin gleich wieder zurück.«

Das Gesicht des Mannes war unter der breiten Krempe seines Huts kaum zu erkennen. »Sin' Se sicher, daß Sie der lieben Verstorbenen um diese Uhrzeit gedenken woll'n, Ma'am?«

»Ich habe es ihr versprochen«, sagte Iphiginia. »Es hat der armen Frau viel bedeutet zu wissen, daß ich ihren letzten Wunsch erfüllen würde.«

»Sie merkt doch gar nich' mehr, ob Sie ihren schwachsinnigen Wunsch erfüll'n oder nich'. Aber bitte. Ich warte solange.«

»Vielen Dank.«

Iphiginia ging hinüber zu den Toren des Friedhofs. Sie war sich nicht sicher, was sie tun würde, wenn sie verschlossen wären.

Aber die schweren Eisentore schwangen knarrend zur Seite, als sie dagegendrückte.

Iphiginia trat ein, hielt die Laterne in die Höhe und versuchte, irgend etwas zu erkennen. Der Schein der Lampe fiel auf die erste Reihe von Grabsteinen.

Während sie weiter in die Tiefen des Friedhofs vordrang, las sie im Vorbeigehen die Namen auf den Steinen.

JOHN GEORGE BRINDLE, DREI JAHRE, EIN MONAT.
MARY ALICE HARVEY, GELIEBTE FRAU UND MUTTER.
EDWARD SHIPLEY, 1785–1815. EIN TAPFERER SOLDAT.
EIN GUTER FREUND.

Iphiginia wurde immer bedrückter. Ein eisiger Schauder rann durch ihre Seele.

Amelia hatte recht gehabt. Dies war mit einem Rundgang durch die Ruinen von Pompeji gewiß nicht zu vergleichen.

Aber sie hatte keine andere Wahl gehabt. Iphiginia wußte, daß Zoë keine zwei Minuten an diesem gespenstischen Ort geblieben wäre. Ihre lebhafte Phantasie wäre mit ihr durchgegangen, und sie wäre nicht in der Lage gewesen, das Geld an den angegebenen Ort zu bringen. Also hätte der Erpresser beim nächsten Mal zweifellos das Doppelte gefordert.

Plötzlich tauchte direkt vor Iphiginia die gähnende Öffnung einer großen steinernen Gruft auf. Das elegante schmiedeeiserne Tor stand weit auf, und das dunkle Innere der Grotte schien nur auf sie zu warten.

Iphiginia hielt den Atem an und reckte die Laterne höher in die Luft. Sie hätte nie gedacht, daß sie einen Sinn für das Melodramatische hätte oder daß sie leicht einzuschüchtern sei, aber das hier war selbst für sie beinahe zuviel.

Das flackernde Licht der Laterne fiel auf den Namen, der über der geschwungenen Eingangstür eingraviert war.

ELISABETH EATON, 1771–1817
NACH EINEM LEBEN VOLLER QUALEN MÖGE SIE
NUN IN FRIEDEN RUHEN

Iphiginia zögerte, ehe sie über die Schwelle der Grotte trat. Die Laterne erhellte nur die ersten Meter des steinernen Gangs.

Aus den Tiefen der Totengruft stiegen Kälte und Feuchtigkeit herauf.

Iphiginias Herz klopfte so heftig, daß ihr schwindlig wurde. Ihr Magen zog sich schmerzlich zusammen. Der Drang umzukehren und zu der wartenden Droschke zurückzulaufen war beinahe überwältigend.

Sie preßte die Tasche mit den Banknoten an sich, atmete tief ein und ging vorsichtig ein paar Schritte.

Ihr war, als würde sie eine Höhle betreten.

Es war so finster, daß selbst das Licht der Laterne zu verblassen schien. Iphiginia bemerkte, daß wer auch immer dieses Monument hatte errichten lassen, keine Kosten gespart hatte. Die Steinwände waren reich mit eigenartigen Bildern von verschlungenen Weinranken und offenen Büchern verziert.

Iphiginia hielt die Laterne hoch, um die Worte zu lesen, die in eins der Steinbücher eingraviert waren:

Die Pfade der Rache sind verschlungen, aber sie führen sicher ans Ziel.

Plötzlich ertönte vom Eingang der Gruft her das entsetzliche Stöhnen eiserner Scharniere.

Mit einem Schrei fuhr Iphiginia herum.

»Nein.«

Sie ließ den Beutel mit dem Geld fallen und rannte zurück.

Zu spät. Durch den Nebel sah sie kurz eine Gestalt in einem dunklen Umhang. Die Eisentore fielen ins Schloß, und das unheimliche Rasseln eines Schlüssels hallte den Gang hinab.

Iphiginia versuchte, das aufkommende Entsetzen zu unterdrücken, und rannte zum Tor. »Warten Sie. Bitte warten Sie. Ich bin hier drinnen.«

Iphiginia erreichte gerade noch den Eingang, um zu sehen, wie die dunkle Gestalt im Nebel verschwand. Sie umklammerte die Eisenstäbe des Tores und rüttelte mit aller Kraft. Nichts.

Sie war in der Totengruft gefangen.

Also mußte sie um Hilfe rufen. Der Kutscher, der sie hierher gebracht hatte, würde sie sicher hören. Doch noch während ihr dieser Gedanke kam, hörte sie das Rattern von Kutschenrädern und stählernen Hufeisen auf dem Pflaster.

Die Droschke fuhr davon.

»Hilfe«, schrie Iphiginia in den dunklen Nebel hinein. »Ich bin hier in der Grotte. Bitte kommen Sie zurück.«

Auf dem Friedhof herrschte Totenstille. Der Nebel schien noch dichter zu werden, als wolle er auch von der Gruft Besitz ergreifen.

Plötzlich wich Iphiginias Panik aufkommender Verärgerung. *»Verdammt.«*

Dann bemerkte sie einen kleinen Zettel, der zu ihren Füßen lag. Sie bückte sich und hob ihn auf. Das Licht der Laterne fiel auf ein schwarzes Siegel.

Ich habe Sie gewarnt. Das nächste Mal, wenn Sie sich einmischen, wird die Strafe weitaus schlimmer ausfallen.

»Verflucht.« Iphiginias Blick fiel auf die Laterne, und sie fragte sich, wie lange sie wohl noch brennen würde.

Und dann fragte sie sich, was Marcus wohl gerade machte, und ob er wohl bemerkt hatte, daß sie nicht auf dem Ball bei den Sheltenhams erschienen war.

Marcus stapfte in Iphiginias Bibliothek auf und ab und blieb erst stehen, als er hörte, daß die Tür geöffnet wurde. Er fuhr herum und sah sich Amelia gegenüber. Sie trug eine Nachthaube und einen Chintzmorgenmantel. Ihr bleiches Gesicht verriet äußerste Anspannung.

»Wo zum Teufel ist sie, Miss Farley? Und ehe Sie mir antworten, lassen Sie sich gesagt sein, daß ich nicht in der Stimmung bin, mir irgendwelche Lügen anzuhören. Iphiginia sollte mich um eins bei den Sheltenhams treffen. Und jetzt ist es fast zwei.«

»Mylord, ich behaupte bestimmt nicht, daß ich Sie besonders mag, aber ich bin wirklich froh, Sie heute nacht zu sehen.« Amelia schloß die Tür und trat näher. Mit einem Blick auf die Uhr sagte sie: »Seit Mitternacht mache ich mir die größten Sorgen.«

»Weswegen?« Marcus umklammerte den marmornen Kaminsims. Die dunkle Vorahnung, die ihn vor einer Stunde befallen hatte, schien sich zu bestätigen. Irgend etwas war nicht in Ordnung.

»Es geht um Iphiginia, Mylord. Ich mache mir große Sorgen um sie.«

»Worum geht es dieses Mal? Wenn Sie mir erzählen, daß sie es sich wieder mal in den Kopf gesetzt hat, das Arbeitszimmer eines anderen Mannes zu durchsuchen, dann verspreche ich Ihnen, daß ich für nichts mehr garantieren kann. Ich habe genug von ihren verrückten Ideen.«

Amelia vergrub die Finger in den Aufschlägen ihres züchtigen Morgenmantels und sah Marcus traurig an. »Sie ist auf dem Friedhof in Reeding.«

Marcus starrte sie entgeistert an. »Auf dem Friedhof? Um diese Zeit? Um Gottes willen, warum denn das?«

»Lady Guthrie hat einen zweiten Erpresserbrief erhalten.«

»Verdammt.«

»Sie sollte das Geld an einer neuen Grabstätte auf dem Friedhof von Reeding hinterlegen. Iphiginia ist an ihrer Stelle dorthin gefahren.«

Marcus hatte das Gefühl, als sei er soeben über den Rand einer Klippe gestürzt. Einen Augenblick lang zerrte nackte Angst an seinen Eingeweiden. Und dann wallte unermeßlicher Zorn in ihm auf. »Wie konnte sie es wagen, so etwas zu tun, ohne mir vorher Bescheid zu sagen?«

»Iphiginia weiß, daß Sie ihr nicht vertrauen. Warum also sollte sie Ihnen all ihre Geheimnisse anvertrauen?«

»Dieses Mal ist sie zu weit gegangen.« Marcus stapfte in Richtung der Tür.

»Mylord, wo wollen Sie hin?«

»Was meinen Sie, wo ich hin will? Nach Reeding natürlich.«

»Danke«, flüsterte Amelia. »Ich habe mir solche Sorgen gemacht.«

»Sparen Sie sich Ihren Dank. Ich bezweifle, daß Iphiginia sich freuen wird, mich zu sehen. In meiner momentanen Stimmung werde ich wahrscheinlich weniger amüsant sein als die Geister auf dem Friedhof.«

Die Tore des Friedhofs standen sperrangelweit auf, doch die Grabsteine und Denkmäler waren in dem Nebel kaum zu erkennen.

Marcus stieg aus der Kutsche, in einer Hand eine Laterne, in der anderen eine Pistole. Er wandte sich an Dinks. »Warten Sie hier.«

»Wie Sie wünschen, M'lord. Woll'n Sie vielleicht, daß ich mitkomme?«

»Nein. Beobachten Sie den Eingang. Falls jemand versucht, den Friedhof vor mir zu verlassen, halten Sie ihn auf.«

»Jawohl, M'lord.« Dinks suchte unter seinem Sitz nach der Pistole, die er zwischen dem Werkzeug versteckt hatte. »Ich werd' mich darum kümmern.«

Marcus betrat den Friedhof und sah sich einen Augenblick lang um. Die grauen Nebelschwaden waren so dicht, daß er nicht viel weiter als bis zur ersten Grabreihe sehen konnte.

Er blickte zu Boden. Das flackernde Licht der Laterne fiel auf eine Stelle zwischen den Grabsteinen, an der das Gras zerdrückt war. Jemand anders mußte noch vor kurzem hier entlanggegangen sein. Es war jedoch unmöglich zu sagen, ob die Person den Friedhof betreten oder verlassen hatte.

Marcus folgte eilig den Spuren im Gras. Er ignorierte die kleineren Grabsteine und suchte nach den größeren, imposanteren Monumenten, die die Leute zu Ehren der lieben Verstorbenen hatten errichten lassen.

Plötzlich tauchte vor ihm im Nebel der finstere Schlund einer Gruft auf. Die dunkle Vorahnung, die Marcus bereits seit geraumer Zeit plagte, wurde plötzlich noch beklemmender. Die Fußabdrücke, denen er folgte, führten direkt durch das Tor auf die andere Seite.

Der schwache Schimmer tief im Inneren der Grotte verriet ihm, daß dort eine Laterne stehen mußte, die kurz davor war zu erlöschen.

»Iphiginia.«

Marcus ging hinüber zum Tor und stellte fest, daß es verschlossen war. Er stellte die Laterne ab, behielt die Pistole jedoch in der Hand. Mit der Wut eines gefangenen Tieres rüttelte er an den Gitterstäben, so daß das schwere Tor in den Angeln erbebte. »Iphiginia, bist du da drinnen? Um Gottes willen, antworte mir.«

»Marcus.« Das Licht der Laterne kam näher, und auf dem Steinboden der Gruft ertönten Fußschritte. »Dem Himmel sei Dank, du bist es.«

»Verflucht.« Marcus sah, wie Iphiginia am anderen Ende des Ganges auftauchte. »Den Kerl, der dafür verantwortlich ist, bringe ich um, das schwöre ich.«

Iphiginia stürzte auf das Tor zu und stolperte gegen die Eisenstäbe. Ihr schwerer grauer Umhang wehte um ihre Beine. Aus weit aufgerissenen Augen blickte sie unter der Kapuze hervor.

Marcus zog sich der Magen zusammen, als er das Entsetzen sah, von dem ihr zartes Gesicht gezeichnet war. Ihre weichen Lippen zitterten. Sie atmete viel zu schnell. Es war klar, daß sie vor Angst beinahe wahnsinnig geworden wäre, aber irgendwie war es ihr gelungen, die Beherrschung nicht vollkommen zu verlieren.

Marcus wußte, daß Iphiginia es nur ihrem eisernen Willen zu

verdanken hatte, daß sie nicht in Panik ausgebrochen war. Er empfand eine grenzenlose Bewunderung für ihre unglaubliche Tapferkeit.

»Ich habe das Licht der Laterne gesehen.« Iphiginias Stimme zitterte leicht, aber ihre Worte klangen erstaunlich ruhig. Sie umklammerte einen der Eisenstäbe. »Ich habe gebetet, daß du es bist, aber ich war mir nicht sicher, also habe ich mich im Inneren der Grotte versteckt.«

Marcus streckte die Hand zwischen den Stäben hindurch und packte ihr Kinn. »Ich werde meinen Kutscher holen. Er hat bestimmt irgendwelches Werkzeug, mit dem ich das Schloß aufbrechen kann. Bleib, wo du bist. Ich bin gleich zurück.«

Iphiginia lächelte schwach. »Ich werde bestimmt nicht fortgehen.«

»Nein«, pflichtete Marcus ihr grimmig bei. »Und ich glaube auch nicht, daß du irgendwann anders nachts noch einmal ohne mich irgendwohin gehst.«

Es dauerte beinahe eine Viertelstunde, bis Marcus endlich das Schloß zu der Gruft aufgebrochen hatte. Als er es schließlich geschafft hatte, gab er Dinks den Hammer und den Meißel.

»Hier, nehmen Sie das.«

»Sehr wohl, M'lord.«

Marcus riß das Tor auf und wollte gerade die Gruft betreten, als Iphiginia bereits losstürzte.

Er fürchtete bereits, daß er sie gewaltsam aufhalten müßte, doch dann merkte er, daß sie genau auf ihn zukam.

»Marcus.«

Tief befriedigt nahm er zur Kenntnis, daß sie sich direkt in seine Arme stürzte. Er fing sie auf und preßte sie eng an sich, bis sie aufhörte zu zittern.

»Verdammt und zugenäht, Frau. Tu mir so etwas nie, nie wieder an«, knurrte er. Dann blickte er über ihren Kopf hinweg zu Dinks hinüber. »Gehen wir.«

»Mit dem größten Vergnügen, M'lord.« Dinks sah sich mit gerümpfter Nase in der Totengruft um. »Es gefällt mir nie besonders, auf 'm Friedhof rumzuhängen, aber um drei Uhr morgens schon mal gar nich'.«

Iphiginia hob den Kopf und sah die beiden Männer an. »Danke«, flüsterte sie. »Das werde ich Ihnen beiden niemals vergessen.«

»Schon gut, M'lady.« Dinks tippte sich an den Hut. »Schon gut. Ich arbeite jetzt seit fast zehn Jahren für seine Lordschaft. Im allgemeinen geht's bei ihm ruhiger zu. Da is' das mal 'ne nette Abwechslung.«

»Los.« Marcus nahm Iphiginia fest am Arm. »Wir haben genug Zeit an diesem verdammten Ort verschwendet.«

Er schob Iphiginia vor sich her an einer langen Reihe finsterer Grabsteine vorbei, durch die Tore des Friedhofs und in die Kutsche. Als er sie endlich in Sicherheit wußte, wandte er sich an Dinks.

»Morning Rose Square Nummer fünf.«

»Sehr wohl, M'lord.«

Marcus stieg ebenfalls in die Kutsche und nahm Iphiginia gegenüber Platz. Er zog die Vorhänge zu, lehnte sich zurück und musterte Iphiginia im Licht der Lampe. Ihr Blick war immer noch gehetzt, aber ansonsten wirkte sie überraschend munter in Anbetracht der Zerreißprobe, die ihre Nerven eben hatten bestehen müssen.

Einen Augenblick lang gestattete er sich den Gedanken an das angenehme Gefühl, das er vor wenigen Minuten verspürt hatte, als sie sich in seine Arme geworfen hatte. Doch dann wallte erneut Zorn in ihm auf.

»Iphiginia, diese Aktion war zweifellos das Unendschuldbarste, Verwegenste, Gedankenloseste, Hirnloseste, was ich je erlebt habe. Du behauptest, du seist eine intelligente Frau. Dann erklär mir bitte mal, was an deinem Vorgehen heute nacht intelligent gewesen sein soll.«

»Marcus –«

»Verdammt, was zum Teufel hast du dir dabei gedacht?«

Sie zuckte zusammen. »Halten Sie all Ihren Mätressen derart unangenehme Vorträge?«

»Nein, das tue ich nicht«, knurrte Marcus mit zusammengebissenen Zähnen. »Aber ich hatte auch noch nie eine Mätresse wie dich.«

Ihre Augen begannen, vergnügt zu blitzen. »Sie meinen, Sie hatten nie zuvor eine Scheinmätresse?«

»Nein, die hatte ich noch nicht. Und in Anbetracht der Tatsache, daß du nur die Rolle meiner Mätresse spielst, finde ich, daß ich das Recht habe, mich etwas überrumpelt zu fühlen. Himmel, Iphiginia, du hast mir heute nacht wirklich einen Schrecken eingejagt. Wie in aller Welt ist es bloß dazu gekommen, daß du in dieser Gruft eingesperrt worden bist?«

»Ich nehme an, Sie haben mit Amelia gesprochen?«

»Miss Farley war diejenige, die mir gesagt hat, wo ich dich finden würde.«

»Dann wissen Sie also auch, daß die Anweisungen des Erpressers eindeutig waren. Ich sollte das Geld in der Grotte lassen.«

»Ja.«

»Irgendwer ist mir gefolgt und hat das Tor verschlossen, als ich drinnen war«, sagte Iphiginia leise.

Marcus sah sie reglos an. Dann beugte er sich vor. »Hast du diese Person gesehen?«

»Es hat mir nichts genützt. Er trug einen Umhang mit einer Kapuze, genau wie ich. Ich habe sein Gesicht nicht erkannt. Ich bin mir noch nicht einmal sicher, daß es ein Mann war.« Iphiginia griff in die Tasche ihres Umhangs. »Wer auch immer es war, er hat diese Nachricht auf dem Boden der Gruft zurückgelassen.«

Marcus nahm ihr den Zettel aus der Hand und überflog ihn eilig. »Eine Drohung.«

»Ja. Offensichtlich wußte er oder sie, daß ich nicht Tante Zoë war.«

»Dann weiß der Bastard erheblich zuviel.« Marcus faltete das Blatt zusammen, blickte auf und runzelte die Stirn, als ihm zu spät ein Gedanke kam. »Was hast du mit dem Geld gemacht?«

Iphiginia riß entsetzt die Augen auf. »Großer Gott, ich habe es in der Grotte liegenlassen.«

»Verflucht.« Marcus stand auf und schob die Luke im Dach der Kutsche auf. »Drehen Sie um, Dinks. Zum Friedhof. Schnell.«

Dinks zuckte mit den Schultern. »Wie Sie wünschen, M'lord.«

Iphiginia runzelte die Stirn. »Glauben Sie, daß wir rechtzeitig kommen, um zu beobachten, wie der Erpresser das Geld abholt?«

»Das wage ich zu bezweifeln. Nicht bei dem Glück, das wir in letzter Zeit haben.«

Als die Tore des Friedhofs in Sicht kamen, sprang Marcus aus der Kutsche. Er rannte an einer Reihe von Grabsteinen vorbei direkt zu der Gruft. Iphiginias Umhang wirbelte um ihre Beine, als sie ihm in dichtem Abstand folgte.

Sie waren zu spät gekommen. In den wenigen Minuten, die sie gebraucht hatten, um den Friedhof zu verlassen und zurückzukommen, war es irgend jemandem gelungen, die fünftausend Pfund aus der Gruft zu holen.

Iphiginia starrte in den Nebel, der Mrs. Eatons Grabmal einhüllte. »Er muß uns die ganze Zeit beobachtet haben«, flüsterte sie. »Die ganze Zeit, als ich da drin gesessen habe und beinahe wahnsinnig geworden wäre, hat er hier draußen gewartet.«

»Wahrscheinlich dachte er sich, daß jemand kommen würde, um dich zu retten«, sagte Marcus leise. »Aber woher zum Teufel konnte er das wissen?«

Iphiginia schlang ihren Umhang fester um sich. »Sie haben recht, Mylord. Wer auch immer hinter dieser ganzen Sache steckt, er weiß eindeutig zuviel. Über uns alle.«

Kapitel neun

Marcus lehnte am Kamin in Iphiginias Bibliothek und überlegte, was er als nächstes tun sollte. »Wir werden mit dem Grabmal anfangen. Der Ort wurde offenbar sorgfältig ausgewählt. Vielleicht gibt es eine Verbindung zwischen der Gruft und dem Erpresser.«

»Vielleicht.« Iphiginia stellte ihre Teetasse ab. »Oder er hat das Grabmal deshalb ausgesucht, weil es abgelegen und unheimlich ist und die Nerven desjenigen, der das Geld überbringen sollte, in höchstem Maße strapaziert.« Sie erschauderte. »Also ich zumindest habe mich in der Umgebung bestimmt nicht gerade wohl gefühlt.«

Amelia starrte in das Feuer, das Marcus entfacht hatte. »Wer auch immer hinter der Sache steckt, es macht ihm offenbar Spaß, die Leute in Angst und Schrecken zu versetzen – erst mit Morddrohungen und dann mit Geistern. Aber welche Verbindung sollte es zwischen dem Grabmal dieser Mrs. Eaton und dem Erpresser geben?«

»Ich weiß es nicht«, gestand Marcus. »Aber es kann nicht schaden, ein paar Nachforschungen in dieser Richtung anzustellen.«

»Das finde ich auch«, sagte Iphiginia leise.

Marcus sah sie an. Der Gedanke, daß jemand Iphiginia heute nacht derart in Furcht versetzt hatte, machte ihm immer noch zu schaffen. Seine Hand ballte sich zur Faust.

Er versuchte jedoch, den Zorn, der in seinem Inneren brannte, zu dämpfen, und die ganze Situation rational, objektiv zu erfassen.

Mit Erleichterung hatte er festgestellt, daß die drei Stunden, die sie ganz allein in der finsteren Gruft hatte verbringen müssen, offensichtlich keine bleibenden Schäden bei ihr hinterlassen hatten. Er kannte keine andere Frau, die ein solches Erlebnis derart schadlos überstanden hätte. Und zugegebenermaßen kaum einen Mann.

Seine angebliche Mätresse hatte wirklich den allergrößten Mut bewiesen. Trotzdem würde er denjenigen, der sie in der Grotte eingeschlossen hatte, nur allzu gerne in die Finger bekommen.

»Was wollen Sie jetzt machen?« fragte Amelia.

Marcus dachte nach. »Zunächst einmal müssen wir versuchen herauszufinden, wer diese Mrs. Eaton war und – was noch wichtiger ist – wer dieses prachtvolle Grabmal für sie hat errichten lassen.«

»Unser Mittelsmann, Mr. Manwaring, kann sich darum kümmern«, schlug Iphiginia vor.

Marcus erinnerte sich an den Mann, dem er gestern vor Iphiginias Tür begegnet war. Manwaring genoß eindeutig viel zu große Freiheiten in ihrem Haus.

»Ich werde meinen eigenen Mittelsmann mit der Angelegenheit betrauen«, sagte er und brach ab, als ihm etwas einfiel. »Verdammt. Das ist nicht möglich. Zumindest im Augenblick.«

»Warum nicht?« fragte Iphiginia.

»Barclay ist im Augenblick, eh, geschäftlich unterwegs.« Marcus trommelte mit den Fingern auf dem Kaminsims herum. Er konnte Iphiginia wohl kaum erklären, daß Barclay in Devon war, um etwas über ihre Vergangenheit herauszufinden. »Aber er wird bald zurück sein, und dann kann er sich um die Sache kümmern.«

»Sind Sie sicher, daß wir nicht doch Mr. Manwaring bitten sollen, etwas zu unternehmen?« wollte Iphiginia wissen. »Er hat wirklich ein Talent dafür, detaillierte Informationen zu beschaffen, nicht wahr, Amelia?«

»Ja«, pflichtete ihre Cousine ihr bei. »Das stimmt.«

»Nein«, sagte Marcus mit grimmiger Miene. »Barclay schafft das schon.« Er blickte zwischen den beiden Frauen hin und her. »Mr. Manwaring arbeitet doch sicher schon seit geraumer Zeit für Sie beide?«

»Seit drei Jahren«, erklärte Iphiginia. »Er ist ein ausgezeichneter Mittelsmann. Warum fragen Sie?«

Marcus zuckte mit den Schultern. »Einfach so. Mir kam nur gerade der Gedanke, daß ein Sekretär natürlich eine ganze Menge über das Leben seiner Arbeitgeber weiß.«

Iphiginia runzelte die Stirn. »Ich versichere Ihnen, Mr. Manwaring ist durch und durch vertrauenswürdig. Sie denken doch sicher nicht, daß er etwas mit dieser Erpressungsgeschichte zu tun hat?«

»Im Augenblick nicht. Ich habe nur laut gedacht.« Marcus machte eine Pause. »Ist es denkbar, daß Mr. Manwaring in der Zeit, seit er bei Ihnen beschäftigt ist, genug über Ihre Tante herausgefunden haben könnte, um Sie zu erpressen?«

»Vollkommen unmöglich«, sagte Amelia unerwartet heftig. »Mr. Manwaring ist ein Gentleman, Sir. Er hat einen einwandfreien Charakter. Etwas Derartiges würde er niemals tun.«

»Amelia hat recht.« Iphiginia runzelte verärgert die Stirn, so daß sich ihre fein geschwungenen Brauen zusammenzogen. »Mr. Manwaring ist ein anständiger, ehrenwerter Mann.«

Marcus sah, daß es sinnlos wäre zu erklären, daß sich hinter der ehrenwerten Fassade einiger Männer ein schlechter Charakter verbarg.

»Also gut, er ist Ihr Mittelsmann«, sagte Marcus sanft. »Ich werde es akzeptieren, wenn Sie sagen, daß er integer ist.«

»Das will ich auch hoffen«, murmelte Iphiginia.

Marcus blickte nachdenklich. »Außerdem, selbst wenn er derjenige wäre, der Lady Guthrie erpreßt, wüßte ich nicht, wie er hinter das Geheimnis meiner Freundin gekommen sein sollte.«

»Sehen Sie.« Plötzlich lächelte Iphiginia ein wenig zu süß. »Mylord, bedeutet der Verdacht, den Sie plötzlich gegen Mr. Manwaring hegen, etwa, daß Sie inzwischen bereit sind, jemand anders als mich der Tat zu verdächtigen?«

»Es wäre durchaus möglich, daß Sie das ganze Theater heute nacht nur inszeniert haben, um mich glauben zu machen, daß Sie unschuldig sind, aber das halte ich für unwahrscheinlich.«

Iphiginias Lächeln schwand. »Vielen Dank, Sir. Ist Ihnen schon einmal der Gedanke gekommen, daß ich meinerseits inzwischen auf den Gedanken gekommen sein könnte, daß Sie der Schuldige sind?«

Er blickte sie verärgert an. »Machen Sie sich nicht lächerlich.«

»Was ist daran bitte lächerlich?« fragte sie in herausforderndem Ton. »Sie könnten durchaus der Erpresser sein.«

Sie meinte es wirklich ernst.

Marcus wußte, daß in den letzten Jahren zahlreiche Gerüchte über ihn die Runde gemacht hatten. Gerüchte über das Duell und über den Tod von Lynton Spalding. Aber nie hatte man ihm jemals etwas Derartiges ins Gesicht gesagt.

Das hatte noch niemand gewagt.

»Sie sind entweder verrückt oder äußerst mutig, Iphiginia. Auf jeden Fall gehen Sie zu weit.«

»Oder nicht weit genug«, erwiderte sie unerschüttert.

Amelia warf ihr einen besorgten Blick zu. »Wirklich, Iphiginia, ich glaube nicht, daß uns das weiterbringt.«

»Im Gegenteil.« Iphiginia sah Marcus unverwandt an. »Ich möchte auf etwas ganz Bestimmtes hinaus. Man bedenke einfach nur die Tatsachen. Es heißt, Sie seien ein skrupelloser Mensch, Mylord, und ich weiß, daß Sie hochintelligent sind. Auf jeden Fall sind Sie clever genug, um im Verlauf der Jahre allen möglichen Geheimnissen auf die Spur zu kommen.«

»Es reicht, Iphiginia«, warnte er mit leiser Stimme.

Sie tat, als habe sie ihn nicht gehört. »Sie hätten problemlos die Erpresserbriefe abschicken können. Sie hätten sogar derjenige sein können, der mich heute nacht in der Gruft eingeschlossen hat.«

Jetzt war Marcus ernsthaft böse. »Ich lasse mich von Ihnen nicht beleidigen, Madam.«

»Sie beleidigen mich bereits seit Tagen.«

»Sie haben sich von Anfang an verdächtig gemacht. Sie geben sich als meine Mätresse aus. Sie schleichen sich heimlich in die Arbeitszimmer diverser Gentlemen, um in ihren Schreibtischen herumzuschnüffeln. Sie besichtigen Lartmores Statuensammlung. Sie laufen um Mitternacht auf einem Friedhof herum, und die fünftausend Pfund, die Sie dabei haben, sind plötzlich verschwunden.«

»Bitte«, flüsterte Amelia. »Das führt uns nicht weiter.«

»O doch, das tut es«, sagte Iphiginia. »Es beweist, daß das Verhalten seiner Lordschaft mindestens ebenso verdächtig ist wie das meine.«

Marcus runzelte die Stirn. »Verdammt, ich bin nicht der Erpresser.«

»Das habe ich auch niemals angenommen«, sagte Iphiginia leichthin. »Ich wollte nur klarstellen, daß Sie es sein *könnten.«*

Marcus stieß sich vom Kamin ab, ging quer durch den Raum an die Stelle, an der Iphiginia auf dem griechischen Sofa saß, und baute sich drohend vor ihr auf. »Es gibt Männer, die solche Bemerkungen mit dem Leben bezahlt haben.«

»Vielleicht, aber ich glaube nicht, daß sie durch Ihre Hand gestorben sind, Sir. Sie sind viel zu intelligent, um herumzulaufen und andere wegen solcher Banalitäten herauszufordern.«

»Sie halten die Ehre eines Mannes für eine Banalität?«

»Nein, natürlich nicht. Ebensowenig wie die Ehre einer Frau. Aber man kann seine Ehre nicht bei einem Duell beweisen, oder? Man findet niemals die Wahrheit heraus, indem man einem anderen eine Kugel in den Leib jagt.«

Marcus beugte sich über sie, eine Hand auf dem Sofa, die andere auf der geschwungenen Lehne. Iphiginia war in der Ecke gefangen. »Sei es, wie es will, aber zumindest hat eine gut plazierte Kugel den bemerkenswerten Effekt, Gerüchte zum Verstummen zu bringen.«

»Das wage ich zu bezweifeln. Es läßt sie höchstens etwas leiser werden. Aber wen kümmern schon Gerüchte? Sie und ich genießen schließlich den Luxus, recht immun gegen Gerüchte zu sein, nicht wahr, Mylord?«

»Alles hat seine Grenzen, Iphiginia, und Sie haben inzwischen eindeutig die Grenzen meiner Toleranz überschritten. Auch eine angebliche Mätresse kann sich nicht alles erlauben.«

»Woher wollen Sie das wissen, Sir? Sie haben doch bereits zugegeben, daß Sie noch nie eine angebliche Mätresse hatten.«

Amelia hob flehend die Hand. »Ich hielte es für eine gute Idee, diesen Unsinn zu beenden, ehe dieser Streit noch lächerlicher wird.«

Marcus sah sie an. »Sie haben vollkommen recht, Miss Farley. Danke, daß Sie in dieser Situation noch einen klaren Kopf behalten haben.«

»Gern geschehen.«

Marcus richtete sich auf und begann, im Zimmer auf und abzustapfen. »Also, dann, lassen Sie uns zu wichtigeren Dingen zurückkehren. Mir kam gerade ein interessanter Gedanke.«

Iphiginia setzte sich auf und schüttelte ihre Röcke wie eine kleine Katze, die sich putzt, nachdem sie unliebsam aus ihrer Ruhe aufgeschreckt wurde. »Und der wäre, Sir?«

»Ich habe über die Bemerkung nachgedacht, mit der unser Streit anfing.«

»Ihre Bemerkung, daß Mittelsmänner oft über die persönlichen Angelegenheiten ihrer Arbeitgeber Bescheid wissen?« Iphiginia sah ihn neugierig an. »Was ist damit?«

»Solche Männer sind nicht die einzigen, die höchst persönliche Informationen über ihre Arbeitgeber in Erfahrung bringen können. In den meisten besseren Häusern gibt es auch noch andere, die private Dinge über ihre Herrschaft wissen.«

Amelia sah ihn an. »Sie meinen die Bediensteten? Ich glaube nicht, daß ein einfacher Diener für die Erpressungen verantwortlich ist.«

»Da stimme ich dir zu«, sagte Iphiginia eilig. »Wer auch immer hinter dieser Sache steckt, er kennt sich in der besseren Gesellschaft aus. Vergessen Sie nicht, daß er zum Beispiel wußte, daß Sie diesen Monat auf dem Land verbringen wollten, Sir.«

»Und das Phönix-Siegel zeigt, daß er sich mit der Antike auskennt«, fügte Amelia. »Ein Diener wüßte wohl kaum, was es mit dem Phönix auf sich hat.«

»Die Briefe waren in schöner, klarer Schrift abgefaßt«, ergänzte Iphiginia. »Und wir haben gleich zu Anfang festgestellt, daß die Sprache des Erpressers die eines gebildeten Menschen ist.«

Marcus blickte sie an. »Gouvernanten und Gesellschafterinnen sind ebenfalls gebildet.«

Iphiginia und Amelia starrten ihn verblüfft an.

»Großer Gott«, flüsterte Amelia. »Er hat recht, Iphiginia. Gouvernanten und Gesellschafterinnen stehen irgendwo zwischen den Bediensteten und der Herrschaft. Sie sind ebenso gebildet wie ihre Arbeitgeber, aber in den meisten Haushalten bleiben sie so unbemerkt wie die Dienerschaft.«

Iphiginia dachte darüber nach. »Und auch wenn sie weder Bälle noch Soireen besucht, hat eine solche Person Zugang zu den intimsten Details aus dem Leben ihrer Arbeitgeber. Sie hört und sieht so einiges.«

Marcus runzelte die Stirn. »Das würde bedeuten, daß wir nach einer Frau suchen müssen, die die Geheimnisse von mindestens zwei Haushalten kennt.«

»Jemand, der erst bei Tante Zoë und später dann bei Ihrer Freundin angestellt war.« Iphiginia sah Marcus an. »Wie alt ist das Geheimnis Ihrer Freundin, Mylord?«

Marcus zögerte, da er nicht wußte, wieviel er sagen durfte, ohne Hannahs Vertrauen zu mißbrauchen. »Die Ereignisse, deretwegen sie erpreßt wird, liegen sieben Jahre zurück. Ich glaube, Sie erwähnten, daß das Geheimnis Ihrer Tante einen Vorfall betrifft, der sich vor achtzehn Jahren ereignete, nicht wahr?«

»Ja.« Iphiginia strich mit der Hand über die verschnörkelte Sofalehne. »Eine interessante Theorie, Mylord, aber ich bezweifle, daß wir eine Frau finden, die in beiden Haushalten tätig war.«

»Trotzdem lohnt es sich, der Sache nachzugehen«, sagte Marcus. »Meine Theorie ist wesentlich begründeter als Ihre. Ich fand es noch nie besonders vernünftig, die Schreibtische diverser Gentlemen auf der Suche nach schwarzem Wachs und einem Phönix-Siegel zu durchsuchen.«

Iphiginia warf ihm einen bösen Blick zu. »Da bin ich anderer Ansicht, Sir. Meine Überlegungen sind eindeutig vernünftiger und logischer als Ihre vagen Hypothesen. Und außerdem gibt es Beweise, die meinen Verdacht bestätigen. Schließlich haben wir eindeutig festgestellt, daß es eine Reihe von Männern gibt, die sowohl mit Ihnen als auch mit Guthrie verkehrt haben. Ihr Verdacht hingegen ist bisher vollkommen unbegründet.«

»Vielleicht gibt es bisher keine Beweise für meine Hypothese«, räumte Marcus ein, »aber trotzdem, sie ist einleuchtender.«

»Das stimmt nicht. Außerdem möchte ich noch –«

Amelia hob eine Hand. »Dürfte ich vielleicht noch einmal darum bitten, diese sinnlose Streiterei zu lassen? Sie bringt uns nicht weiter.«

Marcus lächelte kühl. »Miss Farley, Sie sind die Stimme der Vernunft. Iphiginia denkt heute nacht nicht klar. Was nach allem, was sie durchgemacht hat, nicht anders zu erwarten ist.«

»Ich verbitte mir diese Bemerkung«, sagte Iphiginia. »Ich denke genauso klar wie Sie, Masters.«

»Sie müssen zugeben, daß unsere diesbezüglichen Erfahrungen ein wenig auseinandergehen«, erwiderte Marcus höflich. »Sie beschäftigen sich vorwiegend mit der klassischen Antike, einem Thema, das nicht besonders viel zu tun hat mit den Dingen, um die es hier geht. Ich hingegen habe schon immer besonderes Interesse an Wissenschaft und Technik gehabt, und dieses Interesse hat mir im Gegensatz zu Ihnen die Gelegenheit gegeben, Fähigkeiten wie Vernunft und Logik weiterzuentwickeln.«

Iphiginia hielt es nicht mehr auf dem Sofa. »Das ist so ziemlich das Arroganteste, Herablassendste, Anmaßendste, was ich je gehört habe.«

»Bitte«, flehte Amelia. »Wenn ihr beiden nicht mit dieser idiotischen Streiterei aufhört, werden wir nie zu einem Ergebnis kommen.«

»Da kann ich Ihnen nur recht geben«, sagte Marcus mit seidiger Stimme. »Lassen Sie uns logisch vorgehen. Wie ich bereits sagte, werde ich Barclay, sobald er wieder in der Stadt ist, den Auftrag erteilen, den Eigentümer der Gruft auf dem Friedhof zu ermitteln. Bis dahin werden Sie Ihre Tante fragen, ob sie vor Jahren eine Gesellschafterin hatte, die vielleicht hinter ihr Geheimnis gekommen sein könnte. Ich werde meiner Freundin dieselbe Frage stellen.«

»Hmm«, murmelte Iphiginia.

Marcus ignorierte ihren wütenden Blick. »Wir werden sehen, was dabei herauskommt. Bis dahin sollten Sie London am besten für ein paar Tage verlassen, Madam.«

»Auf gar keinen Fall.« Iphiginia war außer sich. »Warum sollte ich London verlassen wollen? Ich habe hier viel zu viel zu tun.«

Marcus schüttelte den Kopf. »Der Erpresser wird offensichtlich immer gefährlicher. Heute nacht hat er bewiesen, daß er durchaus in der Lage ist, Ihnen etwas anzutun.«

»Er hat mir nichts angetan. Er hat mich lediglich ein wenig erschreckt.«

»Seine Lordschaft hat recht.« Amelia faltete die Hände im Schoß. »Auf dem Zettel stand eindeutig, daß er dich in der Grotte eingeschlossen hat, um dich zu warnen, Iphiginia. Wer weiß, was er als nächstes tut.«

»Genau«, pflichtete Marcus ihr bei. »Ich denke, es ist das beste, wenn ich Iphiginia genau im Auge behalte, bis Barclay ein paar Nachforschungen angestellt hat.«

»Unsinn«, brauste Iphiginia auf.

Amelia ignorierte sie und wandte sich an Marcus. »Und wie genau wollen Sie das anstellen, Mylord?«

Marcus dachte kurz über die Möglichkeiten nach, die ihm einfielen. »Ich nehme an, Iphiginia könnte für eine Weile in ihr Haus auf dem Land zurückkehren.«

»Auf gar keinen Fall«, sagte Iphiginia mit lauter Stimme. »Das ist vollkommen unmöglich. Ich werde nicht nach Hause fahren, Schluß, aus.«

Marcus machte sich eine gedankliche Notiz über ihre vehemente Weigerung, nach Deepford zurückzukehren. Es würde interessant sein zu erfahren, was Barclay in Devon herausfand. »In diesem Fall schlage ich vor, daß wir Lady Pettigrews Einladung annehmen und ein paar Tage auf ihrem Landsitz in Hampshire verbringen.«

Iphiginia dachte kurz darüber nach. »Das würde mir die Gelegenheit geben, Pettigrews Bibliothek zu durchsuchen.«

Marcus unterdrückte einen Fluch. »Ich werde mich darum kümmern. Sie werden wie versprochen Lady Pettigrews Vestatempel besichtigen.«

»Sind Sie sicher, daß Sie wissen, wie man eine Bibliothek sorgfältig durchsucht?« fragte Iphiginia skeptisch.

»Ich glaube, ich werde es schon schaffen. Ich habe schließlich zugesehen, als Sie Lartmores Bibliothek durchsucht haben, nicht wahr? Wie sollte ich also einen Fehler machen, nachdem ich eine Expertin wie Sie als Lehrerin hatte?«

Iphiginia verzog das Gesicht. »Also gut, Mylord. Also werden wir wie geplant nach Hampshire fahren.«

Marcus stieß einen erleichterten Seufzer aus. Zumindest könnte er Iphiginia in Hampshire sicher im Auge behalten. Und bei ihrer Rückkehr nach London wäre Barclay sicherlich ebenfalls wieder da. Marcus wollte ihn so bald wie möglich mit der Suche nach dem Eigentümer von Mrs. Eatons Grabmal beauftragen.

Irgend etwas sagte ihm, daß es eine Verbindung zwischen der Gruft und dem Erpresser gab. Das spürte er. Und er würde der Sache so lange nachgehen, bis er alle Antworten auf seine Fragen hatte.

Der Erpresser war inzwischen mehr als nur lästig. Heute nacht war er zu weit gegangen. Er hatte Iphiginia bedroht.

Marcus würde nicht eher ruhen, als bis er ihn gestellt hätte.

Drei Tage später spazierte Marcus zu einem der Regale in Pettigrews Bibliothek und las interessiert die Titel auf den Buchrücken. »Cicero, Virgil, Newton. *Philosophische Transaktionen der Königlichen Gesellschaft.* Ich gratuliere Ihnen zu Ihrer Sammlung, Pettigrew. Ich wußte nicht, daß Sie sich für so viele Dinge interessieren.«

Pettigrew, ein mürrischer Mann, der mit seinem trübsinnigen, in sich gekehrten Wesen das genaue Gegenteil von seiner Frau darstellte, runzelte noch heftiger als gewöhnlich die Stirn. »Ein Mann muß auch noch etwas anderes als die Zeitung lesen, wenn er seinen Geist nicht verkümmern lassen will.«

»Gut gesagt.« Marcus nahm einen neueren Band der *Philosophischen Transaktionen* heraus und blätterte darin herum. »Würde es Ihnen etwas ausmachen, mir das Buch zu borgen?«

»Nehmen Sie's.« Pettigrew schenkte sich ein Glas Rotwein ein. »Macht es Ihnen etwas aus, wenn ich frage, wie lange Sie bleiben wollen, Sir?«

Marcus tat so, als bemerke er Pettigrews Mangel an Gastfreundlichkeit nicht. Gleich bei ihrer Ankunft gestern war deutlich geworden, daß die Einladung allein Lady Pettigrews Idee gewesen war. Ihr ungeselliger Ehemann hatte nicht das geringste Interesse daran, irgendwelche Gäste zu unterhalten.

»Ich glaube, wir bleiben nur ein paar Tage, länger nicht. Ihre Frau hat Mrs. Bright gebeten, sich ihren Vestantempel anzusehen. Meine Freundin wird zweifellos ein wenig Zeit brauchen, um sämtliche Messungen vorzunehmen und das Ergebnis mit den Maßen der Originalruine zu vergleichen, die sie in Italien gesehen hat.«

»Der Vestatempel ist vollkommen in Ordnung.« Pettigrew kippte seinen Wein hinunter. »Ich weiß nicht, weshalb wir erst Mrs. Brights Expertise brauchen.« Er bedachte Marcus mit einem eiligen Seitenblick. »Ich möchte Ihnen damit nicht zu nahe treten, Sir. Ich weiß, daß sie eine sehr gute Freundin von Ihnen ist.«

»Ja, das ist sie.« Marcus überflog das Inhaltsverzeichnis der *Philosophischen Transaktionen.* Der Band war über ein Jahr alt, aber zumindest enthielt er einen Artikel über astronomische Beobachtungen, der ihn interessierte.

Natürlich hatte er diesen Aufsatz bereits gelesen, als er seine eigene Ausgabe der *Transaktionen* erhalten hatte. Er las die neuesten Bände der Gesellschaft, sobald sie erschienen. Aber vor neun Monaten hatte er den Artikel über Astronomie nur überflogen. Damals hatte er sich auf die Untersuchung der Eigenschaften von Licht und reflektierenden Oberflächen beschränkt und den Sternen noch keine besondere Beachtung geschenkt.

»Kennen Sie sie schon lange?«

»Wen? Mrs. Bright?« Marcus blickte auf. »Ich kenne sie noch nicht annähernd lange genug.«

»Ich verstehe. Eine höchst ungewöhnliche Frau.«

»In der Tat. Wir haben festgestellt, daß wir viel gemeinsam haben.«

Pettigrew runzelte verwirrt die Stirn. »Sie interessieren sich für die Antike?«

»Neuerdings ja.« Marcus klappte die *Transaktionen* zu. »Übrigens, aus irgendeinem unerfindlichen Grund hat mein Kammerdiener vergessen, meinen Schreibkasten einzupacken. Würde es Ihnen sehr viel ausmachen, mir etwas Papier zu borgen? Ich muß ein paar Briefe schreiben.«

»Was? Oh, nein. Nicht das geringste.« Pettigrew machte eine Handbewegung in Richtung seines Schreibtisches. »Bedienen Sie sich.«

»Außerdem bräuchte ich Ihren Wachstopf. Ich hoffe, das stört Sie nicht?«

»Drüben neben dem Globus.«

»Das ist sehr freundlich.«

»Sie können sich an meinen Schreibtisch setzen, um Ihre verdammten Briefe zu schreiben.« Pettigrew seufzte abgrundtief. »Ich werde, weiß Gott, wahrscheinlich keine Möglichkeit haben, ihn zu benutzen, solange diese Meute hier ist. Ich weiß nicht, warum meine Frau mitten in der Saison so viele Leute einladen mußte. Ich habe ihr gesagt, daß sie jederzeit das Stadthaus nehmen kann, wenn sie unbedingt Gäste empfangen will.«

»Sie ist zu Recht stolz auf dieses Haus. Nicht jeder Landsitz kann sich rühmen, einen Vestatempel zu haben.«

»Es wäre etwas anderes, wenn auch noch die dazugehörigen Jungfrauen da wären«, sagte Pettigrew. »Aber eine Jungfrau ist heutzutage etwas ebenso Seltenes wie ein Einhorn oder ein Phönix, nicht wahr?«

Marcus blickte aus dem Fenster auf den sanft abfallenden Rasen. »Ein Phönix?«

»Sie wissen doch, dieser sagenumwobene Vogel, von dem es heißt, daß er sich aus seiner eigenen Asche erhoben hat.«

»Ich habe das Interesse an sagenumwobenen Vögeln zu derselben Zeit verloren wie mein Interesse an Jungfrauen«, sagte Marcus.

»Was für ein wunderbarer Abend.« Iphiginia sah hinauf in den klaren Nachthimmel.

Sie hatte Marcus gebeten, mit ihr hinaus auf die Terrasse zu gehen und noch ein wenig den ruhigen Sommerabend zu genießen, ehe sie sich zurückzogen. In Wahrheit jedoch wollte sie von ihm wissen, was er in Pettigrews Bibliothek herausgefunden hatte. Sie hatte schon den ganzen Tag gehofft, sich einmal unter vier Augen mit ihm unterhalten können, doch es hatte sich nie die passende Gelegenheit geboten.

Nun, da sie ihn hier draußen unter dem Sternenhimmel für sich allein hatte, war es plötzlich nicht mehr ganz so eilig, mit ihm über seine Nachforschungen zu sprechen. Iphiginia stellte fest, daß sie sich in Wahrheit nur danach gesehnt hatte, ein paar ruhige, ungestörte Augenblicke mit ihm zu verbringen.

Es war beinahe Mitternacht. Nach dem Essen und Kartenspielen waren die meisten Gäste bereits oben in ihren Schlafzimmern.

Die Stadt erlebte zwar momentan den Höhepunkt der Saison, aber hier gab es keine endlose Runde von Bällen und Soireen, die einen bis zum Morgengrauen auf Trab hielten. Ein paar Tage auf dem Land boten demnach die Gelegenheit, sich von der Hektik des Stadtlebens ein wenig zu erholen.

Eine sanfte Brise bewegte die Blätter der Bäume. Die Luft war schwer vom Duft der Blumen. Iphiginia atmete tief ein. Sie genoß den Nachtgeruch.

»Auf alle Fälle ist es heute nacht klar.« Marcus lehnte an der reich verzierten Balustrade und starrte in den Himmel. »Ich würde eine Menge darum geben, jetzt auf meinem Gut in Yorkshire zu sein.«

»Warum?«

»Weil dort mein neues Teleskop steht.«

»Teleskop? Sie interessieren sich für Astronomie?«

»Ja.«

Iphiginia war fasziniert. Egal, wieviel sie über diesen Mann herausfand, er schien immer neue, überraschende Seiten zu haben. »Das wußte ich gar nicht, Mylord.«

Er verzog den Mund zu einem leichten Grinsen. »Dachten Sie, Sie hätten bei Ihren Vorbereitungen für Ihr kleines Rollenspiel bereits alles herausgefunden, was es über mich zu wissen gibt?«

»Nein, natürlich nicht.« Sie spürte, daß sie errötete. »Aber ich dachte, ich hätte mich recht eingehend mit Ihren Interessen beschäftigt.«

»Machen Sie sich keine Sorgen.« Marcus blickte nach wie vor unverwandt in den Nachthimmel. »Das war nur ein kleiner Lapsus. Mein Interesse für Astronomie ist Ihnen sicher deshalb entgangen, weil es noch nicht besonders alt ist. Meine Studien der Eigenschaften von Licht und Spiegeln haben mich dazu geführt.«

Iphiginia schob die Frage nach Pettigrews Wachstopf und Siegel für einen Augenblick beiseite. Sie war viel zu gespannt, neue Dinge über den Mann zu erfahren, den sie liebte. »Wie haben diese Studien Sie zur Astronomie geführt?«

»Ganz einfach.« Marcus sah sie kurz an, ehe er wieder in den Himmel blickte. »Wenn man die Sterne beobachtet, sieht man vor allem Licht. Und mit Hilfe von Spiegeln kann man Licht so bündeln, daß man über weite Entfernungen in den Himmel blicken kann.«

»Sie meinen Spiegel, wie man sie in Teleskopen verwendet?«

»Ja. Außerdem kann man mit Spiegeln das Licht selbst so bündeln, daß man es eingehend untersuchen kann. Ich selbst habe an einem solchen Projekt gearbeitet.« Er bedachte sie mit einem seltsam zögernden Seitenblick. »Ich habe eine kleine Maschine entwickelt, die es mir erlaubt, das Licht zu untersuchen.«

»Und wie funktioniert diese Maschine?«

»Man verwendet ein Prisma und ein kleines Teleskop –« Er unterbrach sich leicht verlegen. »Verzeihen Sie. Ich nehme an, Sie finden dieses Thema recht langweilig.«

»Oh, nein, ganz und gar nicht«, versicherte sie ihm. »Zufällig haben sich auch die Völker der Antike eingehend mit Betrachtungen des Himmels befaßt. Schließlich haben die Sterne und Planeten sogar die Namen der Helden und Heldinnen dieser Zeit.«

»Stimmt.«

»Erzählen Sie, was hoffen Sie, durch die Untersuchung des Sternenlichts herauszufinden?«

»Ich bin mir nicht sicher.« Marcus zuckte mit den Schultern. »Aber etwas, das Wilhelm Herschel vor ein paar Jahren geschrieben hat, hat mich wirklich fasziniert.«

»Was?«

Marcus nahm ihre Hand und führte sie in Richtung der breiten Steintreppe, die in den Garten hinabging. »Er schreibt, wenn wir die Sterne ansehen, sehen wir gewissermaßen in die Vergangenheit.«

»Das verstehe ich nicht.«

»Allen modernen Berechnungen zufolge braucht das Licht der Sterne Tausende von Jahren, um uns zu erreichen.«

»Ja, natürlich. Ich verstehe, was Sie meinen. Das Licht, das wir sehen, wurde also bereits vor ewiger Zeit ausgestrahlt«, flüsterte Iphiginia. »So habe ich das noch nie gesehen. Was für ein faszinierender Gedanke.«

»Das finde ich auch.« Marcus lächelte. »Aber ich habe die Erfahrung gemacht, daß nur wenige Menschen Interesse an einer ausführlichen Unterhaltung über dieses Thema haben.«

»Ich verstehe.« Iphiginia genoß es, seine große Hand um ihre kleinen Finger zu spüren. Sie hatte das Gefühl, als seien sie und Marcus heute nacht sowohl geistig als auch körperlich eng miteinander verbunden. Es war gut zu wissen, daß er sie nicht länger in dem Verdacht hatte, die Erpresserin zu sein. »Man hat mir selbst auch schon oft vorgeworfen, eine Langweilerin zu sein, Sir.«

»Das kann ich kaum glauben.«

»Oh, es stimmt. Ich fürchte, bis letztes Jahr war ich gezwungen, ein sehr ruhiges Leben zu führen.«

»Ich nehme an, wegen Ihres gebrechlichen Ehemannes.«

»Uh, ja. Mr. Bright ging nicht oft aus.«

»Und Sie somit auch nicht.«

»Nein.«

»Sagen Sie, Iphiginia«, begann Marcus sehr leise. »Waren Sie Ihrem Mr. Bright treu?«

Iphiginia schnappte nach Luft und stolperte prompt über einen kleinen Stein, der im Gras lag. »Was für eine lächerliche Frage, Mylord.«

Er fing sie auf. »Was ist daran bitte lächerlich? Sie kennen sich in der besseren Gesellschaft gut genug aus, um zu wissen, daß es nur sehr wenig treue Ehefrauen gibt.«

»Ich habe die Beobachtung gemacht, daß die Zahl der untreuen Ehefrauen von der Zahl der untreuen Ehemänner noch übertroffen wird«, erwiderte Iphiginia.

»Ich nehme an, das stimmt.«

Da sie diesen Punkt gemacht und noch dazu erfolgreich das Thema gewechselt hatte, wurde Iphiginia mutiger. »Waren Sie ein treuer Ehemann, Mylord?«

Marcus schwieg einen Moment. »Es ist einer meiner Grundsätze, niemals über meine Vergangenheit zu sprechen. Und vor allem nicht über meine Ehe.«

Diese Abfuhr ernüchterte Iphiginia. »Ja, natürlich. Wie konnte ich Ihre berühmten Grundsätze vergessen? Sagen Sie, macht es Ihnen Spaß, nach derart strengen Regeln zu leben, Sir?«

»Sie haben mir bisher gut gedient.«

»Das Leben ist so kurz«, flüsterte Iphiginia. »Ich finde, durch zu viele Regeln wird es langweilig und eng.«

»Ich finde, sie schützen einen.«

»Aber man verpaßt so viel von den Aufregungen des Lebens, wenn man sich den überstrengen Regeln der Gesellschaft beugt«, protestierte Iphiginia.

»Ich beuge mich nicht den Regeln der Gesellschaft, Iphiginia. Ich habe meine eigenen Regeln.«

Sie spazierten in den bewaldeteren Teil des ausgedehnten Pettigrewschen Anwesens. Die Lichter des Herrenhauses lagen inzwischen weit hinter ihnen. Als Iphiginia über ihre Schulter blickte, konnte sie den prächtigen Bau nicht mehr sehen. Eine Reihe von Bäumen versperrte ihr die Sicht.

Die Nacht wurde nur vom Licht der Sterne und des fast vollen Mondes erhellt.

»Es ist, als wären wir ganz allein auf der Welt«, sagte Iphiginia.

»Ein sehr angenehmes Gefühl.« Marcus blickte auf einen großen Schatten, der sich in einem nahegelegenen Gehölz erhob. »Was haben wir denn hier?«

Iphiginia erkannte die hohen, schlanken Säulen des Vestatempels. »Das ist die Ruine. Ich habe meine Messungen beendet, als Sie heute nachmittag in Pettigrews Bibliothek waren. Übrigens, haben Sie irgend etwas Interessantes herausgefunden?«

»Nein. Pettigrew benutzt rotes Wachs. In seinem Wachstiegel fanden sich keinerlei schwarze Spuren, und sein Siegel trägt das Emblem eines Hirsches.«

»Wie schade. Haben Sie den Schreibtisch auch genau durchsucht?«

»Ja. Glauben Sie mir, Pettigrew ist nicht der Erpresser.« Marcus wechselte die Richtung, um sich die Ruine anzusehen. »Und, ist dieser Tempel Ihrer Meinung nach eine gute Kopie des Originals in Tivoli?«

Iphiginia seufzte vor Bedauern, daß sie nun auch Pettigrew von der Liste der Verdächtigen streichen mußte. Dann blickte sie zu der eleganten, luftdurchfluteten Ruine.

Das Mondlicht fiel durch das offene Dach und verlieh ihr ein bezauberndesn, mystisches Flair.

»Nicht schlecht«, sagte sie nachdenklich. »Er gibt dem Betrachter dasselbe Gefühl von Leichtigkeit wie das Original. Sicher ist Ihnen bereits die wohlproportionierte Anordnung der Säulen aufgefallen. Der Kreis, den sie bilden, hat genau die richtigen Maße.«

»Ach.«

Iphiginia merkte, daß Marcus sie ansah und nicht den Tempel. Seine Augen glänzten in der Dunkelheit. Etwas in seiner leisen, tiefen Stimme verwandelte ihr Blut in warmen Honig.

Sie atmete tief ein und versuchte, möglichst salopp und doch zugleich gelehrt zu klingen. »Man sieht beinahe vor sich, wie die Jungfrauen der Vesta die heilige Flamme hüten.«

»Sie sind offensichtlich wesentlich phantasiebegabter als ich.« Marcus führte sie zwischen zwei der hohen Steinsäulen hindurch, blieb in der Mitte des runden Gebäudes stehen und sah sie mit amüsiertem Interesse an. »Ich bin anscheinend nicht in der Lage, irgendwelche Jungfrauen hierher zu zaubern, aber ich finde die Umgebung trotzdem durchaus anregend.«

Iphiginias Mund war wie ausgetrocknet. »Finden Sie?«

»Ja.« Er nahm ihr Gesicht zwischen seine starken Hände. »Der Name Lady Starlight paßt zu dir, Iphiginia. Du bist geboren, um eingehüllt in Sternenlicht durchs Leben zu gehen.«

Sie erschauderte. *Ich bin geboren, um dich zu lieben.* Plötzlich wallte unendliche Traurigkeit in ihr auf. Höchstwahrscheinlich würde sie ihm diese Worte niemals laut sagen können, weil er sie nicht würde hören wollen.

»Gefällt es dir, die Rolle meiner Mätresse zu spielen, Iphiginia?«

»O ja. Und wie. Als Ihre Mätresse werde ich von allen Leuten bewundert. Ehrlich gesagt, tut es mir wahrscheinlich sogar ein bißchen leid, wenn die ganze Sache vorbei ist.«

»Ach ja?«

»Nun, aber zugleich freue ich mich auch etwas darauf«, gestand sie. »Die Sache ist die, daß es ziemlich lästig ist, immer im Mittelpunkt des allgemeinen Interesses zu stehen. Aber ich muß zugeben, daß es wirklich aufregend ist. Fast so aufregend wie meine Reise nach Italien.«

Marcus zog die Brauen hoch. »Fast so aufregend? Es trifft mich tief zu hören, daß es interessanter ist, antike Ruinen zu besichtigen als die Rolle meiner Mätresse zu spielen.«

Iphiginia stellte entsetzt fest, daß sie ihn anscheinend beleidigt hatte. »Ich wollte Ihnen bestimmt nicht zu nahe treten, Mylord. Ich fand es durchaus interessant, in die Rolle Ihrer Geliebten zu schlüpfen.«

»Aber nicht ganz so interessant wie, sagen wir, eine Besichtigung der Ruinen von Pompeji.«

»Nun, Pompeji ist schließlich Pompeji, Mylord. Nur wenige Dinge können da mithalten.«

»Das stimmt wohl. Aber erlaube mir zu versuchen, dein momentanes Abenteuer etwas aufregender zu machen.«

Noch ehe Iphiginia antworten konnte, versiegelte er ihren Mund mit seinen Lippen. War es der Mondschein oder die Hitze seines Körpers? Plötzlich schien Iphiginia vollkommen in Flammen aufzugehen.

Kapitel zehn

Dies war der richtige Ort, die richtige Zeit, der richtige Mann.

Iphiginia war vollkommen verloren in dem herrlichen Wunder dieser Erkenntnis. Es war, als habe sie die Fesseln ihres ruhigen Lebens in der Verbannung in Deepford abgestreift und ihr Leben völlig verändert, nur um sich auf diesen Augenblick vorzubereiten.

Sie war frei. Frei von den Verpflichtungen gegenüber ihrer Schwester, frei von den erstickenden Regeln ihres kleinen Heimatdorfes, frei von den neugierigen Blicken mißbilligender Nachbarn.

Im Verlauf des letzten Jahres hatte sie sich selbst gefunden, und nun war sie zum ersten Mal in ihrem Leben wirklich frei zu lieben.

Sie mußte den Moment nutzen. Über die Folgen würde sie sich später Gedanken machen.

Dies war das größte Abenteuer von allen, eins, von dem sie allmählich befürchtet hatte, daß sie es niemals erleben würde.

Sie stand auf Zehenspitzen und schlang ihre Arme fest um Marcus' Hals.

Er erschauderte, stieß einen tiefen, heiseren Laut aus und vertiefte seinen Kuß. Er packte sie fester und zog sie dicht an seinen Körper, während er ihren Mund erforschte.

Iphiginia seufzte leise und schmiegte sich enger an ihn. All ihre Sinne waren auf seine Wärme und Stärke ausgerichtet.

»Meine süße Lady Starlight.« Marcus fuhr mit seiner großen Hand vorsichtig ihren Hals hinab und schob ihr feines weißes Umhängetuch auseinander, so daß ihre nackten Schultern zu sehen waren. »Wenn du wüßtest, wie sehr ich mich danach gesehnt habe, dich wieder zu berühren.«

»Ja. Bitte berühr mich. Bitte, Marcus.« Iphiginia neigte den Kopf, um seine Hand zu küssen. Sie spürte, wie ihr das weiche Kaschmirtuch von den Schultern glitt und langsam zu Boden fiel.

Das Mondlicht und seine Berührung verwirrten ihre Sinne. Sie hatte das Gefühl zu träumen, doch zugleich waren all ihre Sinne hellwach. Seine Finger streichelten sie sanft und suchten nach den Verschlüssen ihres Kleides.

Sie fuhr zusammen, als Marcus die Bänder fand, sie löste und das Oberteil langsam und ehrfürchtig abstreifte. Die warme, duftende Nachtluft strich über ihre nackten Brüste.

Iphiginia vergrub ihr Gesicht in seiner Krawatte.

»Wunderschön.« Marcus bedeckte ihre Brustwarzen mit seinen Händen. »Einfach wunderschön.«

Iphiginia spürte, wie ihre Brüste unter seinen Händen anschwollen und unglaublich empfindlich wurden. Sie erschauderte, als ihr einfiel, daß Marcus sie trotz ihrer verwirrend intimen Begegnung in Lartmores Ausstellungshalle noch nie nackt gesehen hatte.

Bis heute nacht hatte sie sich noch keinem Mann je nackt gezeigt.

Sie sollte zumindest verlegen sein, dachte Iphiginia. Aber die sinnliche Bewunderung in Marcus' Stimme hatte genau die gegenteilige Wirkung auf sie. Sie gab ihr das Gefühl, wunderbar und unwiderstehlich zu sein.

Der Drang, ihn so zu erforschen, wie er sie erforschte, war stärker als jede mögliche Scham. Sie streckte die Hand aus und begann mit zitternden Fingern, seine Krawatte zu lösen.

»Ja«, flüsterte Marcus.

Einen Augenblick später hingen die Enden der langen Krawatte lose herab.

Iphiginia blickte ihn an. Das Mondlicht warf harte Schatten auf sein Gesicht. Seine Augen schimmerten. Sein Mund war zu einem leichten Lächeln unverkennbaren sinnlichen Verlangens verzogen.

»Marcus?« Sie wußte nicht, wie man diese Frage stellte. Sie wußte nur, daß ihr ein Kuß nicht reichen würde.

»Warum nicht?« fragte er, als habe er ihre Gedanken gelesen. Er strich ihr langsam mit dem Daumen über die Wange. »Ich hatte eigentlich warten wollen, bis wir wieder in deinem Schlafzimmer sind, aber manche Dinge kann man einfach nicht aufschieben.«

Er neigte den Kopf und küßte ihre Schulter. Sie lag zitternd in seinen Armen, schob ihre Hände unter sein Hemd und preßte sie flach gegen die festen Muskeln seiner Brust.

»Sie fühlen sich erstaunlich gut an, Mylord«, hauchte sie ehrfürchtig. »Einfach herrlich. Sie erinnern mich an eine Herkulesstatue, die ich einmal in Venedig gesehen habe.«

Marcus brach in leises Lachen aus, das sich schnell in ein Stöhnen verwandelte. »Ich warne Sie, ich bin keine Statue, Madam, obwohl im Augenblick ein bestimmter Teil von mir steinhart ist.«

»Das ist mir bewußt«, flüsterte sie. Sie spürte, wie er seine pochende Männlichkeit an sie preßte – erregend und erschreckend zugleich.

Er ließ zögernd von ihr ab, um seinen Mantel auszuziehen und ihn auf dem Boden der Ruine auszubreiten. Iphiginia verfolgte seine Bewegungen mit den Augen, und dann blickte sie Marcus ins Gesicht. Er mußte ihr nicht erst sagen, daß er sich mit ihr auf den Mantel legen und sie dort lieben würde.

Alle großen Geheimnisse des Universums würden sich ihr offenbaren. Sie wußte, wenn sie ihn davon abhalten wollte weiterzugehen, mußte sie es jetzt tun.

Sie lächelte und schwieg.

Marcus schien von ihrem Lächeln wie verzaubert zu sein. Einen Augenblick lang sah er sie reglos an.

Dann zog er sie mit einem heiseren Aufschrei in seine Arme und sank mit ihr auf den Mantel.

Iphiginia streckte die Hände nach ihm aus, als er sich auf sie legte. Sie zog ihn an sich und hielt ihn fest, als wolle sie ihn nie mehr loslassen.

»Iphiginia.«

Marcus' Berührung war nicht länger vorsichtig und zögernd. Er bedeckte ihre Brüste mit rauhen, drängenden Küssen. Seine kraftvollen Hände zitterten, als er über ihren Körper strich. Er nahm eine ihrer Brustwarzen zwischen seine Zähne und biß zart hinein, während er seine Hände unter ihre Röcke schob.

Seine Finger auf der Innenseite ihres Schenkels erfüllten sie mit freudiger Erregung. Er würde sie wieder so berühren, wie er es in Lartmores Ausstellungsraum gemacht hatte. Sie konnte es kaum erwarten, erneut die faszinierenden Empfindungen zu erleben, die in jener Nacht in ihr getost hatten.

»Du bist für mich bereit, nicht wahr?« Marcus klang, als sei er gerade eine weite Strecke gerannt. »Du verwandelst dich in flüssiges Sternenlicht, wenn ich dich so berühre.«

»Oh.« Iphiginia kniff die Augen zusammen und preßte ihre Beine fest um seine Hand.

Marcus streichelte sie sanft und drang gerade weit genug in sie ein, um sie erregt erschaudern zu lassen.

»Marcus. Oh, mein Gott, *Marcus.*« Sie wollte mehr von ihm. Sie brauchte mehr. Aber sie wußte nicht, wie sie das, was sie brauchte, beschreiben sollte. Statt etwas zu sagen, hob sie das Becken an und reckte sich ihm entgegen.

»Heißer als die Sonne.« Marcus öffnete sie vorsichtig.

Iphiginia schrie auf und vergrub ihre Finger in den Muskeln seiner Schultern.

Undeutlich merkte sie, daß er seine Hand zwischen ihren Beinen hervorzog und am Verschluß seiner Hose herumfingerte.

Sie wußte, was als nächstes kommen würde. Schließlich hatte sie all die Statuen in Lartmores Ausstellungsraum gesehen. Iphiginia versuchte, sich geistig darauf vorzubereiten, doch das Problem dabei war, daß sie nicht genau wußte, was sie zu erwarten hatte.

»Küß mich«, befahl Marcus, die Lippen an ihrem Mund.

»Oh, ja. Ja, natürlich.« Sie klammerte sich an ihn. Dieser Teil der Übung war leicht. Sie wußte genau, wie sie ihn küssen, wie sie ihn halten mußte.

»Mein Gott«, murmelte Marcus. »Du nimmst mir den Atem.«

Sie fühlte, daß sich zwischen ihren Beinen etwas bewegte, und dann spürte sie, wie ein Gegenstand, der weitaus größer war als sein Finger, in sie einzudringen begann. Es war eindeutig, daß das vollkommen unmöglich war.

»Marcus, ich fürchte, es paßt nicht.«

»Du bist so erstaunlich eng.« Seine Stimme klang halb erstickt.

»Sir, Sie scheinen irgendwie größer zu sein als Lartmores Statuen«, stieß Iphiginia verzweifelt hervor.

»Dies ist nicht der richtige Augenblick, um Scherze zu machen.« Marcus zog sich leicht aus ihr zurück.

Iphiginia wollte gerade erleichtert aufatmen, als er sich ohne Vorwarnung erneut in ihre weiche Öffnung schob und mit einer einzigen, kraftvollen Bewegung zustieß.

»Marcus.« Iphiginia riß entsetzt die Augen auf. Sie verharrte vollkommen reglos, atmete noch nicht einmal mehr.

Aber ihre Reaktion war nichts im Vergleich zu der von Marcus. Tief in ihr versunken, schien er plötzlich zur Salzsäule zu erstarren.

»Verdammt. *Verdammt.«*

Eine schreckliche Stille senkte sich über den Tempel der Vesta.

»Ist es immer so?« gelang es Iphiginia schließlich zu fragen. »Ich hatte eigentlich eher gehofft, es würde sich so anfühlen wie in der Nacht bei Lartmore, als Sie mich berührt haben.«

Marcus hob den Kopf und sah sie mit glitzernden, vorwurfsvollen Augen an. »Du bist noch Jungfrau.«

Zu spät erinnerte sich Iphiginia an ihre ausgeklügelte Geschichte von ihrem Witwentum.

»Oh, nein. Nein, wirklich nicht.« Iphiginia fuhr sich mit der Zunge über die Lippen. »Es ist nur so, daß es schon sehr lange her ist, daß Mr. Bright von mir ging. Und selbst zu seinen Lebzeiten war er nicht gerade versessen darauf, seine Rechte als Ehemann allzu häufig wahrzunehmen. Und er war nicht annähernd so, eh, wohlproportioniert wie Sie, Mylord, wenn Sie verstehen, was ich meine.«

»Du bist eine verfluchte Jungfrau. Du hast mich angelogen.«

Zu ihrem Kummer stellte Iphiginia fest, daß er wirklich wütend war.

Verzweiflung wallte in ihr auf. Sie war sich nicht sicher, was sie als nächstes sagen sollte. Offensichtlich hatte er die Wahrheit erraten. Sie suchte nach einem Weg, um seine Verärgerung zu mildern.

»Aber das weiß niemand außer Ihnen, Mylord. Also hat es doch sicher nichts zu bedeuten. In den Augen der Leute bin ich eine Witwe.«

»Wie viele Rollen spielst du, Iphiginia?«

Tränen traten ihr in die Augen. »Im Augenblick spiele ich keine Rolle.«

»Um Himmels willen, jetzt fang bloß nicht noch an zu heulen.« Er stützte sich auf die Ellbogen und nahm ihr Gesicht in seine Hände. »Das lasse ich nicht zu. Nicht nach allem, was du getan hast.«

Ärger und Empörung wallten in ihr auf. »Ich heule nicht.« Sie schneuzte sich. »Und wenn Sie in einem solchen Ton mit mir sprechen, Sir, dann lassen Sie mich besser aufstehen. Ich habe es nicht nötig, hier herumzuliegen und mir häßliche, böse Bemerkungen anzuhören.«

»Iphiginia –«

»Ich sagte, Sie sollen runtergehen.« Sie stemmte ihre Hände gegen seine Schultern und schob, so fest sie konnte. Es war, als würde sie versuchen, einen Berg zu verrücken.

»Nun haben wir den Schaden, du kleine Närrin.«

»Ich habe nicht den Eindruck, daß es ein großer Schaden ist, Mylord.« Sie blitzte ihn wütend an. »Ich wollte, daß Sie mich lieben. Zumindest dachte ich das.«

»Warum? Verdammt, sag mir, warum. War das wieder so eins deiner großen Abenteuer? Vergleichbar mit der Besichtigung der Ruinen von Pompeji?«

»Ja, das war es«, erwiderte sie zornig, während sie erneut versuchte, ihn von sich zu schieben. »Aber Sie haben alles kaputt gemacht.«

»Warum mußtest du dir gerade mich aussuchen?« Marcus' Stimme war heiser. »Warum hast du nicht Hoyt oder Lartmore oder sonst jemanden genommen, der dieses besondere Abenteuer mit dir bestehen konnte?«

»Weil ich eben dich wollte, du Riesenhornochse. *Runter.*«

Marcus starrte sie entgeistert an. »Iphiginia –«

»Ich sagte, runter.«

Er zuckte zusammen, als hätte sie ihn geschlagen. Im Licht des

Mondes sah Iphiginia, daß seine Stirn schweißbedeckt war. Sein dunkles Haar war vollkommen verklebt. Sein Gesicht war angespannt, jeder Muskel seines Körpers hart wie Marmor.

Marcus biß die Zähne zusammen und begann, sich langsam aus ihr zurückzuziehen. Iphiginia zappelte ungeduldig herum.

»Halt still«, sagte Marcus eilig. *»Verflucht.«* Mit einem plötzlichen Ruck befreite er sich von ihr.

»Au. Das tat weh.«

Marcus schenkte ihr keine Beachtung. Seine Züge waren schmerzverzerrt. Er rang nach Luft, zitterte heftig und brach, das Gesicht zur Erde, neben ihr zusammen. Er stöhnte entsetzlich auf und blieb dann vollkommen reglos liegen.

»O mein Gott. *Marcus,* ist alles in Ordnung?« Iphiginia vergaß völlig ihre eigenen Beschwerden. Vollkommen entsetzt von Marcus' plötzlichem und rätselhaftem Kollaps, richtete sie sich auf und stützte sich auf einen Ellbogen.

Grauenhafte Angst schnürte ihr die Kehle zu. *Marcus war tot, und das war allein ihre Schuld.*

Iphiginia rappelte sich auf, kniete sich neben ihn und rüttelte verzweifelt an seiner Schulter. Er rührte sich nicht.

Sie beugte sich über ihn, um sein Gesicht zu sehen. Seine Augen waren geschlossen.

Dann fiel ihr der schmerzverzerrte Ausdruck ein, mit dem er zusammengebrochen war.

»Gütiger Himmel, was habe ich getan? Mylord, leben Sie noch? Sagen Sie etwas, bitte, sagen Sie etwas.«

Mühsam versuchte sie, seinen Kopf in ihren Schoß zu ziehen. Es war nicht leicht, denn er hatte ein unglaubliches Gewicht. Doch schließlich gelang es ihr, und sie strich ihm sanft das Haar aus der Stirn.

»Es tut mir so leid, Marcus.« Tränen rannen ihr über die Wangen. »Ich hatte niemals die Absicht, dir weh zu tun. Das wäre das letzte, was ich je tun würde. Bitte, Marcus, du darfst nicht sterben. Nicht, nachdem ich dich endlich gefunden habe. Das würde ich nicht ertragen. Ich liebe dich, Marcus.«

Verdammt. Zum ersten Mal seit seiner Hochzeitsnacht hatte er die Beherrschung verloren.

Er hatte seinen Samen vergossen wie ein linkischer, unerfahrener Jüngling, der zum ersten Mal bei einer Frau ist, genau wie es damals bei Nora passiert war. Irgendwo in der Tiefe seiner Erinnerung meinte er, ihre zornigen, höhnischen Worte zu hören.

Du hast die Hände eines Bauern, du Riesenhornochse.

»Marcus, Marcus, bitte verzeih mir. Mach die Augen auf. Du darfst nicht sterben.«

Marcus öffnete ein Auge.

»Du lebst.« Iphiginias Gesicht glühte vor Hoffnung und Erleichterung. »Gott sei Dank.« Sie begann, seinen Kopf vorsichtig von ihrem Schoß zu schieben. »Warten Sie hier, Mylord. Rühren Sie sich nicht von der Stelle. Ich gehe zurück zum Haus und hole Hilfe.«

Marcus öffnete das andere Auge, streckte die Hand aus und packte sie am Handgelenk. »Nein.«

»Aber es ist offensichtlich, daß Sie einen Arzt brauchen. Sie haben irgendeine Art von Anfall erlitten.«

»Wie dem auch sei, ich glaube, ich werde es überleben. Ich gratuliere Ihnen, *Miss* Bright.« Marcus verzog angewidert das Gesicht. »Sie haben die Fähigkeit, einem sechsunddreißigjährigen Mann das Gefühl zu geben, noch einmal ein junger Bursche von zwanzig zu sein.«

Sie sah ihn vorsichtig an. Ihre Fingerspitzen strichen überraschend sanft über seine Wange. »Sind Sie sicher, daß Sie keinen Arzt brauchen?«

»Vollkommen sicher. Aber wahrscheinlich brauche ich einen neuen Mantel.« Er dachte daran, wie er sich schändlich in den edlen Stoff einer der teuren Kreationen seines Schneiders ergossen hatte. »Ich weiß nicht, ob mein Kammerdiener den hier noch retten kann.«

»Ich werde Ihnen einen neuen Mantel bezahlen«, sagte Iphiginia mit ernster Stimme. »Die ganze Sache ist allein meine Schuld. Das ist mir durchaus bewußt, Mylord.«

Marcus unterdrückte nur mit Mühe einen Fluch. »Ich hätte mir denken müssen, daß du in der Rolle des empörten, unschuldigen jungen Mädchens ein ebensolches Original sein würdest wie in der Rolle der erfahrenen Witwe.«

»Aber Marcus, ich bin nicht empört. Und genausowenig bin ich ein junges Mädchen, das eben erst der Schulbank entsprungen ist. Ich bin alt genug, um meine eigenen Entscheidungen zu treffen.«

»Du warst noch Jungfrau.« Marcus setzte sich schwankend auf. »Ich lasse mich niemals mit Jungfrauen ein. Das ist einer meiner Grundsätze. Und ich habe mich bis heute abend daran gehalten.«

»Sie müssen es von der positiven Seite her betrachten, Mylord.« Iphiginia bedachte ihn mit einem strahlenden Lächeln. »Jetzt bin ich keine Jungfrau mehr, so daß Sie Ihrem Grundsatz in Zukunft treu bleiben können.«

Zorn flackerte in ihm auf. »Verdammt, Frau, dies ist kein Spaß. Ich schwöre, es gibt Augenblicke, in denen dein Mundwerk jeden Mann an den Rand des Wahnsinns treibt. Wenn ich dich nicht eben gerade entjungfert hätte, wäre ich wirklich versucht, dich für diese dämliche Bemerkung übers Knie zu legen.«

Iphiginias Lächeln schwand. »Sir, ich verstehe, daß Sie wütend sind, weil Sie einem Ihrer wertvollen Grundsätze untreu geworden sind. Aber wirklich, Sie dürfen sich deswegen keine Vorwürfe machen.«

Marcus konzentrierte sich darauf, seine Hose zu schließen. »Eine Jungfrau, die sich als Witwe ausgibt.« Er hatte das Gefühl, als habe sich sein Hirn in Brei verwandelt. »Ich hätte es wissen müssen.«

»Das ist doch lächerlich. Woher hätten Sie es denn bitte wissen sollen?«

Marcus erhob sich und blickte auf Iphiginia hinab. Einen Augenblick lang war er wie gelähmt von ihrem Anblick, wie sie inmitten der Ruine saß, eingetaucht in das silbrige Licht des Mondes. Ihre weißen Röcke schäumten um ihren Körper, und sie preßte das Oberteil ihres Kleides vor ihre herrlichen Brüste. Ihr Haar war zerwühlt, und sie hatte einen ihrer kleinen weißen Schuhe verloren. Immer noch war sie eingehüllt in eine Aura der Unschuld, genau wie beim ersten Mal, als er sie gesehen hatte.

»Ich glaube, ich wußte es«, sagte er leise. »Aber ich habe mich geweigert, die Wahrheit zu erkennen, weil ich sie nicht sehen wollte.«

Iphiginia runzelte die Stirn. »Sind Sie immer so hart gegen sich selbst, wenn Sie eine Ihrer Regeln brechen, Sir?«

»Ich weiß nicht.« Marcus bückte sich, um sie auf die Füße zu ziehen. »Dies ist das erste Mal, daß ich eine gebrochen habe. Komm.«

»Wohin gehen wir?«

»Zurück zum Haus.« Marcus half Iphiginia, die Bänder ihres Kleides zu schließen. »Aber wir müssen aufpassen, daß uns niemand sieht.«

»Warum sollten wir aufpassen, Mylord?« Iphiginia warf ihm einen wütenden Blick zu. »In den Augen der Leute hat sich nichts verändert. Alle Welt ist der Überzeugung, daß ich eine Witwe bin, und sie alle glauben, daß ich Ihre Mätresse bin. Es ist vollkommen unmöglich, daß irgend jemand die Wahrheit kennt.«

»Ich kenne sie.« Die Wahrheit war, daß er eine seiner eisernen Regeln durchbrochen hatte, und dafür würde er bezahlen.

Nun, die Ehe mit Iphiginia wäre zumindest eine gewisse Abwechslung, dachte er voll Selbstironie. Seine erste Frau war durchaus erfahren gewesen, hatte aber die Rolle der Unschuld vom Lande gespielt. Dieses Mal würde er eine unschuldige junge Person heiraten, die sich als Frau von Welt ausgab.

Er sollte Iphiginias Rat beherzigen und die Sache von der positiven Seite sehen. Dieses Mal würde er seine eigene Mätresse heiraten und nicht die eines anderen Mannes.

Marcus hob seinen Mantel auf und betrachtete ihn mit finsterer Miene. Er hatte in den letzten Wochen dank seiner Experimente mit seinem neuen Füllfederhalter bereits eine Reihe von Mänteln und Jacken ruiniert, aber dieses war das erste Mal, daß er ein Kleidungsstück auf diese besondere Weise verdarb.

Er hatte vollkommen die Beherrschung verloren.

Er hatte noch nicht einmal daran gedacht, sein speziell angefertigtes Schafsdarmkondom zu benutzen, das er in der Tasche hatte.

Marcus ignorierte Iphiginias fragenden Blick. Er ergriff ihre Hand und führte sie aus der Ruine des Vestatempels.

Eingehüllt in die sanfte Nachtluft, kehrten die beiden zum Herrenhaus zurück. Die Sterne leuchteten hell und klar am Himmel.

Marcus dachte darüber nach, inwieweit sich sein Leben ändern würde. Wie wohl Bennet auf die Neuigkeit von seiner bevorstehenden Hochzeit reagieren würde?

Zumindest war es unwahrscheinlich, daß Iphiginia etwas dagegen hätte, wenn er weiterhin viel Zeit in seiner Bibliothek und im Laboratorium verbrächte. Sie würde ihn verstehen.

Vielleicht bekämen sie Kinder. Unter Umständen sogar einen Sohn, dem er seinen Titel vererben könnte. Seltsam, nie zuvor hatte er daran gedacht, einen Erben von seinem Fleisch und Blut zu haben. Aber heute nacht erfüllte ihn der Gedanke an Iphiginia, die sein Kind trug, mit einem eigenartigen Besitzerstolz, einem Bewußtsein für die Zukunft, das er bisher nicht gekannt hatte.

Ein wirklich lästiger Gedanke.

»Marcus?« Iphiginias Stimme klang atemlos.

Er merkte, daß er so eilig voranstürmte, daß sie gezwungen war zu rennen, um mit ihm Schritt halten zu können. »Ja?«

»Ich weiß, daß Sie sehr verärgert sind, Mylord. Ich möchte Sie nur wissen lassen, daß mir das Ganze sehr leid tut.«

»Pst, Iphiginia.«

»Ich hätte Ihnen die Wahrheit über meine Vergangenheit sagen sollen.«

»Darüber werden wir morgen sprechen. Ich muß erst noch in Ruhe über alles nachdenken.«

»Ja, Mylord. Ich verstehe. Sie sind mir böse und wollen sicherlich nicht länger die Rolle meines Geliebten spielen.«

»Ich sehe keine andere Alternative.« Er würde die Rolle des Liebhabers gegen die Rolle des Ehemannes tauschen.

»Ganz im Gegenteil«, beeilte Iphiginia sich zu sagen. »Es besteht aller Grund, mit der Maskerade fortzufahren.«

»Das ist nicht mehr möglich, Iphiginia.«

»Also bitte, Sir. Sie sind schließlich ein intelligenter Mann.«

»Meinst du? Ich meinerseits habe da gewisse Zweifel.«

»Unsinn«, widersprach Iphiginia ihm heftig. »Sie sind wirklich sehr clever. Es besteht nicht der geringste Zweifel an Ihren geistigen Fähigkeiten.«

»Hmmm.«

»Und auch wenn Sie verärgert sind, weiß ich, daß Sie sich nicht von Ihren Gefühlen beherrschen lassen werden.«

»Ich weiß dein Vertrauen in meine Intelligenz zu schätzen«, sagte er mit ernster Stimme.

»Ja, nun, die Sache ist die. Schließlich hatte ich sehr gute Gründe dafür, mich als Witwe und als Ihre Mätresse auszugeben.«

»Dies ist wohl kaum der geeignete Augenblick, um mich an dein schauspielerisches Talent zu erinnern.« Sie hatten beinahe die Terrasse erreicht. Marcus sah, daß die meisten Lichter im ersten Stock inzwischen verloschen waren. Die Gäste schliefen bereits, so daß es keine besondere Schwierigkeit werden dürfte, Iphiginia ungesehen in ihr Schlafzimmer zurückzubringen.

»Sir, ich muß Sie bitten, nicht zu vergessen, daß diese Gründe immer noch gelten. Bis wir den Erpresser gefaßt haben, müssen wir weiterhin so tun, als sei ich Ihre Mätresse. Ich hoffe also, Sie überstürzen nichts.«

»Überstürzen?«

Iphiginia blickte ihn aus leuchtenden Augen an. »Ich bitte Sie, den Schein unserer Liaison zu wahren. Sie werden nicht zulassen, daß unsere kleine Maskerade zu früh durchschaut wird, nicht wahr?«

Ihr offensichtliches Unvermögen, die Tragweite dessen, was eben auf dem Boden des Vestatempels vorgefallen war, zu verstehen, führte dazu, daß Marcus auch noch der letzte Geduldsfaden riß.

»Miss Bright, ich möchte Sie daran erinnern, daß Sie inzwischen ein weitaus bedeutenderes Problem haben als noch vor einer Stunde.«

Sie blinzelte verständnislos. »Wie bitte?«

»Sie sind nicht länger nur dem Namen nach meine Mätresse.«

Sie sah ihn einen Augenblick lang verwirrt an. Dann dämmerte es ihr. »Oh, ich verstehe, was Sie meinen.«

»Tun Sie das, Miss Bright?«

»Ja, natürlich.« Sie senkte den Blick, offensichtlich fasziniert von den Falten seines Hemdes. »Aber ich sehe nicht, weshalb dieses eine extrem kurze Zwischenspiel, das wohl kaum der Rede wert war, die Natur unserer Beziehung in irgendeiner Weise ändern sollte.«

»Verdammt, Iphiginia –«

»Marcus, bitte.« Sie hob eine Hand, als wolle sie seine Wange berühren, doch dann änderte sie ihre Meinung offenbar. »Ich weiß, daß Ihnen das, was eben in der Ruine passiert ist, nicht sonderlich gefallen hat.«

»Mein Vergnügen oder Mißvergnügen an der Sache ist im Augenblick vollkommen unwichtig«, sagte er mit rauher Stimme. »Ich glaube nicht, daß dir die Reichweite des Problems bewußt ist.«

»O doch, Mylord. Ich meine, ich weiß genau, wie beunruhigend, ja beängstigend Ihr Kollaps für Sie gewesen sein muß. Himmel, ich dachte einen Moment lang, Sie wären tot oder hätten zumindest einen Schlaganfall erlitten.«

»*Einen Schlaganfall.* Ich werde verrückt. Daran besteht kein Zweifel.«

»Sie müssen mir glauben, wenn ich sage, daß ich keine Ahnung hatte, daß die Entdeckung meiner Jungfräulichkeit Sie körperlich derart schwächen würde. Es tut mir wirklich leid, Mylord.«

Marcus erreichte die Terrasse, blieb stehen und blickte Iphiginia an. Ihre Ausführungen fesselten ihn auf seltsame, verrückte Art. Er war wirklich fasziniert.

»Vollkommen richtig«, stimmte er ihr zu. »Woher hättest du auch wissen sollen, wie sich deine Jungfräulichkeit auf meine zarten Empfindungen auswirkt?«

»Genau.« Sie setzte ihr strahlendes Lächeln auf. »Aber Sie haben mir ja versichert, daß es Ihnen wieder gutgeht. Ich hoffe doch, daß Sie die Wahrheit gesagt haben?«

»Ich scheine mich unter den gegebenen Umständen bemerkenswert schnell erholt zu haben.«

»Hervorragend. Ich weiß, die ganze Sache muß ein ziemlicher Schock für Sie gewesen sein.«

»Ein Schock.« Er nickte einmal. »Ja, das beschreibt es sehr gut.«

»Und es hat Sie zweifellos furchtbar erschreckt. Aber seien Sie beruhigt, Sir. Ich versichere Ihnen, daß kein Grund zur Besorgnis mehr besteht.«

Marcus legte eine Hand auf das Geländer und umklammerte es sehr fest. »Warum nicht?«

»Weil ich Ihnen mein Wort gebe, daß ich keine weiteren Forderungen, eh –« sie machte eine kurze Pause und räusperte sich leicht, »amouröser Art an Sie stellen werde.«

Er betrachtete einen Augenblick ihr erwartungsvolles Gesicht. Er konnte sich nicht daran erinnern, daß ihm jemals gegenüber einer anderen Frau die Worte gefehlt hätten.

»Das ist sehr rücksichtsvoll von Ihnen, Miss Bright.«

»Schon gut«, sagte sie großmütig. Dann beugte sie sich zu ihm hinüber und senkte ihre Stimme zu einem vertraulichen Flüstern. »Um die Wahrheit zu sagen, fand ich unser kleines Zwischenspiel auch nicht besonders angenehm, und ich versichere Ihnen, daß ich es nicht besonders eilig habe, es zu wiederholen.«

Marcus erstarrte. Das »Zwischenspiel«, wie sie es nannte, war ein Debakel gewesen. Neben allem anderen hatte er ihr auch noch ihr erstes leidenschaftliches Erlebnis ruiniert.

Trotz seiner ursprünglichen Verärgerung und obwohl er wußte, daß sein Leben durch ihr Täuschungsmanöver unwiderruflich verändert worden war, verspürte Marcus plötzlich Schuldgefühle. Sein einziges Ziel heute nacht war gewesen, ihr Vergnügen zu bereiten, während er selbst Befriedigung fand. Aber er hatte versagt.

»Iphiginia, ich bedauere, daß diese Erfahrung nicht angenehm für dich war. Wenn ich gewußt hätte –«

»Nein, bitte.« Sie legte ihm den Finger auf die Lippen. »Sie dürfen sich nicht bei mir entschuldigen. Wenn ich wirklich eine Witwe gewesen wäre, die sich mit den Gepflogenheiten im Ehebett auskennt, dann wären meine Berechnungen besser ausgefallen.«

»Was für Berechnungen?«

»Nun, Berechnungen, wie ich sie durchführe, wenn ich die Maße einer alten Ruine ermitteln will«, erklärte sie. »Ich hätte gewußt, daß alles an Ihnen einfach, eh, majestätische Ausmaße hat, wenn Sie wissen, was ich meine.«

»Ausmaße?«

»Ich fürchte, daß ich durch meine Erfahrungen mit klassischen Statuen ein wenig fehlgeleitet war.« Sie runzelte die Stirn. »Selbst die Skulpturen in Lartmores Sammlung haben mir ein falsches Bild von der Realität vermittelt.«

»Iphiginia –«

»Zu meiner Entschuldigung muß ich jedoch sagen, daß ich während meiner gesamten Studien antiker Statuen kein einziges Mal auf ein Exemplar gestoßen bin, das Ihre Ausmaße erreicht hätte.«

Marcus unterbrach sie freundlich. »Dies ist zweifellos eine der interessantesten Unterhaltungen, die ich jemals geführt habe. Trotzdem ist es inzwischen recht spät, und ich finde, wir sollten uns zu einem anderen Zeitpunkt mit dieser Angelegenheit befassen.«

»Sie meinen, wenn Sie sich erholt haben?«

»So könnte man es auch sagen. Lassen Sie uns in unsere Schlafzimmer gehen, Madam. Ich muß noch über etwas nachdenken.« Er nahm ihren Arm und wandte sich zur Tür.

»Marcus.« Sie klammerte sich an seinem Ärmel fest. »Versprechen Sie mir, daß Sie niemandem erzählen werden, daß ich nicht wirklich Ihre Mätresse bin.«

»Beruhige dich, Iphiginia.« Marcus öffnete die Tür und schob sie vor sich in die dunkle Eingangshalle. »Wie wir bereits festgestellt haben, entspricht deine kleine Geschichte schließlich inzwischen der Wahrheit. Es gibt also kein Geheimnis mehr, das ich wahren müßte. Heute nacht habe ich dich wirklich zu meiner Mätresse gemacht.«

Sie sah ihn zweifelnd an. »Und Sie werden auch niemandem erzählen, daß ich keine Witwe bin?«

»Glaub mir, ich habe genauso wenig Interesse wie du daran, daß die Leute die Wahrheit erfahren.«

»Ja, natürlich.« Sie schien sich ein wenig zu entspannen. »Sie würden nicht wollen, daß jemand erfährt, daß Sie eine Ihrer goldenen Regeln durchbrochen haben, nicht wahr?«

»Nein«, sagte Marcus. »Die Sache ist so schon unangenehm genug.«

»Was soll das heißen?«

»Das erkläre ich Ihnen irgendwann später, Miss Bright.«

»Mrs. Bright«, verbesserte sie eilig. »Wir müssen die Maskerade auch unter vier Augen aufrechterhalten, sonst versprechen wir uns vielleicht einmal, wenn andere dabei sind.«

»Bitte entschuldigen Sie, Mrs. Bright.«

Marcus stützte sich auf den Fenstersims in seinem Schlafzimmer und blickte hinauf zu den Sternen.

Er hatte niemals daran gedacht, noch einmal zu heiraten.

Das hieße, einen zweiten seiner eisernen Grundsätze zu mißachten. Doch heute nacht schien er nicht vernünftig über dieses Thema nachdenken zu können. Immer noch spürte er Iphiginias Weichheit, roch er ihren Duft.

Das einzige, was er deutlich vor Augen hatte, war die Erinnerung an Iphiginia, wie sie sich besorgt über ihn gebeugt hatte in der Angst, ihn durch ihre Jungfräulichkeit irgendwie ermordet zu haben. Ihre Worte hallten immer noch in seinen Ohren.

Ich liebe dich, Marcus.

Natürlich war sie vollkommen hysterisch gewesen bei dem Gedanken, ihn unabsichtlich umgebracht zu haben. Das war der einzige Grund, weshalb sie so etwas gesagt hatte.

Nach dem Frühstück am nächsten Morgen wandte sich Lady Pettigrew mit ehrlichem Bedauern an ihre beiden Gäste. »Ich wünschte, Sie beide könnten noch ein, zwei Tage bleiben. Ihr Besuch hat uns wirklich gefreut, nicht wahr, George?«

»Ganz nett«, murmelte Pettigrew. Es fiel ihm schwer, seine Erleichterung darüber zu verbergen, daß wenigstens zwei der unwillkommenen Eindringlinge wieder verschwanden.

Lady Pettigrew wandte sich an Iphiginia, die auf der Vordertreppe darauf wartete, daß Marcus' schwarzer Zweispänner vorgefahren wurde. »Mrs. Bright, ich kann Ihnen gar nicht sagen, wie glücklich ich bin zu erfahren, daß mein Vestatempel dem Original entspricht. Ich danke Ihnen dafür, daß Sie sich die Zeit genommen haben, ihn zu begutachten.«

»Gern geschehen.« Iphiginia konnte Marcus, der neben ihr stand, einfach nicht ignorieren. Seine Ungeduld war nicht zu übersehen.

»Sie meinen also, die Ruine ist vollkommen fehlerlos?« drängte Lady Pettigrew.

»Ja«, murmelte Iphiginia. Sie spürte Marcus' lakonischen Blick.

»Sie ist bis ins letzte Detail hinein erstaunlich akkurat«, sagte Marcus. »Ich habe sie gestern abend noch besichtigt. Mit ein wenig Phantasie könnte man sich glatt einbilden, es gebe dort noch eine echte Tempeljungfrau.«

Lady Pettigrew strahlte vor Stolz. »Wirklich?«

»Das ist wohl eher unwahrscheinlich«, murmelte Pettigrew. »Sie wollen mir doch wohl nicht weismachen, Sie hätten auch nur das geringste Interesse gehabt, selbst wenn eine aufgetaucht wäre. Alle

Welt weiß, daß es einer Ihrer Grundsätze ist, sich niemals mit Jungfrauen einzulassen.«

Iphiginia bedachte ihn mit einem bösen Blick. »Was mich betrifft, so sind manche Regeln dazu da, gebrochen zu werden.«

Kapitel elf

Am nächsten Morgen wurde Barclay in die Bibliothek von Marcus' Stadthaus geführt. Mit einem müden Seufzer nahm er Platz, rückte seine Brille zurecht und zog mehrere Blatt Papier aus seiner ledernen Aktentasche.

Marcus lehnte sich in seinem Stuhl zurück und versuchte, seine Neugierde zu bezähmen, während Barclay eine der Seiten überflog.

»Nun?« fragte Marcus nach zwei Minuten, die ihm wie eine Ewigkeit erschienen.

Barclay räusperte sich vielsagend und blickte Marcus über den Goldrahmen seiner Brille hinweg an. »Als erstes sollte ich Ihnen vielleicht sagen, Mylord, daß es einen Mr. Bright nicht gibt. Zumindest keinen Mr. Bright, der mit Ihrer Mrs. Bright verheiratet war.«

»Das habe ich inzwischen ebenfalls herausgefunden.« Erneut spürte Marcus, wie die schmerzliche Erinnerung an das mitternächtliche Stelldichein im Tempel der Vesta in ihm aufwallte.

Zum tausendsten Mal durchlebte er das wunderbare Gefühl, das er im Inneren von Iphiginias heißem, engem Körper verspürt hatte. Und zum tausendsten Mal fühlte er, wie er schwer wurde vor Erregung.

Er meinte beinahe, die seidige Üppigkeit ihrer Schenkel zu spüren. Die Erinnerung an ihre herrlich geformten Brüste schimmerte verführerisch in seinem Bewußtsein. Ihre Brustwarzen waren so frisch und reif gewesen. Sie hatten besser geschmeckt als alles, was er je zuvor gekostet hatte.

Ihr hübsch gerundetes Hinterteil hatte ihn an die wunderbaren, exotischen Früchte erinnert, die er einmal in seinem Gewächshaus gezüchtet hatte. Und ihr Duft würde nie mehr aus seinen Gedanken verfliegen.

Barclay runzelte die Stirn, so daß seine buschigen Brauen eine dichte Linie über seiner Nase bildeten. »Ich möchte Ihnen ja nicht zu nahe treten, Sir, aber könnten Sie mir vielleicht erklären, weshalb Sie mich nach Devon geschickt haben, wenn Sie bereits wissen, daß Mrs. Bright – ich meine, Miss Bright – keine Witwe ist?«

»Ich habe es erst erfahren, als Sie die Stadt verlassen hatten.«

»Wie zum Teufel haben Sie das herausgefunden? Ich schwöre, niemand außer Ihnen weiß etwas davon.«

Marcus versuchte, seine Antwort so vage wie möglich zu formulieren. »Ich habe die Wahrheit über den nicht existierenden Mr. Bright herausgefunden, indem ich dieselben wissenschaftlichen Methoden angewandt habe, die ich sonst auch anwende.«

Barclay blickte ihn verwirrt an. »Sie haben ein Teleskop beziehungsweise ein Mikroskop benutzt?«

»Ich habe Beobachtungen angestellt und meine Schlüsse daraus gezogen.« Marcus beugte sich vor und stützte die Ellbogen auf den Schreibtisch. Er faltete die Hände und sah Barclay mit einer Mischung aus böser Vorahnung und freudiger Erwartung an. »Was haben Sie sonst noch herausgefunden?«

Barclay blickte auf seine Notizen. »Miss Bright wurde in dem Dorf Deepford geboren, wo sie auch aufwuchs. Ganz kleines Kaff. Ich versichere Ihnen, es war nicht einfach, es überhaupt zu finden.«

»Nun, Sie haben es gefunden.«

»Ja, M'lord.«

Und wenn Barclay Deepford gefunden und dort festgestellt hatte, daß es den verstorbenen Mr. Bright niemals gegeben hatte, dann konnten auch andere dasselbe herausfinden, dachte Marcus. Wenn jemand anders – ein Erpresser vielleicht – ein Interesse an Iphiginias Vergangenheit entwickelte, dann würde auch er schnell dahinter kommen, daß sie keine Witwe war und sich somit den gesellschaftlichen Regeln für unverheiratete Frauen zu unterwerfen hatte.

Marcus wußte nicht, was ihn mehr ärgerte – die Tatsache, daß Iphiginia so verwundbar war, oder ihre Weigerung, diese Verwundbarkeit anzuerkennen.

»Fahren Sie fort, Barclay.«

»Ihre Eltern, die beide recht unkonventionelle Menschen gewesen zu sein scheinen, gingen auf See verloren, als Miss Bright kaum achtzehn Jahre alt war, so daß sie diejenige war, die ihre jüngere Schwester Corina aufgezogen hat.«

Genau wie ich Bennet aufgezogen habe, dachte Marcus. »Und wovon haben sie und ihre Schwester gelebt? Gab es wenigstens ein vernünftiges Erbe?«

»Nein. Nur die Bilder ihrer Mutter und ein, zwei Skizzenbücher ihres Vaters.«

Marcus nahm sein Siegel in die Hand und drehte es zwischen seinen Fingern. »Dann hatten sie also nicht gerade viel Geld.«

»Nein, M'lord, aber Miss Bright scheint eine recht geschäftstüchtige Person zu sein.«

Marcus erstarrte. »Was soll das heißen?«

»Nachdem sie sich von dem Schock erholt hatte, plötzlich allein mit einer kleinen Schwester dazustehen, war das erste, was sie tat, die letzten Gemälde ihrer Mutter und die Skizzenbücher ihres Vaters zu verkaufen. Das Geld hat sie dann benutzt, um eine Akademie für junge Damen zu eröffnen.«

Marcus wäre beinahe das Siegel aus der Hand gefallen. Er starrte Barclay an. »Miss Bright hat eine Akademie für junge Damen aufgemacht?«

»Ja, M'lord.«

»Sie hat ihnen Benehmen, Anstand und sowas beigebracht?«

»Unter anderem. Offenbar hatte Miss Brights Akademie einen

hervorragenden Ruf. Eine Reihe ehrenwerter Familien der Umgebung haben ihre jungen Töchter dorthin geschickt.«

»Großer Gott.« Marcus verspürte den beinahe unwiderstehlichen Drang, laut zu lachen. Der Gedanke an Iphiginia, die wilde, freiheitsliebende, wagemutige Iphiginia, wie sie ihren Lebensunterhalt damit verdiente, daß sie jungen Damen die strengen, unerbittlichen Regeln der besseren Gesellschaft beibrachte, war einfach lächerlich.

»Ihre Cousine, Miss Farley, zog ein Jahr nach dem Tod von Miss Brights Eltern nach Deepford. Ich glaube, sie hat an der Akademie Mathematik und Naturgeschichte unterrichtet.«

»Sie sagen, die Schule habe einen guten Ruf gehabt?«

»Ja, M'lord. Genau wie Miss Bright selbst. Sie können glauben, daß in einem Dorf wie Deepford auch der geringste Fauxpas, das kleinste Vergehen oder das minimalste Fehlverhalten ordnungsgemäß bemerkt und geahndet worden wäre.«

»Ein einziger Fehltritt hätte gereicht, um ihre Schule zu ruinieren.«

»Allerdings. Eine Person, die junge Damen unterrichtet, muß den höchsten moralischen Ansprüchen gerecht werden. Sie kann es sich nicht leisten, auch nur den Anschein unbotmäßigen Verhaltens zu erwecken.«

»Arme Iphiginia.«

»Wie bitte, Sir?«

»Schon gut. Was haben Sie sonst noch herausgefunden?«

»Lassen Sie mich sehen.« Barclay blätterte in seinen Notizen. »Vor etwa drei Jahren hat Miss Bright ein zweites Unternehmen gestartet, das sich als äußerst lukrativ erwies.«

»Was für ein Unternehmen?«

»Anscheinend hat sie gemeinsam mit ihrer Cousine eine Investmentgesellschaft gegründet, die ausschließlich aus Witwen und unverheirateten Frauen bestand. Sie alle haben eine kleine Summe in einen Fonds einbezahlt, und das Geld wurde in den Bau von Häusern gesteckt.«

»Immobilienspekulationen?«

»Ja, M'lord.«

»Wo?«

»Morning Rose Square.«

»Verdammt.« Marcus mußte grinsen. »Damit muß sie ein ganz schönes Vermögen gemacht haben.«

»Das hat sie«, erwiderte Barclay trocken. »Einen Teil des Gewinns hat sie ihrer Schwester als Mitgift gegeben.«

»Was ist mit dieser Schwester? Wo lebt sie?«

»Immer noch in Deepford. Sie hat letztes Jahr einen gewissen Richard Hampton geheiratet, den einzigen Sohn eines wohlhabenden Gutsbesitzers.«

»Ich verstehe. Vermutlich wissen die Hamptons nicht, daß Iphiginia sich hier in der Stadt als lebenslustige Witwe ausgibt?«

»Natürlich nicht. Wahrscheinlich wäre das ganze Dorf entsetzt, wenn die Wahrheit herauskäme. Ganz Deepford, auch die Schwester, glaubt, daß Miss Bright immer noch in Begleitung ihrer Cousine durch Italien reist.«

»Ich frage mich, was die guten Leute in Deepford von Miss Brights Entschluß gehalten haben, eine Reise auf den Kontinent zu machen.«

»Sie können sicher sein, daß er das Mißfallen der Leute erregte.«

»Aber er galt nicht als skandalös?«

»Nein, obgleich eine Reihe von Dorfbewohnern Miss Bright ein schlimmes Ende prophezeiten, als sie ihre Akademie für junge Damen schloß und ihre Koffer packte.«

»Ich wette, das haben sie getan.« Marcus erhob sich und ging hinüber ans Fenster. »Sie haben hervorragende Arbeit geleistet, Barclay.«

»Danke, Sir, ich habe mein Bestes versucht.«

»Ich gehe davon aus, daß ich mich weiterhin auf Ihre Diskretion verlassen kann.«

»Selbstverständlich.« Daß Marcus überhaupt davon sprach, schien Barclay tief zu treffen. »Kein Wort wird über meine Lippen dringen.«

»Danke, Barclay.«

Der Mittelsmann zögerte. »Da ist noch eine Kleinigkeit, die vielleicht von Interesse für Sie ist, Sir.«

»Worum geht es?«

»Wie ich bereits sagte, ist Miss Brights Schwester Corina mit diesem Richard Hampton verheiratet.«

»Na und?«

»Anscheinend ging vor ein paar Jahren das Gerücht um, Mr. Hampton würde die ältere Miss Bright heiraten und nicht Corina.«

Marcus sah Barclay reglos an. »Ach, tatsächlich?«

»In dieser Angelegenheit gab es offenbar einige Verwirrung.« Barclay machte eine Pause. »Es heißt, Miss Bright sei selbst, nun, sagen wir, überrascht gewesen, als Hampton sein Interesse an Corina bekundete.«

»Ach ja?«

»Die Dorfbewohner schlossen, daß es Miss Iphiginia das Herz gebrochen habe, als Mr. Hampton deutlich machte, daß er Miss Corina den Vorzug gab.«

Die Neuigkeit, daß Iphiginia einen anderen Mann geliebt hatte, ihn vielleicht immer noch liebte, traf Marcus wie ein Fausthieb.

Hat er dir das Herz gebrochen, Iphiginia? War er der Grund, weshalb du die Fesseln des Anstands abgeworfen und begonnen hast, die Regeln der Gesellschaft zu mißachten? Liebst du ihn immer noch? War Richard Hampton der Mann, an den du gestern nacht gedacht hast, als du mich in deinen Armen gehalten und geflüstert hast, daß du mich liebst?

Marcus starrte ein paar Minuten schweigend hinaus auf den Garten. Ein leichter Regen dämpfte die leuchtenden Farben der Blumen und das Grün der Blätter. Plötzlich war der Tag unendlich grau.

Marcus drehte sich zu Barclay um. »Gibt es sonst noch etwas, das ich wissen sollte?«

»Nein, M'lord, ich glaube, das ist so ziemlich alles, was ich herausgefunden habe.«

»Vielen Dank für Ihre Mühe.«

»Nichts zu danken, Sir.« Barclay hievte sich von seinem Stuhl. »Es war eine recht anstrengende Reise. Ich freue mich schon darauf, nach Hause zu kommen und die Füße vor meinem eigenen Kamin auszustrecken.«

»Da wäre noch etwas.«

»Sir?«

»Ich möchte Sie bitten, morgen noch etwas anderes für mich herauszufinden.«

»Was?«

»Ich will, daß Sie herausfinden, wer vor kurzem auf dem Friedhof von Reeding ein recht eindrucksvolles Grabmal für eine gewisse Mrs. Elizabeth Eaton errichten ließ.«

Barclay bedachte ihn mit einem schiefen Blick. »Ein Grabmal?«

»Ja, Barclay. Eine Art Grotte.«

Barclay zuckte resigniert mit den Schultern. »Also gut, M'lord. Ich werde sehen, was ich herausfinden kann. Sonst noch etwas?«

»Nein, Barclay, das wäre alles.«

Marcus wartete, bis er allein in seiner Bibliothek war. Dann ging er langsam zurück an seinen Schreibtisch und las die Nachricht, die er vor einer Stunde von Hannah erhalten hatte.

M:
Muß dich sehen. Dringend. Eingang Dollanger Gardens. Zwei Uhr.

H.

Marcus zerknüllte den kleinen Zettel in der Hand. Er befürchtete, daß er sich denken konnte, weshalb Hannah ihn unbedingt wiedersehen wollte.

Um zwei Uhr stieg Marcus in die unauffällige Mietdroschke, die auf der Straße vor dem Dollanger Gardens stand.

Drinnen wartete Hannah. Sie trug einen dichten Schleier und ein einfaches braunes Reitkleid. Die Vorhänge vor den Fenstern hatte sie zugezogen, so daß im Inneren der Kutsche Dunkelheit herrschte.

Sofort, als er eintrat, bestätigte sie seine Befürchtungen.

»Während du auf dem Land warst, habe ich einen weiteren Erpresserbrief erhalten, Marcus. Der Kerl will noch einmal fünftausend Pfund.« Hannahs normalerweise sanfte Stimme war schrill vor Erregung. »Ich war gezwungen, einen herrlichen Armreifen zu versetzen, den Sands mir zu meinem letzten Geburtstag geschenkt hat. Ich fürchte, daß ich ihn niemals werde zurückkaufen können. Ich habe die ganze Zeit Angst, daß mein Mann mich fragen könnte, weshalb ich das Armband nie trage.«

»Wo solltest du das Geld hinterlegen?« fragte Marcus.

»In einer Kutsche in der Pall Mall. Genau wie beim letzten Mal. Marcus, so kann es nicht weitergehen. Ich kann nicht all meinen Schmuck versetzen. Früher oder später wird Sands etwas bemerken.«

»Ich nehme an, es ist sinnlos, wenn ich nochmals versuche, dich zu überreden, Sands die Wahrheit zu sagen.«

»Du weißt, daß ich das nicht kann.« Hannah lüftete ihren Schleier, so daß er ihre verzweifelte Miene sah. »Er wird sich angewidert von mir abwenden, das weiß ich.«

»Er ist ein vernünftiger Mann. Gib ihm eine Chance, Hannah.«

»Ich liebe ihn zu sehr, um dieses Risiko einzugehen. Ich erwarte nicht, daß du meine Angst verstehst, Marcus. Du hast dich in deinem ganzen Leben noch vor nichts und niemandem gefürchtet. Und es ist offensichtlich, daß du noch nie eine Frau so geliebt hast, wie ich meinen Mann liebe. Wenn du jemals derart tiefe Gefühle gehegt hättest, würdest du mich verstehen.«

Marcus fragte sich, ob Iphiginia ihren Richard Hampton ebenso innig und leidenschaftlich geliebt hatte, wie Hannah Sands liebte. Doch dann schob er diesen Gedanken beiseite. »Ich gebe dir die fünftausend Pfund, Hannah. Hol den Armreifen zurück, ehe er verkauft wird.«

Sie ließ sich erleichtert in ihren Sitz zurücksinken. »Danke, Marcus. Du bist wirklich ein Freund. Ich werde dir das Geld zurückzahlen, das verspreche ich.«

»Das ist nicht nötig. Wir wissen beide, daß mir das Geld nicht fehlen wird.«

Sie lächelte wehmütig. »Nein, aber darum geht es nicht. Es gibt genug Leute, die so wohlhabend sind wie du und die einem Freund nicht einen Pfennig leihen würden.«

Marcus ignorierte diese Bemerkung. »Dieser verdammte Erpresser wird immer dreister. Es wird Zeit, der Sache ein Ende zu machen.«

»Hast du inzwischen herausgefunden, wer dieser Erpresser ist?«

»Nein.« Marcus sah sie aus zusammengekniffenen Augen an. »Aber ich muß dich etwas fragen.«

»Worum geht's?«

»Ich glaube, mich daran zu erinnern, daß zum Zeitpunkt von Spaldings Tod eine junge Frau bei dir angestellt war. Ich bin ihr nur ein, zweimal begegnet, aber ich glaube, sie hatte rote Haare.«

»Caroline Baylor.« Hannah verzog angewidert das Gesicht.

»Was weißt du über sie?«

»Sehr wenig. Spalding erlaubte mir nie, irgendwo allein hinzugehen, noch nicht einmal zu meiner Familie in Hampshire. Er behauptete, er wolle mich schützen, aber in Wahrheit hat er wohl nur befürchtet, daß ich ihm davonlaufen würde. Er hatte Angst vor dem Skandal.«

»Dieses Schwein.«

»Als ich mich darüber beschwerte, ständig im Haus bleiben zu müssen, heuerte er Caroline Baylor als Gesellschafterin für mich an. Ich mochte sie nie. Sie war irgendwie verschlagen. Sie kam von einer angesehenen Agentur und hatte alle möglichen Referenzen, aber ich glaube bis heute, daß sie eigentlich Spaldings Geliebte war.«

Es wäre typisch für Spalding gewesen, seine Mätresse im Haushalt seiner Frau zu beschäftigen, überlegte Marcus. »Weißt du, was aus ihr geworden ist?«

»Sie verschwand am Morgen, nachdem ich –« Hannah umklammerte ihre Tasche, »nachdem ich Spalding getötet hatte. Aber sie war in jener Nacht nicht im Haus, Marcus. Sie war ausgegangen. Das weißt du. Du kamst direkt, nachdem ich abgedrückt hatte. Ich war mit Spalding allein gewesen.«

»Du sagst, sie kam von einer angesehenen Agentur. Erinnerst du dich noch an den Namen?«

»Die Wycherley Agentur. Sie gilt als beste Agentur in ganz London.«

»Vielleicht weiß ja die Inhaberin der Agentur, was aus ihr geworden ist.«

Hannah riß die Augen auf. »Du glaubst doch nicht etwa, daß Caroline Baylor die Erpresserin ist?«

»Wo glaubst du, war sie in jener Nacht?«

»Keine Ahnung.« Hannah verzog das Gesicht. »Caroline Baylor war anders als andere Gesellschafterinnen. Sie kam und ging, wie es ihr gefiel. Warum willst du sie plötzlich unbedingt finden?«

Es war nicht einfach, so viele Geheimnisse zu bewahren. Marcus wählte seine Worte mit Bedacht. »Ich habe die Hypothese aufgestellt, daß die Erpresserin eine bezahlte Gesellschafterin sein könnte. Jemand, der eine Zeitlang eine Position innehatte, in der er sowohl hinter deine Geheimnisse als auch hinter die des anderen Opfers gekommen sein könnte.«

»Und der nun seine ehemaligen Arbeitgeber erpreßt? Großer Gott, an so etwas hätte ich niemals gedacht.« Hannah runzelte die Stirn. »Ich kann mir Caroline durchaus als Erpresserin vorstellen. Aber warum sollte sie so lange warten?«

»Wir wissen noch nicht einmal, ob sie hinter der Sache steckt. Aber es ist ein Anfang.« Marcus zog seine Taschenuhr hervor und warf einen Blick darauf. Es war halb drei. Um drei Uhr war er mit Iphiginia verabredet. »Ich muß los, Hannah. Ich werde dafür sorgen, daß du die fünftausend Pfund so schnell wie möglich bekommst. Mein Mittelsmann wird sie dir zukommen lassen.«

»Es ist wirklich nett von dir, mir nach all den Jahren noch einmal zu helfen«, flüsterte Hannah. »Ich wüßte nicht, was ich ohne dich machen würde.«

»Wir sind Freunde. Es besteht also keine Veranlassung, mir zu danken.« Marcus beugte sich vor, um die Tür der Droschke zu öffnen.

»Marcus, warte.« Hannah berührte ihn sanft am Arm. »Verzeih mir die Frage, aber bist du unterwegs, um Mrs. Bright zu treffen?«

Marcus sah sie an. »Warum fragst du?«

»Als deine Freundin muß ich dir sagen, daß ich die wildesten Gerüchte gehört habe.«

»Über mich hat es schon immer die wildesten Gerüchte gegeben, Hannah, das weißt du.«

»Ja, aber dieses Mal ist es etwas anderes. Ich habe gehört, daß deine neue Mätresse wirklich ungewöhnlich ist.«

Marcus unterdrückte den Wunsch, ihr zu sagen, daß Iphiginia nicht seine Mätresse war, sondern daß sie in seinem Leben eine viel wichtigere Rolle spielte. Aber dazu war es noch zu früh, selbst Hannah gegenüber.

Er rettete sich durch einen seiner bekannten Grundsätze. *Erkläre niemals etwas.*

»Hannah, du weißt, daß ich über solche Dinge niemals rede.« Er lächelte humorlos. »Als diejenige, die mir gezeigt hat, wie man sich in den besseren Kreisen bewegt, wärst du die erste, die mein schlechtes Benehmen rügen würde, wenn ich mich über meine Beziehung zu Mrs. Bright äußern würde.«

Hannah zog eilig ihre behandschuhten Finger von seinem Arm zurück. »Ich habe dir gezeigt, wann man welche Gabel benutzt und wie man Walzer tanzt, aber ich habe dir bestimmt nicht gezeigt, wie man zu einer Legende wird. Das hast du ganz allein geschafft mit deinen berühmten Regeln und deiner rätselhaften Art.«

»Mach dir um mich keine Sorgen, Hannah. Ich passe schon auf mich auf.«

»Ja, natürlich. Es tut mir leid. Ich wollte dir nicht zu nahe treten. Du bist der beste Freund, den ich habe, Marcus. Ich mache mir nur einfach Sorgen um dich.«

»Nicht ich sollte jetzt dein bester Freund sein, sondern dein Ehemann.« Marcus öffnete die Tür und stieg aus.

Adam Manwaring legte seine Papiere auf Iphiginias Schreibtisch, setzte sich und blickte Amelia an. »Bevor ich Ihnen erzähle, was ich über die ehemalige Gesellschafterin von Lady Guthrie herausgefunden habe, sollte ich vielleicht erwähnen, daß ich mit Mr. Dodgson gesprochen habe.«

Amelia spannte sich sichtlich an. »Ich nehme an, Sie haben ihm mitgeteilt, daß er in unserer Investmentgesellschaft nicht willkommen ist?«

»Das habe ich.« Adams Miene war überraschend grimmig. »Und ich habe ihm auch gesagt, weshalb.«

»Hervorragend«, sagte Iphiginia. Sie blickte Amelia an und meinte, in ihren Augen ein kurzes, zufriedenes Aufflackern zu sehen.

»Ich habe Dodgson erklärt, daß sich die Gesellschaft überwiegend aus Witwen und unverheirateten Frauen zusammensetzt, von denen viele als Gouvernanten oder Gesellschafterinnen gearbeitet haben«, erklärte Adam. »Und ich habe gesagt, daß er bestimmt versteht, warum die Damen mit einem Mann seines unglücklichen Rufs keine Geschäfte machen möchten.«

»Und was hat er darauf erwidert?« wollte Iphiginia wissen.

Adam zuckte mit den Schultern. »Natürlich war er entrüstet. Er behauptete, dies sei eine ernste Beleidigung, und er bestehe auf einem Treffen mit den Hauptgesellschafterinnen, um das Mißverständnis aufzuklären.«

Amelia blickte auf ihre gefalteten Hände. »Was haben Sie ihm gesagt?«

»Daß Sie nicht die Absicht hätten, ihn zu treffen. Daraufhin erklärte er, er erinnere sich nicht daran, sich jemals gegenüber einer jungen Angestellten in seinem oder einem anderen Haushalt unziemlich benommen zu haben.«

»Das hat er gesagt?« fragte Amelia leise.

Adam zog die Brauen hoch. »Dann jedoch hat er sich selbst Lügen gestraft, indem er gerechte Empörung vorschützte und behauptete, jedermann wisse, daß Frauen, die als Gouvernanten arbeiten, es nur darauf abgesehen hätten, die männlichen Mitglieder der besseren Gesellschaft zu verführen. Er meinte, man dürfe solchen Personen niemals glauben.«

Amelia und Iphiginia tauschten scharfe Blicke aus. »Und er hat ausdrücklich von Gouvernanten gesprochen?«

»Ja«, sagte Adam. »Das hat er.«

»Dann erinnert er sich auf jeden Fall daran«, flüsterte Amelia.

»Offensichtlich.« Iphiginia wechselte eilig das Thema. »Aber jetzt sollten wir uns über Tante Zoës Gesellschafterin unterhalten.«

Widerwillig wandte Adam sich wieder seinen Unterlagen zu. »Was das angeht, habe ich leider nur sehr wenig herausgefunden, was uns weiterhelfen könnte. Miss Todd ist vor fünf Jahren gestorben.«

»Sie ist tot?« Iphiginia beugte sich abrupt vor. Adams Erklärung beschäftigte sie so sehr, daß sie das Geräusch der Kutsche auf der Straße kaum wahrnahm.

Adam blickte fragend von seinen Papieren auf. »Sie war beinahe siebzig. Kannten Sie die Frau?«

»Nein, nein, ich kannte sie nicht.« Iphiginia gewann die Fassung wieder. »Aber ein Bekannter von mir hält sie noch für sehr lebendig. Diese Neuigkeit wird ihn sicher sehr überraschen. Haben Sie sonst noch etwas herausgefunden?«

Adam blickte auf seine Notizen. »Miss Todd war niemals verheiratet. Sie stammte aus einem kleinen Dorf in Sussex und arbeitete zeit ihres Lebens als Gouvernante oder Gesellschafterin.«

»Das führt uns also nicht weiter«, murmelte Iphiginia. »Habe ich's doch gleich gesagt.«

Adam sah sie an. »Wie bitte?«

»Schon gut«, sagte Iphiginia. »Ist das alles?«

»Ja, außer der Tatsache, daß sie fast die ganze Zeit über für –«

Noch ehe Adam seinen Satz beenden konnte, wurde er durch ein vernehmliches Klopfen an der Tür unterbrochen.

Iphiginia sah auf die Uhr. Eine Minute vor drei. Sie warf einen Blick aus dem Fenster und entdeckte die schwarze Kutsche vor der Tür. Ihr Puls begann, schneller zu klopfen. Freudige Erwartung belebte all ihre Sinne.

Es war vollkommen verrückt, dachte sie. Sie durfte nicht zulassen, daß Marcus eine solche Wirkung auf sie hatte. Also bemühte sie sich, ihrer Stimme einen neutralen Klang zu verleihen.

Die Tür der Bibliothek wurde geöffnet, und die Haushälterin erschien.

»Ja, Mrs. Shaw?«

»Der Earl of Masters wünscht Sie zu sehen, Madam. Sind Sie zu Hause?«

»Natürlich ist sie zu Hause. Das sieht doch jeder Idiot.« Marcus spazierte in die Bibliothek, ohne abzuwarten, bis ihn die Angestellte ordnungsgemäß angekündigt hatte. »Guten Tag, Mrs. Bright. Miss Farley.«

»Mylord«, sagte Iphiginia betont kühl. »Sie kommen zu früh.«

»Eine Minute. Ich hoffe, Sie verzeihen mir.« Marcus ging hinüber zum Schreibtisch, nahm ihre Hand und hob sie an seine Lippen. Seine Augen blitzten amüsiert auf, als sei er sich Iphiginias inneren Durcheinanders nur allzu bewußt.

»Erlauben Sie mir, Ihnen meinen Mittelsmann Mr. Manwaring vorzustellen«, sagte Iphiginia.

Marcus blickte Adam aus zusammengekniffenen Augen an. »Manwaring.«

»Sir.« Adam erhob sich höflich. »Ich wollte gerade gehen.«

»Ach ja?« fragte Marcus in ermutigendem Ton. »Dann lassen Sie sich nicht von mir aufhalten.«

Adam errötete.

Iphiginia runzelte die Stirn ob dieser unverhohlenen Unhöflichkeit. »Mr. Manwaring war mit seinen Ausführungen noch nicht ganz fertig, nicht wahr, Mr. Manwaring?«

Adam schob seine Papiere zusammen. »Wie gesagt sonst gibt es nicht viel zu erzählen, außer, daß Miss Todd fast immer von der Wycherley Agentur vermittelt wurde.«

»Verdammt«, sagte Marcus leise.

Iphiginia blickte ihn überrascht an. »Stimmt etwas nicht, Mylord?«

»Nein.« Marcus ging hinüber zum Fenster. »Mir fiel nur gerade etwas ein.«

Iphiginia wandte sich erneut an Adam. »Vielen Dank, Mr. Manwaring. Sie haben uns wie immer sehr geholfen. Das wäre dann alles für heute.«

Marcus sprach, ohne sich umzudrehen. »Einen Augenblick, Manwaring.«

»Ja, Mylord?«

»Haben Sie sich bei der Wycherley Agentur nach Miss Todd erkundigt?«

»Ja, das habe ich«, sagte Adam. »Ich habe gestern mit Mrs. Wycherley persönlich gesprochen. Sie leitet die Agentur seit über zwanzig Jahren. Sie war auch diejenige, die mir sagte, daß Miss Todd vor fünf Jahren gestorben ist.«

»Ich verstehe.«

Iphiginia starrte auf Marcus' breiten Rücken. Adam war ihr Mittelsmann, nicht seiner. »Würdest du Mr. Manwaring bitte zur Tür begleiten, Amelia?«

Amelia erhob sich eilig. »Ja, natürlich.«

Adam errötete. »Das ist doch nicht nötig. Ich finde auch allein zur Tür, Miss Farley.«

»Es ist mir ein Vergnügen, Sie hinauszubegleiten, Mr. Manwaring.«

»Nun, wenn Sie darauf bestehen.«

Iphiginia wartete, bis sich die Tür der Bibliothek hinter den beiden geschlossen hatte. Dann kicherte sie vergnügt. »Wissen Sie, die beiden sind wie geschaffen füreinander.«

»Welche beiden?«

»Meine Cousine und Mr. Manwaring. Ich hoffe wirklich, daß sie bald merken, daß sie das ideale Paar sind. Sie haben so viele Gemeinsamkeiten, was ihre Persönlichkeit und ihren Intellekt angeht.«

»Was für ein Unsinn.« Marcus fuhr ungeduldig zu ihr herum. »Gefallen Sie sich in der Rolle der Heiratsvermittlerin?«

»Sie werden schon sehen«, verkündete Iphiginia selbstsicher. »Ich habe ein Gespür für solche Dinge.«

»Blödsinn. Sie haben ein Gespür dafür, Durcheinander anzurichten.«

Sie blitzte ihn böse an. »Was ist los mit Ihnen, Sir? Sind Sie immer noch beleidigt wegen des kleinen Zwischenfalls bei den Pettigrews? Wie ich Ihnen bereits sagte, es hat sich nichts verändert. Und wir werden den Erpresser erwischen.«

»Nein, verdammt, ich bin wegen der Sache nicht beleidigt. Das würde schließlich nichts nützen. Was geschehen ist, ist nun mal geschehen.«

»Weshalb haben Sie dann so schlechte Laune?«

Er ließ seinen massigen Körper vorsichtig auf einen der klauenfüßigen Stühle sinken und starrte Iphiginia nachdenklich an. »Glauben Sie an den Zufall?«

Iphiginia zuckte leicht mit den Schultern. »Es geschehen manchmal schon seltsame Dinge. Warum fragen Sie?«

»Weil es bezüglich unserer Erpressergeschichte einen recht interessanten Zufall gibt.«

»Welchen?«

»Meine Freundin, das zweite Opfer, hatte zu der Zeit, als sich der Vorfall ereignete, wegen dem sie erpreßt wird, eine Gesellschafterin.«

»Halt.« Iphiginia hob triumphierend die Hand. »Wenn Sie mir erzählen wollen, daß der Name dieser Gesellschafterin Miss Todd war und daß Sie meinen, sie sei die Erpresserin, dann sparen Sie sich den Atem. Miss Todd ist seit fünf Jahren tot.«

»Die Gesellschafterin meiner Freundin hieß Caroline Baylor«, fuhr Marcus gleichmütig fort. »Das Interessante an der Sache ist, daß auch sie von der Wycherley Agentur vermittelt worden war.«

Iphiginia dachte darüber nach. »Das ist doch nichts Besonderes, oder? Schließlich gibt es die Wycherley Agentur seit Jahren. Fast jeder bessere Haushalt hatte irgendwann einmal eine Angestellte von dort.«

»Trotzdem ist das eine Verbindung.« Marcus warf einen Blick auf die Uhr. »Es ist erst kurz nach drei. Ich habe die Absicht, noch heute nachmittag mit Mrs. Wycherley zu sprechen.«

»Aber Miss Todd ist tot, und Sie sagten, die Gesellschafterin Ihrer Freundin sei verschwunden. Was erhoffen Sie sich also von einem Gespräch mit der Inhaberin der Agentur?«

»Ich bin mir noch nicht ganz sicher, aber zumindest werde ich ihr ein paar Fragen über Miss Todd und Miss Baylor stellen.«

Iphiginia war beeindruckt. »Ich werde mitkommen.«

»Das ist nicht nötig«, sagte Marcus leichthin. »Ich werde Ihnen anschließend von dem Gespräch berichten.«

»O nein, Mylord.« Iphiginia blickte ihn entschlossen an. »Falls Sie sich daran erinnern, sind wir in dieser Sache Partner.«

Marcus sah sie einen Augenblick lang an. »Also gut. Ich nehme an, Sie suchen sie sowieso allein auf, wenn ich Sie nicht mitnehme.«

»Da haben Sie recht.« Iphiginia freute sich über diesen kleinen Sieg. Sie nahm ihre Teetasse und nippte daran. Der Trick im Umgang mit Marcus bestand darin, feste Entschlossenheit zu zeigen. Er gehörte zu der Art von Männern, für die es normal war, den Ton anzugeben. Eine schwache Frau wäre wie Wachs in seinen starken Händen.

»Also werden wir uns gemeinsam mit Mrs. Wycherley auseinandersetzen«, sagte Marcus. »Aber erst möchte ich noch über ein paar andere Dinge mit Ihnen sprechen.«

»Über welche Dinge?« Iphiginia wollte gerade ihre Tasse wieder abstellen.

»Zunächst über den nichtexistenten verstorbenen Mr. Bright.«

Die zierliche Teetasse fiel Iphiginia aus der Hand, krachte auf den Rand der Untertasse und kippte um, so daß sich der Tee über den polierten Mahagoni-Schreibtisch ergoß.

»Gütiger Himmel.« Iphiginia sprang auf die Füße, zerrte ein hauchdünnes weißes Spitzentaschentuch hervor und versuchte vergeblich, den Tee aufzutupfen. »Ich dachte, das Thema hätten wir bereits erledigt, Sir.«

»Wir haben im Zusammenhang mit diesem Thema zwar einiges erledigt, aber die Frage nach dem armen verstorbenen Mr. Bright ist damit wohl kaum geklärt.«

Iphiginia versuchte verzweifelt, die aufsteigende Röte zu verbergen. »Also wirklich, Marcus.«

»Ja, wirklich, Iphiginia.« Marcus zog ein großes, festes Leinentaschentuch hervor, erhob sich mit müheloser Eleganz und wischte den Tee mit einer Bewegung auf. »Außerdem habe ich, nachdem ich dieses Thema sozusagen tiefgehend erörtert habe, festgestellt, daß viel mehr dahintersteckt als zunächst vermutet.«

Iphiginia spürte, wie Panik in ihr aufstieg. »Was zum Beispiel?«

Marcus' bernsteinfarbene Augen glitzerten boshaft. »Zum Beispiel eine bestimmte Akademie für junge Damen, ein Dorf namens Deepford und eine Schwester, die mit dem Sohn der angesehensten Familie in der Umgebung verheiratet ist. Kurz gesagt, ich weiß alles, Iphiginia.«

Sie hatte das Gefühl, als seien ihre Beine plötzlich aus Pudding. Langsam ließ sie sich auf ihren Stuhl zurücksinken. »Wie haben Sie so viel über mich herausgefunden?«

»Das ist unwichtig. Wichtig ist allein, daß ich die Wahrheit herausgefunden habe und daß auch andere sie herausfinden können.«

Iphiginia war wie betäubt. Er hatte in kürzester Zeit fast alles über sie in Erfahrung gebracht. Diese Erkenntnis war wirklich beunruhigend. »Sir, ich glaube, Sie erzählen mir diese Dinge, weil Sie vorhaben, mich vor die Wahl zu stellen.«

Er zog eine Braue hoch. »Die Wahl?«

»Ja.« Sie reckte trotzig das Kinn. »Sie wollen mir erklären, daß ich entweder sofort die Stadt verlassen muß, ehe jemand anders die Wahrheit erfährt, oder daß ich in Erwägung ziehen sollte, Sie zu heiraten, nicht wahr?«

»Du irrst dich, Iphiginia.«

Sie sah ihn mit neuerwachter Hoffnung an. »Ach ja?«

»Unter den gegebenen Umständen gibt es nur eine Möglichkeit, nicht zwei. Und zwar müssen wir heiraten.«

»Niemals«, sagte Iphiginia so laut und so entschlossen, daß Marcus nicht merken konnte, wie ihr das Herz brach. »Vollkommen unmöglich. Kommt nicht in Frage. Allein die Vorstellung ist absurd.«

Marcus lächelte grimmig. »Eins der interessantesten Dinge, die ich im Verlauf meiner wissenschaftlichen Studien gelernt habe, ist, daß nur sehr wenige Dinge unmöglich sind.«

Kapitel zwölf

»Sie und Ihre verdammten Grundsätze«, sagte Iphiginia verbittert. Sie beugte sich vor und pflanzte beide Hände flach auf die Schreibtischplatte. Ihre Augen blitzten vor Zorn. »Das ist alles, worum es geht, nicht wahr? Sie glauben, daß Sie eine Ihrer verfluchten Regeln gebrochen haben und daß Sie nun dafür bezahlen müssen.«

»Beruhige dich, Iphiginia. Du wirst ja regelrecht hysterisch.«

»Ich werde mich nicht beruhigen, und ich werde mich nicht wegen einem der berühmten Masterschen Grundsätze heiraten lassen. Haben Sie mich verstanden, Sir?«

»Ich habe dich sehr wohl verstanden.« Marcus biß die Zähne zusammen und sah sie reglos an, während er sein teebeflecktes Taschentuch zusammenfaltete. Ihm kam der Gedanke, daß er inzwischen recht viel Zeit damit verbrachte, in Iphiginias Arbeitszimmer Tee aufzuwischen. »Aber ich glaube nicht, daß du dir die Sache gründlich überlegt hast.«

»Sie brauchen mich nicht zu belehren, als sei ich ein unbedarftes Schulmädchen, Sir. Ich bin eine vernünftige, gebildete, intelligente Frau, kein dummes Kind. Natürlich habe ich mir die Sache gründlich überlegt.«

Sie würde niemals klein beigeben. Marcus spürte, wie Zorn in ihm aufwallte, als ihm klar wurde, wie schwierig es mit dieser Frau noch werden würde. »Willst du etwa behaupten, deine Maskerade als lebenslustige Witwe sei das Werk einer vernünftigen, gebildeten, intelligenten Frau?«

»Sie waren nicht annähernd so kritisch, bevor Sie festgestellt haben, daß ich keine Witwe bin. Wenn ich mich recht erinnere, waren Sie sogar durchaus bereit, meinen Plan zu unterstützen. Die Vorstellung, eine neue und noch dazu ungewöhnliche Mätresse zu haben, gefiel Ihnen sogar recht gut, oder nicht, Sir?«

»Das war, ehe wir unseren Spaziergang zu Pettigrews Vestatempel gemacht haben, wo ich feststellen mußte, daß die verdammte Ruine so echt ist, daß es sogar noch eine Jungfrau dort gab.«

Sie blickte ihn verzweifelt an. »Das ist doch vollkommen nebensächlich. Davon dürfen Sie sich nicht beeinflussen lassen.«

»Wovon ich mich beeinflussen lasse, entscheide immer noch ich.«

»Verdammt, Sir, an meinem Plan hat sich nichts geändert.«

»Das ist nicht wahr. Ein Element dieser Farce hat sich sehr wohl geändert.«

»Das Ganze ist keine Farce.« Sie starrte ihn böse an. »Es ist ein sehr cleverer Plan, der bestimmt früher oder später zum Ziel führt.

Die Leute halten mich immer noch für eine Witwe, und sie sind nach wie vor davon überzeugt, daß ich Ihre Mätresse bin. Der Plan ist also immer noch derselbe.

»Aber wie lange noch?«

»So lange ich es will«, erwiderte sie. »Niemand außer Ihnen hat die Echtheit meiner Behauptungen jemals in Frage gestellt.«

»Es ist nur eine Frage der Zeit, ehe jemand anders beschließt, nach Devon zu reisen, um dort ein paar Fragen zu stellen.«

»Unsinn. Warum sollte sich jemand die Mühe machen? Mylord, lassen Sie uns ehrlich miteinander sein. Der wahre Grund, weshalb Sie sich so stur stellen, ist, daß Sie meinen, eine Ihrer Regeln gebrochen zu haben.«

»Mir ist durchaus bewußt, daß du nicht viel von meinen Regeln hältst, aber ich halte mich seit langem daran, und ich übertrete sie nicht, nur weil es mir in den Kram paßt.«

»Hören Sie mir zu. Ich habe den größten Respekt vor Ihren Grundsätzen und vor dem Ehrgefühl, das Sie veranlaßt hat, nach diesen Grundsätzen zu leben. Aber in diesem Fall waren nicht Sie derjenige, der eine dieser Regeln durchbrochen hat.«

»Nein? Ich meine, mich recht deutlich daran zu erinnern, daß ich der Mann war, der vorgestern nacht zwischen deinen Schenkeln lag. Oder irre ich mich da?«

Iphiginia riß entsetzt die Augen auf. Die roten Flecken auf ihren Wangen wurden noch dunkler. »Das ist kein Grund, vulgär zu werden«, sagte sie spröde.

»Du klingst wie eine verdammte Lehrerin.«

»Ich bin eine verdammte Lehrerin. Oder, besser gesagt, ich war es. Ich wiederhole, Mylord, nicht Sie waren derjenige, der eine Ihrer wertvollen Regeln gebrochen hat; ich war diejenige. Das ist schließlich ein Unterschied.«

»Nein«, sagte Marcus.

»Sie sind nicht verantwortlich für das, was geschehen ist. Ich bin es.«

»Versuch nicht, die Sache zu verdrehen. Es ist schließlich ganz einfach.«

»Aber Sie können mich nicht heiraten. Das wissen Sie genauso gut wie ich.«

»Warum nicht?«

Sie warf verzweifelt die Hände in die Luft. »Weil ich in den Augen der Leute die Mätresse des berüchtigtsten Mannes in London bin, nämlich von Ihnen, Mylord.«

»Und?«

»Wir wissen beide, daß ein Mann in Ihrer Position bestimmt nicht seine Mätresse heiratet.«

Marcus stützte sich auf dem Tisch ab und blickte Iphiginia direkt in die Augen. »Ich lebe nach meinen eigenen Regeln. Vergiß das niemals.«

Sie blinzelte, richtete sich auf und trat eilig einen Schritt zurück. »Aber in einer Angelegenheit wie dieser –«

»Immer, Iphiginia.«

»Ich habe keine besondere Vorliebe für eiserne Regeln, Sir.«

»Das ist mir inzwischen klar.«

Sie trat noch einen Schritt zurück, bis sie gegen ihren Stuhl stieß. »Ich war viel zu lange gezwungen, nach den Regeln anderer zu leben. Ich finde, Regeln engen einen zu sehr ein. Ich hätte gedacht, Sie würden meinen Wunsch nach Freiheit besser als jeder andere verstehen.«

»Freiheit? Himmel, Iphiginia, kein Mensch ist jemals vollkommen frei. Wir alle leben nach bestimmten Regeln, ob nun nach unseren eigenen oder nach denen von jemand anders. Wenn du das bis jetzt noch nicht begriffen hast, dann bist du wesentlich naiver, als du vorgibst zu sein.«

Sie reckte stolz das Kinn. »Also gut. Aber wenn ich schon nach bestimmten Regeln leben muß, dann werde ich es halten wie Sie, Sir. Ich werde meine eigenen Regeln befolgen.«

»Und was, bitte, sagen deine Regeln bezüglich der Situation, in der du dich momentan befindest?«

»Sie sagen, daß ich nicht gezwungen bin, irgendwen zu heiraten. Um die Wahrheit zu sagen, Sir, sehe ich nicht, daß die Ehe einer Frau besondere Vorteile böte. In der Tat sehe ich noch nicht einmal die Vorzüge des gemeinsamen Ehebettes. Nach den Erfahrungen, die ich vorgestern nacht gemacht habe, finde ich den körperlichen Aspekt der Liebe nicht annähernd so berauschend, wie die Dichter einen glauben machen.«

Marcus hatte das Gefühl, als habe ihm jemand einen Schlag in die Magengrube versetzt. Er spürte, daß er dunkelrot anlief. »Ich habe dir doch schon gesagt, das war allein meine Schuld. Ich war ungeschickt und hektisch.«

»O Marcus.« Das kämpferische Feuer in Iphiginias Augen erlosch, und sie eilte um den Schreibtisch herum. »Du darfst dir nicht die Schuld geben. Es war nicht deine Schuld. Es war meine.«

»Deine?« Marcus starrte sie verständnislos an, als sie ihm entgegenflog. Zu spät wurde ihm klar, daß sie sich ihm in die Arme werfen würde.

»Ja, natürlich. Was in jener Nacht passiert ist, geschah einzig und allein auf mein Drängen hin. Ich kannte deinen lächerlichen Grundsatz, dich niemals mit unerfahrenen Frauen einzulassen, aber ich wollte, daß du mich liebst. Ich habe dich noch ermutigt. In der Tat habe ich dich fast darum gebeten.«

»Iphiginia –«

Iphiginia landete mit einem leisen Aufprall in seinen Armen. Er fing sie auf und zog sie eng an sich, ehe sie es sich anders überlegen konnte.

»Ich habe dich verführt«, flüsterte sie an seiner Schulter.

»Nein, das hast du nicht. Ich habe dich verführt. Ich wollte dich lieben.« Seine Stimme wurde rauh. »Gott steh mir bei, selbst wenn ich die Wahrheit gewußt hätte, glaube ich nicht, daß ich mich hätte zurückhalten können. Das einzige, was ich bedaure, ist, daß es dir nicht gefallen hat.«

»Aber das hat es.« Ihre Worte wurden durch den Stoff seines Mantels gedämpft. »Zumindest am Anfang. Wie ich schon vorgestern nacht gesagt habe, hatte ich einfach bestimmte Faktoren nicht richtig berechnet. Aber das war allein meine Schuld, nicht deine.«

Marcus stöhnte. Es war einfach unglaublich. Iphiginia machte ihm keinerlei Vorwürfe wegen seiner Ungeschicklichkeit. Sie bestand darauf, die alleinige Verantwortung für das Debakel im Tempel der Vesta auf sich zu nehmen.

Einen anderen Mann hätte ihre Naivität vielleicht amüsiert. Marcus hingegen war ehrlich gerührt.

»Hör mir zu, Iphiginia. Du bist eine gebildete Frau, und ich nehme an, daß du eine ganze Reihe von Statuen nackter Männer studiert hast, aber du weißt nicht alles, was man über derartige Berechnungen wissen muß.«

»Aber ich habe mich mit den Originalstatuen beschäftigt. Nicht bloß mit Kopien.«

Er nahm ihr Gesicht in beide Hände und zwang sie, ihm in die Augen zu blicken. »Nächstes Mal wird es wesentlich angenehmer werden, Iphiginia. Das verspreche ich dir.«

Sie sah ihn skeptisch an. »Meinst du wirklich?«

»Du mußt mir vertrauen.« Er strich ihr sanft mit seinen Lippen über den Mund.

»Das tue ich, Marcus. Oh, ich vertraue dir.« Sie stellte sich auf die Zehenspitzen, schlang die Arme um seinen Hals und küßte ihn mit derselben fröhlichen Begeisterung, die sie seit Beginn ihrer Beziehung an den Tag gelegt hatte.

Ihr Mund war weich und warm und erregend. Ihre Brüste preßten sich an seine Brust. Er spürte die herrlichen Rundungen ihrer Schenkel an seinem Bein. Keine andere Frau hatte sich jemals so gut angefühlt.

Und was noch wichtiger war, ihre Leidenschaft für ihn schien immer noch vorhanden zu sein, ein kristallenes Prisma, das hell und warm in ihrem Inneren glühte. Er hatte sie nicht zerstört.

Erleichterung wallte in ihm auf. *Sie wollte ihn immer noch.* Seine

Unbeholfenheit hatte ihre süße Begeisterung nicht gedämpft und ihr Verlangen nach seiner Berührung nicht geschmälert. Alles würde gut werden.

Nach einer Weile hob er widerwillig den Kopf und blickte auf sie hinab. »Dann ist also alles geklärt, oder?«

Sie schenkte ihm ein strahlendes Lächeln. »Ich habe nichts dagegen, einen neuen Versuch zu starten, wenn du wirklich glaubst, daß es funktionieren wird.«

»Das wird es.« Still schwor er sich, dafür zu sorgen, daß es ein wunderbares Erlebnis für sie würde.

»Heißt das, daß du nichts mehr dagegen einzuwenden hast, unsere Liaison fortzuführen?« fragte sie hoffnungsvoll.

»Es heißt, daß wir so schnell wie möglich heiraten werden.«

Sie erstarrte. »Ich sagte doch schon, daß das vollkommen unmöglich ist.«

»Und ich sagte, daß nichts unmöglich ist.«

Sie preßte die Lippen zusammen. »Marcus, gibst du mir eine ehrliche Antwort auf meine nächste Frage?«

»Ich werde dich niemals belügen, Iphiginia.«

Sie verzog traurig das Gesicht. »Ist das auch einer deiner Grundsätze?«

»Ja.«

»Also gut, dann stelle ich dir meine Frage. Würdest du auch darauf bestehen, daß ich dich heirate, wenn du vorgestern nacht herausgefunden hättest, daß ich eine Witwe bin, die gewisse Erfahrungen im Bereich körperlicher Leidenschaft hat?«

Er hätte wissen müssen, daß sie ihm eine Falle stellen würde, aber er war nicht darauf gefaßt gewesen. Nun geriet er regelrecht ins Schwitzen. »Verdammt, Iphiginia, das ist doch vollkommen unwichtig.«

»Nein, Marcus, es ist sehr wichtig.«

Er sah den Abgrund, der sich vor ihm auftat, und versuchte verzweifelt, nicht hineinzustürzen. »Wer weiß, was passiert wäre, wenn du diejenige wärst, als die du dich ausgegeben hast? Ich habe nie zuvor einen Menschen wie dich kennengelernt, Iphiginia. Ich weiß nicht, wie ich reagiert hätte.«

»Wenn du festgestellt hättest, daß ich genau die bin, als die ich mich ausgegeben habe, dann hättest du dich damit begnügt, mich als Mätresse zu behalten. Stimmt's?«

»Verdammt, Iphiginia, was soll ich darauf sagen? Ich bin ein Mann der Wissenschaft. Ich gebe mich mit Fakten ab, nicht mit Phantasien oder Mutmaßungen oder Was-wäre-Wenns.«

»Bitte antworte mir, Marcus. Es ist sehr wichtig.«

»Die Antwort auf deine rein hypothetische Frage ist, daß ich es nicht weiß.«

»Nun, ich weiß es«, sagte sie leise. »Die Antwort ist nein. Und aus diesem Grund muß ich ebenfalls mit nein antworten.«

»Verflucht, Frau, verstehst du nicht, worum es geht? Du hast gar keine andere Wahl.«

»Wenn ich achtzehn wäre, nicht auf eigenen Füßen stünde und etwas auf die Meinung der anderen gäbe, dann würde das vielleicht stimmen. Aber ich bin siebenundzwanzig, finanziell unabhängig, und die Regeln der sogenannten besseren Gesellschaft interessieren mich nicht die Bohne.«

»Iphiginia –«

Sie verschränkte die Arme vor der Brust. »Ich habe mich zu lange den gesellschaftlichen Regeln eines kleinen Dorfes gebeugt, und ich habe nicht die Absicht, jetzt dem Diktat der Londoner Gesellschaft zu folgen.« Sie erschauderte. »Ich wache immer noch manchmal nachts auf und erinnere mich daran, wie ich mir auf die Zunge beißen mußte, wann immer der Pfarrer vorbeikam, um mir eine Lektion im guten Benehmen zu erteilen.«

Marcus spürte, wie Mitgefühl in ihm aufwallte. »Ich bin auch in einem kleinen Dorf aufgewachsen. Ich weiß, wie es für dich in Deepford gewesen sein muß.«

»Es hörte nie auf«, flüsterte Iphiginia. »Überall wurde ich beobachtet. Niemand mochte Mama oder Papa wirklich. Weißt du, sie waren Künstler.«

»Ich weiß.«

»Meine Eltern sagten immer, ich sollte die unhöfliche Einmischung der anderen ignorieren, aber nachdem sie fort waren, konnte ich das nicht tun. Ich mußte den Lebensunterhalt für mich und meine Schwester verdienen. Und dann tauchte auch noch Amelia bei mir auf, ohne einen Pfennig und vollkommen allein auf der Welt.«

»Also mußtest du für euch drei sorgen.«

»Ja. Und um das zu tun, mußte ich mich all den kleinlichen Regeln der guten Leute von Deepford beugen.« Iphiginia blickte aus dem Fenster auf die Straße. »Der Gutsbesitzer Hampton und seine Frau gaben mir immer Verhaltensregeln mit auf den Weg. Mrs. Caler, die in dem Cottage neben meiner Akademie lebte, hielt mir endlose Vorträge darüber, wie tugendhaft sich eine Lehrerin junger Damen zu verhalten habe. Der Pfarrer und seine Frau lauerten nur darauf, daß ich endlich einen Fehler begehen und mich unstandesgemäß verhalten würde.«

Marcus streckte die Hand aus und zog sie zurück in seine Arme. »Ich verstehe dich.«

»Überall waren Augen. Ich mußte so vorsichtig sein. Wir alle drei brauchten die Einkünfte aus der Akademie. Und das Bestehen der Akademie hing von dem guten Willen der Hamptons, des Pfarrers und all der anderen Leute in Deepford ab, die die Regeln aufstellten, an die wir übrigen uns zu halten hatten.«

Marcus hielt sie fest und atmete den blumigen Duft der Seife ein, die sie zum Haarewaschen benutzte. In diesem Augenblick fühlte er sich ihr näher als je zuvor einem Menschen.

»Ich weiß, wie es ist, wenn man die Verantwortung für andere hat«, flüsterte er in ihr Haar. »Und was es heißt, sich den Regeln anderer Menschen beugen zu müssen.«

»Vor einem Jahr habe ich Deepford für immer verlassen. Ich habe nicht die Absicht, jemals dorthin zurückzukehren, es sei denn, um hin und wieder meine Schwester zu besuchen. Ich bin fest entschlossen, deinem Beispiel zu folgen, Marcus. Wenn ich schon Regeln brauche, dann werden es meine eigenen sein.«

Marcus strich ihr beruhigend über den Rücken. »Ich verstehe dich besser, als du glaubst, aber ich kann nicht zulassen, daß du weiterhin die Rolle meiner Mätresse spielst.«

»Warum nicht?«

Er suchte nach einem vernünftigen Argument. »Es ist zu gefährlich.«

»Nein, das ist es nicht.« Iphiginia hob ihren Kopf von seiner Schulter. »Wir wollen beide den Erpresser finden, und wir sind übereingekommen, daß uns das gemeinsam eher gelingen wird. Was wäre naheliegender, als mit unserer Maskerade fortzufahren?«

Er sah sie nachdenklich an. Er hatte gewußt, daß es nicht einfach werden würde, aber ihm war nicht klar gewesen, daß sich seine Gegenspielerin als derart widerspenstig erweisen würde. »Eins der Probleme, die du übersiehst, Iphiginia, ist die Tatsache, daß es, genau genommen, keine Maskerade mehr ist.«

Sie errötete. »Um Himmels willen, Marcus, wenn dich der Gedanke, mich zu lieben, derart beunruhigt, dann werden wir von derartigen Aktivitäten einfach Abstand nehmen.«

Iphiginia nicht mehr zu lieben, war wahrscheinlich ebenso einfach, wie ein Schiff zu bauen, mit dem er zum Mond fahren könnte, dachte Marcus. Er mußte sie einfach für seine Heiratspläne gewinnen.

Er hatte gelernt, daß es manchmal am besten war, auf Umwegen zum Ziel zu gelangen, wenn man einem scheinbar unlösbaren Problem gegenüberstand.

Er hatte noch etwas Zeit. Wieviel Zeit, wußte er nicht. Aber bisher war Iphiginia nicht aufgeflogen, und es bestand kein Grund zu der Annahme, daß jemand anders in naher Zukunft über die Wahrheit stolpern würde. Die gegenwärtige Situation konnte nicht ewig andauern, aber zumindest bestand keine unmittelbare Gefahr.

Sie wollte ihn immer noch. An dieses Wissen würde Marcus sich klammern. Er würde darüber nachdenken, es überprüfen, es analysieren. Und schließlich würde er einen Weg finden, um diese Schwäche auszunutzen und ihre Abwehr zu überwinden.

Die Tür der Bibliothek öffnete sich, und Amelia kam herein. »Iphiginia? Mr. Manwaring hat mich daran erinnert, daß wir –« Sie unterbrach sich und errötete, als sie ihre Cousine in Marcus' Armen sah. »Oh, Verzeihung.«

»Schon gut«, sagte Marcus und blickte zu Iphiginia hinab. »Wir werden unser Gespräch irgendwann anders fortführen. Zufälligerweise wollten wir gerade aufbrechen, nicht wahr, Iphiginia?«

»Ja, in der Tat.« Sie trat eilig einen Schritt zurück und bedachte Amelia mit einem unsicheren Lächeln. »Wir wollen zur Wycherley Agentur, um zu sehen, ob wir dort etwas in Erfahrung bringen können.«

»Du brauchst Constance Wycherley nicht von mir zu grüßen«, murmelte Amelia. »Ich mochte die Frau noch nie besonders.«

Das war knapp gewesen. Viel zu knapp.

Zwanzig Minuten später, nach einer schweigsamen, bedrückten Kutschfahrt zu einer kleinen Nebenstraße der Oxford Street, spürte Iphiginia immer noch die Nachwirkungen der Auseinandersetzung mit Marcus.

Sie saß wegen Masters Grundsätzen in der Klemme, und das war allein ihre Schuld, dachte sie, während sie aus dem schwarzen Zweispänner stieg.

Sie hätte wissen müssen, daß Marcus sich verpflichtet fühlen würde, sie zu heiraten, wenn er erst einmal herausfand, daß sie keine Witwe war. Aber sie hatte geglaubt, ihn täuschen zu können.

Sie hatte sich eingeredet, daß sie Marcus genau wie alle anderen Menschen zum Narren halten könnte. Doch sie hätte es besser wissen müssen.

Und nun mußte sie einen Weg finden, um Marcus davon zu überzeugen, daß er nicht verpflichtet war, sie zu heiraten.

Das würde nicht leicht werden. Sie beide waren einander in vielen Dingen viel zu ähnlich. Der Mann war einfach zu stur und zu willensstark.

»Hier ist Nummer elf.« Marcus blickte mit gerunzelter Stirn auf die verdunkelten Fenster der Wycherley Agentur. »Es scheint geschlossen zu sein.«

»Wie eigenartig.« Iphiginia musterte die zugezogenen Vorhänge. »Es ist noch nicht einmal vier.«

»Vielleicht war Mrs. Wycherley gezwungen, aus irgendwelchen Gründen früher zu schließen.«

»Man sollte meinen, daß sie Angestellte hat.«

»Stimmt.« Marcus ging hinüber zur Tür und drehte versuchsweise am Knauf. »Zu.«

Iphiginia hob den Kopf. Die beiden oberen Stockwerke des Gebäudes lagen ebenfalls im Dunkeln. »Ich frage mich, ob Mrs. Wycherley wohl über der Agentur lebt.«

»Höchstwahrscheinlich.« Marcus trat einen Schritt zurück, um ebenfalls nach oben zu blicken. »Aber falls sie zu Hause ist, empfängt sie bestimmt keinen Besuch.«

»Vielleicht ist sie krank.«

»Manwaring hat doch gesagt, er hätte gestern erst mit ihr gesprochen. Hat er erwähnt, daß sie leidend ist?«

»Nein. Aber das heißt nicht, daß sie nicht vielleicht über Nacht krank geworden ist«, sagte Iphiginia. »Oder vielleicht ist sie aufs Land gefahren.«

»Was bedeuten würde«, sagte Marcus nachdenklich, »daß die Geschäftsräume und die Zimmer darüber wahrscheinlich leer stehen.«

Iphiginia sah ihn fragend an. »Willst du etwa das vorschlagen, von dem ich denke, daß du es vorschlagen willst?«

»Du kennst mich einfach zu gut, Iphiginia.« Marcus nahm ihre Hand und blickte sich um, um sicherzugehen, daß sie von niemandem beobachtet wurden. »Komm. Es kann nicht schaden, sich kurz umzusehen.«

Iphiginia protestierte nicht, als er sie ans Ende der kurzen Straße und um die Ecke in die schmale Gasse hinter den Häusern führte. »Aber was hoffst du, dort zu finden?«

»Wer weiß? Eine der obersten Regeln wissenschaftlicher Nachforschungen ist die, möglichst viele Fragen zu stellen.«

»Und welche Fragen stellst du im Augenblick?«

»Warum ein erfolgreiches, etabliertes Unternehmen so früh am Tag zumachen sollte.«

Iphiginia wurde von einem unguten Gefühl beschlichen. »Vor allem an dem Tag, nachdem mein Mittelsmann die Besitzerin aufgesucht hat, um ihr ein paar Fragen über ehemalige Kunden zu stellen?«

»Genau.«

Marcus führte sie an einer Reihe von Häusern vorbei, hielt an der Hintertür von Nummer elf und klopfte leise an.

Keine Antwort. Er drehte vorsichtig am Knauf. »Ebenfalls zu.«

Iphiginia betrachtete die kleinen Fenster zu beiden Seiten der Tür und stellte fest, daß das rechte offenstand. »Guck mal, Marcus.«

Er folgte ihrem Blick. »Anscheinend hat jemand das Haus in ziemlicher Eile verlassen und vergessen, alle Fenster zu schließen.«

»Anscheinend.«

Marcus machte das Fenster weit auf, schob den Vorhang beiseite und spähte in das Innere des Hauses.

Iphiginia quetschte sich neben ihn. »Kannst du irgendwas erkennen?«

»Nicht viel. Es ist ziemlich dunkel wegen der Vorhänge. Warte einen Augenblick.« Er trat einen Schritt zurück und musterte das Fenster. »Verdammt. Ich glaube nicht, daß ich durch die Öffnung passe.«

Iphiginia sah sich das Fenster ebenfalls genauer an. »Aber ich.«

»Wenn du dir einbildest, daß ich dir erlaube, durch das Fenster zu klettern –«

»Marcus, sei vernünftig. Ich werde einfach durch das Fenster kriechen und dir die Tür von innen aufmachen. Dann bist du sofort bei mir.«

»Hmm.« Er zögerte, offensichtlich hin- und hergerissen zwischen seiner Neugierde und seiner Sorge um sie. »Also gut. Aber verlier keine Zeit, wenn du drin bist. Geh direkt zur Tür.«

»Ja.« Iphiginia baute sich vor dem offenen Fenster auf. Es war zu hoch, als daß sie einfach hätte hindurchklettern können. »Du mußt mir helfen.«

»Das sehe ich.« Marcus umfaßte ihre Taille und hob sie mühelos hoch.

Iphiginia erschauderte, als sie daran dachte, wie seine Hände vor zwei Nächten ihre nackte Haut berührt hatten. Er war so stark, und sie fühlte sich in seinen Armen so sicher.

»Beeil dich, Iphiginia.«

»Ja, natürlich.« Sie schüttelte die heißen Erinnerungen ab und konzentrierte sich auf das Fenster.

Es war unerwartet schwierig, durch die schmale Öffnung zu krabbeln. Iphiginia wurde von den langen, rüschenverzierten Röcken ihres weißen Musselinkleids und von ihrer Jacke behindert.

»Großer Gott«, murmelte Marcus irgendwo hinter ihr. »Wie viele Unterröcke hast du bloß an? Ich ersticke gleich.«

»Es ist heute recht kühl.« Iphiginia spürte überdeutlich seine Hand an ihrer Wade.

Ein paar Sekunden später landete sie in dem dunklen Zimmer. Als sie die Hand ausstreckte, um die Balance nicht zu verlieren, stieß sie gegen einen Stapel Papiere, die auf einem Tisch vor ihr lagen. Mehrere Blätter fielen zu Boden.

»O je«, murmelte sie.

»Was ist los?« wollte Marcus umgehend wissen.

»Nichts. Ich habe nur ein paar Papiere runtergeworfen.« Iphiginia bückte sich, um sie aufzuheben. Als sich ihre Augen an das Dämmerlicht gewöhnten, starrte sie verblüfft auf das Durcheinander in dem Raum. »Großer Gott, Marcus, hier liegen überall Papiere,

Bücher und so herum. Das ganze Zimmer sieht aus, als sei ein Wirbelsturm durchgefegt.«

»Mach die Tür auf. Schnell.«

Iphiginia richtete sich auf, ging zur Hintertür und schloß auf. Marcus kam herein und machte die Tür hinter sich zu. Einen Augenblick verharrte er vollkommen reglos und sah sich um.

»Verdammt«, sagte er leise. »Das Zimmer ist durchsucht worden.«

Iphiginia starrte auf das Chaos. »Was meinst du, was hier passiert ist?«

»Keine Ahnung.« Marcus ging hinüber zu der schmalen Treppe, die nach oben zu den Privaträumen führte. »Warte hier. Ich will mich kurz oben umsehen.«

Iphiginia ignorierte ihn. Sie folgte ihm die Treppe hinauf in die erste Etage und blieb neben ihm in der Tür stehen, die zu einem kleinen Wohnzimmer führte.

Hier herrschte Ordnung. Der Sekretär war sorgsam verschlossen. Die Möbel waren nicht umgeworfen. Der Teppich war nicht mit Papieren übersät.

»Anscheinend ist dieser Raum nicht durchsucht worden«, stellte Iphiginia fest.

»Nein.« Marcus drehte sich um und ging den Flur hinab.

Iphiginia folgte ihm.

Gemeinsam sahen sie in eins der kleinen, gemütlichen Zimmer nach dem anderen, und dann erklommen sie die Stufen zum zweiten Stock.

Erst als Marcus seine Hand auf den Knauf der Schlafzimmertür legte, wurde Iphiginia von einer dunklen Vorahnung befallen.

»Marcus?«

»Ich gehe als erster hinein.«

Er öffnete die Tür und verharrte reglos in der Öffnung.

Iphiginia versuchte, an Marcus' breiten Schultern vorbeizusehen. Auf dem Boden entdeckte sie etwas, das wie ein graues Kleid und ein Paar halbhoher Schuhe aussah. »O mein Gott, ist das … ?«

»Zweifellos. Bleib, wo du bist.«

Dieses Mal gehorchte Iphiginia. Sie beobachtete, wie Marcus zu der Leiche hinüberging, neben der toten Frau stehenblieb und sich hinkniete, um sie zu untersuchen.

»Sie ist erschossen worden«, sagte Marcus und berührte einen der Finger einer schlaffen Hand.

»Ist sie ... ?«

»Tot? Ja.« Marcus erhob sich. »Ich schätze, seit ein paar Stunden.«

Iphiginia spürte, wie sich ihr Magen zusammenzog. Sie schnappte nach Luft und verließ eilig den Raum.

Marcus kam ebenfalls auf den Flur und sah sie besorgt an. »Ist alles in Ordnung?«

Iphiginia nickte eilig. »Ja, ich glaube.«

»Komm, laß uns von hier verschwinden. Das letzte, was ich will, ist, in der Wohnung einer Ermordeten angetroffen zu werden.«

Marcus schob sie vor sich die Treppe hinunter.

»Glaubst du, Mrs. Wycherley wurde ausgeraubt?« fragte Iphiginia.

»Nein.« Marcus blieb auf dem Treppenabsatz im ersten Stockwerk stehen und blickte noch einmal in das Wohnzimmer. »Dann hätte der Dieb die silbernen Kerzenhalter und ein paar andere Sachen mitgenommen.«

»Was ist dann passiert?«

»Ich weiß nicht genau, aber ich kann es mir so ungefähr denken.«

»Und?«

»Ich nehme an, daß Mrs. Wycherley die Erpresserin war und daß deine Tante und meine Freundin nicht die einzigen Opfer waren. Ebensowenig wie wir die einzigen waren, die die Verbindung zur Wycherley Agentur gesehen haben.«

»Du meinst also, daß gestern nach Mr. Manwaring noch jemand hier war?«

»Ja. Es ist durchaus vernünftig anzunehmen, daß Mrs. Wycherley von einem ihrer Opfer ermordet wurde.«

»Und anschließend hat der Täter ihre Unterlagen durchsucht, um das Material, mit dem sie ihn erpreßt hat, zu vernichten.«

»Ja.«

»Marcus, das ist einfach genial. Das würde alles erklären.« Iphiginia runzelte die Stirn. »Außerdem heißt das, daß die Krise überstanden ist.«

»Anscheinend.«

Sie versuchte, Erleichterung zu verspüren. Schließlich war Tante Zoës Geheimnis wieder sicher.

Aber das Problem mit dem Erpresser war nicht das einzige, was sich erledigt hatte. Zugleich hatte sie keine Entschuldigung mehr, um weiterhin die Rolle von Marcus' Mätresse zu spielen.

Kapitel dreizehn

Um sieben Uhr an diesem Abend saß Marcus am Arbeitstisch in seinem Laboratorium und grübelte darüber nach, wie man eine Mätresse zu seiner Ehefrau machte.

Das war ein Problem, über das er noch nie nachgedacht hatte. Im Vergleich dazu erschien ihm die Konstruktion von Uhrwerken, Teleskopen und Füllfederhaltern mit einem hydraulischen Reservoir direkt einfach.

Er schob das ledergebundene Notizbuch, das er erst vor wenigen Minuten geöffnet hatte, beiseite, lehnte sich in seinem Stuhl zurück und legte die Füße auf den überquellenden Schreibtisch.

Trübsinnig starrte er auf den mechanischen Butler, den er letztes Jahr gebaut hatte. Er stand reglos in der Ecke, ein Silbertablett in einer der Holzhände. Aus einer Laune heraus hatte Marcus dem Automaten einen ordentlichen schwarzen Frack und ein weißes Hemd aufgemalt. Er hatte sogar versucht, die kalten Augen und den ernsten Mund mit den aristokratisch verächtlichen Zügen von Lovelace zu versehen.

Das Leben war ihm so einfach erschienen, bis Iphiginia in sein sorgsam geordnetes Universum eingedrungen war, dachte Marcus.

Wie eine Sternschnuppe war sie plötzlich aus der Dunkelheit aufgetaucht und hatte den Himmel erhellt. Aber wenn er keinen Weg fand, um sie festzuhalten, würde sie sich entweder in einem sprühenden Funkenregen auflösen oder mit einem lauten Knall auf die Erde stürzen.

Ein Klopfen an der Tür des Laboratoriums riß Marcus aus seinen Träumen. »Herein.«

»Marcus?« Bennet steckte den Kopf durch die Tür. »Ich dachte mir, daß du wahrscheinlich hier bist. Arbeitest du?«

»Nein. Komm rein.«

Bennet betrat den Raum mit dem schleppenden, müden Gang, den er neuerdings chic fand, schloß die Tür und näherte sich dem Arbeitstisch. Marcus sah ihn an und zuckte zusammen. Sein Bruder war heute wieder mal ganz der von Weltschmerz erfüllte Poet.

Bennets dunkles Haar war sorgsam zerzaust. Der Kragen seines Hemdes war geöffnet, und er trug weder ein Halstuch noch eine Weste.

»Ich hoffe, du hast die Absicht, eine Krawatte anzulegen, ehe du ausgehst«, murmelte Marcus. »Du wirst heute abend bestimmt auf keinem Ball und keiner Soiree zugelassen, wenn du aussiehst, als seist du gerade erst aufgestanden.«

»Ich habe meine Abendgarderobe noch nicht an.« Bennet ging hinüber zum Fenster und lehnte sich gegen den Rahmen. Er war wirklich die Langeweile in Person. Grüblerisch starrte er auf den Garten hinaus.

»Wolltest du etwas Bestimmtes?« fragte Marcus nach einer Weile.

Bennet sah ihn aus zusammengekniffenen Augen an. »Ich bin gekommen, um dir mitzuteilen, daß ich einen Entschluß gefaßt habe.«

»Willst du eine Reise auf den Kontinent machen?« fragte Marcus ohne große Hoffnung.

»Ich werde Dorchester um die Hand seiner Tochter Juliana bitten.«

»Verdammt.«

»Marcus, ich muß es jetzt tun. Um Himmels willen, verstehst du das denn nicht? Wenn ich warte, bis ich von einer Reise auf dem Kontinent zurück bin, hat Dorchester sie in der Zwischenzeit mit einem anderen verheiratet.«

»Nur, wenn du Glück hast.«

»Verflucht.« Bennet fuhr herum und starrte seinen Bruder leidenschaftlich an. »Ich weiß, daß du Dorchester nicht magst, aber warum mußt du deshalb auch seine Tochter verurteilen? Sie ist ganz anders als er.«

»Meinst du?«

»Sie ist eine echte Dame. Eine unschuldige junge Frau, deren Seele so rein und unbefleckt ist wie ... wie –«

»Wie frisch gefallener Schnee vielleicht?«

»Ich warne dich, ich werde nicht zulassen, daß du Witze über sie machst, Marcus.« Bennet ballte die Faust. »Ich habe die Absicht, um ihre Hand anzuhalten, hast du mich verstanden?«

»Gott bewahre.«

»Weißt du, was dein Problem ist?«

»Ich habe keinen Zweifel, daß du es mir umgehend sagen wirst.«

»Du bist ein verdammter Zyniker, jawohl. Nur weil du es vorziehst, mit einer anmaßenden kleinen Abenteurerin wie Mrs. Bright anzubändeln, maßt du dir an, über eine unschuldige junge Frau zu urteilen.«

Marcus war von seinem Stuhl aufgesprungen, noch ehe Bennet wußte, wie ihm geschah.

Er schwang sich über den Tisch und durchquerte den Raum mit zwei Schritten. Er packte seinen Bruder bei den Schultern und preßte ihn hart gegen die Wand, so daß er sich nicht mehr rühren konnte.

»Sie ist keine Abenteurerin«, sagte er leise.

»Was soll das?« Bennet riß verblüfft die Augen auf. »Um Himmels willen, sie ist doch nur eine von deinen Mätressen. Das weiß jeder.«

»Sie ist eine sehr gute Freundin«, sagte Marcus. »Wer sie beleidigt, beleidigt auch mich. Hast du mich verstanden, Bruder?«

»Verdammt und zugenäht, ja.« Bennet sah ihn ängstlich an. »Ja, natürlich habe ich dich verstanden. Ich hatte ja keine Ahnung, daß du auf dieses Thema so empfindlich reagierst.«

Marcus drückte Bennet noch einmal kurz an die Wand, ehe er ihn plötzlich losließ. »Vielleicht ist es das beste, wenn du jetzt gehst. Ich habe noch zu tun, und du hast offensichtlich eigene Pläne.«

Bennet strich seine verknitterten Rockaufschläge glatt und zupfte an den Ärmeln seiner Jacke. »Es tut mir leid, wenn ich dir zu nahe getreten bin.«

»Entschuldigung angenommen. Und jetzt geh bitte.«

»Du kannst mir keinen Vorwurf machen, daß ich die Situation falsch interpretiert habe. Deine Gefühle gegenüber Mrs. Bright scheinen wesentlich tiefer zu sein, als es normalerweise bei deinen Freundinnen der Fall ist«, bemerkte Bennet.

»Du tätest gut daran, dich aus diesem Raum zurückzuziehen, ehe ich vollends die Geduld verliere.«

Bennet legte den Kopf schräg. »Weißt du, ich werde es tun. Ich werde um Julianas Hand anhalten.«

Marcus zuckte mit den Schultern. »Du hast deutlich gemacht, daß ich dich durch nichts, was ich sage, davon abhalten kann.«

»Wünschst du mir Glück?« Bennets Stimme klang leicht verzagt.

»Es tut mir leid, aber das kann ich nicht.« Marcus blickte auf seinen mechanischen Butler. »Ich glaube nicht, daß du mit Juliana Dorchester auf die Dauer glücklich wirst.«

»Was weißt du schon über dauerhaftes Glück mit einer Frau?« fragte Bennet verbittert. »Du lebst nach so vielen verdammten Regeln, daß dir das Leben sowieso keinen Spaß mehr macht.«

»Raus.«

»Na gut. Dann wünsch mir eben kein Glück.« Bennet stapfte zur Tür. Die Hand auf dem Knauf, wandte er sich noch einmal um. »Weißt du was, Bruderherz? Ich glaube, du tust mir leid.«

»Vergeude dein Mitleid nicht für mich. Du wirst es für dich selbst brauchen, wenn du Juliana Dorchester heiratest.«

Ohne ein weiteres Wort verließ Bennet das Zimmer. Er knallte die Tür so heftig hinter sich zu, daß die Elektrizitätsmaschine auf der Bank wackelte.

Marcus bückte sich und betätigte den Hebel, um die Federn in dem mechanischen Mann zu lösen. Räder und Getriebe knirschten und ächzten, als sich der automatische Butler in Bewegung setzte.

Mit ausgestrecktem Arm stolperte er blind vorwärts.

Marcus beobachtete, wie die seelenlose Kreatur das Laboratorium durchquerte. Wie leicht war es doch, ein Automat zu sein.

Der künstliche Mensch starrte dumpf geradeaus, ohne nach rechts oder links zu sehen, ungeachtet dessen, was vor oder hinter ihm lag. Er hatte keine Vergangenheit und keine Zukunft. Seine Gegenwart wurde durch die unbeugsamen Regeln eines mechanischen Universums bestimmt.

Er kannte keinen Schmerz.

Aber ebensowenig kannte er Freude.

»In der Morgenzeitung steht eine kurze Notiz über den Tod von Mrs. Wycherley«, sagte Zoë. »Natürlich kein Wort davon, daß sie eine Erpresserin war. Großer Gott, wer hätte das gedacht?« Sie ließ sich gegen die elegant geschwungene Lehne ihres roten Samtsofas fallen. »Wirklich erstaunlich.«

»Aber es ist der einzig logische Schluß, den Masters und ich aus der ganzen Sache ziehen konnten.« Iphiginia nahm ihre Teetasse.

»Ich kann es kaum glauben«, sagte Zoë. »Es ist einfach zu fantastisch.«

Lord Otis runzelte die Stirn, so daß seine buschigen Brauen eine dichte Linie bildeten. »Wenn man darüber nachdenkt, ist es nicht unlogisch.«

»Allerdings«, pflichtete Amelia ihm bei. »Es erklärt, weshalb Iphiginia keine eindeutige Beziehung zwischen Guthries Freundeskreis und den Bekannten von Lord Masters entdecken konnte. Es gab einfach keine.«

»Soviel also zu meiner heimlichen Suche nach schwarzem Wachs und einem Phönix-Siegel.« Iphiginia stieß einen leisen Seufzer des Bedauerns aus. »Dabei war ich mir so sicher, daß ich auf der richtigen Fährte war.«

»Es war wirklich eine brillante Idee von Masters, sich mit unseren ehemaligen Gesellschafterinnen zu befassen«, verkündete Zoë im Ton größter Bewunderung.

Iphiginia rollte mit den Augen. »Weißt du, seine ursprüngliche Hypothese war nicht ganz korrekt. Keine der Gesellschafterinnen war die Erpresserin.«

»Nein, aber seine Theorie hat uns direkt zu der wahren Erpresserin geführt«, bemerkte Otis. »Der Mann ist wirklich nicht dumm.«

Iphiginia verzog das Gesicht. »Ja, und das weiß er nur allzu genau.«

Amelia bedachte ihre Cousine mit einem ihrer seltenen Lächeln. »Ich glaube, du bist ein wenig eifersüchtig, Iphiginia.«

»Nun, ich fand meine eigene Hypothese nicht schlecht«, gab diese zu. »Aber trotzdem waren Masters' Überlegungen einfach faszinierend. Und Otis hat recht, sie waren durch und durch logisch. Wenn man bedenkt, daß Mrs. Wycherley die ganzen Jahre über ein paar von ihren Gouvernanten und Gesellschafterinnen benutzt hat, um schädliche Informationen über ein paar der besten Familien zu sammeln.«

»Ich habe Miss Todd eigentlich nie besonders gemocht«, sagte Zoë. »Ihre Augen haben mich an die einer kleinen Ratte erinnert. Ich habe sie nicht lange behalten.«

»Du hättest sie noch viel früher rauswerfen sollen«, bemerkte

Amelia. »Offensichtlich war sie lange genug bei dir, um dahinter zu kommen, daß Maryanne nicht Guthries Tochter ist.«

»Offensichtlich.« Zoë schüttelte den Kopf. »Ich frage mich, wie viele Opfer die Frau noch hatte. Ob wohl in jedem Londoner Haushalt eine Spionin sitzt?«

»Das wage ich zu bezweifeln.« Iphiginia spitzte die Lippen. »Allem Anschein nach war Mrs. Wycherley eine vorsichtige Person, zumindest bis vor ein paar Wochen. Sie hat sich ihre Opfer zweifellos genau ausgesucht.«

»Ha.« Otis' Barthaare hüpften auf und ab. »Aber sie hat einen groben Fehler gemacht, als sie ihre Liste auf meine Zoë und eine gute Freundin von Masters ausgeweitet hat.«

»Ja«, stimmte Iphiginia zu. »Das hat sie.«

»Nun, Gott sei Dank ist jetzt wenigstens alles vorbei.« Zoë nahm sich ein rosafarbenes Petitfour vom Teetablett. »Jetzt können wir uns wieder ganz ins gesellschaftliche Treiben stürzen. Ich gebe zu, daß es mir recht schwergefallen ist, Maryannes Hochzeit zu planen, während die ganze Zeit diese Erpressergeschichte über meinem Kopf schwebte.«

Otis sah Iphiginia fragend an. »Und Masters ist sich sicher, daß dies das Ende der Geschichte ist?«

Iphiginia zögerte. »Er scheint davon auszugehen.«

»Nun denn, dann war's das wohl«, verkündete Otis.

»Ja.« Iphiginia erhob sich und griff nach ihrem weißen Hut. »Amelia und ich müssen los. Wir haben noch eine Verabredung mit unserem Mittelsmann. Vielleicht sehen wir euch ja heute abend im Theater.«

»Wahrscheinlich«, sagte Zoë fröhlich. »Wie werde ich es genießen, in meiner Loge sitzen zu können, ohne daran zu denken, daß irgendwo ein Erpresser auf mich lauert.«

»Nur eins noch.« Iphiginia sah die drei der Reihe nach an. »Ich hoffe, ihr seid euch alle der Tatsache bewußt, daß zwar die Erpressergeschichte zu Ende ist, daß aber ansonsten alles beim alten bleibt.«

Zoë starrte sie verwirrt an. »Was meinst du, Iphiginia?«

»Offiziell bin ich immer noch Mrs. Bright.«

»Verdammt«, rief Otis. »Sie hat recht. Wir können zum jetzigen Zeitpunkt unmöglich ihre wahre Identität verraten. Dann wäre sie ruiniert.«

»Wir sind zu Anfang dieser Geschichte übereingekommen, daß ich mich diskret zurückziehe, sobald der Erpresser gefaßt ist«, sagte Iphiginia. »Aber ich habe es mir anders überlegt.«

Zoë sah sie interessiert an. »Du willst die Saison in der Rolle von Masters' Mätresse beenden?«

»Ja.«

Zoë, Amelia und Otis tauschten vielsagende Blicke aus. Dann wandte Zoë sich erneut an ihre Nichte. »Und, ist Masters einverstanden?«

»Mehr oder weniger«, sagte Iphiginia unbestimmt. Es bestand keinerlei Notwendigkeit, den anderen zu erzählen, daß Marcus darauf bestanden hatte, sie zu heiraten. Sie fürchtete, daß sich alle auf seine Seite stellen würden.

Und Iphiginia wußte, daß sie Marcus unmöglich heiraten konnte, solange es ihr nicht gelang, ihn dazu zu bewegen, sie zu lieben.

Verglichen mit diesem Problem, war die Entdeckung der Erpresserin ein leichtes gewesen.

Jetzt hatte sie die Aufgabe, Marcus davon zu überzeugen, seine eigenen Regeln zu ändern.

Amelia schwieg, als die beiden die Eingangstreppe von Zoës Stadthaus hinuntergingen.

Als sie beide in Iphiginias weiß-goldener Kutsche saßen, lehnte sich Iphiginia in den weißen Samtkissen zurück und ordnete ihre Röcke. »Also, nun schieß schon los. Was beschäftigt dich?«

Amelia sah sie an. »Irgendwie hast du gezögert, als du Zoë und Lord Otis erklärt hast, du seist sicher, daß die Erpressergeschichte abgeschlossen sei. Irgendwas bedrückt dich.«

Die kleine Kutsche setzte sich in Bewegung. Iphiginia blickte aus dem Fenster. Es war beinahe fünf. Auf der Straße drängten sich die Kutschen in Richtung des Parks.

»Ehe wir gestern Mrs. Wycherleys Wohnung verlassen haben«, sagte sie langsam, »haben Masters und ich noch ihren Schreibtisch durchsucht.«

»Und?«

»Wir haben weder ein Siegel mit einem Phönix noch die geringste Spur von schwarzem Wachs in ihrem Wachstiegel gefunden.«

»Ich sage dir, Constance Wycherley war zwar vieles, aber sie war bestimmt nicht dumm. Sie muß in beständiger Angst vor Entdeckung gelebt haben. Bestimmt hätte sie einen so offensichtlichen Beweis ihrer Schuld nicht einfach so herumliegen lassen.«

»Genau das hat Marcus auch gesagt. Aber wenn sie so clever war – clever genug, um mit Erpressung durchzukommen –, warum hat sie dann den Fehler gemacht und versucht, eine Freundin von Masters zu erpressen? Sie muß gewußt haben, daß er sich vielleicht einmischen würde.«

»Vielleicht hatte sie so lange Glück mit ihren Erpressungen, daß sie immer kühner wurde«, schlug Amelia vor. »Oder vielleicht wurde sie einfach immer gieriger. Vielleicht hat sie Geld gebraucht, um Spielschulden zu bezahlen oder so. Wer weiß?«

»Ich nehme an, wir werden es nie erfahren.«

»Also bitte, Iphiginia. Du hast bereits zugegeben, daß du eigentlich nur verärgert bist, weil Masters recht hatte.«

»Meine eigene Theorie war auch nicht schlecht.«

»Das stimmt. Nur zufällig traf sie nicht zu. Aber jetzt, da die Sache vorbei ist – was willst du in bezug auf dein anderes Problem unternehmen?«

»Welches andere Problem?«

»Ich habe gehört, was du zu Tante Zoë gesagt hast, aber wir beide wissen, daß du nicht ewig die Rolle von Masters' Mätresse spielen kannst.«

»Ich kann sie zumindest bis zum Ende der Saison spielen.« Iphiginia räusperte sich. »Und du kannst ebensogut wissen, daß es genau genommen keine Rolle ist.«

Amelia sah sie ernst an. »Das hatte ich befürchtet.«

Iphiginia umklammerte die Henkel ihrer weißen Tasche. »Mach dir um mich keine Sorgen, Amelia.«

»Du bist nicht nur meine Cousine, sondern zugleich meine beste Freundin. Ich kann einfach nicht anders, als mir Sorgen um dich zu machen.«

»Kümmer dich lieber um die Finanzierung des Bright-Place-Projekts. Das ist wesentlich vernünftiger.«

»Er wird dich ohne Skrupel abservieren, wenn er genug von dir hat. Das weißt du, nicht wahr?«

»Vielleicht habe ich ja vorher schon genug von ihm«, sagte Iphiginia leichthin.

»Ich wünschte, das könnte ich glauben. Ich nehme nicht an, daß ich dich irgendwie von deinem verwegenen Vorhaben abbringen kann, oder?«

»Nein. Aber vielleicht beruhigt es dich ja, zu erfahren, daß meine Beziehung zu Masters zum Ende der Saison höchstwahrscheinlich sowieso enden wird.«

»Und was willst du dann machen?«

»Dann werde ich mich um den Bau der Häuser am Bright Place kümmern. Mich meinen Plänen für mein Musterbuch widmen.« Iphiginia lächelte wehmütig. »Ich habe eine ganze Reihe interessanter Dinge vor, Amelia. Ich versichere dir, daß ich mich nicht vollkommen hängenlassen werde, wenn meine Beziehung zu Masters vorbei sein wird.«

»Mir ist durchaus bewußt, wie stark du bist, Iphiginia. Trotzdem, ich will nicht, daß dir jemand weh tut.«

»Dafür ist es zu spät. Ich bin fest entschlossen, dieses großartige Abenteuer in vollen Zügen zu genießen, Amelia. Eine solche Gelegenheit wird sich mir nie wieder bieten. Masters ist einfach einzigartig.«

Marcus nickte höflich, als er Hannah und ihren Mann abends im Foyer des Theaters sah. Sands starrte ihn an, erwiderte steif den Gruß und wandte sich dann demonstrativ jemand anders zu. Ohne Marcus offen zu schneiden, machte er auf diese Weise deutlich, was er von ihm hielt.

Hannah bedachte Marcus mit einem nervösen Lächeln. In ihren Augen lag ein Ausdruck der Verzweiflung.

Die glitzernde Schar der Theaterbesucher bot Marcus die Gelegenheit, Hannah ein paar wichtige Sekunden lang sehr nahe zu kommen, ohne Sands' Verdacht zu wecken.

»Es ist vorbei«, flüsterte er, als er an Hannah vorbeistreifte. »Mrs. Wycherley war die Erpresserin. Sie ist tot.«

Hannah sah ihn fragend an. »Ich habe die Neuigkeit heute morgen in der Zeitung gelesen, und ich habe mich gefragt, was passiert ist.« Plötzlich riß sie entsetzt die Augen auf. »Marcus, du hast doch nicht etwa –«

»Nein. Ich glaube, eins ihrer anderen Opfer hat es getan.«

»Gütiger Himmel.«

»Komm, meine Liebe.« Sands nahm ihren Arm. Seine Augen verengten sich zu schmalen Schlitzen, als er bemerkte, daß Marcus hinter seiner Frau in der Menge untertauchte. »Ich werde dir ein Glas Limonade holen.«

Marcus tat, als bemerke er nicht, daß Hannah von ihm fortgelotst wurde. Er bedauerte die Feindseligkeit, die Sands ihm gegenüber an den Tag legte, aber im Grunde konnte er dem Mann seinen Argwohn nicht verübeln. Schließlich wachte er selbst in letzter Zeit ähnlich eifersüchtig über Iphiginia.

Er ging durch das Foyer und stieg die mit einem roten Teppich ausgelegte Treppe hinauf. Im Gang hinter der ersten Logenreihe herrschte fast ebensolches Gedränge wie im Foyer.

Gentlemen eilten hin und her, um ihren Begleiterinnen Erfrischungen zu holen. Andere schlenderten in die Eingangshalle, um mit ihren Freunden Gerüchte auszutauschen oder um die Theaterbesucher in der Nachbarloge zu besuchen. Eine Handvoll junger Burschen drängte sich an Marcus vorbei. Offensichtlich waren sie unterwegs zu den eleganten Kurtisanen, die ihre Dienste in ein paar der teuersten Logen anboten.

Marcus nickte ein paar Bekannten zu, während er den Korridor hinunterging. Als er die letzte Loge erreicht hatte, schob er den schweren Vorhang beiseite und trat ein.

Dorchester, seine scharfsichtige Frau und die liebliche Juliana wandten sich erstaunt zu ihm um.

»Guten Abend«, sagte Marcus. »Und, gefällt Ihnen die Aufführung?«

Dorchesters Erstaunen wandelte sich in Argwohn. »Masters. Ich wußte gar nicht, daß Sie heute abend hier sind.«

»Mylord. Wie schön, Sie zu sehen.« Beatrice Dorchester hätte offenbar nicht überraschter sein können, wenn ein Geist in ihrer Loge aufgetaucht wäre. »Juliana, bitte begrüße seine Lordschaft, wie es sich gehört.«

Juliana sprang wie von der Tarantel gestochen auf.

»Mylord.«

»Mrs. Dorchester, Miss Juliana.« Marcus musterte die beiden Frauen flüchtig. »Sie beide sehen heute abend entzückend aus.«

»Danke, Mylord.« Mrs. Dorchester verspürte ob seiner Höflichkeit eine fast schmerzliche Erleichterung. »Wollen Sie sich nicht einen Augenblick zu uns gesellen? Bitte, nehmen Sie doch neben Juliana Platz.«

»Danke. Ich glaube, das tue ich.«

Er setzte sich vorsichtig auf einen der zerbrechlichen kleinen Stühle. Das Möbelstück ächzte, aber es brach nicht zusammen. »Ich finde, Kean spielt heute abend hervorragend.«

»Ja, tatsächlich. Der Mann kann wirklich etwas, wenn er genug getrunken hat«, sagte Dorchester mit gespieltem herzlichen Humor.

»Das ist auch besser so, denn schließlich heißt es, er sei fast immer voll wie eine Haubitze«, pflichtete Marcus ihm bei.

»Ja, nun, Sie wissen ja, wie diese Schauspieler sind«, murmelte Dorchester. »Höchst labil.«

»Da sind sie nicht die einzigen.« Marcus sah sich in dem riesigen Theater um. Er ignorierte das überfüllte Parkett und die Balkone und konzentrierte sich ganz auf die Logen. Er entdeckte Iphiginia sofort.

In ihrem klassischen, schlichten weißen Kleid hob sie sich deutlich von ihrer Umgebung ab. Weiße Federn wippten elegant in ihrem Haar, das in der Mitte geteilt und über ihren Ohren ordentlich zusammengerollt war. An ihrem Hals funkelte eine Kristallkette.

Sie war nicht allein in der Loge. Zu ihrer Linken saß Amelia. Während Marcus hinübersah, wurde der Vorhang hinter den beiden Frauen auseinandergeschoben. Herbert Hoyt trat ein, elegant wie immer in einem blauen Frack, einer Weste im Paisleymuster und Hose mit Bügelfalte. In jeder seiner behandschuhten Hände hielt er ein Glas Limonade.

Mrs. Dorchester setzte mit der Lebendigkeit eines mechanischen Spielzeugs zur Konversation an. »Herrliches Wetter heute, nicht wahr, Mylord?«

»Ja«, sagte Marcus.

»Juliana und ich sind heute nachmittag im Park spazierengefahren, nicht wahr, Juliana?« fuhr Mrs. Dorchester mit grimmiger Entschlossenheit fort.

»Ja, Mama.« Juliana umklammerte ihren Fächer, als fürchte sie, daß Marcus die Hand ausstrecken und ihn ihr entreißen könnte. »Es war sehr nett.« Sie begann zu strahlen. »Wir haben Ihren Bruder getroffen, Sir.«

»Ach ja?«

Marcus' Ton ließ Juliana zusammenfahren. Mrs. Dorchester warf ihrem Mann einen flehenden Blick zu.

Dorchester versuchte mannhaft, seinen Teil der Konversationslast zu tragen. »Ich hoffe, es geht Ihnen gut, Sir?«

»Sehr gut«, sagte Marcus.

»Hervorragend, hervorragend«, sagte Dorchester mit gespielter Begeisterung. »Freut mich zu hören.«

Marcus beobachtete, wie Iphiginia an dem Glas nippte, das Hoyt ihr gereicht hatte. »In der Tat fühle ich mich so gut, daß ich beschlossen habe zu heiraten.«

Verblüfftes Schweigen.

Dorchester rang nach Luft. Es dauerte ein paar Sekunden, bis er den Mund wieder zuklappte. »Ich dachte, Sie wären fest entschlossen, nicht noch einmal zu heiraten, Sir. Es heißt, das sei einer Ihrer ehernen Grundsätze oder so.«

»Ich habe es mir anders überlegt«, erklärte Marcus. »Eine Freundin hat mich davon überzeugt, daß manche Regeln dazu da sind, um gebrochen zu werden.«

»Ich verstehe.« Dorchester riß sich zusammen. »Nun denn. Meinen Glückwunsch. Ich sage Ihnen, diese Neuigkeit wird wie eine Bombe einschlagen.«

Juliana blickte kurz ihre Eltern an, und dann wandte sie sich mit einem strahlenden Lächeln an Marcus. »Ich wünsche Ihnen alles erdenklich Gute für Ihre Ehe, Sir.«

Marcus zog eine Braue hoch. »Danke, Miss Dorchester.«

Mrs. Dorchester kniff ihre kleinen Schweinsäuglein zusammen. »Und wann werden Sie Ihre Verlobung bekanntgeben, Mylord?«

»Sehr bald«, versicherte ihr Marcus.

Dorchester runzelte die Stirn. »Und wer ist die Glückliche, wenn man fragen darf?«

»Das darf ich leider noch nicht verraten. Es gibt vorher noch ein paar Dinge zu erledigen. Verträge und so. Sie verstehen.«

»Natürlich«, sagte Dorchester schwach. »Verträge. Das ist sehr wichtig.«

»Allerdings.« Marcus erhob sich. »Bitte entschuldigen Sie mich. Ich muß los. In letzter Zeit bin ich immer sehr beschäftigt. Wie ich festgestellt habe, sind Hochzeitsvorbereitungen mit sehr viel Arbeit verbunden.«

»Ach ja?« Mrs. Dorchester kniff die Augen noch mehr zusammen.

»Allerdings«, sagte Marcus. »Man muß zum Beispiel sein Testament vollkommen umschreiben, wenn man seine zukünftige Frau und die zu erwartenden Nachkommen versorgt wissen will.«

»Nachkommen?« erwiderte Mrs. Dorchester tonlos.

»Man muß schließlich seine Pflicht erfüllen, wenn man einen Titel hat«, erläuterte Marcus. »Und dann muß man auch die Einkünfte der anderen Familienmitglieder entsprechend anpassen.«

»Auf welche Art?« fragte Mrs. Dorchester eilig.

»Man muß sie natürlich verringern«, sagte Marcus. »Das Familienvermögen muß in den Händen meines Erben konzentriert werden, um es zu schützen und zu erhalten.«

»Ich dachte, Ihr Bruder sei Ihr Erbe, Sir«, entfuhr es Dorchester.

»Ja, nun, das wird sich mit meiner Eheschließung ändern, nicht wahr? Mit etwas Glück werde ich einen Sohn bekommen, der dann den Titel und das Vermögen erbt.«

Mrs. Dorchester war ehrlich erschüttert. »Ich verstehe.«

»Mein Bruder wird natürlich weiterhin sein Auskommen haben. Wie immer.« Marcus schob den Vorhang beiseite und verließ die Loge. Mit einem Lächeln wandte er sich noch einmal um. »Es sei denn, er heiratet gegen meinen Willen.«

»Wie bitte?« Dorchester wirkte getroffen.

»Ich bin der Überzeugung, daß Bennet um seiner Zukunft willen eine reiche Erbin finden muß. Schließlich muß er an die Zukunft seiner eigenen Kinder denken.«

»Kinder?« Dorchester war ehrlich verwirrt.

»Darauf läuft es doch immer hinaus, nicht wahr?« Marcus trat auf den Gang hinaus, und der schwere Vorhang schloß sich hinter ihm.

Er ging den gewundenen Gang entlang bis ans andere Ende des Theaters, wo Iphiginias Loge war.

Herbert Hoyt trat gerade in dem Augenblick auf den Flur hinaus, als Marcus die Hand ausstreckte, um den Vorhang zu öffnen.

»Oh, Verzeihung.« Hoyt trat eilig beiseite. »Guten Abend, Masters. Ich hatte nicht die Absicht, Sie umzurennen. Verdammt voll hier draußen im Flur, nicht wahr?«

»Ja.« Marcus betrat die Loge und ließ den Vorhang fallen.

»Guten Abend, Iphiginia. Miss Farley.« Ohne eine Einladung abzuwarten, nahm sich Marcus einen der kleinen Stühle.

»Mylord«, murmelte Amelia höflich, ehe sie sich abwandte, um das Treiben im Parkett zu beobachten.

Marcus kam der Gedanke, daß Amelia ihn auf ebenso subtile Weise schnitt, wie Sands es häufig tat. Anscheinend erfreute er sich in letzter Zeit keiner allzu großen Beliebtheit.

Iphiginia lächelte. Ihre Augen blitzten vor Neugier. »Guten Abend, Mylord. Ich dachte, ich hätte Sie vor ein paar Minuten in der Loge der Dorchesters gesehen.«

»Ich habe ein paar Worte mit Dorchester gewechselt.« Marcus streckte seine Beine aus und sah sie stirnrunzelnd an. »Warum zum Teufel stolpere ich eigentlich immer wieder über Hoyt? Er scheint eine Menge Zeit in deiner Nähe zu verbringen.«

Iphiginia zuckte mit den Schultern. Die Kristalle an ihrem Hals versprühten ein farbloses Feuer. »Mr. Hoyt ist ein guter Freund. Und er ist vollkommen harmlos. Das wissen Sie, Mylord.«

»Er ist verdammt lästig.«

Iphiginia zog die Brauen hoch. »Sie scheinen schlechte Laune zu haben, Sir.«

»Allerdings.« Marcus blickte in Richtung der Bühne, als die Lichter im Zuschauerraum erloschen. »Aber vielleicht wird sie ja besser, wenn ich Kean spielen sehe.«

»Das hoffe ich.« Iphiginia warf ihm noch einen fragenden Blick zu, ehe sie sich ebenfalls der Bühne zuwandte.

Kean spielte die Rolle des Macbeth hervorragend, aber selbst seine hinreißende Aufführung trug nicht dazu bei, Marcus' Stimmung zu heben.

Eigentlich wollte er nicht das Schauspiel verfolgen, sondern mit

Iphiginia sprechen. Er wollte ihr von Bennets sturer Entschlossenheit erzählen, Juliana Dorchester zu heiraten.

Er mußte ihr seine Sorgen mitteilen, ihre Meinung wissen und sie fragen, ob sie fand, daß es richtig gewesen war zu versuchen, Dorchester abzuschrecken.

Aber die Fähigkeit, einen anderen Menschen an seinen Problemen teilhaben zu lassen, hatte er bereits vor Jahren verloren. Es war so lange her, daß er jemand anders um Rat gebeten, ihm Unsicherheiten eingestanden oder ihn einfach nach seiner Meinung gefragt hatte, daß er noch nicht einmal mehr wußte, wie er das machen sollte.

Auf jeden Fall gestatteten es ihm seine Grundsätze nicht, Schwäche zu zeigen.

Mitten in der letzten Szene von *Macbeth* wurde plötzlich der Vorhang aufgerissen, und Bennet kam hereingestapft. Seine Hände waren zu Fäusten geballt, und sein Gesicht war eine Maske des Zorns.

»Zur Hölle mit dir, Marcus. Das werde ich dir niemals verzeihen. Ich weiß, was du vorhast, aber es wird dir nicht gelingen. Hörst du? Du kannst mich nicht davon abhalten, Juliana zu heiraten.«

Marcus wandte sich langsam um. Er bemerkte Iphiginias und Amelias Verblüffung.

»Du scheinst deine Erziehung zu vergessen«, sagte Marcus milde. »Erlaube mir, dich mit Mrs. Bright und Miss Farley bekannt zu machen.«

Bennet bedachte Iphiginia mit einem vernichtenden Blick. »Warum sollte ich in Gegenwart deiner *Mätresse* gutes Benehmen zeigen, wenn du dich noch nicht einmal dazu herabläßt, meiner zukünftigen Frau und den Mitgliedern ihrer Familie gegenüber Höflichkeit walten zu lassen?«

»Das reicht.« Marcus erhob sich. »Ich habe dich gewarnt, Bennet. Wir werden später über diese Angelegenheit sprechen.«

»Da gibt es nichts zu besprechen. Ich hätte wissen müssen, daß du nichts unversucht lassen würdest, um mein Glück zu zerstören. Aber seltsamerweise kam es mir nicht in den Sinn, daß du so weit gehen könntest. Wie ich höre, hast du die Absicht, mich zu enterben.«

»Darüber werden wir sprechen, wenn wir zu Hause sind«, sagte Marcus mit ruhiger Stimme.

»Glaubst du etwa, daß es mich auch nur die Bohne interessiert, ob du mich enterbst oder nicht? Ich komme auch allein zurecht. Und Juliana weiß das. Sie vertraut mir, auch wenn du und ihr Vater das nicht tun.«

»Wenn du unbedingt eine Szene möchtest, dann gehen wir besser nach draußen.«

»Nicht nötig. Ich gehe schon.« Bennet verzog den Mund zu einem verächtlichen Schnauben. »Übrigens, meinen Glückwunsch, Marcus. Wie ich höre, wirst du in Kürze deine Verlobung bekannt, geben.«

Marcus hörte, wie Iphiginia nach Luft schnappte, doch er sah sie nicht an. Seine Aufmerksamkeit galt voll und ganz seinem Bruder. »Das ist richtig.«

»Das ganze Theater spricht von nichts anderem mehr. Du mußt wirklich verzweifelt darauf ausgewesen sein, meine Heiratspläne zu unterbinden, wenn du sogar so weit gegangen bist, deinen obersten Grundsatz über Bord zu werfen.«

»Bennet, es reicht.«

»Aber dieser Teil deines Plans wird auch nicht aufgehen. Juliana wird mich heiraten, ob ich nun deinen verdammten Titel erbe oder nicht. Du wirst es sehen. Sie liebt mich und nicht den verfluchten Grafentitel. Was mehr ist, als du über deine zukünftige Frau wirst sagen können, egal, wer sie ist.«

Mit diesen Worten machte Bennet auf dem Absatz kehrt und stürmte aus der Loge.

Kapitel vierzehn

Iphiginia lehnte vollkommen reglos in den schwarzen Polstern von Marcus' ebenholzfarbener Kutsche. Im Inneren des Gefährts herrschte Dunkelheit. Marcus füllte mit seinem breiten Körper fast die gesamte gegenüberliegende Sitzbank aus. Eins seiner langen Beine hatte er auf dem Kissen ausgestreckt, der andere Fuß stand auf dem Boden. Er strahlte eine gefährliche, mürrische Ruhe aus.

Seit sie vor ein paar Minuten das Theater verlassen hatten, hatte er nicht viel mehr als ein Dutzend Worte gesagt. Das meiste davon waren Anweisungen an Dinks gewesen.

Iphiginia hatte das Ende von Keans Aufführung nicht mehr sehen dürfen. Marcus hatte etwas davon gemurmelt, daß er das Gedränge nach der Vorstellung vermeiden wollte, aber Iphiginia wußte, daß das nicht der wahre Grund war, weswegen er früher hatte gehen wollen.

Als er ihr barsch befohlen hatte, ihn zu begleiten, hatte sie den Zweifel und die Mißbilligung in Amelias Blick bemerkt. Aber sie hatte sich ihm stumm gefügt. Amelia war in die Loge von Zoë und Otis hinübergewechselt, die sie auch sicher nach Hause bringen würden.

Als Iphiginia und Marcus Amelia zu der anderen Loge begleitet hatten, hatte Zoë fragend aufgeblickt, aber Iphiginia hatte sie ignoriert. Sie hatte gewußt, daß ihrer Tante bereits die Gerüchte über Marcus' bevorstehende Verlobung zu Ohren gekommen waren, aber sie hatte ihr dafür keine Erklärung geben können.

Als die Kutsche anfuhr, brach Marcus schließlich das bedrückende Schweigen.

»Es tut mir leid, daß du in deiner Loge Zeugin der unglückseligen Auseinandersetzung mit meinem Bruder geworden bist.« Er starrte hinaus in die Dunkelheit. »Er scheint im Augenblick eine höchst melodramatische Phase durchzumachen.«

»Marcus, ich glaube, du schuldest mir eine Erklärung.«

»Mmm.«

Iphiginia wartete ein paar Sekunden, doch Marcus schwieg.

»Und?« drängte sie schließlich.

»Und was?« Marcus wandte den Blick nicht ein einziges Mal von der Straße.

Iphiginia unternahm den heldenhaften Versuch, nicht die Geduld zu verlieren. »Und, welche Erklärung gibt es für die Szene in meiner Loge?«

Marcus zögerte, als befinde er sich auf unsicherem Terrain.

»Es ist wohl einer deiner Grundsätze ist, anderen niemals etwas zu erklären«, sagte Iphiginia. »Aber ich finde, in diesem Fall –«

»Bennet bildet sich ein, daß er sich leidenschaftlich in Juliana Dorchester verliebt hat.«

»Und du billigst diese Verbindung nicht?«

Marcus blickte sie an. »Wie hast du das erraten?«

»Das war nicht allzu schwierig.«

»Es ist Dorchesters größter Wunsch, das bescheidene Vermögen seiner Familie aufzubessern, indem er seine Tochter mit einem reichen Mann verheiratet. Und Mrs. Dorchesters oberstes Ziel ist es, einen Titel für ihre Sippe zu ergattern. Also versuchen sie in dieser Saison verzweifelt, Juliana mit einem wohlhabenden, adligen Mann zu verkuppeln. In der vorigen Saison war es bereits dasselbe.«

»Woher weißt du das?«

»Letztes Jahr war ich eine Zeitlang als Opfer auserkoren.« Das Licht einer vorbeifahrenden Kutsche fiel durch das Fenster und erhellte die harten Linien in Marcus' grimmigem Gesicht. »Dorchester ging sogar so weit zu versuchen, mich gemeinsam mit seiner Tochter in eine kompromittierende Situation zu manövrieren.«

»Gütiger Himmel. Wie das?«

»Ich will dir die Einzelheiten ersparen. Es war ein schäbiges Komplott, schlecht vorbereitet und leicht zu durchschauen. Aber es genügt, zu sagen, daß es nicht funktioniert hat.«

»Ich verstehe.« Iphiginia fröstelte. Sie zog ihr weißes Spitzenumhängetuch etwas fester um ihre nackten Schultern. »Ich nehme an, daß du nicht zu Schaden gekommen bist.«

»Nein.«

»Anders als in der Nacht in Pettigrews Vestatempel, als du die Wahrheit erst zu spät entdeckt hast.«

Es gab eine kurze, angespannte Pause. Schließlich räkelte sich Marcus wie ein großes Raubtier, das eine bequemere Stellung sucht. Er lehnte sich in die Kissen, kniff die Augen zusammen und kreuzte die Arme vor der Brust.

»Ich habe Dorchester klar gemacht, daß ich Juliana noch nicht einmal heiraten würde, wenn er dafür sorgen würde, daß man uns beide zusammen nackt in einem Bett überraschte«, sagte Marcus bestimmt.

»Oh.« Iphiginia wußte nicht, was sie sonst noch hätte sagen sollen.

»Ich habe ihn an meinen Grundsatz erinnert, nicht noch einmal zu heiraten. Offenbar hat er mich beim Wort genommen. Auf jeden Fall hat er es von da an unterlassen, mir Juliana aufzudrängen. Aber in diesem Jahr ist er anscheinend zu dem Schluß gekommen, daß mein Bruder ein annehmbarer Ersatzkandidat ist.«

»Also hast du heute abend erneut versucht, ihn von seinem Vorhaben abzubringen«, schloß Iphiginia. »Aber dieses Mal hast du noch ein zusätzliches Problem. Dein Bruder ist in Juliana verliebt.«

»Mein Bruder ist Julianas Schönheit und der schwülstigen Prosa der Byronschen Dichter erlegen. Das ist etwas anderes als Liebe.«

Iphiginia zuckte zusammen, als sie die Verachtung in seiner Stimme bemerkte. »Wieso bist du dir so sicher, daß die Gefühle, die dein Bruder für Juliana hegt, etwas anderes als wahre Liebe sind?«

»Um Himmels willen, er ist gerade mal zwanzig. Er erlebt zum ersten Mal so etwas wie Leidenschaft. Und in der für junge Männer typischen Art versucht er, seine vollkommen natürlichen Gelüste zu etwas Höherem zu erheben, indem er sie als Liebe bezeichnet.«

»Vielleicht empfindet er ja wirklich mehr für Juliana, als du denkst.«

»Das ist wohl eher unwahrscheinlich«, murmelte Marcus.

»Was wolltest du eigentlich damit erreichen, daß du heute abend deine angebliche Verlobung bekanntgegeben hast?«

»Die Verlobung ist echt. Wir werden heiraten, Iphiginia.«

»Darüber sollten wir irgendwann anders sprechen«, sagte sie. »Im Augenblick geht es um deinen Bruder. Du denkst also, daß Dorchester seine Meinung bezüglich einer Heirat zwischen seiner Tochter und deinem Bruder ändert, wenn er glaubt, daß du es dir anders überlegt hast und selbst heiratest.«

»Ich habe es mir anders überlegt.«

Sie ignorierte diesen Einwurf. »Vielleicht ist es dir ja sogar gelungen, Dorchester davon zu überzeugen, daß dein Bruder keine gute Partie für seine Tochter ist, aber was ist mit Bennet und Juliana?«

»Was soll mit ihnen sein? Julianas Eltern werden ihr nicht erlauben, meinen Bruder zu heiraten, wenn sie denken, daß ich ihn enterbe. Sie haben es doch einzig und allein auf einen Teil des Masterschen Vermögens abgesehen. Und ich bin derjenige, der darüber verfügt, nicht Bennet.«

»Marcus, ich glaube, so einfach ist das Ganze nicht. Ich habe das Gesicht deines Bruders gesehen. Er ist wirklich der Überzeugung, daß er Juliana liebt.«

»Er wird bald dahinterkommen, daß ihm das nicht viel nützt. Dorchester wird Juliana von meinem Bruder fernhalten und sie so bald wie möglich einem anderen Mann auf den Hals hetzen.«

»Unsinn. Du und Dorchester seid beide Idioten, wenn ihr wirklich glaubt, daß ihr so einfach über das Leben anderer Menschen bestimmen könnt. Juliana und Bennet sind jung, aber sie sind keine Kinder mehr. Man kann nicht wissen, was sie vielleicht tun, wenn du und Dorchester versucht, ihnen euren Willen aufzuzwingen.«

Marcus blickte sie aus der Dunkelheit heraus an. »Was willst du damit sagen? Daß sie durchbrennen könnten?«

»Das wäre immerhin möglich.«

»Niemals. Ich gebe zu, daß Bennet im Augenblick vielleicht verrückt genug ist, Juliana einen derartigen Vorschlag zu machen, aber Juliana ist eine sehr vernünftige junge Frau. Sie würde wohl kaum einen Mann heiraten, dessen finanzielle Situation nicht gesichert ist.«

»Du meinst also, sie würde eher des Geldes wegen als aus Liebe heiraten?«

»Genau. Vergiß nicht, ich habe sie letztes Jahr erlebt.«

»Ich nehme an, daß du eher ihre Eltern erlebt hast. Die arme Juliana hat bestimmt nur versucht, die Anweisungen ihres Vaters und ihrer Mutter zu befolgen.«

»Das ist doch dasselbe.«

»Marcus, ich sage es zwar nicht gern«, fuhr Iphiginia fort. »Aber du hast keine besonders gute Menschenkenntnis. Zumindest nicht, was Herzensangelegenheiten betrifft.«

»Herzensangelegenheiten sollten nicht anders als Geschäfte abgewickelt werden. Man sollte immer Vorsicht walten lassen und die Dinge genau abwägen.«

»Du meinst, mit einem gewissen Maß an Zynismus, nicht wahr? Ich verstehe, daß du versuchst, deinen Bruder vor einer unglücklichen Ehe zu bewahren«, sagte Iphiginia sanft. »Aber ich glaube, du gehst die Sache falsch an.«

»Das geht dich überhaupt nichts an, Iphiginia.«

»Unsinn. Du hast mich in die Sache hineingezogen. Wenn du mich hättest heraushalten wollen, hättest du Dorchester niemals erzählen dürfen, daß du die Absicht hast, in Kürze deine Verlobung bekanntzugeben. Jetzt müssen wir beide uns mit all den lästigen Fragen und Spekulationen der Leute auseinandersetzen. Das macht die ganze Sache wesentlich komplizierter, als sie ohnehin schon ist.«

»Ich habe damit keine Probleme. Einer meiner Grundsätze ist es, persönliche Fragen niemals zu beantworten.«

»Aber, Marcus, die Leute werden erwarten, daß du dich mit einer der jungen Damen, die dieses Jahr in die Gesellschaft eingeführt wurden, verlobst. Nicht mit deiner Mätresse. Selbst dein eigener Bruder geht davon aus, daß du eine der Ladys aus deinen Kreisen nimmst.«

»Ich werde mich mit einer jungen Dame verloben, die dieses Jahr in die Gesellschaft eingeführt wurde«, sagte Marcus. »Mit dir.«

»Du bist der größte Dickschädel, der mir jemals begegnet ist.«

»Am besten gewöhnst du dich gleich daran, denn ich habe nicht die Absicht, mich in irgendeiner Weise zu ändern.«

Iphiginia unterdrückte einen Seufzer. »Reden wir lieber wieder über das, worum es im Augenblick geht. Ich rate dir, Bennet und Juliana gegenüber nicht allzu hart und unnachgiebig zu sein. Ich fürchte, wenn du versuchst, ihnen deinen Willen aufzuzwingen, treibst du sie einander nur noch mehr in die Arme.«

»Ich erinnere mich nicht daran, dich um Rat gebeten zu haben.«

»Warum unterhalten wir uns dann überhaupt darüber?«

»Wenn ich das wüßte«, murmelte er. »Auf jeden Fall geht dich die ganze Sache nichts an. Bennet ist mein Bruder, und ich werde tun, was ich für richtig halte.«

»Marcus, ich verstehe ja deine Besorgnis. Du willst ihn nur beschützen.«

»Und was ist daran falsch?«

»Nichts. Ich verstehe dich. Du hast ihn aufgezogen. Ich nehme an, daß du in vielerlei Hinsicht eher ein Vater als ein Bruder für ihn bist. Mir ging es mit meiner Schwester ganz ähnlich. Auf gewisse Weise war ich fast wie eine Mutter für sie.«

»Das weiß ich«, sagte er leise.

»Du und ich hatten bereits die Verantwortung für ein Kind, als wir selbst kaum erwachsen waren. Und genau wie richtige Eltern wollen wir unsere Schutzbefohlenen vor allem Übel bewahren. Aber so sehr wir sie auch behüten wollen, können wir es doch nicht unser Leben lang tun.«

»Ich kann und werde Bennet vor Juliana Dorchester beschützen.«

»Du gehst die Sache falsch an.«

»Was soll ich denn deiner Meinung nach tun?« knurrte Marcus. »Ihnen noch meinen Segen geben?«

»Ja.«

»Niemals.«

»Hör mir zu.« Iphiginia beugte sich vor. »Sag deinem Bruder, daß du ihm deinen Segen geben wirst, wenn er sich mit einer angemessenen Verlobungszeit einverstanden erklärt.«

»Und was nennst du angemessen?«

»Viele junge Paare der besseren Gesellschaft sind ein Jahr lang verlobt. Sicher kannst du Bennet dazu bewegen, dir diesen Wunsch zu erfüllen. Bitte ihn um eine mindestens sechsmonatige Verlobung.«

»Und was passiert danach?«

»Ein Jahr ist eine lange Zeit, Marcus. Und auch sechs Monate sind nicht wenig. Wenn Juliana für Bennet nicht die Richtige ist, hat er ausreichend Gelegenheit, das festzustellen.«

»Eine Verlobung zu lösen ist keine leichte Sache.«

»Stimmt, aber es ist möglich, und es wird immer wieder gemacht. Du kannst dafür sorgen, daß es in aller Stille geschieht.«

Marcus' Miene verfinsterte sich. »Und was ist, wenn es Juliana gelingt, sich und Bennet zu kompromittieren, ehe das Jahr vorüber ist?«

»Die Gefahr besteht immer. In der Tat ist sie im Augenblick noch größer, weil die beiden verzweifelt sind. Wenn Juliana für Bennet genauso empfindet wie er für sie, dann sehen die beiden sich vielleicht als unglückselige Liebende. Sie könnten beschließen, ihren Familien und der Konvention zu trotzen, um zusammen zu sein.«

»Verdammt. Was du da sagst, trifft nur dann zu, wenn ich mich bezüglich der Gefühle von Juliana irre. Aber wenn ich recht habe, dann ist die ganze Sache damit so gut wie erledigt. Die Dorchesters, einschließlich Juliana, werden zu dem Schluß kommen, daß Bennet kein passender Heiratskandidat mehr ist.«

Iphiginia seufzte. »Ich bezweifle, daß du die Situation richtig einschätzt. Du bist ein Mann der Wissenschaft, wahrscheinlich der intelligenteste Mann, der mir jemals begegnet ist, aber wenn es um Gefühle geht, bist du einfach blind. Die Liebe bringt Menschen dazu, die verzweifelsten Dinge zu tun.«

Er sah sie fragend an. »Und was macht dich zu einer Expertin für Herzensdinge?«

Sie unterließ es, ihn darauf hinzuweisen, daß sie ein lebendes Beispiel für die Verzweiflung war, die ein liebender Mensch zu erdulden hatte.

»Ich habe erlebt, wie sich meine Schwester verliebt hat.«

Marcus' Blick wurde intensiver. »In den Mann, von dem du dachtest, daß er dich liebte?«

Iphiginia hielt den Atem an. »Du weißt über Richard Hampton Bescheid?«

»Ja.« Marcus blickte wieder hinaus auf die Straße.

»Du meinst, du weißt alles, nicht wahr?«

»Ich habe die Erfahrung gemacht, daß es besser ist, so viele Informationen wie möglich zu sammeln, ehe man eine Entscheidung fällt.«

»Nun denn, da du ja anscheinend allwissend bist, brauchst du ja auch keine weitere Erklärung bezüglich meines Verhältnisses zu Richard.«

Marcus sah sie kurz an, doch dann wanderte sein Blick zurück zum Fenster. »Hast du ihn geliebt?«

»Die Antwort dürfte für einen Mann, der nicht an die Liebe glaubt, ja wohl bedeutungslos sein.«

»Du weichst mir aus.«

»Ich wende nur deine eigene Regel an, wenn ich über persönliche Dinge nicht spreche.« Iphiginia machte eine Pause. »Aber ich schlage dir ein Geschäft vor.«

»Was für ein Geschäft?«

»Ich werde dir die Antwort auf deine Frage geben, wenn du mir ebenfalls eine Frage beantwortest.«

»Also gut«, sagte er zögernd. »Aber du beantwortest zuerst meine Frage. Dachtest du, daß du den jungen Hampton liebst?«

Iphiginia bemühte sich um eine ehrliche Antwort. Seltsam, wie schwer es ihr fiel, sich an ihre Gefühle aus jenen Tagen zu erinnern, in denen sie gedacht hatte, Richard würde sie vielleicht bitten, seine Frau zu werden. Ihre Gefühle für Richard waren so farblos und fade gewesen, verglichen mit ihren Gefühlen für Marcus.

»Ich dachte, daß ich lernen könnte, ihn zu lieben«, sagte sie leise.

»Du dachtest, daß du lernen könntest, ihn zu lieben?« fragte Marcus spöttisch. »Was für ein Unsinn.«

»Ich glaube nicht, daß das Unsinn ist. Im Grunde meines Herzens bin ich ein Blaustrumpf. Schließlich war ich einmal Lehrerin. Ich glaube an die Kraft des Intellekts, und ich bin davon überzeugt, daß man dort, wo die Grundlagen stimmen und wo Entschlossenheit, guter Wille und ein gewisses Maß an Intelligenz vorhanden sind, in der Lage ist, lieben zu lernen.«

»Wenn ein Dichter deinen Vortrag über die Anwendung praktischer Intelligenz auf die Liebe hören würde, würde er vor Lachen umkommen.«

»Du bist aber kein Dichter. Also, warum lachst du?«

»Das ganze verfluchte Thema ist einfach lächerlich.« Marcus bedachte sie mit einem verächtlichen Seitenblick. »Du sagst, die Grundlagen müssen stimmen, wenn man lieben lernen will. Haben die Grundlagen bei Richard Hampton gestimmt?«

»Ich glaube, ja. Richard ist ein guter Mensch. Ein freundlicher Mensch. Stark, sanft und beständig. Ja, ich hätte lernen können, ihn zu lieben.«

»Das klingt ja, als sei er ein richtiger Ausbund an Tugend gewesen. Glaubst du wirklich, daß du glücklich mit ihm gewesen wärst?«

»Ja.«

»Und du wärst ihm treu gewesen?«

Sie runzelte die Stirn. »Selbstverständlich.«

»Selbst wenn du nach der Hochzeit einen anderen Mann kennengelernt hättest? Einen Mann, der dein Blut in flüssiges Feuer verwandelt? Einen Mann, der dich die Werke der Dichter verstehen lehrt? Einen Mann, der dich in Versuchung führt, nach den Sternen zu greifen?«

»Du meinst, wenn ich dich getroffen hätte, Marcus?«

Er verharrte vollkommen reglos.

Iphiginia lächelte wehmütig. »Es ist höchst unwahrscheinlich, daß du und ich uns jemals begegnet wären, wenn ich Richard Hampton geheiratet hätte. Aber die Antwort auf deine Frage ist ja. Selbst wenn ich dich getroffen hätte, wäre ich ihm treu geblieben. Ich halte vielleicht nicht viel von ehernen Grundsätzen, aber ich habe ein gewisses Ehrgefühl.«

»Leidenschaft läßt sich nicht immer durch den menschlichen Willen bezwingen.«

»Das sehe ich anders. Und ich denke, daß du es tief in deinem Inneren ebenfalls anders siehst. Schließlich sind wir intelligente Wesen. Man kann der Versuchung der Leidenschaft gewiß widerstehen, wenn man fest genug entschlossen dazu ist.«

Zu ihrer Überraschung verzog sich Marcus' Gesicht zu einem leichten Lächeln. »Vielleicht hast du recht. Aber was bedeutet das für dich und mich, Iphiginia? Daß es uns an Willensstärke fehlt?«

»Nein.« Sie öffnete langsam ihren Fächer und klappte ihn wieder zu. »Es bedeutet, daß wir beide die Freiheit besitzen, uns unserer Leidenschaft hinzugeben, und daß wir beschlossen haben, eben das zu tun. Es ist unser Privileg und unser Recht als ungebundene erwachsene Menschen. Wenn wir nicht frei wären, würde uns unser Ehrgefühl davon abhalten, der Versuchung zu erliegen.«

»Ah, ich verstehe. Zufällig hatten wir die Freiheit, der Versuchung erliegen zu dürfen, also wurden wir prompt in Versuchung geführt. Ein interessanter Gedanke.«

»Vielleicht sollten wir lieber wieder über die Leidenschaft deines Bruders sprechen statt über unsere eigene. Du kannst über Bennets Leben nicht bestimmen. Und das solltest du auch nicht.«

»Meinst du nicht, daß ich das weiß? Ich will nicht über sein Leben bestimmen. Ich will ihn nur beschützen.«

»Er wird lieben, wen immer er lieben will. Alles, worauf du hoffen darfst, ist, daß es dir gelingt, ihm die Zeit zu verschaffen, die er braucht, um sich sein Tun reiflich zu überlegen. Mit etwas Glück wird er diese Zeit nutzen, um herauszufinden, ob es sich bei seinen Gefühlen für Juliana Dorchester um wahre Liebe oder nur um eine flüchtige Leidenschaft handelt.«

»Ich denke immer noch, daß mein Vorgehen zu dem gewünschten Ergebnis führen wird«, sagte Marcus. »Es würde mich nicht im geringsten überraschen, wenn ich heute abend die ganze Sache im Keim erstickt hätte.«

»Ich denke, daß dein Vorgehen zu einer Katastrophe führen wird.«

»Verdammt und zugenäht. Ich verabscheue derartigen emotionalen Unsinn.«

»Du hast einfach keine Geduld für Dinge, die sich nicht mit den Gesetzen der Wissenschaft erklären lassen.«

»Es war alles viel einfacher, als Bennet noch jünger war«, sagte Marcus mit leiser Stimme. »Damals hat er noch auf mich gehört. Wenn er Hilfe brauchte, hat er mich darum gebeten. Und ehe er etwas Wichtiges tat, bat er immer um meine Erlaubnis.«

»Ich verstehe.« Iphiginia lächelte wehmütig. »Es war dasselbe, als meine Schwester noch klein war. Aber irgendwann wird jeder Mensch erwachsen, Marcus.«

»Aber müssen sie dabei ihr eigenes Glück zerstören?«

»Manchmal.«

»Der Preis ist einfach zu hoch. Ich kann ihn nicht einfach in sein Unglück rennen lassen, Iphiginia.«

Iphiginia umklammerte ihren Fächer. »Ich habe jahrelang junge Mädchen unterrichtet, und dabei habe ich herausgefunden, daß sie nicht immer das lernten, was ich ihnen beibringen wollte. Allzuoft haben sie etwas vollkommen anderes gelernt.«

»Und was soll mir diese rätselhafte Bemerkung sagen?«

»Du mußt mir glauben, wenn ich sage, daß dein Vorgehen einfach zu riskant ist. Bennet wird viel davon lernen, wie du mit der Situation umgehst.«

»Das will ich doch hoffen«, sagte Marcus heftig.

»Aber ich bezweifle, daß er das lernen wird, was du ihm beibringen willst. Kurz gesagt, wenn die Sache schlecht ausgeht, besteht die Gefahr, daß er dir sehr ähnlich wird. Wünschst du ihm das wirklich?«

Marcus sah sie erstaunt an. »Wie bitte?«

»Du bringst ihm die Dinge bei, die ihn höchstwahrscheinlich zu einer Kopie deiner selbst machen.«

»Und was für ein Mensch würde er dann?« fragte Marcus mit gefährlich leiser Stimme.

»Ein Mann, der nach so strengen und starren Regeln lebt, daß sie keinen Platz mehr für die Liebe lassen.«

Schreckliche Stille senkte sich über die Kutsche. Marcus verharrte vollkommen reglos, aber Iphiginia spürte, wie die stummen Wogen seines Zorns über ihr zusammenschlugen.

»Ich weiß nicht, wie deine erste Ehe ausgesehen hat. Aber ich kann nicht umhin anzunehmen, daß sie nicht besonders glücklich war.«

»Es war die Hölle.«

»Nun zu meinem Teil unseres Geschäfts. Ich möchte eine Antwort auf folgende Frage. Hätte dich irgend jemand, der dich damals kannte, von der Heirat abhalten können?«

Einen Augenblick dachte sie, er würde ihr die Antwort verweigern.

»Nein.« Dieses einzelne Wort wog zentnerschwer. »Höchstwahrscheinlich nicht. Ich dachte, ich wüßte, was ich tue. Ich dachte, daß ich Nora liebte.« Sein Lächeln war voller Ingrimm. »Und ich dachte, daß sie mich liebte.«

»Vielleicht tat sie das ja auch«, warf Iphiginia zögernd ein.

»Nein.« Marcus ballte die Hand kurz zur Faust. »Sie brauchte einen Vater für das Kind, das sie erwartete.«

Iphiginia erstarrte. »Ich wußte nicht –«

Marcus sah sie mit kalten Augen an. »Niemand wußte etwas davon. Ich habe nie einem anderen Menschen erzählt, daß Nora zu mir kam, nachdem ein anderer sie geschwängert hatte.«

»Oh, Marcus. Wie schrecklich für dich.«

Er schwieg einen Moment. Iphiginia fiel nicht ein, was sie hätte sagen können. Die Erkenntnis, daß er die Wahrheit so lange für sich behalten hatte, erschütterte sie.

»Noras Familie lebte auf dem benachbarten Bauernhof«, fuhr Marcus schließlich fort. Es klang, als hole er die Worte aus einem tiefen Grab hervor, in dem sie lange geruht hatten. »Ich kannte sie schon als Kind. Ich war ein Jahr älter als sie, und seit ich sechzehn war, dachte ich, daß ich sie liebte.«

»Marcus, bitte, du mußt mir das nicht erzählen.«

Er ignorierte sie. »Ich glaube, sie fand mich ganz unterhaltsam. Und nützlich. Wir haben gemeinsam im Pfarrhaus des Dorfes tanzen gelernt. Ich habe ihr beigebracht, wie man fischt. Sie war die erste Frau, die ich jemals geküßt habe.«

Iphiginia wollte nichts mehr hören. »Bitte –«

»Aber ich war ein einfacher Bauer. Damals hatte noch ein entfernter Onkel den Titel, und ich hätte niemals gedacht, daß ich ihn eines Tages erben würde. Nora wollte mehr vom Leben, als ich ihr bieten konnte. Und sie war so wunderschön, daß sie und ihre Eltern der festen Überzeugung waren, daß sie es zu einem wesentlich besseren Ehemann bringen könnte. In dem Jahr, als Nora achtzehn wurde, verbrachte sie die Saison in London.«

»Und was passierte dann?« fragte Iphiginia, obgleich sie sich vor der Antwort fürchtete.

»Als sie im Juni zurückkam, hatte sich alles verändert. Sie war nicht länger die kokette, charmante, fröhliche junge Frau, die sie bei ihrer Abreise noch gewesen war. Sie warf sich mir regelrecht in die Arme und erklärte, sie habe schließlich gemerkt, daß ich derjenige sei, den sie liebte.«

»Ich verstehe.« Iphiginia blickte auf ihren Fächer. Die Wogen von Marcus' altem Zorn und Schmerz schlugen unablässig über ihr zusammen.

»Und ich war so naiv und unerfahren, daß ich ihr glaubte.« Marcus starrte auf die dunkle Straße hinaus. »Sie sagte, sie hätte festgestellt, daß ihr das Leben in der Stadt nicht gefiele. Sie wollte, daß wir so schnell wie möglich heiraten. Ihre Eltern waren einverstanden. Ihr Vater nahm mich zur Seite und schlug vor, mit ihr nach Gretna Green durchzubrennen.«

»Ich nehme an, es gab keine Verlobung.«

Irgendwie kam jeder zu dem Schluß, daß es sinnlos wäre, Zeit oder Geld zu verschwenden. Und ich war so versessen darauf, sie zu meiner Frau zu machen, daß ich nichts dagegen hatte. Also fuhren Nora und ich nach Gretna Green. Wir verbrachten unsere Hochzeitsnacht in einem Gasthaus. Ich konnte es kaum erwarten, sie endlich in die Arme zu nehmen.«

»Ich glaube wirklich nicht, daß ich das hören möchte.«

»Ich begehrte sie so sehr. Ich war fest entschlossen, so sanft wie möglich zu sein. Aber sie weinte nur. Stundenlang, wie mir schien. Sie sagte, ich hätte ihr entsetzlich weh getan. Ich hätte die rauhen, schwieligen Hände eines Bauern.« Marcus blickte auf seine geballten Fäuste. »Es stimmte. Ich hatte die Hände eines Bauern. Ich war ein Bauer.«

Iphiginia erschauderte bei der Erinnerung an seine Hände auf ihrem Körper. Starke Hände. Gute Hände. Hände, die einer Frau das Gefühl gaben, begehrt zu sein, gebraucht zu werden. Hände, die sie in Sicherheit wiegten. Tränen stiegen ihr in die Augen.

»Am nächsten Morgen war ein ziemlich großer Blutfleck auf dem Laken. Später erfuhr ich, daß ihre Mutter ihr ein kleines Fläschchen mit dem Zeug von zu Hause mitgegeben hatte. Dabei wäre das vollkommen überflüssig gewesen.«

»Das verstehe ich nicht«, flüsterte Iphiginia.

»Selbst wenn kein Blut auf dem Laken gewesen wäre, hätte ich niemals den Verdacht gehegt, daß Nora bereits mit einem anderen Mann das Bett geteilt haben könnte. Ich war in unserer Hochzeitsnacht die Jungfrau. Ich wußte viel weniger über diese Dinge als sie.«

»Und wie bist du dahintergekommen, daß sie einen anderen Geliebten hatte?« fragte Iphiginia ruhig.

»Sie verlor das Baby einen Monat nach unserer Hochzeit. Ich wäre beinahe verrückt geworden. Ich hatte keine Ahnung, was mit ihr geschah. Ich dachte, sie würde sterben.«

»Gütiger Himmel.«

»Ich rief den Arzt. Als alles vorbei war, sagte er mir, was passiert war. Er wollte mich beruhigen. Natürlich nahm er an, daß ich der Vater wäre und wir wegen des Babys so überstürzt geheiratet hätten. Er klopfte mir auf die Schulter und sagte, daß wir schon bald ein anderes Baby bekommen würden.«

»Und du hast ihm nichts gesagt?«

Marcus verzog das Gesicht. »Natürlich nicht. Welcher Mann würde schon zugeben, daß er derart hintergangen worden ist? Und dann war da schließlich noch Nora. Sie war meine Frau.«

»Und du hattest das Gefühl, sie beschützen zu müssen, nicht wahr?« fragte Iphiginia.

Marcus zuckte mit den Schultern und schwieg.

»Du hattest dich bereits seit Jahren um deinen Bruder gekümmert. Es war demnach vollkommen natürlich für dich, einen Menschen, der jünger und schwächer war als du, zu schützen. Aber was sagte Nora zu alledem?«

»Als ich sie mit der Wahrheit konfrontierte, weinte sie wieder. Dann brach sie zusammen und gestand mir die ganze schmutzige Geschichte. In London war sie von einem ihrer Verehrer verführt worden, einem jungen Draufgänger, der eine reiche Erbin wollte und sie demnach niemals geheiratet hätte. Aber mit seiner Eroberung hat er sogar noch geprahlt.«

»Die arme Nora.«

»Die Gerüchte haben sie ruiniert. Es bestand nicht mehr die geringste Chance auf eine Heirat. Ihre Familie hatte nicht die gesellschaftliche Stellung, die erforderlich gewesen wäre, um den Kerl zu einer Heirat zu zwingen.«

»Also haben sie sie wieder nach Hause gebracht und dafür gesorgt, daß du sie nahmst?«

»Sie gingen davon aus, daß der Tölpel von nebenan wahrscheinlich niemals die Wahrheit herausfinden würde.« Marcus starrte erneut auf seine Hände. »Und sie hatten recht. Ich frage mich heute noch manchmal, ob ich jemals gemerkt hätte, was für ein Narr ich gewesen war, wenn Nora das Baby nicht verloren hätte.«

»Du hättest doch sicher etwas gemerkt, wenn sie das Kind mehrere Wochen zu früh bekommen hätte.«

»Das bezweifle ich. Ich sagte dir doch bereits, ich hatte keine Ahnung von solchen Dingen. Man hätte mir erklärt, daß das Kind zu früh geboren sei, und ich hätte es glauben wollen.«

»Es heißt, Nora sei am Fieber gestorben?«

»Ja. Sechs Monate nachdem sie das Kind verloren hatte.«

»Das Duell«, flüsterte Iphiginia. »Darum ging es bei dem Duell, nicht wahr? Kurz nach Noras Tod bist du nach London gefahren und hast den Schuft, der sie verführt hat, herausgefordert.«

»Er meinte, ich sei ein Narr, was doppelt stimmte. Er wollte wissen, was für einen Sinn das Duell noch machen sollte, nun, da die Schlampe ja inzwischen tot sei. Ich hatte keine Antwort darauf.«

»Du hast die Ehre deiner Frau verteidigt, obwohl sie dich hintergangen hat. Obwohl sie gar nicht mehr lebte.« Iphiginia spürte, wie ihr eine Träne die Wange hinabkullerte. »Marcus, das ist typisch für dich.«

Marcus runzelte die Stirn. »Verdammt. Heulst du etwa?«

»Nein.« Sie schniefte leise.

»Das will ich auch nicht hoffen. Die Sache ist es nicht wert.«

»O doch, Marcus. Du und Nora, ihr tut mir beide leid. Sie muß vollkommen außer sich gewesen sein vor Angst, als sie feststellte, daß sie ruiniert und noch dazu schwanger war.«

»Ja.«

»Sie war jung und verzweifelt. Sie war ein unschuldiges Mädchen, das sich verführen ließ. Sie hatte eine der strengsten Regeln der Gesellschaft mißachtet. Sie wußte, daß sie einen schrecklichen Preis dafür würde zahlen müssen. Also hat sie sich an dich, ihren Jugendfreund, gewandt.«

»Die Sache ist die«, sagte Marcus. »Ich wollte sie so sehr, daß ich sie auch so genommen hätte. Ich hätte ihr meinen Namen gegeben und das Baby als mein eigenes anerkannt. Wenn sie mich nur nicht getäuscht hätte. Das war die Sache, die ich ihr niemals verzeihen konnte.«

»Weil du jedesmal, wenn du an diese Täuschung denkst, das Gefühl hast, du hättest dich zum Narren gemacht.«

»Ich habe mich zum Narren gemacht.«

Iphiginia spürte, wie sich ihr Magen schmerzlich zusammenzog. Auch sie hatte ihn getäuscht. Zweifellos nahm er an, daß er sich auch ihr gegenüber zum Narren gemacht hatte.

Sie streckte die Hand aus und legte sie auf sein Bein. »Nora hat dich nicht zum Narren gehalten, Marcus. Das kann niemand. Du hast dich edelmütig und ritterlich verhalten. Du hast ihre Ehre verteidigt und ihr Geheimnis für dich behalten.«

»Ich hatte keine andere Wahl. Ich hätte wohl kaum ihr Geheimnis verraten können, ohne selbst als naiver, einfältiger Idiot dazustehen.«

»Ich glaube, es war nicht der Gedanke, naiv oder einfältig zu erscheinen, der dich am meisten gestört hat«, sagte Iphiginia. »Ich glaube, es war die Tatsache, daß du ihr dein Herz geschenkt hattest, ohne daß sie dich geliebt hätte. Du hast das Gefühl, daß sie dich benutzt hat, um sich selbst zu retten.«

»Das hat sie auch.«

»Ich will mich nicht mit dir streiten«, fuhr Iphiginia fort. »Nora war damals noch ein junges Mädchen, und sie war zu der Zeit wahrscheinlich nahezu hysterisch vor Angst. Und ihre Eltern müssen genauso verzweifelt darauf ausgewesen sein, ihre Tochter vor dem völligen Ruin zu bewahren.«

»Ja.«

»Eure Ehe stand unter keinem guten Stern. Du sagst, daß du in eurer Hochzeitsnacht die Jungfrau warst, aber ich glaube, daß du Nora in allen wesentlichen Bereichen um Jahre voraus warst. Du hattest schließlich sehr schnell erwachsen werden müssen. Nora hingegen war noch ein regelrechtes Kind.«

Marcus schwieg.

»Weißt du, was ich glaube?« fragte Iphiginia. »Ich glaube, wenn sie nicht gestorben wäre, wäre sie irgendwann erwachsen geworden und hätte angefangen, dich zu lieben. Sie hätte gelernt, dich zu lieben, wenn sie reif genug gewesen wäre, um deine Charakterstärke würdigen zu können.«

Marcus starrte sie an. »Dafür, daß du eine intelligente Frau bist, gibst du manchmal einen erstaunlichen Unsinn von dir. Was in drei Teufels Namen bringt dich auf einen derart lächerlichen Gedanken?«

Sie lächelte. »Ich weiß, wie leicht es ist, sich in dich zu verlieben. Schließlich habe ich das selbst schon getan.«

Kapitel fünfzehn

Marcus hatte das Gefühl, als habe sich das Universum gedreht und ihn an einem anderen Platz zurückgelassen als dem, an dem er sich noch einen Augenblick zuvor befunden hatte. Das Licht der Sterne schien aus einem leicht veränderten Winkel zu kommen. Der Mond hatte seine Position am Himmel gewechselt.

Iphiginia hatte gesagt, daß sie ihn liebte.

Wieder. Eindeutig.

Marcus sah sie genauer an. Sie schien nicht so erschöpft zu sein wie in jener Nacht im Tempel der Vesta, als sie gedacht hatte, sie hätte ihn umgebracht.

»Marcus?« Iphiginia runzelte besorgt die Stirn. »Ist alles in Ordnung?«

»Nein.« Aber er konnte ihr nicht erklären, was los war oder was sich verändert hatte. Er konnte noch nicht einmal einen zusammenhängenden Satz formulieren.

Er streckte die Arme aus und umfaßte Iphiginias Taille. Dann zog er sie von ihrem Sitz in seine Arme.

Sie stieß einen leisen, überraschten Schrei aus und ließ ihren Fächer fallen, als er sie leidenschaftlich küßte. Ihr Umhängetuch fiel flatternd zu Boden.

»Marcus.« Sie schlang die Arme um seinen Hals, seufzte und schmiegte sich eng an ihn.

Ohne seine Lippen von ihrem Mund zu lösen, zog Marcus die Vorhänge zu, so daß der Innenraum der Kutsche in sanfter Dunkelheit lag.

Er küßte Iphiginia tief, leidenschaftlich und mit all dem verzehrenden Verlangen, das er seit der Nacht im Tempel der Vesta mit aller Macht zu unterdrücken versucht hatte.

Seine Verzweiflung und seine fehlende Sanftheit schienen sie nicht zu stören. Sie hing an ihm und vergrub ihre Hände in seinem Haar. Ihr Kopf fiel gegen seine Schulter.

Marcus legte eine Hand auf ihre bestrumpfte Wade, glitt hinauf zu ihrem Knie und am Strumpfhalter vorbei, bis er das warme, seidige Fleisch darüber fühlte. Ihre duftigen Unterröcke bauschten sich über seinem Arm und umwogten seine Beine.

Schließlich fand er die erhitzte Stelle zwischen ihren Schenkeln und stöhnte, als er feststellte, daß sie bereits feucht war. Sie roch nach Rosen und weiblicher Lust – der berauschendste Duft, der ihm je in die Nase gestiegen war. Sein ganzer Körper zog sich vor Verlangen zusammen.

Marcus merkte, daß seine Hände zitterten. Er rang nach Luft und kämpfte um seine Selbstbeherrschung. Dieses Mal würde er sich nicht einfach auf sie stürzen. Das schwor er sich. Er würde sich nicht wie der rauhe, unbeholfene Bauer anstellen. Er würde dafür sorgen, daß es schön für sie war.

Er konnte ihr Freude bereiten.

Er wollte ihr Freude bereiten.

Er mußte ihr Freude bereiten.

Marcus schob Iphiginia von seiner Brust, bis sie auf seinen Schenkeln saß. Ihre weißen Röcke ergossen sich auf die schwarzen Samtkissen. Er schob die Hand nach unten, um seine Hose zu öffnen.

Iphiginia packte seine Schultern. »Marcus, was tust du da?«

»Ich werde dich lieben.« Sein hartes Glied trat hervor.

»In deiner *Kutsche?«* In dem schmalen silbrigen Lichtstreif, der durch einen Spalt in den Vorhängen fiel, erkannte Marcus, daß sie ihn aus weit aufgerissenen Augen anstarrte.

»Entweder hier oder auf der Treppe vor deinem Haus. Ich kann nicht mehr warten, bis wir ein Bett erreicht haben. Faß mich an.«

»Ja. Oh, ja.« Zögernd nahm sie die Hand von seiner Schulter. Einen nach dem anderen nahm sie die Finger ihrer Handschuhe zwischen die Zähne und zerrte daran. Langsam streifte sie den weißen Satinhandschuh von ihrer Hand.

Der Anblick von Iphiginia, die zeitlupengleich den Handschuh auszog, erschien Marcus als das Erotischste, was er je erlebt hatte.

Schließlich war sie fertig. Der Satinhandschuh, der zwischen ihren Zähnen baumelte, schimmerte in dem Lichtstreif. Iphiginia schob die Hand nach unten, tastete ein wenig herum und umschloß ihn schließlich mit ihren Fingern.

»Marcus.« Der Handschuh fiel zu Boden.

Einen Augenblick lang befürchtete Marcus, er würde genau wie beim letzten Mal die Beherrschung verlieren. Er sog scharf die Luft ein und fragte sich, wie er dieses Gefühl jemals überleben sollte.

»Marcus?« Iphiginia klang besorgt. »Ist alles in Ordnung? Du wirst doch nicht wieder zusammenbrechen, oder?«

Marcus konnte sich nur mit Mühe zurückhalten, um nicht laut loszulachen. Statt dessen setzte er ein schwaches Lächeln auf. »Nein. Zumindest jetzt noch nicht. Ich will in dir sein, Iphiginia. Aber ich will dich nicht drängen. Dieses Mal mußt du mich führen.«

»Also gut. Aber ich warne dich, alles, was ich über diese Sache weiß, ist das, was ich beim letzten Mal mit dir und bei der Besichtigung von Lartmores Statuen gelernt habe.«

»Das ist genug, das verspreche ich dir.« Er berührte sie ebenfalls und fühlte die feuchte Hitze, die ihn erwartete. »Mehr als genug.«

»Bist du dir sicher?« Sie strich mit ihrem Daumen über die Spitze seines Gliedes.

Marcus stockte der Atem. »Ganz sicher.« Dann vergrub er seine Finger in dem weichen Haarwulst zwischen ihren Schenkeln, bis er die angeschwollene Knospe ihrer Weiblichkeit erreichte, die er sanft streichelte.

»Gütiger Himmel, *Marcus.«*

Er spürte, daß sie erschauderte. Dies war ein süßes und zugleich mächtiges Zeichen dafür, daß sie ihn ebenfalls begehrte. Marcus wurde von einem Gefühl überwältigender Freude gepackt.

Ihre Finger schlossen sich fester um ihn. Marcus zuckte zusammen und hielt den Atem an.

»Habe ich dir weh getan?«

»Du wirst mich noch umbringen, Iphiginia.«

»O nein. Es tut mir leid. Ist alles in Ordnung? Ich wollte dich nicht verletzen.« Plötzlich wurde die süße, leidenschaftliche Intensität ihrer heiseren Stimme durch Besorgnis gedämpft. »Ich habe doch gesagt, daß ich nicht genau weiß, was ich tun soll.«

»Ich habe nur einen Scherz gemacht«, beruhigte er sie, ehe er erneut tief einatmete. »Ich bin alles andere als tot.« Er streichelte sie weiter vorsichtig, bis seine Hand mit ihrem weiblichen Tau benetzt war. »Ich weiß nicht, ob ich mich jemals lebendiger gefühlt habe.«

Iphiginias zögernde, probende Zärtlichkeit drohte, den letzten Rest seiner Beherrschung zunichte zu machen und seine Sinne vollkommen zu verwirren. Er schwitzte, und jeder Muskel in seinem Körper war bis zum äußersten angespannt.

Sie rückte leicht auf seinem Schoß hin und her und preßte die Schenkel zusammen. Ihr Bein strich dabei sanft über seinen steifen Schwanz. Sein ganzer Körper zog sich zusammen. Ihre geflüsterten Seufzer und ihr schneller Atem zeigten ihm, daß sie ebenfalls erregt war.

Gerade als er sich zu fragen begann, ob sie ihn wohl jemals in sich hineinlassen würde, führte sie ihn etwas unbeholfen an die herrlich weiche, heiße Stelle zwischen ihren Beinen. Langsam und vorsichtig senkte sie sich auf ihn.

Sie war so eng. Marcus fragte sich, ob er es noch so lange aushalten würde, bis er ganz in ihr war.

Sie setzte sich auf ihn, wobei sie an einer Stelle vernehmlich einatmete. Dann umschloß sie ihn ganz. Marcus erschauderte und verharrte vollkommen reglos.

Irgendwo in seinem fiebrigen Hirn läutete eine Alarmglocke. Er mußte daran denken, sich aus ihr zurückzuziehen, ehe er seinen Samen verspritzte. Schließlich hatte er keins seiner speziell angefertigten französischen Kondome angelegt.

Und dann begann Iphiginia, sich auf ihm zu bewegen, und sämtliche vernünftigen Gedanken lösten sich auf. Leidenschaftlicher als jede antike Göttin hing sie an ihm, flüsterte sie seinen Namen, bittend, flehend, scheltend, fordernd.

Marcus streichelte sie sanft, obgleich er seine eigene Qual dadurch noch vergrößerte. Und dann erschauderte sie plötzlich und sank in seinen Armen in sich zusammen.

»Marcus.«

Mit einem überraschten, beglückten Aufschrei fiel sie gegen seine Brust.

Wieder ertönte irgendwo die Alarmglocke, aber Marcus war nicht in der Lage, in irgendeiner Weise darauf zu reagieren. Er umfaßte Iphiginias Schenkel und schob sich tiefer in sie hinein. Den dunklen, befriedigten Schrei, der sich in seiner Kehle formte, hielt er nur mit Mühe zurück.

Als er nach einer Weile in der Ecke seines Sitzes zusammensank, lag Iphiginia immer noch auf ihm.

Es herrschte vollkommene Stille. Marcus lauschte, während er den einzigartigen erdigen Geruch sexueller Befriedigung einatmete, der in der geschlossenen Kutsche hing.

Ein paar Minuten später bog das Gefährt um eine Ecke und blieb stehen. Marcus richtete sich träge auf und zündete eine der Lampen an. Ein paar Sekunden lang gab er sich ganz dem Genuß von Iphiginias Nähe hin, ehe er mit einem Schlag ernüchtert war.

»Iphiginia? Wir sind vor deinem Haus angekommen.«

Sie murmelte irgend etwas Unverständliches und schmiegte sich enger an ihn. Ihre Röcke raschelten leise. Marcus merkte, daß sie eingeschlafen war. Er lächelte.

»Wach auf. Beeil dich, Liebling.« Er schüttelte sie sanft und schob sie von sich, bis sie auf ihm saß. Er hörte bereits, wie der Page vom Kutschbock kletterte, um ihnen die Tür zu öffnen. Marcus schob eilig den Riegel vor. *»Iphiginia.«*

»Was ist los?« Sie unterdrückte ein Gähnen und blinzelte verschlafen. Ihre Röcke waren arg zerknittert. Eine der ordentlichen Schnecken, zu denen sie ihre Haare zusammengerollt hatte, hatte sich gelöst und baumelte über ihrem Ohr. Eine der weißen Federn wippte seltsam schräg auf ihrem Kopf. »Ist es schon Morgen?«

»Nein.« Marcus schloß eilig seine Hose. »Es ist mitten in der Nacht, und du siehst aus, als wärst du gerade in einer Kutsche gevögelt worden.«

Iphiginia kicherte. »Nein, so was.«

Marcus, der gerade dabei war, sich das Hemd in die Hose zu stopfen, hielt mitten in der Bewegung inne. Er starrte sie an, fasziniert von ihrer Fröhlichkeit.

Dies war sein Werk, dachte er mit einem Gefühl der Verwunderung. Er hatte sie glücklich gemacht. Dies war eine unendlich befriedigendere Tätigkeit als der Bau eines mechanischen Butlers oder die Beobachtung der Sterne durch ein Teleskop.

Der Page klopfte an die Tür. »M'lord, wollen Sie aussteigen?«

»Einen Augenblick, Jenkins.« Marcus schüttelte die Träume ab. »Dreh dich um«, sagte er leise zu Iphiginia. »Das Oberteil deines Kleides ist verschoben, und diese Feder sieht aus, als würde sie dir jeden Augenblick vom Kopf fallen.«

»Sehr wohl, M'lord. Ich verstehe gar nicht, weshalb ich so unordentlich aussehe.« Iphiginia drehte ihm gehorsam den Rücken zu und saß geduldig still, während er an ihrem Kleid herumfummelte.

»Also gut, laß mich mal sehen.« Er drehte sie wieder zu sich um und begutachtete kritisch sein Werk. Mit gerunzelter Stirn bemerkte er die Haare, die lose über Iphiginias rechtem Ohr baumelten. »Gib mir mal eine Nadel.«

Sie griff sich an den Kopf und zog eine aus ihrem Chignon. »Hier. Aber bitte piek dir damit nicht in den Finger.«

»Hör auf zu kichern. Der Page denkt sonst noch, ich würde dich kitzeln.«

»Wie Sie wünschen, M'lord.« Wieder brach sie in glucksendes Gelächter aus.

Marcus steckte die Haarrolle fest. »Mit etwas Glück wird sie halten, bis wir im Haus sind.«

»Ich bin mir sicher, daß sie hält. Schließlich hast du Talent für mechanische Sachen.«

Er schob den Riegel zurück und öffnete die Tür. Jenkins, der geduldig draußen gewartet hatte, wandte sich mit regloser Miene um und klappte die Treppe aus.

Marcus verbarg nur mit Mühe ein Lächeln, während er beobachtete, wie Iphiginia so würdevoll die Kutsche verließ, als habe sie in der letzten halben Stunde nichts Unkonventionelleres getan, als sich über die klassische Antike zu unterhalten.

Als sie auf dem Gehweg stand, bedachte sie Jenkins mit einem Lächeln, das den Mann kurzfristig zu blenden schien. »Danke.«

Sie würde eine perfekte Gräfin abgeben, dachte Marcus.

Er begleitete sie bis zur Tür und wartete, bis sie sicher im Haus war. Er mußte all seine Willenskraft aufbieten, um draußen auf der Treppe zu bleiben. Der Drang, sie in die Arme zu nehmen und sie hinauf in ihr Schlafzimmer zu tragen, war nahezu überwältigend.

»Mit einer Sache hattest du recht«, flüsterte Iphiginia mit sanfter, verträumter Stimme, als er die Tür schließen wollte.

Er blieb stehen. »Womit?«

»Dieses Mal war es viel schöner.«

Er grinste. »Nicht wahr? Und es war noch nicht mal nötig, einen Arzt zu rufen, um mich hinterher wieder zum Leben zu erwecken.«

Iphiginia lächelte zufrieden. »Offensichtlich hast du eine wirklich gute Konstitution.«

»Offensichtlich.«

Marcus schloß die Tür und stieg die Treppe hinab. Er pfiff leise vor sich hin und atmete tief ein.

»Eine angenehme Nacht, M'lord«, sagte Jenkins, während er die Tür der Kutsche öffnete.

»In der Tat. Sagen Sie Dinks, er soll uns nach Hause fahren.«

»Sehr wohl, M'lord.«

Marcus schwang sich in die Kutsche und ließ sich auf den Sitz sinken, auf dem er und Iphiginia sich geliebt hatten. Auf dem ebenholzfarbenen Samt schimmerte es weiß.

Marcus hob Iphiginias Handschuh auf. Er lag weich wie eine Sternschnuppe in seiner breiten, muskulösen Hand.

Zu Hause angekommen, begab sich Marcus direkt in seine Bibliothek. Er hatte Zeit genug, sich seine Entscheidung zu überlegen, ehe sein Bruder aus der Stadt zurückkommen würde.

Es war fast drei Uhr morgens, als Bennets Kutsche rumpelnd vor dem Stadthaus zum Stehen kam.

Marcus hielt sein Brandyglas in beiden Händen und sah in Richtung der Tür.

Er brauchte nicht lange zu warten, bis Bennet in den Raum gestürmt kam. »Lovelace sagte, du wolltest mich sprechen.«

»Ja.«

Bennet stapfte zum Kamin, legte einen Arm auf den Sims und setzte eine trotzige Miene auf. »Nun, worum geht's? Ich kann mir nicht vorstellen, worüber wir noch miteinander sprechen sollten.«

Marcus blickte ins Feuer. »Ich bedauere, daß ich versucht habe, mich in deine Heiratspläne mit Miss Dorchester einzumischen.«

Bennet starrte ihn an. »Was sagst du da?«

»Du hörst doch.« Marcus nippte an seinem Brandy. »Ich hätte nicht versuchen sollen, die Dorchesters abzuschrecken. Ich hatte nicht das Recht, damit zu drohen, dich zu enterben, vor allem, da ich niemals die Absicht hatte, diese Drohung wahrzumachen. Es war nichts weiter als ein Bluff.«

»Marcus, was sagst du da? Soll das Ganze vielleicht irgendein schlechter Scherz sein?«

»Wenn du Juliana Dorchester heiraten willst, dann sei versichert, daß du ihr ein standesgemäßes Leben wirst bieten können. Dir wird weiterhin dein volles Einkommen zur Verfügung stehen. Morgen werde ich meinen Sekretär anweisen, einen Vertrag zu errichten, der dein Erbe sichert.«

Bennet starrte seinen Bruder völlig verwirrt an. »Ich verstehe nicht. Willst du mir damit etwa sagen, daß du deine Zustimmung zu meiner Verlobung mit Juliana gibst?«

»Ja.« Marcus machte eine Pause. »Morgen werde ich zu Dorchester gehen und ihm erklären, daß ich nichts dagegen habe, wenn ihr eure Verlobung bekanntgebt.«

»Aber vorhin hast du noch gesagt, daß du unsere Verlobung niemals tolerieren würdest.«

»Ich habe eine ganze Menge gesagt. Aber es tut mir leid. Bitte entschuldige.«

»Du bittest mich um *Entschuldigung?«* Bennet stand da wie vom Donner gerührt.

Marcus blickte seinen Bruder an. »Ich kann nur sagen, daß ich dachte, ich würde dich vor einem Schicksal ähnlich dem meinen bewahren.«

»Verdammt, Juliana ist nicht Nora.«

»Du hast recht«, sagte Marcus. »Sie ist nicht Nora.«

Bennet schüttelte den Kopf, als traue er seinen Ohren nicht. »Ich weiß nicht, was ich sagen soll.«

»Du bist mein Bruder, der einzige Verwandte, den ich habe. Ich würde dich ebensowenig enterben, wie ich mir jemals den Arm abschneiden würde. Ehrlich gesagt würde ich lieber meinen Arm verlieren als deine Zuneigung und dein Vertrauen.«

»Ich glaube, du meinst wirklich, was du da sagst.«

Marcus drehte das Glas in seinen Händen und beobachtete das Licht der Flammen, das durch das Kristall tanzte. »Du kannst Dorchester ausrichten, daß sich sein Sekretär bei Barclay melden soll, um den Ehevertrag aufzusetzen. Weißt du, solche Dinge brauchen viel Zeit. Ein paar Monate sind nicht ungewöhnlich, wenn es um so viel Geld geht.«

»Uh, Marcus, ich habe noch gar nicht um Julianas Hand angehalten.«

»Nein?« Marcus zuckte mit den Schultern. »Tja, ich nehme an, es besteht keine besondere Eile mehr, nun, da du weißt, daß ich keine Einwände gegen eure Heirat habe.«

»Ich werde sofort mit ihr sprechen«, sagte Bennet eifrig. »Zweifellos möchte sie die Verlobungsanzeige noch vor Ende der Saison in die Zeitung setzen.«

»Zweifellos.« Marcus nahm erneut einen Schluck Brandy zu sich. Bis zum Ende der Saison waren es noch anderthalb Monate.

»Marcus, ich weiß einfach nicht, was ich sagen soll.« Bennet fuhr sich mit der Hand durch die sorgsam zerzausten Locken. »Einen derartigen Sinneswandel hätte ich nicht von dir erwartet.«

»Ich auch nicht«, murmelte Marcus.

Bennet runzelte die Stirn. »Wie bitte?«

»Ich habe übereilt gehandelt und mein Tun erst im nachhinein überdacht. Ich hoffe, du verzeihst mir.«

»Ja, natürlich.« Bennet zögerte. »Danke. Ich kann dir gar nicht sagen, wieviel mir das bedeutet. Du wirst sehen, Juliana ist eine wahre Lady. Sie wird mir eine hervorragende Frau sein.«

»Ich nehme an, du willst das Hochzeitsdatum irgendwann für das kommende Frühjahr festlegen wollen.«

»Nächstes Frühjahr?« Bennet wirkte leicht beunruhigt. »Bis dahin ist es aber noch ziemlich lange.«

»Wir könnten eine sechsmonatige Verlobungszeit arrangieren, aber man sagte mir, ein Jahr sei die normale Dauer.«

»Nun, was das betrifft, hatte ich eigentlich gar nicht an eine vorherige Verlobungszeit gedacht. Ehrlich gesagt hatte ich vor, eine Kutsche zu mieten und mit Juliana nach Gretna Green durchzubrennen.«

Marcus hätte sich beinahe an seinem Brandy verschluckt. »Hhh.«

»Ist alles in Ordnung?«

»Ja.« Marcus erholte sich, atmete tief ein und goß dann den Rest seines Brandys in sich hinein. »Das ist ja nun nicht mehr nötig. Ich bin sicher, daß Mrs. Dorchester eine große Hochzeitsfeier für ihre einzige Tochter ausrichten will.«

»Bestimmt. Und Juliana versucht, eine gute Tochter zu sein. Das ist eine ihrer zahlreichen Tugenden.«

»Ach.«

»Tja, nun.« Bennet grinste. Er sah aus, als sei ihm eine gewaltige Last von den Schultern genommen worden. »Ich werde mit Juliana sprechen und dir dann sagen, wie lange die Verlobungszeit sein soll.«

»Natürlich. Das bleibt ganz euch überlassen. Nur bedenke bitte, daß Dorchesters Mittelsmann genug Zeit braucht, um mit Barclay zu verhandeln.«

»Das tue ich. Marcus, ich hoffe, es macht dir nichts aus, wenn ich sage, daß mich diese plötzliche Wendung ziemlich verwirrt.«

»Ach ja?«

»Du mußt zugeben, daß es dir nicht gerade ähnlich sieht, eine einmal getroffene Entscheidung zurückzunehmen, vor allem, wenn es um etwas derart Wichtiges geht. Es ist schließlich einer deiner Grundsätze, einen einmal gefaßten Entschluß nicht mehr rückgängig zu machen.«

»Vielleicht werde ich ja mit zunehmendem Alter etwas weicher.«

»Und es sieht dir noch weniger ähnlich, daß du dich entschuldigst.«

Allmählich wurde er – dank Iphiginia – all seinen Grundsätzen untreu. »Das ist mir bewußt.«

»Würde es dir etwas ausmachen, mir zu erzählen, wie es zu diesem plötzlichen Sinneswandel gekommen ist?«

»Ich hatte Zeit, um über die Sache nachzudenken, und dabei kam ich zu dem Schluß, daß ich mich geirrt habe.«

Bennet sah ihn genau an. »Und was ist mit der anderen Sache?«

»Welcher anderen Sache?«

»Juliana sagte, du hättest nicht nur gedroht, mich zu enterben, wenn ich ohne deine Zustimmung heirate, sondern du hättest obendrein noch die Absicht geäußert, selbst zu heiraten.« Bennet legte den Kopf schräg. »War das auch ein Bluff?«

»Nein.«

Bennet lächelte. »Freut mich zu hören.«

»Ach ja?«

»Natürlich. Ich sage dir schon seit Jahren, daß es höchste Zeit ist, wieder zu heiraten. Ich habe dich davor gewarnt, daß du dich eines Tages in einen deiner mechanischen Automaten verwandelst, wenn du so weitermachst.«

»Ich hoffe, daß es soweit nicht kommen wird.«

»So?« Bennet bedachte ihn mit einem fragenden Blick. »Und wer ist die Glückliche?«

»Das kann ich noch nicht sagen. Es gibt gewisse, eh, Detailfragen, die noch nicht ganz geklärt sind.«

»Ja, ja, ich weiß.« Bennet machte eine ungeduldige Handbewegung. »Wenn es schon bei meiner Heirat viel zu bedenken gibt, kann ich mir denken, daß es in deinem Fall noch viel schlimmer ist. Schließlich hast du einen Titel und verfügst über ein beachtliches Vermögen.«

»Ja.«

»Aber mir kannst du es doch sagen, Marcus. Schließlich bin ich dein Bruder.« Bennet gluckste vergnügt. »Ist es die kleine Chumley?«

»Nein.«

»Vielleicht Elizabeth Anderson?«

»Nein.«

»Laß mich raten.« Bennet trommelte mit dem Finger auf dem Kaminsims herum. »Ich weiß es, die Tochter der Hendersons. Wie heißt sie noch? Charlotte?«

»Ich werde Iphiginia Bright heiraten.«

Bennet starrte ihn an. »Das ist nicht dein Ernst.«

Marcus runzelte die Stirn. »Du wirst kein Wort darüber verlieren, ehe ich dir die Erlaubnis dazu gebe. Ist das klar? Es muß unter uns bleiben.«

Bennet mußte erst nach Luft schnappen, ehe es ihm gelang, auch nur ein Wort zu sagen. »Verdammt, Marcus. Es kann unmöglich dein Ernst sein, Mrs. Bright zu heiraten.«

»Es ist mein voller Ernst.«

»Um Himmels willen, sie ist deine *Mätresse.*«

»Sie ist die Frau, die ich heiraten werde. Ich sagte dir bereits, daß ich kein unhöfliches Wort über sie hören möchte.«

»Aber du bist der Earl of Masters.« Bennet knallte die Faust auf den Sims. »Es ist eine Sache, eine Affäre mit einer Frau wie Mrs. Bright zu haben. Aber es ist etwas gänzlich anderes, sie zu heiraten.«

»Nenn mir einen guten Grund, weshalb ich sie nicht heiraten sollte«, fragte Marcus herausfordernd.

»Einen? Ich kann dir gleich ein Dutzend Gründe nennen. Von einem Mann in deiner Position wird erwartet, daß er eine junge Dame heiratet und keine reife Frau. Ein Mädchen aus gutem Haus, das gerade erst die Schule verlassen hat. Unbefleckt. Unberührt. Deine Braut sollte eine ehrenwerte, unschuldige junge Frau sein – eine Jungfrau, um ganz offen zu sein – und keine lebenslustige Witwe, mit der du noch dazu ein Verhältnis hast.«

»Iphiginia Bright hat gerade das richtige Alter für mich.« Marcus stützte die Ellbogen auf die Lehnen seines Stuhls und verschränkte seine Finger ineinander. »Sie kommt aus gutem Haus. Sie ist ehrenwert. Und jeder, der anderer Meinung ist, hat die Freiheit, sich mit mir zu duellieren.«

»Verdammt, Marcus, das kann nicht dein Ernst sein.«

»Ich finde deine Einwände gegen meine Heirat ebenso lästig, wie du meine Einwände gegen deine Heirat gefunden hast.«

»Aber das ist etwas vollkommen anderes.«

»Nein, das ist es nicht.«

»Großer Gott, diese Frau hat dich verhext.«

»Meinst du?« Marcus dachte darüber nach. »Als ein Mann der Wissenschaft habe ich noch nie an Hexerei geglaubt.«

Bennet wurde zornrot. »Ich würde es nicht glauben, wenn ich es nicht mit eigenen Augen sähe.«

»Sehen heißt glauben. Und das, mein lieber Bruder, ist die Grundlage jeder vernünftigen wissenschaftlichen Untersuchung. Nun, da du meinen Entschluß zu heiraten mit deinen eigenen Ohren vernommen hast, kannst du ihn ruhig glauben. Und darüber schweigen.«

»Du bist vollkommen verrückt geworden, Marcus. Du hast einen Grafentitel geerbt. Du hast diesem Titel gegenüber eine gewisse Verantwortung. Du kannst dich nicht einfach von deinen Gefühlen leiten lassen.«

Marcus setzte zu einem Lächeln an. »Wie bitte? Würdest du das noch einmal wiederholen? Ich habe mich sicher verhört. Mein Bruder, der romantische Poet, hat mir doch bestimmt nicht geraten, meine Gefühle zu ignorieren.«

Bennet kniff die Lippen zusammen. »Du weißt genau, was ich meine.«

»Ja, das weiß ich. Du möchtest, daß ich meine Gefühle außer acht lasse und mich von der Vernunft leiten lasse. Du klingst genauso, wie ich geklungen haben muß, als ich dir geraten habe, dich nicht von deinen Gefühlen für Juliana Dorchester übermannen zu lassen.«

»Meine Beziehung zu Juliana ist etwas ganz anderes.«

»Nein, das ist sie nicht.« Marcus sah ihn kalt an. »Und denk dran, nichts darüber verlauten zu lassen, bis ich bereit bin, meine offizielle Verlobung bekanntzugeben.«

»Mach dir darüber keine Gedanken«, sagte Bennet zornig. »Ich werde bestimmt weder dich noch mich freiwillig bloßstellen, indem ich auch nur ein Wort über eine mögliche Heirat zwischen dir und Mrs. Bright erzähle.«

»Danke. Ich weiß deine Diskretion zu schätzen.«

»Der Gedanke allein ist schon furchtbar genug, als daß man auch noch in aller Öffentlichkeit darüber sprechen müßte.« Bennet stapfte zur Tür. »Ich kann nur beten, daß du wieder zur Vernunft kommst, ehe du etwas Übereiltes tust und deine Verlobung offiziell bekanntgibst.«

»Wenn ich du wäre, würde ich mir die Mühe sparen.«

»Verdammt, es ist einfach unglaublich.« Bennet riß die Tür auf und blickte noch einmal über die Schulter auf seinen Bruder. »Sie hat irgendwas mit deinem Hirn angestellt, das ist es. Ich kann nur hoffen, daß du dich von diesem seltsamen Fieber erholst, bevor es zu spät ist.«

»Du warst derjenige, der Angst hatte, ich könnte zu einem seelenlosen Automaten werden, wenn ich nicht bald heirate.«

»An Mrs. Bright hatte ich dabei bestimmt nicht gedacht.« Bennet stürmte in den Flur hinaus und knallte die Tür hinter sich zu.

Marcus saß eine Zeitlang reglos da. Dann erhob er sich und ging hinüber zu dem Tisch mit der Brandyflasche. Er schenkte sich ein weiteres Glas ein und stellte sich damit ans Fenster.

Er hatte es getan. Er hatte Iphiginias Rat beherzigt und dabei gleich mehrere seiner Grundsätze über Bord geworfen. *Erklär nie etwas, sprich nie über deine Vergangenheit, ändere nie eine Entscheidung, und weiche nie von einem Ziel ab.*

So viele gebrochene Regeln in einer einzigen Nacht.

Vielleicht hatte Bennet recht. Iphiginia schien wirklich irgendein Fieber in seinem Gehirn auszulösen.

Andererseits hatte er auch nicht mehr das Gefühl, sich langsam in ein mechanisches Wesen zu verwandeln.

Kapitel sechzehn

Am nächsten Abend auf dem Ball bei den Platts stürzte sich Zoë auf Iphiginia. »Ich habe dich schon den ganzen Tag gesucht, meine Liebe. Hast du meine Nachricht denn nicht bekommen?«

»Es tut mir leid, Tante Zoë. Anscheinend hat sie mich nicht erreicht«, erwiderte Iphiginia beschwichtigend. Tatsächlich hatte sie die Nachricht, die an der Küchentür ihres Stadthauses abgegeben worden war, einfach ignoriert.

»Hast du schon das Neueste gehört?« Zoë sah ihre Nichte fragend an. »Es heißt, Masters werde noch vor Ende der Saison seine Verlobung bekanntgeben.«

»In London gibt es immer die wildesten Gerüchte, Tante Zoë. Gerade du müßtest das doch besser als jeder andere wissen.« Iphiginia bedachte Herbert, der sich einen Weg durch die Menge bahnte, mit einem Lächeln. »Im Augenblick wird alles mögliche erzählt. Ich habe zum Beispiel gehört, Masters habe deutlich gemacht, daß sein Bruder die Frau seiner Wahl heiraten kann, ohne befürchten zu müssen, deshalb enterbt zu werden.«

»Ja, ja, aber verglichen mit Masters' eigenen Heiratsplänen ist das ja wohl vollkommen unwichtig.« Zoë sah sie scharf an. »Wenn etwas an der Geschichte dran ist, dann hat Masters offenbar einen seiner obersten Grundsätze über Bord geworfen.«

»Das halte ich für höchst unwahrscheinlich.« Iphiginia beobachtete, wie Herbert näher kam. Als er sie entdeckte, strahlte er über das ganze Gesicht.

»Da bin ich mir nicht so sicher.« Zoë zog die Brauen hoch. »Schließlich geht es dabei um einen Titel. Und um eine Menge Geld. Da ist es nur natürlich, wenn ein Mann in seiner Position endlich zur Vernunft kommt und sich auf seine Pflicht besinnt. Er ist schließlich erst sechsunddreißig. Es ist also nicht so, daß er bereits mit einem Bein im Grabe stünde.«

»Der Titel kann an seinen Bruder gehen.«

»Ja, aber das ist doch wohl nicht dasselbe, wie wenn man einen Erben von seinem eigenen Fleisch und Blut hat, oder? Ich nehme an, eines Tages mußte es so kommen. Aber es tut mir so leid für dich, meine Liebe. Ich weiß, wie schmerzlich es für dich sein muß. Es ist offensichtlich, daß du eine gewisse Zuneigung zu dem Mann hegst. Was willst du also machen?«

»Im Augenblick gar nichts.« Iphiginia wandte sich an Herbert, der sie endlich erreicht hatte. »Ah, Limonade. Die kann ich gut brauchen. Danke, Herbert. Sie sind immer so fürsorglich.«

»Es ist mir ein Vergnügen. Puh. Was für ein Gedränge.« Herbert reichte ihr höflich das Glas Limonade und zog ein Taschentuch hervor, um sich die Stirn abzuwischen. »Verdammt heiß, nicht wahr?«

»Es ist ein wenig warm.« Iphiginia nippte an ihrer Limonade.

Herbert faltete sein Taschentuch zusammen. »Abend, Lady Guthrie. Tut mir leid, daß ich Sie nicht früher gesehen habe, sonst hätte ich Ihnen auch ein Glas mitgebracht.«

»Schon gut. Ich habe eben erst ein Glas Champagner getrunken. Iphiginia und ich sprachen gerade über die Gerüchte bezüglich Masters' bevorstehender Verlobung.«

»Tante Zoë, bitte«, murmelte Iphiginia. »Ich glaube, wir haben uns lange genug über dieses Thema unterhalten.«

»Ich habe in meinem Club davon gehört«, sagte Herbert hilfreich. »In ganz London gehen die Leute Wetten ein. Alle Welt stellt die gewagtesten Spekulationen an.«

Zoë runzelte die Stirn. »Die Leute versuchen zu erraten, wer die Braut sein wird?«

»Ja.« Herbert warf Iphiginia einen verlegenen Blick zu. »Keiner weiß etwas Genaues. Eine Menge Leute haben auf die Tochter der Chumleys oder auf Elizabeth Anderson gesetzt. Für beide ist es die erste Saison. Wirklich süße Mädchen. Gute Familien.«

Iphiginia blieb Herberts wachsendes Unbehagen und der besorgte Blick ihrer Tante nicht verborgen. Also setzte sie ein Lächeln auf. »Wenn es eine Sache gibt, die die Leute inzwischen in bezug auf Masters gelernt haben sollten, dann, daß es nur wenig Sinn hat zu versuchen, ihn zu durchschauen.«

»Er ist ein durch und durch rätselhafter Mensch, das stimmt«, pflichtete Herbert ihr eilig bei. »Das weiß jeder. Man kann nie sagen, was in seinem Hirn vorgeht.«

»Ein so großes Geheimnis kann die Sache ja wohl nicht sein«, sagte Zoë. »Außer Masters muß noch irgend jemand Bescheid wissen. Schließlich sind an einer Heirat immer zwei Parteien beteiligt.«

»Sie meinen die Braut?« Herberts Brauen hüpften mehrere Male auf und ab. »Wenn Masters sie und ihre Familie gebeten hat, die Sache geheimzuhalten, bis er bereit ist, die Verlobung offiziell bekanntzugeben, dann dürfen Sie sicher sein, daß die Leute den Mund halten werden. Keine Frau würde es wagen, sich seinen Wünschen zu widersetzen. Nicht, wenn sie Interesse daran hätte, die beste Partie der Londoner Gesellschaft zu machen.«

»Das stimmt wohl«, gab Zoë zu. »Masters war immer schon ein durchsetzungsfreudiger Mensch.«

»Genau.« Herbert wandte sich mit einem Lächeln an Iphiginia. »Mrs. Bright, dürfte ich Sie um diesen Tanz bitten?«

»Ja, danke, Herbert.« Alles, nur um die Diskussion über Marcus' Heiratspläne zu beenden, dachte sie und stellte ihr Glas ab.

Als die Musiker zu einem Walzer ansetzten, führte Herbert sie hinaus auf die Tanzfläche und nahm sie dezent in die Arme. Dabei sah er sie besorgt an.

»Diese ganze Geschichte von Masters' Verlobung regt Sie sicher sehr auf, nicht wahr, meine Liebe?«

»Nicht im geringsten«, sagte Iphiginia bestimmt. »Wie Sie wissen, sind Masters und ich sehr gute Freunde. Ich kann Ihnen demnach versichern, daß das Gerücht über seine Verlobung wirklich nichts anderes ist. Ein Gerücht.«

»Verzeihen Sie, aber ich bin auch Ihr Freund, Iphiginia«, sagte Herbert sanft. »Ich habe das Gefühl, daß wir beide einander in vielen Dingen sehr ähnlich sind. Und auch wenn ich weiß, daß ich nicht dieselbe intime Beziehung zu Ihnen genieße wie Masters, mache ich mir doch ernsthafte Sorgen um Sie.«

»Das ist sehr freundlich von Ihnen. Aber dazu besteht keine Veranlassung.«

»Die Sache ist die – es ist bekannt, daß der Mann einfach skrupellos ist, meine Liebe. Es ist ihm durchaus zuzutrauen, daß er diese unschuldige junge Frau heiratet, die er sich als Frau ausgesucht hat, und trotzdem weiterhin seine Beziehung zu Ihnen aufrechterhält.«

»Keine Sorge.«

»Etwas Derartiges werden Sie doch sicher nicht hinnehmen?« fragte Herbert ehrlich verzweifelt. »Eine solche Situation wäre für eine stolze, willensstarke Frau wie Sie unerträglich. Es hieße, daß Sie ihn mit seiner Frau teilen müßten.«

Iphiginia sah ihn scharf an. »Man muß seine Freunde immer mit anderen Menschen teilen, Herbert.«

»Verdammt, er ist Ihr Liebhaber, nicht Ihr Freund. Das ist ja wohl ein himmelweiter Unterschied.«

»Es reicht, Herbert.«

Herbert lief dunkelrot an. »Ich wollte Ihnen keineswegs zu nahe treten, aber alle Welt weiß über Ihre Beziehung zu Masters Bescheid.«

»Ach ja?«

»Nun, natürlich. Das war schließlich nie ein Geheimnis. Iphiginia, ich habe das Gefühl, daß es an der Zeit ist, ehrlich zu Ihnen zu sein. Als Ihr treuer und ergebener Freund muß ich Sie bitten, sich Ihr weiteres Vorgehen sorgfältig zu überlegen. Sie sind die eleganteste, schönste, intelligenteste, bewundernswerteste Frau, die mir jemals begegnet ist.«

»Nun, danke, Herbert.« Dieses galante Geständnis rührte Iphiginia. »Es ist sehr freundlich von Ihnen, so etwas zu sagen.«

»Sie sind eine so ehrenwerte, tugendhafte Person, daß ich Sie einfach bitten muß, an Ihre Zukunft zu denken. Es ist eine Sache, eine, eh, exklusive Beziehung zu einem mächtigen Mann wie Masters zu genießen. Aber es ist etwas vollkommen anderes, als Gespielin neben der Ehefrau gehalten zu werden.«

»Als Gespielin?« Iphiginia blieb mitten auf der Tanzfläche stehen.

Herbert sah sie hilflos an. »Masters wird Ihnen niemals die Ehe anbieten können, Madam. Alle Welt weiß, daß er, wenn er seinen ehernen Grundsatz über Bord wirft, um wieder zu heiraten, ein junges Mädchen der besseren Gesellschaft nehmen wird, das ihm dann einen Erben schenkt. Das wird von ihm erwartet.«

»Sie gehen wirklich zu weit, Herbert. Sie wissen, daß ich über meine Beziehung zu Masters mit niemandem spreche.« Iphiginia war sich der verstohlenen Blicke bewußt, mit denen die anderen Tänzer sie und Herbert musterten.«

»Ich wollte Ihnen gewiß nicht zu nahe treten, Madam.« Herbert blickte sich verlegen um und nahm Iphiginias Arm, um sie eilig von der Tanzfläche zu führen. »Bitte verzeihen Sie.«

»Natürlich.«

»Meine Bemerkung war wirklich unpassend. Aber ich mache mir ernsthafte Sorgen um Sie.«

»Ich weiß, Herbert.« Sie tätschelte seinen Arm. »Aber ich bin kein unschuldiges junges Mädchen mehr. Ich bin eine Frau von Welt und als solche durchaus in der Lage, auf mich aufzupassen.«

»Wenn Sie es sagen.« Herbert zog erneut sein Taschentuch hervor und wischte sich den Schweiß von der Stirn. »Sie sind eine tapfere Frau, meine Liebe. Ich werde Sie immer bewundern. Bitte denken Sie daran – falls ich Ihnen jemals in irgendeiner Weise behilflich sein kann, dürfen Sie nicht zögern, mich darum zu bitten.«

»Danke, Herbert.« Sie lächelte. »Aber jetzt entschuldigen Sie mich bitte. Ich sehe da gerade jemanden, mit dem ich unbedingt sprechen muß.«

»Ja, ja, natürlich.«

Herbert stopfte das zerknitterte Taschentuch zurück in seine Hosentasche. Iphiginia spürte den wehmütigen Blick, mit dem er ihr nachsah, als sie sich durch den überfüllten Ballsaal schob.

Sie wußte, daß Herbert es nur gut mit ihr meinte und daß ihre Tante sie ebenfalls nur schützen wollte, aber keiner der beiden kannte die Wahrheit. Und Iphiginia hatte nicht die Absicht, auch nur den Versuch zu unternehmen, ihnen die bizarre Situation zu erklären, in der sie sich im Augenblick befand.

Neugierige Augenpaare, die meisten höflich abgewandt oder diskret hinter hochgehaltenen Fächern verborgen, versuchten, ihr nachzusehen, als sie zur Flügeltür hinüberging.

Iphiginia wußte, daß inzwischen die gesamte Londoner Gesellschaft über das Gerücht von Masters' bevorstehender Verlobung Bescheid wußte.

Wieder einmal sprach alle Welt über sie, genau wie vor ein paar Wochen, als sie plötzlich in den besseren Kreisen aufgetaucht war. Aber dieses Mal betrafen die Spekulationen ihr weiteres Schicksal.

Wie Iphiginia wußte, erwartete niemand, daß Marcus seine Mätresse aufgeben würde. Es wurde allgemein erwartet und akzeptiert, daß er eine Geliebte und eine Ehefrau haben würde.

Die einzige Frage, um die es ging, war, ob seine unberechenbare, unabhängige Mätresse ihm vielleicht eher den Laufpaß geben würde, als ihn mit einer Braut zu teilen.

Die Leute verfolgten die Entwicklung mit Spannung, doch niemand war ernstlich schockiert. Das einzige, was die Hautevolee ernsthaft verblüffen würde, wäre die Entdeckung, daß Masters die Absicht hatte, seine Geliebte zu ehelichen.

Und noch verblüffter wäre sie, wenn sie erführe, daß diese nicht die Absicht hatte, ihn zu heiraten.

Aber derart bizarre Möglichkeiten zog niemand in Betracht, da selbst die blühende Phantasie der Leute immer zwei Schritte hinter dem berüchtigten Earl of Masters herhinkte.

Iphiginia glitt durch die geöffnete Tür und floh in die kühle Dunkelheit der Terrasse. Die Handvoll anderer Leute, die sich bereits draußen aufhielt, wandte sich interessiert zu ihr um.

Iphiginia ignorierte die neugierigen Blicke und zog sich in die Einsamkeit der hintersten Terrassenecke zurück. Sie brauchte ein paar Minuten für sich. Es war ein anstrengender Tag und ein noch anstrengenderer Abend gewesen.

Schritte und ein männliches Räuspern hinter ihr verrieten ihr, daß sie diesen Teil der Terrasse nicht lange allein für sich gehabt hatte.

»Mrs. Bright?« fragte Bennet mit kaum hörbarer Stimme.

Iphiginia drehte sich langsam zu ihm um und setzte ein Lächeln auf. »Guten Abend, Mr. Cloud.«

»Ich sah, wie Sie nach draußen gingen.« Bennet blickte besorgt in Richtung des hell erleuchteten Ballsaals. Dann wandte er sich wieder Iphiginia zu. Er straffte die Schultern und atmete tief ein. Seine Miene verriet trotzige Entschlossenheit.

»Sie erinnern mich an Ihren Bruder, wenn Sie so gucken«, sagte Iphiginia trocken.

Bennet runzelte die Stirn. »Wenn ich wie gucke?«

»Egal. Worum geht es?«

»Mrs. Bright, ich will ganz offen mit Ihnen reden. Ganz London spricht davon, daß mein Bruder die Absicht hat, eine respektable junge Dame der besseren Gesellschaft zu ehelichen. Aber mir ist die Wahrheit bekannt.«

»Ach ja?«

»Er hat mir erzählt, daß er vorhat, Sie zu heiraten«, platzte Bennet heraus. »Eine vollkommen verrückte Idee, aber ich kenne ihn gut, und ich fürchte, daß es durchaus im Bereich des Möglichen liegt, daß er etwas so ... so...«

»So was?«

»So Unmögliches tut, wie eine vollkommen unpassende Frau zu heiraten, nur weil er es sich in den Kopf gesetzt hat. Er hat keinerlei Achtung von gesellschaftlichen Regeln oder Traditionen.«

Iphiginia musterte Bennets ernste Miene. »Ich habe gehört, daß Ihr Bruder seine Einwände gegen eine Heirat zwischen Ihnen und Juliana Dorchester zurückgenommen hat.«

»Was in aller Welt hat denn das mit dieser Sache zu tun?«

»Masters erzählte mir, daß er ernsthafte Vorbehalte gegen eine Beziehung zwischen Ihnen beiden hat. Aber er kam zu dem Schluß, daß Sie kein kleines Kind mehr sind, das seiner Führung bedarf. Er hat das Gefühl, daß Sie ein reifer Mann sind, der das Recht hat, seine eigenen Entscheidungen zu treffen.«

»Das sollte er auch. Schließlich bin ich ein reifer Mann.« Bennet ballte die behandschuhten Hände zu Fäusten. »Aber meine eigenen Heiratspläne haben mit diesem Gespräch nichts zu tun.«

»Trotz seiner Vorbehalte hat Ihr Bruder aus Respekt Ihnen gegenüber den Entschluß gefaßt, sich aus Ihren Angelegenheiten herauszuhalten. Meinen Sie nicht, daß Sie ihm dieselbe Höflichkeit schulden?«

»Verdammt, das ist etwas vollkommen anderes. Miss Dorchester ist eine durch und durch ehrenwerte Lady von tadellosem Ruf. Eine unschuldige junge Dame. Über jeden Zweifel erhaben. Marcus hatte nicht das Recht, irgendwelche Einwände gegen meine Beziehung zu ihr zu erheben.«

»Meinen Sie?«

»Ich will Ihnen ja nicht zu nahe treten, Madam, aber Sie gehören wohl kaum zur selben Kategorie Frau wie Juliana Dorchester. Sie sind eine Frau von Welt, das ist offensichtlich.«

»Ihr Bruder ist ein Mann von Welt.«

»Ja, das ist er, auch wenn er sich nicht so benimmt«, erwiderte Bennet. »Er scheint wie besessen von Ihnen zu sein, Mrs. Bright. Sie scheinen ihn vollkommen verhext zu haben.«

»Wie in aller Welt kommen Sie denn darauf?«

»Weshalb sonst sollte er plötzlich seinem obersten Grundsatz untreu werden? Er hatte sich geschworen, nie wieder zu heiraten. Ich gestehe, daß ich gehofft hatte, er würde seine Meinung eines Tages ändern, aber ich hätte mir niemals träumen lassen, daß er etwas so Verrücktes tun würde, wie seine Mätresse zu ehelichen.«

Das war zu viel. Iphiginia war am Ende ihrer Geduld. Sie hatte einfach zu lange in größter Anspannung gelebt, und jetzt schien irgend etwas in ihrem Innersten zu zerbersten.

»Ich habe es satt, immerzu von Masters und seinen Grundsätzen zu hören«, sagte sie heftig. »Er ist nicht der einzige, der es vorzieht, nach seinen eigenen Regeln zu leben. Zufällig geht es mir nicht anders.«

»Man kann jawohl nur Spekulationen darüber anstellen, welche Regeln eine Frau wie Sie beachtet. Haben Sie zufällig eine Regel, derzufolge Sie nur reiche Männer als Liebhaber nehmen?«

»Ich brauche keinen reichen Mann, der mich versorgt. Falls es Ihnen noch nicht aufgefallen sein sollte, Bennet, setze ich Sie hiermit davon in Kenntnis, daß ich selbst über ein ausreichendes Vermögen verfüge.«

»Dann haben Sie es vielleicht auf den Titel abgesehen.«

»Ich versichere Ihnen, daß mich irgendwelche Titel nicht die Bohne interessieren. Meine Freiheit und meine Rechte als unabhängige Witwe sind mir viel zu wichtig, als daß ich sie gegen einen bloßen Titel eintauschen würde.«

»Nach welchen Regeln leben Sie dann, Mrs. Bright?«

»Es gibt nur eine Regel, die für Sie von Interesse sein dürfte. Ich habe den ehernen Grundsatz, niemals einen Mann zu heiraten, der mich nicht liebt. Und da Ihr Bruder mir bisher noch nicht einmal gesagt hat, daß er mich liebt, braucht man nicht besonders intelligent zu sein, um zu erkennen, daß Masters vollkommen sicher vor mir ist.«

Bennet starrte sie an. »Mrs. Bright –«

»Verschwinden Sie, Sir. Ich hasse es, über irgendwelche Grundsätze zu diskutieren. Ich wünsche, allein gelassen zu werden.« Iphiginia machte auf dem Absatz kehrt und stürzte in Richtung der Treppe, die in den Garten hinabführte.

Dort prallte sie mit Marcus zusammen, der gerade hinter einer Hecke auftauchte.

»Ups.« Iphiginia stolperte und verlor die Balance, als sie gegen seine breite Brust stieß.

Marcus fing sie auf und blickte zu seinem Bruder hinüber. »Was in drei Teufels Namen geht hier vor sich?«

Iphiginia blickte eilig auf, als sie den gefährlich stählernen Unterton in seiner Stimme vernahm. »Nichts Besonderes, Sir. Ihr Bruder macht sich Sorgen um Ihr zukünftiges Wohlergehen, genau wie Sie sich um das seine gesorgt haben.«

»Mein Bruder wird seine Meinung zu diesem Thema für sich behalten«, sagte Marcus. »Ist das klar, Bennet?«

»Sie wird einen Narren aus dir machen, wenn du es zuläßt«, sagte Bennet heftig. »Sie ist noch viel cleverer als Nora. Siehst du das denn nicht?«

»Das sieht jeder Idiot. Ihre Cleverneß ist einer der Gründe, weswegen ich die Absicht habe, sie zu heiraten«, sagte Marcus. »Hirnlose Frauen sind mir ein Greuel.«

»Du kannst sie unmöglich zur Gräfin machen, Marcus. Sie wird eine Schande für den Titel sein.«

Iphiginia hatte zwar den dringenden Wunsch, der schrecklichen Szene ein Ende zu machen, aber diese Bemerkung konnte sie nicht einfach auf sich sitzen lassen. »Also jetzt machen Sie aber mal einen Punkt, Mr. Cloud. Ihr Bruder war ein Bauer, ein Mann, der jahrelang von seiner Hände Arbeit gelebt hat, ehe er ein Graf wurde. Er macht dem Titel alle Ehre. Ich versichere Ihnen, daß ich keinerlei Schwierigkeiten hätte, die Rolle einer Gräfin zu spielen, wenn ich es wollte.«

»Vollkommen richtig«, murmelte Marcus.

»Machen Sie sich nicht lächerlich«, schnauzte Bennet.

»Du bist derjenige, der sich lächerlich macht«, sagte Marcus. »Und jetzt hau ab, ehe ich die Geduld verliere.«

»Das ist wirklich die Höhe. Ich kann nur beten, daß Sie mir die Wahrheit gesagt haben, Mrs. Bright, und daß Sie den Anstand besitzen, aus dem Leben meines Bruders zu verschwinden.« Bennet wirbelte herum und stapfte zurück in Richtung des Ballsaals.

»Jetzt bist du wirklich zu weit gegangen.« Marcus versuchte, Iphiginia beiseite zu schieben. Panisch umklammerte sie die Aufschläge seines teuren Fracks.

»Marcus, nein. Ich will nicht, daß du dich wegen mir mit deinem Bruder streitest.«

»Mach dir keine Sorgen, meine Liebe. Ich werde mit ihm schon fertig werden.«

»Verdammt, Marcus, ich schwöre, wenn du ihm nachgehst, verlasse ich noch heute nacht die Stadt.«

Er hielt inne und runzelte die Stirn. »Was sagst du da?«

»Ich meine es ernst. Ich werde nicht zulassen, daß du Bennet wegen mir eine Szene machst. Er hat nichts anderes getan, als was du auch versucht hast, nachdem du von seinem Wunsch, Miss Dorchester zu heiraten, erfahren hast. Er hat nur versucht, dich zu beschützen.«

»Er benimmt sich wie ein aufgeblasener kleiner Tugendbold. Wer zum Teufel glaubt er eigentlich, wer er ist?«

»Er ist dein Bruder, und er macht sich entsetzliche Sorgen, daß du einen furchtbaren Fehler begehen könntest. Kommt dir das vielleicht irgendwie bekannt vor, Marcus? Du hast dich erst gestern noch genauso verhalten.«

»Das ist ja wohl kaum dasselbe.«

»Es ist genau dasselbe.« Iphiginia spürte, daß sie diesen kleinen Kampf zumindest im Augenblick gewonnen hatte, und trat einen Schritt zurück. »Komm. Laß uns ein wenig im Garten spazierengehen. Ich brauche frische Luft.«

Marcus zögerte, deutlich hin- und hergerissen zwischen dem Wunsch, mit ihr allein zu sein, und dem Bedürfnis, seinem Bruder nachzusetzen. Er blickte in Richtung des Ballsaals, doch dann zuckte er mit den Schultern und nahm Iphiginias Arm. »Also gut.«

Iphiginia seufzte innerlich auf. Im Moment war die Katastrophe abgewendet, dachte sie, aber früher oder später würde es doch zu einem Desaster kommen. Das spürte sie.

Sie hatte gehofft, daß sie noch bis zum Ende der Saison die Liebe ihres Lebens genießen könnte, aber so sollte es anscheinend nicht sein. Sie konnte nicht zulassen, daß das Verhältnis zwischen Marcus und seinem Bruder ihretwegen zerstört wurde.

Es war der Moment gekommen, darüber nachzudenken, die Stadt zu verlassen.

»Was würdest du sagen, wenn ich dir eine ausgedehnte Reise nach Amerika vorschlagen würde?« fragte Iphiginia ihre Cousine am nächsten Morgen beim Frühstück.

Amelia blickte von der Morgenzeitung auf. »Ist das dein Ernst?«

»Ja.«

»Aber da gibt es keine antiken Ruinen. Alles ist vollkommen neu. Ich habe gehört, daß die Menschen in kleinen Holzhütten der primitivsten Art leben.«

»Rustikale, primitive Ruinen können, vom künstlerischen Standpunkt betrachtet, durchaus anregend sein.«

»Unsinn.« Amelia faltete die Zeitung zusammen, legte sie beiseite und bedachte Iphiginia mit einem fragenden Blick.

»Denkst du vielleicht darüber nach, wie du vor der Affäre, in die du dich verstrickt hast, davonlaufen kannst?«

»Der Gedanke kam mir.«

»Muß ich dich erst daran erinnern, daß das nicht so einfach ist? Wir sind gerade mitten in den Vorbereitungen für die Finanzierung des Bright-Place-Projekts. Wir können uns wohl kaum um die Einzelheiten eines so großen Bauvorhabens kümmern, wenn wir in Amerika sind. Es dauert Wochen, wenn man eine Nachricht über den Atlantik schicken will.«

Iphiginia seufzte. »Ich nehme an, du hast recht.«

»Wenn du dich der ganzen Sache entziehen willst, schlage ich vor, daß wir nach Deepford fahren.«

»Niemals.« Allein der Gedanke ließ Iphiginia erschaudern. »Die amerikanische Wildnis wäre mir tausendmal lieber als die erstickende Enge in Deepford. Ich werde niemals dorthin zurückkehren.«

»Dann mußt du dir eben einen anderen Ort suchen.« Amelia streckte die Hand nach der Kaffeekanne aus. »Aber warum diese plötzliche Panik? Ich hatte den Eindruck, daß du dächtest, du hättest alles unter Kontrolle.«

»Die Dinge entgleiten mir«, murmelte Iphiginia.

»Inwiefern?« Amelia riß plötzlich besorgt die Augen auf. »Gütiger Himmel, du bist doch nicht etwa schwanger?«

Iphiginia zuckte zusammen. »Nein, natürlich nicht.« *Zumindest glaube ich das nicht.* Sie kreuzte die Finger in ihrem Schoß.

Amelia runzelte die Stirn. »Ich nehme an, als Mann von Welt kümmert sich Masters um solche Dinge.«

»Uh, ja.« Iphiginia nahm einen Löffel und rührte eilig in ihrem Kaffee herum. »Ja, natürlich.«

»Erzähl mal, benutzt er diese seltsamen französischen Dinger aus Schafsdarm? Die, von der uns die italienische Gräfin erzählt hat?«

»Amelia.«

»Ich wollte schon immer mal eins sehen.« Amelia sah sie interessiert an. »Außerdem erwähnte die Gräfin, daß eine Frau einen kleinen Schwamm benutzen kann, der mit irgendeiner Flüssigkeit getränkt ist.«

»Darüber möchte ich nun wirklich nicht am Frühstückstisch sprechen, Amelia.«

»Oh.« Amelia zuckte mit den Schultern. »Dann vielleicht ein andermal.«

»Vielleicht.« Sofort nachdem sie mit Marcus über dieses Thema gesprochen hätte, dachte Iphiginia grimmig. Er hatte die Möglichkeit einer Schwangerschaft niemals auch nur erwähnt. Und sie selbst hatte, Gott stehe ihr bei, bisher keinen einzigen Gedanken darauf verschwendet.

Vor ihrem inneren Auge sah sie sich bereits vor sich, wie sie Marcus' Baby in den Armen hielt. Es war ein so übermächtiges Bild, daß sie verwundert den Atem anhielt.

Das Kind würde die Miniaturausgabe der schönen starken Hände seines Vaters haben, seine leuchtenden, intelligenten, bernsteinfarbenen Augen und seine breite Stirn.

Es wäre wunderhübsch, und sie würde es ebenso lieben, wie sie seinen Vater liebte.

»Iphiginia? Hörst du mir überhaupt zu?«

Sie blinzelte und kehrte in die Realität zurück. »Wie bitte?«

»Ich habe vorgeschlagen, daß wir nach Bath fahren, wenn du dir wegen deiner Beziehung zu Masters Sorgen machst. Ich wollte schon immer einmal dorthin.«

»Ich werde darüber nachdenken.« Iphiginia legte ihren Löffel auf die Untertasse. »Wird es dir nicht fehlen, wenn du nicht mehr direkt mit Mr. Manwaring zusammenarbeiten kannst?«

»Was meinst du?«

»Ich denke, wir kommen mit der Arbeit an dem Bright-Place-Projekt deshalb so gut voran, weil Mr. Manwaring in der Nähe ist und uns jederzeit zur Verfügung steht. Wenn wir in Bath sind, wird es schwieriger sein, so eng mit ihm zusammenzuarbeiten. Wir müssen uns dann auf dem Postweg verständigen und können ihn nur hin und wieder sehen.«

»In all den Jahren in Deepford sind wir ja auch gut ohne ihn zurechtgekommen.« Amelia griff erneut zu ihrer Zeitung und vertiefte sich in einen der Artikel. »Es stimmt, die Dinge sind einfacher, wenn Mr. Manwaring in der Nähe ist. Aber ich bin sicher, daß wir auch von Bath aus die Geschäfte fortführen können.«

Iphiginia unterdrückte einen Seufzer. Vielleicht hatte sie sich ja geirrt, als sie zu dem Schluß gekommen war, daß Amelia und Mr. Manwaring wie füreinander geschaffen waren.

Anscheinend hatte sie nicht halb so viel Ahnung von Gefühlsdingen, wie sie immer angenommen hatte. Die Situation, in der sie selbst sich befand, war ja wohl das beste Beispiel dafür, wie verfahren Herzensangelegenheiten sein konnten. Bis jetzt hatte sie angenommen, ihr Problem bestünde lediglich darin, daß sie einen Mann liebte, dem es seine eigenen Regeln verboten, sich einzugestehen, daß er sie ebenfalls liebte. Aber vielleicht war die Lage ja noch viel ernster. Vielleicht war Marcus in seinen eigenen Regeln so gefangen, daß er nie wieder lernen würde, eine Frau zu lieben.

»Zur Hölle mit dir, Nora«, flüsterte Iphiginia.

Amelia blickte auf. »Was?«

»Nichts.« Iphiginia trommelte nervös auf der Tischplatte herum. Eins war sicher. Sie mußte aufpassen, daß sie nicht schwanger wurde. Das fehlte ihr gerade noch, denn dann würde Marcus auf jeden Fall darauf bestehen, sie zu heiraten. Und ihr bliebe nichts anderes übrig, als seinen Antrag des Kindes wegen anzunehmen.

»Weißt du was, Amelia? Es ist verdammt kompliziert, eine Mätresse zu sein.«

»Ich habe gehört, es sei noch schwieriger, eine Ehefrau zu sein«, sagte Amelia.

»Ja, ich nehme an, das stimmt.«

Aber wenn Marcus sie liebte, dachte Iphiginia wehmütig, dann würde sie dieses Risiko eingehen.

Als Iphiginia am Nachmittag von einem Einkaufsbummel zurückkam, lag der Zettel auf dem weißen Samtsitz ihrer Kutsche. Beim Anblick des zusammengefalteten Papiers wurde sie von einer dunklen Vorahnung befallen.

Sie wartete, bis der Kutscher die Tür geschlossen hatte, ehe sie die Nachricht aufnahm. Erleichtert stellte sie fest, daß der Brief weder schwarzes Wachs noch ein Phönix-Siegel zeigte.

Langsam faltete sie den Zettel auseinander.

Meine liebe Pandora!

Wenn Sie die Büchse öffnen möchten, um die Wahrheit über Vergangenheit, Gegenwart und Zukunft zu erfahren, dann kommen Sie um Punkt Mitternacht in die Lamb Lane Nummer neunzehn, eine Nebenstraße der Pall Mall.

Kommen Sie allein. Erzählen Sie niemandem etwas davon.

Wenn Sie nicht kommen oder wenn Sie jemanden mitbringen, wird ein Mensch, den Sie lieben, die Konsequenzen zu tragen haben. Ihre Schwester vielleicht? Oder Ihre Tante, Lady Guthrie?

Ein Freund.

Iphiginias Hände zitterten, als sie den Brief wieder zusammenfaltete.

Ihre Schwester.

Ihre Tante.

Die Worte schienen in das Papier eingebrannt zu sein. Die Drohung war unmißverständlich. Wer auch immer wußte, daß sie eine Schwester hatte und daß Zoë ihre Tante war, wußte alles.

Meine liebe Pandora…

Eilig faltete Iphiginia den Zettel noch einmal auseinander und vertiefte sich in die Anrede. Sie bezog sich eindeutig auf die griechische Sage von der Frau, die der Versuchung erlegen war, in die magische Büchse hineinzublicken, und die dadurch Chaos und Elend hervorgerufen hatte.

In diesem Augenblick fühlte Iphiginia sich wirklich wie Pandora.

Demjenigen, der ihr die Nachricht hatte zukommen lassen, war die Ähnlichkeit anscheinend ebenfalls aufgefallen.

Iphiginia war der Versuchung einer Affäre mit Marcus erlegen, und jetzt bestand ihre Welt nur noch aus Problemen.

Kapitel siebzehn

In der Lamb Lane waren noch keine Gaslaternen installiert worden. Die kleinen Läden in der engen Straße lagen in vollkommener Dunkelheit. Das fahle Licht des nur hin und wieder zwischen den Wolken auftauchenden Mondes bot gerade genug Helligkeit, daß Iphiginia erkennen konnte, daß die Mietdroschke, in der sie saß, weit und breit das einzige Fahrzeug war.

Die Kutsche kam quietschend und knarrend zum Stehen. Iphiginia zuckte zusammen, als der Kutscher auf das Dach klopfte, um ihr zu bedeuten, daß sie angekommen waren.

»Lamb Lane Nummer neunzehn«, rief er laut.

Iphiginia schlang ihren dunklen Umhang enger um ihren Körper und setzte die Kapuze auf. Dann öffnete sie die Tür und stieg vorsichtig aus.

»Vergessen Sie nicht«, sagte sie zu dem Mann auf dem Kutschbock. »Ich habe Sie dafür bezahlt, daß Sie hier auf mich warten.«

»Ja, ja, ich warte«, murmelte der Kerl mit verdrießlicher Stimme. »Aber wenn Sie irgendwelche Kunden mitbringen, verlange ich was extra.«

»Wie bitte?«

»Sie ham gehört, was ich gesagt hab'. Wenn Se sich einbilden, daß Se meine Kutsche als Schlafzimmer benutzen können, dann will ich 'ne vernünftige Miete dafür. Ich will von Ihnen die gleiche Stundenrate wie von den andern Mädchen.«

Iphiginia spürte, wie sie vor Zorn und Verlegenheit puterrot anlief. »Was in aller Welt bilden Sie sich eigentlich ein, guter Mann?«

»Daß Sie dasselbe vorham wie die meisten andern Mädels, die sich um diese Zeit in diesem Stadtteil rumtreiben. Geschäfte. Aber jetzt gehn Se schon los. Nur vergessen Se nich', mir meinen Teil abzugeben, wenn Se meine Kutsche benutzen.«

Iphiginia hatte nicht die Zeit, um einem betrunkenen Kutscher eine Strafpredigt zu halten. Also wandte sie sich angewidert ab und blickte in Richtung des dunklen Eingangs von Haus Nummer neunzehn. Im Mondlicht las sie das Schild über der Tür.

DR. HARDSTAFFS MUSEUM
DER GÖTTINNEN DER MANNESKRAFT
LERNEN SIE DIE GEHEIMEN UND AUTHENTISCHEN
WIEDERBELEBUNGSKRÄFTE DER GÖTTINNEN
DER ANTIKE KENNEN

Wie es schien, würde sie zumindest endlich erfahren, was es mit Dr. Hardstaffs Museum auf sich hatte.

Ein Blick über die Schulter zeigte ihr den beruhigenden Schimmer der Kutschenlampen. Der Kutscher wartete also immer noch.

Iphiginia ging näher an das Haus heran. Sie wünschte sich, Marcus wäre da. Oder wenigstens Amelia oder Zoë. Irgendwer.

Heute abend war sie noch viel aufgeregter als in der Nacht, als sie den Friedhof in Reeding aufgesucht hatte. Die in der letzten Nachricht enthaltenen Drohungen hatten ihre Nerven stärker angegriffen, als irgend etwas anderes es gekonnt hätte.

Als Iphiginia dicht genug an das Schild herangekommen war, entdeckte sie am unteren Ende eine aufgemalte Hand, deren ausgestreckter Zeigefinger dem Besucher bedeutete, dem schmalen Durchgang zwischen diesem und dem Nachbargebäude zu folgen.

Iphiginia spähte vorsichtig in die stockfinstere Gasse hinein. Alles, was sie erkennen konnte, war eine Treppe, die zum oberen Stockwerk des Hauses hinaufführte.

Mit einem letzten Blick in Richtung der Mietdroschke machte sie sich auf den Weg.

Sie erklomm die Stufen so leise wie möglich, wobei ihr Herz mit jedem Schritt schneller klopfte. Jedes Quietschen, jedes Knarren der Treppe ließ sie erschaudern. Die Dunkelheit schien mit jedem Schritt noch zuzunehmen.

Sie hätte nicht allein hierherkommen sollen.

Aber sie hatte keine Wahl gehabt.

Oben angekommen, hielt sie inne und starrte auf eine geschlossene Tür. In der Finsternis hätte sie beinahe das zweite Schild übersehen, das ihr zeigte, daß dies der Eingang zu Dr. Hardstaffs Museum war.

Gerade als sie die Hand auf den Knauf gelegt hatte, hörte sie das Klappern von Kutschenrädern. Sie wirbelte herum. Der Kutscher ließ sie im Stich.

»Nein!« Sie mußte unbedingt zurück.

Als die Lichter einer zweiten Kutsche erkennbar wurden, blieb sie stehen. Die Droschke war nicht abgefahren. Es war noch jemand gekommen.

Das Gefährt hielt direkt neben dem ihren. Pferde stampften mit den Hufen. Stimmen hallten durch die Dunkelheit.

»Warten Sie auf mich«, befahl eine dunkle Männerstimme.

Fußtritte auf dem Gehweg. Zu Iphiginias Entsetzen bogen sie nach kurzem Zögern in den schmalen Durchgang ein, an deren Ende sie auf der Treppe stand.

Sie wurde von Angst gepackt. Es wäre nur eine Frage von Sekunden, bis der Kerl das Ende des Weges erreicht hätte. Es war offensichtlich, daß er zu Dr. Hardstaffs Museum wollte. Sobald er die Treppe hinaufkäme, würde er sie entdecken.

Sie konnte nicht zurück, ohne direkt mit dem Fremden zusammenzustoßen, also tat sie das einzig Mögliche. Sie drehte an dem Knauf, den sie in ihrem Rücken spürte.

Die Tür öffnete sich mit einem leisen Quietschen, und ohne die Treppe auch nur einen Moment aus den Augen zu lassen, schob Iphiginia sich rückwärts in den dunklen Flur. Dann schloß sie lautlos die Tür.

Aus der Finsternis schoß ein Männerarm hervor und legte sich um Iphiginias Hals.

Sie wurde gegen eine breite Brust gezogen, und eine rauhe Hand hielt ihr den Mund zu, so daß sie noch nicht einmal die Gelegenheit zu schreien hatte.

»Verdammt«, murmelte Marcus. »Iphiginia?«

Sie nickte heftig. Unendliche Erleichterung wallte in ihr auf.

»Was in drei Teufels Namen –« Marcus nahm seine Hand von ihrem Mund.

»Jemand kommt die Treppe rauf, Marcus«, flüsterte sie eindringlich. »Er muß jeden Augenblick hier sein.«

»Verdammt.« Marcus ließ von ihr ab und packte ihre Hand. »Hier entlang. Beeil dich. Und sei leise.«

Das brauchte er nicht zweimal zu sagen. Die Schritte des Neuankömmlings hallten bereits auf der Treppe.

Marcus zerrte Iphiginia ans Ende des dunklen Flurs, wo er eine Tür öffnete und sie in einen großen Raum schob, der von einem einzelnen Wandleuchter schwach erhellt wurde.

»Was in aller Welt ist das?« Iphiginia sah sich erstaunt um. »Wo sind wir?«

Ein derart seltsames Mobiliar hatte Iphiginia noch nie gesehen. Exotische Tücher hingen von den Decken und verliehen dem Raum das Flair eines türkischen Zelts. Das Zimmer wurde von einem riesigen Bett beherrscht, das mit hauchdünnen Vorhängen und einer ungewöhnlich großen Zahl von Kissen dekoriert war. Drumherum standen erotische Statuen, ähnlich denen, die sie bei Lord Lartmore besichtigt hatte.

Die Wände waren mit Gemälden verschiedener antiker Götter und Göttinnen verziert. Die Gottheiten schienen allesamt nackt zu sein, und die Männer waren alle in einem Zustand größter sexueller Erregung. Die weiblichen Figuren waren von einer Üppigkeit, die ans Lächerliche grenzte.

»Marcus, wie kommst du hierher?«

»Eine gute Frage. Sobald wir die Gelegenheit haben, werde ich dir die entsprechende Gegenfrage stellen. Aber erst einmal müssen wir dich verstecken.«

»Gütiger Himmel.« Iphiginia starrte auf ein Gemälde, das mehrere Waldnymphen zeigte, die mit drei sehr gut ausgestatteten Satyren herumhüpften. »Dies sind die schlechtesten Kopien antiker Bilder, die ich jemals gesehen habe.«

»Ich bedauere, daß deine künstlerischen Empfindungen durch diesen Anblick beleidigt werden.« Marcus packte die Ecke eines schweren roten Vorhangs, der quer durch das Zimmer ging. »Du kannst dich ja später bei Dr. Hardstaff darüber beschweren.«

»Und was machen wir jetzt?«

»Du wirst dich unsichtbar machen und unsichtbar bleiben.« Marcus warf den Vorhang, der von der Decke bis zum Boden ging, zur Seite und schob Iphiginia durch die Öffnung auf eine kleine Bühne, auf der mehrere griechische Urnen und ein geschwungener Sockel standen. An der Wand war eine schmale Tür.

»Aber Marcus –«

»Geh durch die Tür und versteck dich in dem Flur dahinter.« Marcus packte ihr Kinn und sah sie grimmig an. »Komm nicht eher wieder hervor, bis ich dich rufe. Und mach bloß keinen Lärm. Hast du mich verstanden?«

»Ja, aber –« Sie brach ab, als sie hörte, wie die Haustür geöffnet wurde. Ihr Mund wurde trocken. »O Gott.«

»Pst.« Marcus warf den Vorhang wieder zurück, so daß Iphiginia nicht gesehen werden konnte, falls jemand das Zimmer betrat.

Hinter dem schweren Stoff herrschte vollkommene Dunkelheit.

Als Iphiginia sich bis zu der kleinen Tür tastete, stieß sie mit dem Zeh gegen den Sockel, doch sie unterdrückte ein Stöhnen.

Die Eingangstür des Raumes wurde aufgerissen. Iphiginia verharrte vollkommen reglos. Sie wagte nicht, sich weiter vorzutasten aus Angst, noch einmal vor einen Gegenstand zu stoßen.

»Verdammt, Masters.« Die Stimme des Fremden bebte vor Zorn. »Sie sind's. Ich wollte es erst nicht glauben, als ich die Nachricht erhielt. Ich sagte mir, das müsse alles ein schlechter Witz sein. Aber anscheinend bin ich nicht nur ein Narr, sondern spiele obendrein noch die Rolle des gehörnten Ehemanns.«

»Guten Abend, Sands.« Marcus' Stimme war kühl, wenn nicht sogar ein wenig gleichgültig. »Ich wußte nicht, daß heute abend noch jemand außer mir einen Termin bei Dr. Hardstaff hat. Ich hatte extra eine Privatbehandlung erbeten.«

Iphiginia wurde klar, daß der Mann, der soeben das Zimmer betreten hatte, der Gatte der geheimnisvollen Lady Sands sein mußte.

»Wo ist meine Frau, Sie verdammter Bastard?«

»Ich habe keine Ahnung«, erwiderte Marcus ruhig. »Wie Sie sehen, bin ich vollkommen allein hier. Ich gebe zu, daß mich diese Tatsache etwas enttäuscht. Ich hatte gehofft, daß Dr. Hardstaffs Therapie ein wenig mehr beinhaltet als ein paar schlechte Bilder und einige ebenso schlechte Statuen.«

»Sie haben sich hier mit Hannah verabredet, nicht wahr?« fragte Sands mit sich vor Wut überschlagender Stimme. »Das stand zumindest in dem Brief.«

»Dem Brief?«

»Irgend jemand weiß über Ihr Treiben Bescheid, Masters. Ich habe in meiner Kutsche eine Nachricht vorgefunden, in der stand, daß ich in die Lamb Lane Nummer neunzehn kommen soll, wenn ich herausfinden will, wo Sie und meine Frau sich treffen.«

»Da hat sich jemand einen schlechten Scherz mit Ihnen erlaubt, Sands. Wer auch immer das war, wußte zweifellos, daß ich heute abend einen Termin hier hatte.«

»Einen Termin mit meiner Frau.«

»Nein.«

Iphiginia zuckte zusammen, als sich die Hintertür öffnete. Sie spähte in die Dunkelheit und sah, daß eine Gestalt aus dem dunklen Flur hereinkam. Das Licht der Kerze, die die Frau in der Hand hielt, fiel auf ein hübsches Gesicht, blonde Haare und ein äußerst tief ausgeschnittenes, durchsichtiges Kleid.

Als die Person Iphiginia entdeckte, blieb sie abrupt stehen. Dann stemmte sie die Hände in die Hüften und starrte ihr Gegenüber böse an.

»Also bitte, was machst du denn hier?« fragte sie mit lauter Stimme. »Heut' abend bin ich dran, die antike Göttin der Manneskraft zu spielen.«

Auf der anderen Seite des Vorhangs herrschte plötzlich eine unheimliche Stille.

Iphiginia starrte die Frau an und überlegte fieberhaft, was sie als nächstes tun sollte. »Tut mir leid«, gelang es ihr, leise zu flüstern. »Da muß ein Irrtum vorliegen.«

»Was geht da hinten vor sich?« wollte Sands wissen. Schritte hallten durch den Raum, als er auf den schweren, purpurnen Vorhang zuging.

»Ich glaube, die Vorstellung beginnt«, stellte Marcus trocken fest.

Die blonde Frau schnaubte verächtlich und wandte sich dann in Richtung des Vorhangs. »Was soll das nun wieder heißen? Sin' da draußen etwa zwei Kerle?«

»Uh, ja«, murmelte Iphiginia.

»Wagt ja nicht', den Vorhang anzufassen«, kreischte die Blondine und wandte sich an Iphiginia. »Hardstaff hat nichts davon gesagt, daß heute abend gleich zwei von denen die antike Behandlung kriegen. Was denkt der eigentlich, wer ich bin? Eine echte Göttin vielleicht?«

Wieder sprach Marcus: »Wenn ich Sie wäre, Sands, würde ich mich da lieber nicht einmischen.«

»Was zum Teufel geht hier vor sich?« Sands klang inzwischen ehrlich verwirrt.

»Wie gesagt, wagt ja nicht, den Vorhang anzufassen«, brüllte die Blonde. Dann musterte sie Iphiginia. »Warte mal. Bist du deshalb hier? Um dich um den zweiten Typen zu kümmern?«

»Uh, ja«, flüsterte Iphiginia. »Ja, ich glaube.«

»Ja, dann ist wohl alles in Ordnung. Zieh deinen Umhang aus, un' dann werden wir's diesen feinen Pinkeln mal so richtig zeigen. Ich bin Polly. Un' wer bist du?«

»Uh, Ginny.« Iphiginia zog langsam den Umhang aus und legte ihn auf den Sockel.

»Du bis' neu, oder?« Polly musterte kritisch Iphiginias strahlendweißes Abendkleid. »'n bißchen zu elegant, wenn du mich fragst.«

»Ich bin sicher, daß ich es ziemlich schnell kapieren werde«, versicherte ihr Iphiginia. »Ich bin eine gute Schülerin.«

»Jetzt habe ich aber genug von diesem Unsinn.« Sands drehte sich wieder zum Vorhang. »Kommt raus da, ihr zwei. Ich habe ein paar Fragen an euch.«

»Stopp«, kreischte Polly. »Es is' nich' erlaubt, vor der Aufführung hinter den Vorhang zu kommen.«

»Ach nein«, knurrte Sands. »Ich lasse mir doch nicht von irgendeiner billigen kleinen Hure irgendwelche Vorschriften machen.«

»Verdammt, das hier is' 'n Theater«, schnauzte Polly zurück. »Wir sin' Schauspielerinnen un' keine Huren. Wäre also ganz nett, wenn Se uns mit dem nötigen Respekt behandeln würden, sonst können Se die ganze Behandlung vergessen.«

»Ich bin nicht gekommen, um mir eure verdammte Vorführung anzusehen«, brüllte Sands. »Ich bin auf der Suche nach jemandem.«

»Hier hinten is' niemand außer uns beiden. Un' jetz' setzen Se sich besser hin und gucken zu, oder Sie verschwinden.«

»Die Lady hat recht«, sagte Marcus. »Ich würde es wirklich zu schätzen wissen, wenn Sie wieder gingen, Sands. Schließlich habe ich gutes Geld bezahlt, um mich heute abend von den Damen unterhalten zu lassen.«

»Unterhalten?« Sands klang ehrlich angewidert. »Das nennen Sie Unterhaltung?«

»Man sagte mir, es sei durchaus amüsant«, erwiderte Marcus. »Direkt anregend.«

»Wir fangen an«, verkündete Polly durch den Vorhang hindurch. »Wenn Se die Behandlung zusammen kriegen woll'n, dann is' das Ihre Sache. Aber ich warne Sie, dann kostet' das Doppelte.«

»Wenn Sie nicht bereit sind, Ihren Teil zu zahlen, Sands«, sagte Marcus, »dann gehen Sie jetzt besser.«

»Ich gehe nicht«, erwiderte Sands zornig. »Nicht, solange ich nicht herausgefunden habe, was hier vor sich geht.«

»Wenn Se schon bleiben, machen Se sich wenigstens 'n bißchen nützlich«, schnauzte Polly. »Machen Se die Lampe neben der Tür aus.«

»Also gut«, sagte Sands mit kalter Stimme. »Woll'n wir doch mal sehen, was hinter dem Vorhang vor sich geht.« Seine Schritte hallten erneut durch den Raum, als er sich umdrehte und in Richtung der Tür ging.

»Wurde auch allmählich Zeit. Die Leute ham einfach keinen Respekt mehr vor professioneller Arbeit.« Polly bückte sich, um eine Reihe von Lampen auf der Bühne anzuzünden.

Dann streckte sie die Hand aus und zog kräftig an einer langen, dicken Kordel.

Der schwere Vorhang bewegte sich zur Seite, so daß nur noch ein hauchdünnes Musselintuch zwischen den Männern und der Bühne war.

»Verdammt«, entfuhr es Marcus.

Iphiginia merkte, daß die Lampen auf der Bühne ihre und Pollys Silhouetten auf den dünnen Vorhang warfen. Sie erstarrte.

»Wirklich interessant«, stellte Sands lakonisch fest. »Wieviel sagten Sie, daß Sie dafür bezahlt haben, Masters?«

»Zu viel«, erwiderte Marcus. »Ich fürchte, man hat mich übers Ohr gehauen.«

»Weißte, am Anfang meckern se immer«, sagte Polly zu ihrer neuen Kollegin. »Sie sin' eben alle gleich. Aber sie ändern ihre Meinung noch früh genug.« Sie richtete sich auf und sah Iphiginia mit gerunzelter Stirn an. »Schnapp dir deine Urne. Los, beeil dich.«

Iphiginia atmete tief ein und zwang sich, sich zu bewegen. Sie nahm eine der großen Urnen, die auf der Bühne herumstanden. Sie war erstaunlich leicht. »Und jetzt?«

»Nimm deine Position ein. Hast du denn überhaupt keine Ahnung? Dr. Hardstaff wird echt unangenehm, wenn die Patienten nichts für ihr Geld geboten kriegen.« Polly nahm ihre Urne und verharrte damit in einer Pose, die sie zweifellos für klassisch hielt.

Endlich dämmerte es Iphiginia, daß sie und Polly eine Art Schattenspiel aufführten.

Der durchsichtige Vorhang diente als Schleier, hinter dem nur die Umrisse ihrer Figuren zu erkennen waren.

Die Lampen, die strategisch günstig hinter den beiden Frauen installiert waren, schufen ein gespenstisches Licht.

Iphiginia hatte eine Handvoll solcher Aufführungen gesehen, aber sie hatten alle der geistigen Erbauung gedient. Das letzte Schattenspiel, das sie zusammen mit Amelia besucht hatte, war ein höchst lehrreiches Bild der Ruinen von Herculaneum gewesen.

Aber das, was sie und Polly heute abend darstellten, war eindeutig anderer Natur. Iphiginia hatte den furchtbaren Verdacht, daß ihre duftigen weißen Seidenröcke keinen besonders guten Sichtschutz boten. Die grellen Lampen waren extra so plaziert, daß Pollys Kleid fast vollkommen durchsichtig wirkte.

Iphiginia umklammerte ihre Urne und preßte sie fest an sich. Sie betete, daß das Gefäß groß genug war, um einen großen Teil ihres Torsos zu verdecken. Mit ein wenig Glück wären ihre Beine, ihr Kopf und ihre Schultern hinter dem dünnen Stoffschirm nur unscharf zu erkennen.

»Die Göttin links ist nicht schlecht«, stellte Sands voller Sarkasmus fest. »Aber die rechte ist ein bißchen zu dünn für meinen Geschmack. Was meinen Sie, Masters?«

Iphiginia errötete, als ihr klar wurde, daß sie die rechte Göttin war.

»Mir haben Schattenspiele noch nie besonders gefallen«, sagte Marcus. »Wenn ich gewußt hätte, daß Hardstaffs berühmte Therapie derart zahm ist, hätte ich für heute abend bestimmt eine andere Art des Amüsements gewählt.«

Iphiginia warf Polly einen hilflosen Blick zu.

Polly zwinkerte. »Keine Angst. Wir werden die beiden Kerle schon noch beeindrucken.« Sie veränderte ihre Stellung, um ihren ausladenden Busen besser zur Geltung zu bringen. »Eigentlich gefällt mir dieser Job sogar«, flüsterte sie. »Viel einfacher, als flach auf dem Rücken zu arbeiten.«

»Das kann ich mir vorstellen«, murmelte Iphiginia.

»Du brauchst ihnen bloß 'n paar nette Stellungen zu zeigen, un' schon sin' se völlig aus 'm Häuschen.« Polly verschob ihre Urne ein wenig, bog den Rücken durch und warf ihre Brust in die Höhe. »Das is' immer so.«

Iphiginia wagte es nicht, sich zu bewegen. Sie preßte weiter ihre Urne fest an ihren Körper.

»Haben Sie jetzt vielleicht genug gesehen, Sands?« wollte Marcus wissen. »Mir reicht's auf jeden Fall. Meine Neugierde ist befriedigt. Dr. Hardstaffs Wunderkur ist nicht annähernd so unterhaltsam, wie ich sie mir vorgestellt habe.«

»Ich habe genug gesehen«, sagte Sands mit heiserer Stimme. »Jetzt ist es an der Zeit, mir ein paar Fragen zu beantworten.«

Wieder hallten Schritte auf dem Boden. Sands kam direkt auf die Bühne zu.

»Verdammt.« Marcus' Schritte donnerten hinter denen von Sands. »Rühren Sie ja nicht den Vorhang an. Das würde die Schauspielerinnen völlig aus dem Konzept bringen.«

»Bilden Sie sich etwa ein, diese Frauenzimmer würden mich in irgendeiner Weise interessieren? Ich will wissen, weshalb mich jemand heute abend hierher gelockt hat. Ich habe genug von diesem Versteckspiel.«

Iphiginia sah, daß Sands' Hand den Rand des Vorhangs berührte. Er schnappte sich eine Handvoll des hauchdünnen Stoffs und zerrte daran, bis er den zarten Musselin von den Haken in der Decke gerissen hatte.

Plötzlich standen Iphiginia und Polly vollkommen ungeschützt auf der Bühne.

»Also wirklich«, schimpfte Polly. »Was bilden Sie sich eigentlich ein? Den Vorhang bezahl'n Sie, nich' wir.«

Sands ignorierte sie. Er starrte Iphiginia an. *»Mrs. Bright.* Was in aller Welt haben denn Sie hier verloren?«

Sie lächelte schwach. »Guten Abend, Lord Sands. Ich glaube nicht, daß wir einander bereits vorgestellt wurden.«

»Seien Sie versichert, daß ich genau weiß, wer Sie sind, Madam«, sagte Sands in grimmigem Ton.

Iphiginia errötete. »Ja, nun, wie Sie unschwer erraten haben dürften, bin ich Teil von Dr. Hardstaffs Spezialbehandlung für Masters.«

»Teil der *Behandlung?«* Sands warf Marcus einen vernichtenden Blick zu, doch dieser zog nur leicht die Brauen hoch. Also wandte er sich wieder an Iphiginia. »Verzeihen Sie, Mrs. Bright, aber es fällt mir etwas schwer, das zu glauben.«

»Es stimmt«, versicherte ihm Iphiginia eilig. Sie sah Marcus hilfesuchend an, doch dieser schwieg. »Dr. Hardstaff hat bestätigt, daß wir schnellere und bessere Ergebnisse erzielen, wenn ich bei der Behandlung mitwirke.«

»Hardstaff ist ein verdammter Quacksalber«, sagte Sands. »Das weiß jeder.«

»Ich nicht«, sagte Iphiginia. Sie warf Marcus erneut einen verzweifelten Blick zu, doch ihn schien die ganze Sache völlig kalt zu lassen. Allmählich wurde sie böse.

»Also bitte, Mrs. Bright«, sagte Sands. »Jeder Londoner Gentleman weiß, daß Hardstaffs sogenannte Behandlungen nichts weiter als prickelnde Schattenspiele sind. Sie werden von hübschen kleinen Huren aufgeführt, die sich den Kunden anschließend zur Verfügung stellen.«

»Also bitte«, schnauzte Polly. »Das is' eine verdammte Lüge. Ich bin Schauspielerin.«

»So kann man diesen Beruf gewiß auch nennen«, räumte Sands ein.

Da sie von Marcus anscheinend keine Hilfe erwarten konnte, kam Iphiginia zu dem Schluß, daß Angriff immer noch die beste Verteidigung sei. »Woher wissen Sie eigentlich so genau, wie Dr. Hardstaffs Behandlungen sind, Mylord?«

»Gute Frage«, pflichtete Polly ihr bei. »Ich hab' Sie noch nie hier in dem Zimmer der Göttinnen der Manneskraft gesehn. Das heißt ja wohl, daß Sie gar nich' wissen, wovon Sie reden.«

»Vollkommen richtig«, bekräftigte Iphiginia. »Sie haben sich Ihre Meinung offenbar aufgrund von Gerüchten gebildet, Sir.«

»Es ist allgemein bekannt, daß die Behandlungen bestenfalls Betrug sind«, erwiderte Sands zornig.

»Unsinn«, beharrte Iphiginia auf ihrer Meinung. »Wir hoffen jedenfalls fest auf eine Heilung, nicht wahr, Masters?«

Marcus bedachte sie mit einem gefährlich kalten Blick.

Polly stemmte die Hände in die Hüften und starrte Sands wütend an. »Ich kenne 'ne ganze Reihe feiner Herrn, die durch eine von meinen Behandlungen geheilt worden sin'.«

Sands sah sie aus zusammengekniffenen Augen an. »Ach ja?«

»Allerdings.« Polly reckte stolz das Kinn. »Ich hab' Männer gesehn, die seit Jahren keinen mehr hochgekriegt ham. Un' als se wieder gegangen sin, war'n se hart wie 'n Schürhaken.«

»Da, sehen Sie?« fragte Iphiginia fröhlich. »Hier haben Sie die Aussage von einer Frau, die es wissen muß.«

»Genug von diesem Unsinn.« Endlich ließ sich Marcus dazu

herab, auch einmal etwas zu sagen. Er zog eine Handvoll Geldscheine aus der Tasche und drückte sie Polly in die Hand. »Sie haben gute Arbeit geleistet, Madam. Jetzt dürfen Sie gehen. Wir brauchen Sie nicht länger.«

Polly nahm das Geld. »Sin' Sie sicher?«

»Vollkommen«, sagte Marcus.

»Also gut, dann.« Polly bedachte Iphiginia mit einem vergnügten Lächeln. »War nett, mit Ihnen zusammenzuarbeiten, Mrs. Bright. Sie ham echtes Talent. Mit 'n bißchen Übung könnten Sie 'ne echt gute Schauspielerin werden.«

»Vielen Dank«, entgegnete Iphiginia höflich. »Ich werde versuchen, weiter an mir zu arbeiten.«

»Na, dann geh' ich jetzt mal.« Polly schlenderte zur Hintertür.

Iphiginia, Marcus und Sands sahen ihr nach, als sie das Zimmer der Göttinnen der Manneskraft verließ.

Nachdem die Tür ins Schloß gefallen war, herrschte Schweigen.

Nach einem Augenblick brach Marcus den eigenartigen Bann, indem er auf die Bühne trat und die Lampen eine nach der anderen löschte. »Da der Abend zu einer kompletten Farce verkommen ist, schlage ich vor, daß wir gehen, Mrs. Bright.«

»Ja, natürlich.« Iphiginia stellte ihre Urne ab.

Sands runzelte die Stirn. »Ich verstehe das alles nicht.«

»Ich nehme an, jemand hat sich einen schlechten Scherz mit Ihnen erlaubt, Sands.« Marcus ließ nur die letzte Lampe an.

»Es ergibt keinen Sinn.« Sands steckte die Hände in die Hosentaschen und begann, im Zimmer auf und ab zu gehen. »Wer sollte so etwas tun?«

»Natürlich jemand, der weiß, daß Sie den Verdacht hegen, meine langjährige Freundschaft zu Ihrer Frau sei mehr als bloße Verbundenheit.« Marcus lehnte sich mit einer Schulter an die Wand, kreuzte die Arme vor der Brust und sah Sands an. »Es gibt zahlreiche Menschen auf dieser Welt, denen es Vergnügen bereitet, anderen Leuten Schwierigkeiten zu bereiten. Das wissen Sie ebensogut wie ich.«

Sands sah ihn kalt an und stapfte weiter. »Aber was hätte denn passieren sollen, nachdem ich hier um Mitternacht ankam und feststellte, daß Sie Ihre Spielchen mit Mrs. Bright statt mit Hannah treiben?«

Iphiginia errötete. »Das waren keine Spielchen, Sir.«

Sands verzog verächtlich das Gesicht. »Nennen Sie diesen Unsinn, wie Sie wollen, Madam. Das ist allein Ihre Sache.«

Marcus sah Sands nachdenklich an. »Ich nehme an, wer auch immer Sie heute nacht hierher geschickt hat, wollte, daß Sie überall herumerzählen, was Sie heute nacht hier gesehen haben.«

»Was meinen Sie?« fragte Sands.

»Ich vermute, daß das eigentliche Ziel dieses schlechten Scherzes nicht Sie waren, sondern meine Freundin Mrs. Bright«, sagte Marcus mit leiser Stimme. »Aber ich werde dafür sorgen, daß der Schuldige dafür bezahlt.«

Iphiginia starrte ihn an. Es war offensichtlich, daß Marcus es ernst meinte.

Sands blieb abrupt stehen. Er fuhr herum und sah Iphiginia nachdenklich an. »Sie glauben also, daß jemand ein Interesse daran hat, Mrs. Bright zu demütigen?«

»Ja.«

»Aber warum?« wollte Sands wissen.

»Weil derjenige nicht will, daß ich sie heirate«, sagte Marcus.

»Sie heiraten.« Sands starrte ihn an. »Sie wollen Mrs. Bright heiraten? Ihre, uh, sehr gute Freundin?«

»Ja.« Marcus sah Iphiginia an. »Aber wir haben unsere Verlobung noch nicht offiziell bekanntgegeben, und ich hoffe, daß Sie nicht darüber sprechen werden.«

Iphiginia wollte gerade etwas erwidern, aber dann klappte sie den Mund wieder zu. Jeder Protest würde nur dazu führen, daß Sands weitere unangenehme Fragen stellte.

Sands runzelte die Stirn. »Man erzählte mir bereits, daß Sie die Absicht hätten, in Kürze Ihre Verlobung bekanntzugeben. Aber ich nahm natürlich an, daß Sie eine der jungen ... ah, egal.« Er hüstelte diskret und nickte Iphiginia zu. »Meinen Glückwunsch, Mrs. Bright.«

»Danke.« Sie warf Marcus einen wütenden Blick zu. Wie hatte er es nur wagen können, sie in die peinliche Situation zu manövrieren, die Verlobung bestätigen zu müssen? »Ich hoffe nur, daß Dr. Hardstaffs Therapie bis zu unserer Hochzeitsnacht anschlägt.«

Sands grinste. Plötzlich sah er viel jünger und vor allem viel netter aus als zuvor. »Da wünsche ich Ihnen viel Glück. Übrigens, Sie brauchen keine Angst zu haben, daß ich jemandem etwas von den Ereignissen heute abend erzähle.«

»Ich weiß Ihre Verschwiegenheit zu schätzen«, sagte Iphiginia.

»Ich bezweifle, daß mir überhaupt auch nur ein Mensch glauben würde. Die ganze Sache ist einfach viel zu peinlich.« Sands starrte in Richtung der Tür. »Wissen Sie was? Ich glaube, Sie beide sind wirklich füreinander geschaffen. Aber wenn Sie mich jetzt entschuldigen wollen, werde ich mich auf den Weg machen.« Er warf einen letzten geringschätzigen Blick auf die Wandgemälde und öffnete die Tür. »Im Gegensatz zu Ihnen, Masters, brauche ich Dr. Hardstaffs Behandlung noch nicht.«

»Wie schön für Sie«, erwiderte Marcus.

Als die Tür hinter Lord Sands ins Schloß fiel, senkte sich erneut Schweigen über den Raum.

Iphiginia und Marcus lauschten Sands' Schritten, die in Richtung der Eingangstür verhallten.

Einen Augenblick später hörten sie, wie die Eingangstür geöffnet wurde.

Iphiginia seufzte erleichtert auf, und dann wandte sie sich an Marcus. »Du solltest dich schämen. Jetzt wird Lord Sands darauf warten, unsere Verlobungsanzeige in der Zeitung zu lesen. Wie konntest du nur so etwas sagen?«

»Ich habe ihm die einzige Antwort gegeben, die ihn garantiert ablenken würde.«

»Aber was wird er denken, wenn er nie etwas von unserer offiziellen Verlobung hört? Er wird annehmen, daß du ihn belogen hast. Vielleicht denkt er, daß er bewußt getäuscht wurde.«

»Darüber werde ich mir später Gedanken machen. Im Augenblick habe ich wirklich andere Probleme.«

»Oh, wirklich?« Iphiginia stemmte die Hände in die Hüften. »Um welche Probleme handelt es sich denn, wenn ich fragen darf? Vielleicht hättest du ja die Güte, mir zunächst einmal zu erklären, was du in diesem mehr als eigenartigen Zimmer verloren hast?«

In diesem Augenblick öffnete sich die Hintertür. Iphiginia starrte entgeistert in Richtung des Neuankömmlings. Sie war Lady Sands niemals ordnungsgemäß vorgestellt worden, aber Zoë hatte sie ihr einmal auf einem Ball gezeigt.

Von Kopf bis Fuß in einen dunklen Umhang gehüllt, trat Hannah auf die Bühne. Sie bedachte Iphiginia mit einem traurigen Lächeln.

»Ich glaube, Marcus spricht von mir, Mrs. Bright. Ich fürchte, daß ich ihm in letzter Zeit recht viel Mühe gemacht habe.«

Ehe Iphiginia etwas erwidern konnte, wurde die Vordertür aufgerissen, und Lord Sands kam auf Socken zurück in das Zimmer gestapft, die Schuhe in der Hand.

»Wenn Masters die Dinge schon erklärt«, sagte er mit eisiger Stimme, »dann kann er sie auch gleich allen Beteiligten erklären. Und wenn er fertig ist, kann er sie mir morgen früh noch einmal über zwei Pistolen erklären.«

Hannah starrte ihren Mann an, als habe sie soeben einen Geist gesehen. »Großer Gott, nein.« Sie griff sich an die Kehle, und dann brach sie schluchzend zusammen.

»Lady Sands.« Iphiginia beugte sich eilig über sie.

»Hannah.« Sands ließ seine Schuhe fallen und rannte hinüber zu seiner Frau.

»Man sollte meinen«, sagte Marcus zu niemand Bestimmtem, »daß man eine einfache medizinische Behandlung in einem etwas ungestörteren Rahmen bekommt.«

Kapitel achtzehn

»Lady Sands, bitte, Sie dürfen sich nicht so aufregen.« Iphiginia zog ein Taschentuch aus ihrem kleinen weißen Satintäschchen. Sie beugte sich zu Hannah hinab und drückte es ihr in die zitternde Hand. »Es wird alles gut werden.«

»Danke.« Hannah schneuzte sich und wagte einen ängstlichen Blick in das steinerne Gesicht ihres Gatten. »Es tut mir leid, Mrs. Bright. Ich wollte nicht, daß es soweit kommt. Marcus hatte recht. Ich kann meinem Mann die Wahrheit nicht auf Dauer verschweigen.«

»Welche Wahrheit? Was zum Teufel geht hier vor sich?« Sands blickte Marcus an. Sein Gesicht war vor Zorn und Schmerz verzerrt. »Und verdammt, erzählen Sie mir nicht noch einmal irgendwelchen Blödsinn über Hardstaffs Behandlungen.«

»Hannah ist die einzige, die Ihnen die Wahrheit sagen kann«, erklärte Marcus. »Ich habe ihr mein Wort gegeben, daß ich ihr Geheimnis bewahre.«

»Was für ein Geheimnis teilen Sie mit meiner Frau?« brüllte Sands. »Haben Sie sie dazu gebracht, hierher zu kommen, damit Sie sie in dem elenden Bett da drüben verführen können?«

»Nein«, erwiderte Marcus ruhig.

»Natürlich hat er nichts Dergleichen getan.« Iphiginia richtete sich auf und blitzte Sands wütend an. »Also wirklich, Sir, das ist doch die Höhe. Marcus würde niemals die Frau eines anderen verführen.«

Sands wandte sich an sie. Sein Gesicht war immer noch zornrot. »Woher wollen Sie das denn wissen?«

»Weil ich ihn sehr, sehr gut kenne.« Iphiginia tätschelte Hannahs Schulter. »Er ist einfach nicht fähig, sich derart charakterlos zu verhalten.«

Marcus' Miene war vollkommen reglos.

Sands sah Iphiginia fragend an. »Und wie kommen Sie hierher, Mrs. Bright?«

»Ich habe eine Nachricht erhalten, genau wie Sie, Sir«, sagte Iphiginia. »Ich bin nur wenige Augenblicke vor Ihnen hier angekommen und habe mich hinter dem Vorhang versteckt.« Sie machte eine ausladende Handbewegung in Richtung des Bettes, der erotischen Gemälde und der Statuen. »Offenbar wollte jemand, daß ich Masters und Lady Sands in einer kompromittierenden Situation überrasche. Ich nehme an, Sie sollten ebenfalls Zeuge dieser peinlichen Szene werden.«

»Sie meinen, irgend jemand hat diese ganze Sache inszeniert?« Sands preßte die Lippen aufeinander. »Wollen Sie das damit sagen?«

»Zumindest ist das die einzig logische Erklärung, nicht wahr, Masters?«

»Ja.« Marcus blickte die kleine Gruppe nachdenklich an. »Hannah und ich haben ebenfalls jeder eine Nachricht erhalten.«

»Von der Erpresserin können die Briefe nicht stammen«, sagte Iphiginia. »Mrs. Wycherley ist tot. Außerdem wurden keine Forderungen gestellt. Hinter dieser Sache muß irgendein anderer Schuft stecken.«

Sands starrte die anderen an. Er verstand überhaupt nichts mehr. »Welche Erpresserin?«

Hannah hob traurig, doch zugleich würdevoll den Kopf. »Man hat mich erpreßt. Wir glauben, daß die Leiterin der Wycherley Agentur dafür verantwortlich war. Sie hat auch eine Bekannte von Mrs. Bright erpreßt, aber dann wurde sie von einem ihrer anderen Opfer ermordet.«

»Das nahmen wir zumindest an«, sagte Marcus.

»Großer Gott«, flüsterte Sands. Er blickte Marcus an, und dann ging er hinüber zu seiner Frau und zog sie in seine Arme. »Du mußt mir alles erzählen, Hannah. Um Himmels willen, die Wahrheit kann nicht schlimmer sein als das, was ich in den letzten Tagen gedacht habe.«

Hannahs Augen füllten sich mit Tränen. »Du wirst dich angewidert von mir abwenden.«

»Niemals«, schwor Sands. »Niemals, meine Liebe. Nichts, was du jemals getan hast, kann mich dazu bringen, mich von dir abzuwenden. Der einzige Weg, um mir das Herz zu brechen, wäre, daß du dich einem anderen zuwendest.«

»Oh, Edward, ich habe ihn umgebracht.« Hannah vergrub ihr Gesicht an seiner Schulter. »Ich habe ihn erschossen. Und es tut mir noch nicht einmal leid. Ich hatte nur Angst, daß du dahinterkommen würdest.«

»Wen hast du umgebracht?« Sands strich ihr sanft über den bebenden Rücken.

»Spalding.«

Sands runzelte die Stirn. »Deinen ersten Ehemann?«

»Ich habe ihn eines Nachts erschossen, als er betrunken nach Hause kam und anfing, mich zu schlagen. Ich konnte seine Wutanfälle einfach nicht mehr ertragen.« Hannah schluchzte. »Ich habe die ewige Angst einfach nicht mehr ausgehalten. Die Grausamkeit. Ich hatte Angst, daß er das Kind töten könnte, das ich vielleicht einmal erwartet hätte. Oh, Edward, ich hatte immer so furchtbare Angst. Nur Marcus kannte die Wahrheit.«

Sands blickte Marcus über Hannahs Kopf hinweg an. »Masters? Was haben Sie damit zu tun? Damals hieß es, Sie hätten ihn getötet.«

»Ich kam fünf Minuten, nachdem sie ihn erschossen hatte, ins Haus«, sagte Marcus mit ruhiger Stimme. »Ich habe die Leiche verschwinden lassen. Hab' sie in den Fluß geworfen. Es sollte aussehen, als sei er von einem Straßenräuber erschossen worden.«

»Aber das war noch nicht alles, was er für mich getan hat.« Hannah schneuzte sich erneut. »Er hat all die Verdächtigungen und all den Klatsch ertragen. Alle Welt dachte, daß Marcus von Spaldings Tod profitiert hätte. Aber in Wahrheit hatte mein Mann ihn und viele andere betrogen. Der Investmentfonds, den sie gemeinsam gegründet hatten, stand kurz vor dem Bankrott.«

»Ich kam an dem Tag nach London, um Spalding zur Rede zu stellen«, erklärte Marcus. »Ich kam spätabends und ging direkt zu seinem Haus in der Fulston Street. Als ich reinkam, hatte Hannah die Pistole noch in der Hand.

»Ich war kurz davor zusammenzubrechen.« Hannah sah Sands an. »Vollkommen panisch. Ich war erleichtert, daß Spalding tot war, aber zugleich hatte ich entsetzliche Angst davor, wie es weitergehen würde. Masters hat sich um alles gekümmert.«

»Ich verstehe.« Sands bedachte Marcus mit einem nachdenklichen Blick. »Sie haben also nicht nur für sich behalten, daß Hannah etwas mit Spaldings Tod zu tun hatte, sondern Sie haben auch über die finanziellen Schwierigkeiten des Investmentfonds geschwiegen.«

»Ich hatte keine Wahl«, gestand Marcus. »Es stand einfach zuviel auf dem Spiel.«

Hannah schob sich eine Haarsträhne hinter das Ohr. »Wenn es sich herumgesprochen hätte, daß der Fonds kurz vor dem Bankrott stand, wären die Investoren in Panik ausgebrochen und hätten ihre Anteile mit erheblichen Verlusten verkauft. Für zahlreiche Leute hätte das den Ruin bedeutet.« Sie lächelte wehmütig. »Marcus hat sich um den Investmentfonds gekümmert und die Situation gerettet.«

»Und dabei ist er reich geworden«, bemerkte Sands mit neutraler Stimme.

Marcus zuckte nur mit den Schultern.

»Oh, Edward, es tut mir so leid, daß du die Wahrheit auf diese Art erfährst«, flüsterte Hannah. »Marcus hat darauf bestanden, daß ich dir alles sagen sollte. Er meinte, es sei die einzige Möglichkeit, den Erpressungen ein Ende zu machen, aber ich hatte Angst davor, dir die Wahrheit zu sagen. Ich habe dich einfach zu sehr geliebt, um zu riskieren, daß du dich von mir abwenden würdest.«

»Ich habe immer schon gewisse Vermutungen über Spalding angestellt.« Sands zog sie sanft an sich. »Ich habe schließlich die Gerüchte gehört. Aber du weißt, wie die Leute sind. Sie ziehen es vor, solche unangenehmen Dinge zu ignorieren.«

»Ich weiß«, murmelte Hannah.

»Hör mir zu, Hannah. Ich bin froh, daß du ihn erschossen hast. Hörst du mich? Ich wünschte nur, ich hätte es für dich tun können. Wenn ich dich damals schon gekannt hätte, hätte ich ihn getötet.«

»Edward.« Hannah schmiegte sich enger an ihn.

»Ich habe dir doch gesagt, Hannah, daß es nichts auf dieser Welt gibt, was uns auseinanderbringen kann, außer, daß du einen anderen liebst.«

»Niemals«, schwor Hannah. »Du bist der einzige Mann, den ich jemals geliebt habe. Der einzige, den ich jemals lieben werde.«

Sands strich ihr über das Haar. »Dann wirst du mir also von nun an vertrauen?«

»Ja.« In Hannahs Stimme schwangen Erleichterung und Freude. »Es tut mir so leid, daß ich es dir nicht schon viel früher erzählt habe.«

Sands wandte sich an Marcus. »Anscheinend stehe ich in Ihrer Schuld, Sir. Nicht nur, weil Sie Hannah in jener Nacht geholfen haben, sondern weil Sie sie auch noch vor sämtlichen Fragen und Verdächtigungen geschützt haben.«

Marcus zuckte mit den Schultern. »Nicht der Rede wert.« Iphiginia lächelte stolz. »Das ist der Masters, wie ich ihn kenne, Lord Sands. Durch und durch ein Gentleman.«

»Es war Hannah, die mich zu einem Gentleman gemacht hat.« Marcus streckte die Beine aus und lehnte sich auf dem Sitz in seiner Kutsche zurück. Er starrte aus dem Fenster in die Dunkelheit und dachte an die Vergangenheit. »Sie hat mir alles beigebracht, was ich wissen mußte, um mich in der besseren Gesellschaft bewegen zu können.«

»Aus einem Kieselstein kann man keinen Diamanten machen«, sagte Iphiginia. »Vielleicht hat Lady Sands dir den letzten gesellschaftlichen Schliff verpaßt, aber ein gewisser Instinkt für gutes Benehmen muß dir angeboren sein.«

Marcus warf ihr einen amüsierten Blick zu. »Ich wurde als Bauer geboren, Iphiginia.«

Sie winkte ab. »Was hat denn das damit zu tun? Du wärst auch dann ein echter Gentleman, wenn du deinen Lebensunterhalt als Fischer oder Gemüseverkäufer verdienen würdest.«

Ihr naiver Glaube an ihn war einfach rührend. Marcus versuchte, seine Bewegtheit hinter einer spöttischen Maske zu verbergen. »Wie demokratisch du doch bist. Du klingst wie eine Amerikanerin.«

»Was mich betrifft, so gehört der Titel eines Gentleman denjenigen, die ihn verdient haben, und nicht denen, die zufällig in die richtige Familie hineingeboren worden sind.«

»Das sehen nur wenige so.«

Sie verzog den Mund zu einem Lächeln. »Ich bilde mir meine Meinung im allgemeinen selbst, statt mich einfach der Mehrheit anzuschließen.«

Marcus grinste. »Das ist mir durchaus bewußt. Dies ist eine deiner liebenswerten Eigenschaften.«

»Nur ein Mann, der sich ebenfalls sein eigenes Urteil bildet, kann eine solche Eigenschaft bei einer Frau zu schätzen wissen.«

»Gewiß.« Marcus starrte erneut hinaus in die Dunkelheit. Es war wirklich eine Erleichterung, daß er endlich von der Last befreit war, Hannahs Geheimnis allein mit sich herumtragen zu müssen. Normalerweise störte ihn so etwas nicht, aber es hatte ihm mißfallen, Iphiginia die Wahrheit verschweigen zu müssen. Sie war die erste Frau, der gegenüber er vollkommen offen sein wollte.

Es war eine völlig neue Erfahrung für ihn, plötzlich eine Vertraute zu haben. Ein billiges, doch zugleich unermeßliches Vergnügen.

»Marcus?«

»Ja?«

»Was sollen wir jetzt machen? Mrs. Wycherley ist tot. Sie kann also die Briefe nicht verschickt haben. Aber wer dann?«

Marcus wandte sich wieder dem momentanen Problem zu. »Ich weiß es noch nicht, aber mir kam der Gedanke, daß derjenige, der Mrs. Wycherley getötet hat, die Liste ihrer Erpressungsopfer gefunden haben könnte.«

»Und dieser Mensch hat beschlossen, ihre Arbeit fortzuführen?« fragte Iphiginia.

»Das wäre zumindest denkbar.«

Iphiginia runzelte nachdenklich die Stirn. »Das ergibt keinen Sinn. Uns heute nacht alle zur gleichen Zeit hierherzubestellen bedeutet ein gewisses Risiko. Hannah hat ihrem Ehemann alles gestanden. Sie kann also schon mal nicht mehr erpreßt werden.«

»Sowohl du als auch Sands hättet Hannah und mich heute nacht in einer durchaus kompromittierenden Situation überraschen können, Iphiginia.«

»Ja, aber ich wußte sofort, daß du sie niemals verführt hättest. Und Sands hat das auch nicht lange geglaubt.«

»Niemand«, sagte Marcus langsam, »hätte vorhersehen können, wie diese Begegnung endet, am allerwenigsten die Person, die mit den Erpressungen fortfahren will.«

Iphiginia starrte ihn verblüfft an. »Was soll das heißen? Oh.« Sie rümpfte die Nase. »Du denkst, der Schuft nahm an, daß Lord Sands und ich das Schlimmste denken würden?«

»Ja.«

»Nun, da hat er sich gründlich geirrt, nicht wahr?«

»Die meisten Leute hätten angenommen, daß es eine furchtbare Szene geben würde«, sagte Marcus leise.

»Unsinn. Nur Menschen, die noch nie eine Beziehung hatten, die auf gegenseitigem Respekt, intellektuellen Gemeinsamkeiten und wahrer Liebe basiert, könnten so idiotisch sein.«

»Es mag dich überraschen, meine Liebe, aber ich wette, daß neunundneunzig Prozent aller Menschen und einhundert Prozent der sogenannten besseren Gesellschaft eine derartige Beziehung nicht einmal auch nur im entferntesten für möglich halten würden.«

»Ach ja?« Iphiginia sah ihn unverwandt an. »Wie hättest du denn reagiert, wenn du heute nacht in das Zimmer spaziert wärst und festgestellt hättest, daß ich versuche, einen Mann hinter der Bühne vor dir zu verstecken?«

»Ich wäre verdammt wütend gewesen.«

»Aber hättest du mir geglaubt, wenn ich gesagt hätte, daß ich unschuldig bin?«

Marcus dachte darüber nach. Überrascht erkannte er, daß er zweifellos selbst die wildesten Erklärungen akzeptiert hätte, statt die Möglichkeit in Erwägung zu ziehen, daß Iphiginia ihn betrogen haben könnte. »Ja.«

Iphiginia lächelte zufrieden. »Das wußte ich. Also vertraust du mir, nicht wahr?«

»Ja, aber trotzdem wäre ich verdammt wütend gewesen. Laß es dir also bitte nicht einfallen, mich auf die Probe zu stellen.«

»Ich verstehe immer noch nicht, was derjenige, der uns in das Museum bestellt hat, damit erreichen wollte. Egal, von welcher Seite man die Sache betrachtet, er hat seine Zukunft damit aufs Spiel gesetzt.«

Marcus dachte einen Augenblick schweigend nach. »Vielleicht haben wir es jetzt mit jemandem zu tun, dem es einfach nur Spaß macht, Zwietracht zu säen. Wer auch immer hinter dieser Sache steckt, braucht vielleicht gar nicht das Geld, das er mit der Erpressung von Mrs. Wycherleys Opfern verdienen könnte.«

»Aber es könnte ihm Spaß machen, ihre Geheimnisse zu lüften?«

»Das wäre zumindest möglich. Gerade in den sogenannten besseren Kreisen gibt zu viele gefährlich gelangweilte Leute, die es vielleicht aufregend finden, Mrs. Wycherleys Unterlagen dazu zu benutzen, um Unfrieden zu stiften.«

»Gütiger Himmel. Was für eine schreckliche Vorstellung.«

»Zumindest ist sie nicht besonders angenehm.« Marcus hatte nicht die Absicht, ihr auch noch den Rest seiner Theorie zu erklären.

Was ihm wirklich Sorgen bereitete, war die persönliche Art des Schadens, der heute nacht hatte angerichtet werden sollen. Es war beinahe so, als hätte sich jemand für etwas rächen wollen.

Plötzlich riß Iphiginia die Augen auf. »Vielleicht ist auch Tante Zoës Geheimnis wieder in Gefahr. Es könnte diesem Schuft einfallen, ihre Vergangenheit publik zu machen, nur um einen Skandal zu verursachen.«

»Das wäre möglich«, mußte Marcus ihr beipflichten.

»Ich muß sie unbedingt warnen.«

»Im Augenblick können wir nichts gegen mögliche Enthüllungen unternehmen.«

»Ja, ich weiß, aber Tante Zoë tut mir einfach leid. Sie wird am Boden zerstört sein, wenn ihr Geheimnis bekannt wird.«

»Wir werden sehen, ob wir sie heute abend irgendwo finden, und dann können wir ihr erzählen, was passiert ist«, sagte Marcus. »Aber es ist durchaus möglich, daß der Schurke erst einmal nichts mehr unternimmt. Vielleicht wartet er erst einmal ab, um zu sehen, ob er heute nacht die gewünschte Wirkung erzielt hat, ehe er sich die Mühe macht, wieder eine derart ausgeklügelte Falle aufzustellen.«

»Die Aktion von heute nacht hat wirklich ziemlich viel Planung erfordert, nicht wahr?«

»Eine ganze Menge sogar, nehme ich an. Iphiginia, allmählich bekomme ich gewisse Zweifel an unserer Theorie, daß Mrs. Wycherley die Erpresserin war.«

»Aber Marcus, alles andere ergibt keinen Sinn. Sie muß es gewesen sein.«

»Vielleicht. Aber morgen früh werde ich etwas versuchen, was wir bisher nicht getan haben.«

»Was?«

»Ich werde weitere Beweise für ihre Schuld suchen.«

»Welche Beweise?«

Marcus blickte einer vorbeifahrenden Kutsche nach. »Ich werde meinen Mittelsmann bitten, ein paar Nachforschungen anzustellen.«

»Wie zum Beispiel?«

»Wie zum Beispiel herauszufinden, wem das Gebäude gehört, in dem sich Dr. Hardstaffs Museum befindet.«

Iphiginia blinzelte. »Sicher ist Dr. Hardstaff der Eigentümer oder Mieter des Gebäudes.«

»Ich glaube, es ist sicher zu sagen, daß Hardstaff höchstwahrscheinlich irgendein Pseudonym ist«, stellte Marcus trocken fest. »Zumindest ist es ein nicht gerade gebräuchlicher Name.«

Iphiginia runzelte die Stirn. »Er ist wirklich ungewöhnlich.«

»Er paßt ein bißchen zu gut zu seinem Arbeitsfeld.«

Iphiginia blickte verwirrt auf. »Hardstaff, *harte Sachen.* Ich verstehe, was du meinst.«

»Auf jeden Fall finde ich, daß es an der Zeit ist, ein bißchen tiefer zu bohren.«

»Und was hoffst du zu finden?« fragte sie.

»Ich weiß noch nicht.«

Iphiginia schwieg einen Augenblick. Marcus nahm an, daß sie über die Ereignisse des Abends nachdachte. Er selbst überlegte gerade, welche Anweisungen er Barclay am nächsten Morgen erteilen sollte, als sie seine Gedanken unterbrach.

»Marcus?«

»Ja?«

»Fandest du auch, daß die Göttin der Manneskraft, die rechts hinter dem Vorhang stand, ein bißchen zu dünn war?«

Marcus brach in brüllendes Gelächter aus. Er streckte die Hand aus und zog Iphiginia in seine Arme.

»Nicht im geringsten. Ich glaube, daß sie genau die Figur hatte, die ich brauche, um meine Manneskraft zu erhalten.«

Sie fanden Zoë auf dem Ball bei den Crandals. Sie und Lord Otis verließen gerade mit vom Walzer geröteten Wangen die Tanzfläche.

»Abend, Iphiginia. Masters.« Otis' Augenbrauen hüpften. »Ich wußte gar nicht, daß ihr heute abend kommen wolltet.«

Iphiginia blickte Zoë an. »Wir müssen sofort mit euch sprechen.«

Zoës Lächeln wich einer besorgten Miene. »Was ist los? Ist etwas nicht in Ordnung?«

»Wer auch immer Mrs. Wycherley ermordet hat, scheint einen Teil der Informationen über ihre Opfer gefunden zu haben und sich damit zu amüsieren, diese Geheimnisse auszuplaudern«, sagte Iphiginia leise.

»O mein Gott.« Zoë griff sich an die Kehle.

Otis nahm eilig ihren Arm, um sie zu stützen. »Beruhige dich, meine Liebe. Damit werden wir schon fertig.«

Jetzt mischte auch Marcus sich ein. »Lassen Sie uns in den Garten gehen, wo wir ungestört reden können. Wissen Sie, es gibt nur eine einzige Lösung.«

»Wir müssen Maryanne die Wahrheit sagen.« Otis' Barthaare zuckten. »Das habe ich schon vor Wochen zu Zoë gesagt, als alles anfing. Ich habe ihr gesagt, daß sie irgendwann ja einmal erfahren muß, wer ihr Vater ist.«

»Unsere arme Maryanne«, wisperte Zoë mit bebender Stimme. »Was wird sie sagen? Was wird Sheffield sagen? Was wird aus ihren Hochzeitsplänen?«

»Wir werden es überstehen, meine Liebe«, murmelte Otis, während er sie zur Tür führte. »Wir wußten von Anfang an, daß wir es ihr eines Tages würden sagen müssen.«

Anderthalb Stunden später, kurz vor halb drei, betrat Marcus sein Laboratorium, schenkte sich ein Glas Brandy ein und setzte sich auf den Stuhl hinter seinem Arbeitstisch.

Er sah sich im trüben Licht der einzelnen Lampe um, die er angezündet hatte. Er mußte nachdenken, und das konnte er am besten in diesem Zimmer.

Er legte die Füße auf den Tisch, lehnte sich zurück und nippte an seinem Brandy. Er hatte die Angewohnheit, seine Gedanken ein paar Minuten lang ziellos schweifen zu lassen, ehe er sich zu konzentrieren begann. Diese Technik half ihm immer, seine Aufmerksamkeit ganz auf eine Sache zu lenken.

Er dachte kurz über das Gespräch im Garten der Crandals nach. Er wußte, daß Iphiginia sich um ihre Tante Sorgen machte, aber Otis hatte recht zufrieden gewirkt. Marcus dachte, daß er ihn verstand.

Nachdem er achtzehn Jahre lang gezwungen gewesen war, die Rolle des väterlichen Freundes zu spielen, wäre er nun endlich in der Lage, seine Tochter anzuerkennen.

Am Ende der Diskussion hatte Zoë sich in das Unvermeidliche gefügt, vielleicht war auch sie in gewisser Weise erleichtert, daß das Geheimnis endlich gelüftet wurde.

Blieb nur noch abzuwarten, wie Maryanne auf die Neuigkeit reagieren würde, daß Otis ihr leiblicher Vater war. Ihre Hochzeitspläne waren eindeutig in Gefahr, aber wer weiß, wie alles ausgehen würde? Sheffield war ein netter junger Mann, der wußte, was er wollte. Wenn er Maryanne wirklich liebte, dann würden ihn die Gerüchte nicht weiter stören.

Wenn er Maryanne wirklich liebte?

»Verdammt.« Marcus verzog angewidert das Gesicht. Allmählich fing er an, wie einer dieser idiotischen romantischen Dichter zu denken. Offenbar hatte er zuviel Zeit mit seinem Bruder und mit Iphiginia verbracht. Ihre verzerrte, allzu romantische Sicht der Beziehungen zwischen Männern und Frauen begann, auch auf ihn abzufärben. Er mußte aufpassen, daß er sich davon nicht beeinflussen ließ. Schließlich war er ein Mann der Vernunft und kein Poet.

Er hatte durch bittere Erfahrung gelernt, hatte seine Regeln aufgestellt, um sich vor den Fallstricken allzu großer Naivität oder romantischer Neigungen zu schützen.

Ehe er seine Gedanken wieder dem eigentlichen Thema zuwenden konnte, wurde er durch ein Klopfen unterbrochen.

»Herein.«

»Marcus?«

Als Bennet das Zimmer betrat, sah Marcus ihn an. »Was gibt's?«

»Nichts.« Bennet zögerte. »Lovelace sagte, du wärst hier. Ich wollte gerade nach oben ins Bett gehen. Dachte, ich sollte dir vielleicht noch gute Nacht sagen.«

»Ich sitze hier, weil ich nachdenken muß.« Marcus blickte auf das Glas in seinen Händen. »Trinkst du noch einen Brandy mit mir?«

»Danke.« Diese Einladung schien Bennet zu erleichtern. Er ging quer durch den Raum zum Tisch mit der Brandykaraffe und schenkte sich ein Glas ein.

Marcus wartete.

Sein Bruder hielt das Glas in beiden Händen und starrte in die braune Flüssigkeit. »Ich habe dich vorhin mit Mrs. Bright zusammen gesehen.«

»Bei den Crandals?«

»Ja.«

»Ich habe dich nicht gesehen.«

»Es herrschte ja auch ein entsetzliches Gedränge«, sagte Bennet. »Der Ballsaal war zum Bersten voll.«

»Allerdings.«

Bennet räusperte sich. »Hast du schon deine Hochzeitspläne gemacht?«

»Mrs. Bright hat meinen Antrag noch nicht angenommen.«

Bennet hob den Kopf und sah Marcus verblüfft an. »Was sagst du da?«

»Sie ist nicht gerade versessen darauf, meine Frau zu werden.« Marcus lächelte wehmütig. »Sie behauptet, daß sie mich, eh, sehr gerne mag, aber daß sie keine besondere Lust hat, mich zu heiraten.«

Bennet verschluckte sich an seinem Brandy und hustete. »Sie muß verrückt sein.« Obwohl er gegen die Heirat war, war es offensichtlich, daß ihn diese Neuigkeit traf.

»Das werte ich als Kompliment«, sagte Marcus. »Aber ehrlich gesagt, ist sie alles andere als verrückt. Sie ist temperamentvoll, stolz, unabhängig und ein echtes Original, aber sie ist nicht verrückt.«

»Weshalb in aller Welt sollte sie dich nicht heiraten wollen? Um Himmels willen, du bist ein Graf. Und noch dazu reich wie Krösus. Jede andere Frau an ihrer Stelle würde einen Mord begehen, nur um dich als Mann zu kriegen.«

»Mrs. Bright verfügt dank eigener kluger Investitionen über ein beachtliches Vermögen. Und mein Titel scheint sie nicht sonderlich zu beeindrucken.« Marcus lächelte schwach. »Sie hat eine bemerkenswert egalitäre Vorstellung von dem, was einen Gentleman ausmacht. Ich glaube, sie hat ein bißchen zuviel von Locke, Rousseau und höchstwahrscheinlich Jefferson gelesen.«

Bennet war ehrlich empört. »Sie hat doch nicht etwa deinen Anspruch auf deinen Titel in Frage gestellt?«

»Nein.«

»Das will ich auch nicht hoffen.« Bennet runzelte die Stirn. »Willst du mir damit etwa sagen, daß sie dein Angebot vielleicht allen Ernstes ausschlagen wird?«

»Ich will damit sagen, daß ich mir große Mühe geben muß, wenn ich sie davon überzeugen will, daß ich ein erträglicher Ehemann für sie wäre.«

»Also wirklich«, murmelte Bennet. »Ich bin ehrlich erstaunt. Ich weiß nicht, ob ich mich über diese Neuigkeit freuen oder über das anmaßende Verhalten dieser Frau empört sein soll.«

Marcus drehte das Glas in seiner Hand und beobachtete, wie das Licht der Lampe in dem Kristall tanzte. »Es war Mrs. Bright, die mich davon überzeugt hat, daß es besser ist, meine Einwände gegen deine Verlobung mit Juliana Dorchester zurückzuziehen.«

Bennet starrte ihn ungläubig an. »Weshalb sollte sich Mrs. Bright in meine Angelegenheiten einmischen? Warum sollte es sie interessieren, wen ich heirate?«

»Sie interessiert sich für die seltsamsten Dinge. Und für alle möglichen Leute.«

»Marcus, willst du behaupten, du hättest deine Meinung bezüglich meiner Heiratspläne wegen etwas geändert, was deine gute Freundin Mrs. Bright zu diesem Thema gesagt hat?«

Marcus setzte erneut ein wehmütiges Lächeln auf. »Überrascht dich das etwa?«

»Es verblüfft mich.«

»Ich gebe zu, daß es nicht nur dir so geht. Ich selbst war ebenfalls leicht erstaunt.«

»Ich kann mir einfach nicht vorstellen, daß du dich von irgendeiner deiner weiblichen Bekannten beeinflussen läßt, am allerwenigsten von deiner Geliebten –« Bennet unterbrach sich abrupt, als Marcus ihn warnend ansah. »Verdammt, du hast deine Meinung noch nie geändert, wenn sie einmal feststand.«

»Das stimmt nicht ganz. Es ist bekannt, daß ich durchaus in der Lage bin, meine Meinung zu ändern, wenn mir neue Fakten bekannt werden, die eine Sache in ein anderes Licht rücken.«

»Bah. Das passiert fast nie, weil du dir fast nie eine Meinung bildest, ehe du nicht sämtliche Aspekte einer Angelegenheit sorgsam durchdacht hast.«

»Du mußt dich wohl damit zufriedengeben, wenn ich sage, daß es Mrs. Bright gelungen ist, meine Meinung bezüglich deiner Pläne zu ändern.« Marcus nahm einen Schluck Brandy zu sich.

»Verdammt.«

»Macht es dir etwa Sorgen, daß ich mich von ihr habe beeinflussen lassen?«

»Allerdings.« Bennet preßte die Lippen zusammen. »Auch wenn ich in diesem Fall von ihrer Einmischung profitiert habe. Es paßt einfach nicht zu dir, Marcus.«

»Nein, das tut es nicht.« Marcus betrachtete den mechanischen Butler in der Ecke. »Ich habe immer versucht, mein Leben nach ein paar einfachen Regeln zu leben.«

»Zumindest hast du das getan, seit ich ein kleiner Junge war«, stimmte Bennet säuerlich zu.

»Mrs. Bright hat mich dazu gebracht, mehrere dieser Regeln zu beugen oder gar zu brechen. Wenn man einmal die Möglichkeit, daß ich verrückt geworden bin, ausschließt, was bedeutet das dann deiner Meinung nach?«

»Ich will dir gewiß nicht zu nahe treten, Bruder, aber ich habe den Eindruck, daß du dich nicht mehr von der Vernunft, sondern von deinen Gefühlen leiten läßt.«

»Ich habe dir einmal dasselbe vorgeworfen.«

»Ja, das hast du.« Bennet wirkte inzwischen völlig trostlos. »Du hast allen Ernstes die Absicht, sie zu heiraten, nicht wahr?«

»Ja.«

Bennet seufzte. »Würde es dir etwas ausmachen, mir zu sagen, warum du das Gefühl hast, du müßtest unbedingt diese Frau heiraten, Marcus?«

Marcus starrte immer noch grüblerisch in Richtung des Automaten. »Wenn ich mit ihr zusammen bin, habe ich nicht das Gefühl, als bestünde ich nur aus Schrauben und Federn.«

Barclay sah auf die Notizen, die er sich gerade gemacht hatte. Dann schob er seine Brille höher und blickte Marcus an. »Was genau hoffen Sie, durch diese Nachforschungen herauszufinden, Sir?«

»Ich suche nach irgendeiner Verbindung zwischen dem Hardstaff Museum und der Grabstätte auf dem Friedhof in Reeding.«

»Das verstehe ich nicht. Was für eine Verbindung sollte es da bitte geben?«

Marcus verzog den Mund zu einem dünnen Lächeln. »Das sollen Sie ja für mich in Erfahrung bringen, Barclay.«

»Sehr wohl, Mylord.« Der Mittelsmann hievte sich stöhnend aus seinem Sessel. »Ich werde mich sofort an die Arbeit machen.«

Kapitel neunzehn

»Wir haben es Maryanne gleich nach dem Frühstück gesagt. Eine Weile hat sie erst mal geschwiegen.« Zoë schneuzte sich. »Ich hatte furchtbare Angst, daß sie uns dafür hassen würde. Dann fing sie an zu weinen.«

Iphiginia, die hinter ihrem Schreibtisch saß, sah zu Amelia hinüber, die ihre Augenbrauen hochzog, aber nichts sagte. Keine von ihnen wollte Zoë unterbrechen.

»Und dann« – Otis blies ebenfalls in ein riesiges Taschentuch – »sah sie mich an und sagte ›Papa‹. Nach all den Jahren hat sie endlich ›Papa‹ gesagt und sich in meine Arme geworfen.«

»Ich sage euch, das war der glücklichste Augenblick in meinem Leben.« Zoë brach in Tränen aus.

»Und in meinem, meine Liebe.« Otis ging zu ihr hinüber und legte seinen Arm um sie. »Ihr könnt euch nicht vorstellen, was es mir bedeutet, meine liebe Tochter endlich anerkennen zu können.«

»Wir hätten es ihr gleich nach Guthries Tod im letzten Jahr sagen sollen«, sagte Zoë zu Iphiginia. »Denk nur, wieviel Ärger uns dann erspart geblieben wäre.«

Iphiginia legte die Hände auf den Schreibtisch und runzelte die Stirn. »Und was wird aus der Hochzeit mit Sheffield?«

»Maryanne besteht darauf, ihm die Wahrheit zu sagen«, erklärte Otis nicht ohne eine Spur von Stolz. »Aber das ist wahrscheinlich auch besser so, da der Erpresser es ihm wohl ohnehin sagen wird.«

»Ich nehme an, daß er die Hochzeit absagen wird.« Zoë seufzte. »Aber das läßt sich wohl nicht ändern. Die Sheffields waren schon immer eine hochangesehene Familie. Es wäre eine so schöne Verbindung gewesen. Aber Maryanne ist so hübsch und so charmant, daß ich sicher bin, daß wir einen anderen passenden Mann für sie finden werden.«

»Ich werde öffentlich bekanntgeben, daß ich die Absicht habe, sie zu meiner Erbin zu machen«, sagte Otis entschlossen. »Das hatte ich natürlich sowieso immer vorgehabt, aber ich hätte es ohne großes Aufhebens gemacht. Aber jetzt kann ich schließlich ganz offen sein. Das müßte die Auswahl der Kandidaten erheblich verbessern.«

»Allerdings.« Iphiginia nahm ihren Füllfederhalter und spielte damit herum, während sie über die Situation nachdachte. »Wißt ihr, mir kommt der Gedanke, daß es einen viel einfacheren Weg gibt, die ganze Sache zu erledigen.«

»Und der wäre?« wollte Zoë wissen.

»Wenn du und Otis heiraten würdet«, sagte Iphiginia, »dann würde Maryanne vor dem Gesetz seine Stieftochter.«

»Heiraten?« Zoë starrte sie an. »Aber Otis und ich sind auch so glücklich miteinander. Nicht wahr, Otis?«

»Du warst schon immer die größte Freude meines Lebens, meine Liebe«, sagte Otis galant. »Das weißt du. Und du wirst meine teuerste Freundin bleiben, egal, ob wir verheiratet sind oder nicht.«

Zoë sah ihn mit einem strahlenden Lächeln an. »Otis, ich liebe dich.«

»Die Sache ist die«, sagte Iphiginia brüsk. »Wenn Otis dich heiraten würde, bestünde keine Notwendigkeit, die Wahrheit über die Vaterschaft publik zu machen.«

»Iphiginia hat recht«, pflichtete Amelia ihr bei.

Zoë runzelte die Stirn. »Das verstehe ich nicht.«

Otis' Brauen zogen sich über seiner Nase zusammen. »Weißt du, der Gedanke ist nicht dumm.«

Iphiginia sah, daß seine Augen blitzten. Sie lächelte. »Wenn du und Otis heiraten würdet, würde er Maryannes Stiefvater. Sie könnte ihn Papa nennen, ohne daß sich irgendwer etwas dabei denken würde. Und er kann von ihr als seiner Tochter sprechen, und die Leute werden annehmen, daß er echte väterliche Zuneigung für sie empfindet.«

»Was sowieso kein Geheimnis ist«, fügte Amelia hinzu. »Außerdem würde der rechtliche Aspekt eurer Eheschließung bedeuten, daß sowohl Guthries Geld als auch Otis' Vermögen für Maryanne erhalten bliebe.«

»Genau«, sagte Iphiginia. »Maryanne wäre nicht länger eine junge Dame mit einer ausreichenden Mitgift, sondern eine reiche *Erbin.«*

»Niemand wird sich etwas dabei denken«, murmelte Otis. »Schließlich ist es vollkommen natürlich, daß ich für sie sorge.«

»Großer Gott.« Zoë war offensichtlich überwältigt. »Sie könnte sich einen Ehemann *aussuchen.«*

Otis nahm ihre Hand und küßte sie. »Und ich hätte das besondere Vergnügen, nicht nur meine Tochter anerkennen zu können, ohne dadurch einen Skandal zu verursachen, sondern dich, meine Süße, zu meiner rechtmäßigen Frau zu machen.«

»Oh, Otis.« Zoë blickte zu ihm auf. »Du bist immer so gut zu mir gewesen. Du warst es, der mein Leben mit Guthrie erträglich gemacht hat.«

»Es war mir ein Vergnügen«, sagte Otis. »Und wenn du unsere Beziehung so fortführen möchtest wie bisher, dann wird es mir eine Ehre sein. Aber ich will, daß du weißt, daß es nichts gibt, was mich glücklicher machen würde, als dich meine Frau nennen zu dürfen.«

Zoës Augen schimmerten feucht. »Wie kann ich da nein sagen? Nachdem ich Guthrie endlich los war, dachte ich, ich würde nie wieder heiraten. Aber in Wahrheit bist du der einzige Mann, den ich je geliebt habe. Der Vater meines Kindes. Mein teuerster Freund.«

»Ich werde noch heute nachmittag eine Sonderheiratserlaubnis einholen«, sagte Otis. »Dann können wir heute abend heiraten.«

»Irgend etwas in meinem Inneren sagt mir, daß Maryanne begeistert sein wird«, sagte Amelia.

Iphiginia klopfte mit ihrem Stift auf einem Blatt Papier herum. »Und außerdem hat der Erpresser wieder ein Opfer weniger. Allmählich glaube ich, daß Masters die ganze Zeit über recht hatte. Er meinte, die einfachste Lösung wäre, dem Schuft den Wind aus den Segeln zu nehmen, indem man seine Geheimnisse offenbart.«

»Anscheinend hat er wirklich recht gehabt«, pflichtete Amelia ihr bei.

»Das hat er meistens«, murmelte Iphiginia. »Und was noch schlimmer ist, er weiß es, und er zögert nicht, einem diese Tatsache immer wieder unter die Nase zu reiben. Das ist manchmal wirklich lästig.«

»Ich nehme an, daß dich das stört, weil du es gewohnt bist, diejenige zu sein, die meistens recht hat«, sagte Amelia.

Iphiginia erinnerte sich wehmütig an ihren Plan, das Erpressungsproblem zu lösen, indem sie denjenigen fand, der ein Phönix-Siegel und schwarzes Wachs benutzte. »Ich habe nie zuvor einen Mann kennengelernt, der öfter recht hat als ich. Es ist wirklich beunruhigend«, gab sie zu.

Und noch beunruhigender war es zu wissen, daß sie einen Mann liebte, der davon überzeugt war, intelligent genug zu sein, um alles zu lernen, alles außer der Liebe.

»Und welche Theorie hat Masters jetzt? Wer steckt seiner Meinung nach hinter dem widerlichen Versuch, die Geheimnisse sämtlicher Leute zu enthüllen?« fragte Amelia, als sie und Iphiginia die Treppe zu Adam Manwarings Büro hinaufstiegen.

»Er weiß noch nicht, wer der Schuft ist«, sagte Iphiginia. »Seine interessanteste Hypothese ist die, daß Mrs. Wycherley vielleicht doch nicht die Erpresserin war.«

Amelia sah sie verblüfft an. »Wirklich? Aber wer hätte es sonst sein sollen?«

»Wie gesagt, Masters hat noch keinen neuen Verdächtigen, sondern nur gewisse Zweifel an seiner alten Theorie.« Iphiginia erreichte den Treppenabsatz und ging den Flur hinab zu Adams Tür.

»Und was glaubst du, Iphiginia?«

»Ich weiß nicht mehr, was ich von der ganzen Sache halten soll. Ich denke immer noch, daß das schwarze Wachs und das Phönix-Siegel von Bedeutung sind, genau wie die Tatsache, daß derjenige, der Tante Zoë den ersten Erpresserbrief geschickt hat, wußte, daß Marcus längere Zeit fort sein würde.«

»Ich weiß, wie schwer es für dich ist, deine eigenen Theorien aufzugeben. Nun, ich bin sicher, daß Masters der Sache bald auf den Grund gehen wird.«

Iphiginia rümpfte die Nase. »Großer Gott, welcher Glaube an seinen Intellekt und seine Talente. Es ist noch gar nicht so lange her, daß du einen Großteil deiner Energie darauf verwendet hast, mich vor ihm zu warnen.«

»Ich glaube immer noch, daß er dir das Herz brechen wird, aber bis dahin hat er ja vielleicht zumindest den Erpresser erwischt.«

»Du bist immer so praktisch, Amelia. Das ist eine der Eigenschaften, die ich am meisten an dir schätze.«

Als sie die Tür des Büros erreicht hatten, hob Iphiginia die Hand, um zu klopfen, doch dann bemerkte sie, daß die Tür nur angelehnt war. Drinnen dröhnte die zornbebende Stimme eines Mannes.

»Ich verlange, mit den Hauptgesellschafterinnen zu sprechen, haben Sie mich verstanden, Manwaring?«

Iphiginia öffnete lautlos die Tür.

Ein großer, stämmiger Mann beugte sich mit wutverzerrtem Gesicht über Adams Schreibtisch. Adam selbst saß ruhig auf seinem Stuhl. Seine Miene verriet kalte Verachtung. Keiner der beiden sah Iphiginia und Amelia, die in der Tür standen.

»Ich sagte Ihnen bereits, daß das unmöglich ist«, sagte Adam.

»Ich bestehe darauf«, brüllte der Fremde. Er ließ seine Faust mit solcher Kraft auf die Schreibtischplatte krachen, daß der Wachstiegel und die Füllfederhalter zitterten. »Ich bestehe darauf, sie zu sprechen. Und ich akzeptiere Ihr Nein nicht als Antwort.«

Iphiginia hörte, daß Amelia einen leisen, erstickten Schrei ausstieß.

»Amelia?« Sie berührte ihre Cousine am Arm. »Ist alles in Ordnung?« flüsterte sie.

Amelia antwortete nicht. Sie stand stocksteif da. Ihre gesamte Aufmerksamkeit galt dem Mann, der auf Adams Schreibtisch einschlug.

»Ich habe Ihnen doch erklärt, daß die Organisatorinnen des Fonds kein Interesse daran haben, Sie daran zu beteiligen, Dodgson.« Adam erhob sich. Auf seinem Gesicht lag die Entschlossenheit einer Bulldogge. »Und ich habe Ihnen auch gesagt, warum.«

»Lügen. Alles Lügen, die irgendeine Schlampe von Gouvernante über mich erzählt hat«, tobte Dodgson. »Ich kann einfach nicht glauben, daß ein Mann von Welt auf eine solche Kreatur hört.«

Amelia straffte die Schultern und betrat den Raum. »Es sind keine Lügen. Sie sind ein widerlicher, bösartiger Kerl, Dodgson. Sie wissen das, und ich weiß das.«

Dodgson fuhr herum. »Wer zum Teufel sind Sie?« wollte er wissen.

»Sie erinnern sich noch nicht einmal an mich, Dodgson? Ich bin Amelia Farley. Ich habe einmal als Gouvernante gearbeitet. Aber jetzt verdiene ich mein Geld auf andere Weise.«

Dodgson starrte sie mit vor Entsetzen glasigen Augen an. »Sie sind's. Sie sind diejenige, die den Organisatorinnen erzählt hat, man könne mir nicht trauen. Wie können Sie es wagen? Warum sollte Ihnen überhaupt jemand zuhören?«

»Miss Farley ist eine der Hauptbeteiligten an dem Investmentfonds«, erklärte Adam mit grimmiger Zufriedenheit.

»Das verstehe ich nicht.« Dodgsons schwammiges Gesicht wabbelte zwischen Amelia und Adam hin und her. »Das ist vollkommen unmöglich.«

»Nein, Dodgson«, sagte Adam ruhig. »Es ist durchaus nicht unmöglich. Sie werden dem Investmentfonds nicht beitreten.«

»Wegen irgendwelcher Geschichten, die diese ... diese spitzgesichtige kleine Schlampe erzählt?« bellte Dodgson. »Das kann nicht Ihr Ernst sein.«

Adam umrundete den Schreibtisch, ballte die Faust und ließ sie mitten in Dodgsons fettes Gesicht krachen.

Dodgson brüllte vor Schmerz, Überraschung und Zorn. Er griff sich an die Nase und taumelte rückwärts gegen die Wand.

Adam folgte ihm immer noch mit geballten Fäusten. »In meinem Büro spricht niemand derart respektlos von einer Dame.«

»Zur Hölle mit Ihnen.« Dodgson starrte entsetzt und ungläubig auf das Blut an seiner Hand. »Zur Hölle mit euch allen. Dies ist ein Alptraum. Ich bin ruiniert, nur weil es einer dummen kleinen Gouvernante in dem Kram paßt, die eigentlich dafür dankbar sein sollte, daß überhaupt mal ein Mann bereit war, sie flach zu legen.«

»Ich habe Neuigkeiten für Sie«, sagte Adam leise. »Der finanzielle Ruin ist nicht das einzige, was Ihnen blüht. Ich erwarte Sie morgen bei Sonnenaufgang im Park. Nennen Sie mir Ihre Sekundanten.«

Amelia rang nach Luft. Sie umklammerte den Griff ihres Sonnenschirms mit solcher Kraft, daß ihre Knöchel weiß hervortraten. Iphiginia schob sich dichter neben sie.

»Sekundanten?« Dodgson schien völlig verwirrt zu sein. »Sie fordern mich wegen dieser lächerlichen Kreatur heraus? Das ist vollkommen verrückt.«

»Ich erwarte Sie bei Sonnenaufgang«, sagte Adam. »Oder ganz London wird Sie als den Feigling kennenlernen, der Sie eindeutig sind.«

»Wenn Sie selbst noch keine Sekundanten ausgewählt haben, Manwaring«, sagte Marcus, der lautlos hereingekommen war, »dann wäre es mir eine Ehre, einer von ihnen zu sein.«

»Marcus.« Iphiginia drehte sich eilig um. Als sie ihn erblickte, verspürte sie eine unendliche Erleichterung.

Marcus füllte den ganzen Türrahmen aus. Seine breiten Schultern berührten beinahe die Seiten. Er war so groß, daß er gezwungen gewesen war, seinen grauen Zylinder abzusetzen.

Er musterte die Anwesenden mit der ihm eigenen Gelassenheit, aber in seinen bernsteinfarbenen Augen lag ein gefährliches Glitzern.

Adam nickte Marcus kurz zu. »Danke, Sir. Ich nehme Ihr Angebot gerne an.«

»Masters?« Dodgson starrte erst Marcus und dann Adam an. »Sind Sie denn beide verrückt geworden?«

»Nein«, sagte Marcus. »Aber es besteht die Gefahr, daß wir uns allmählich langweilen. Ich schlage vor, daß Sie jetzt gehen.«

»Eine hervorragende Idee«, pflichtete Amelia ihm bei. »Meine Freunde und ich haben noch etwas Geschäftliches zu besprechen.«

Dodgson wandte sich verzweifelt an sie. »Amelia, um Himmels willen, das kannst du mir nicht antun. Dafür steht zu viel für mich auf dem Spiel. Bitte, meine Liebe, du mußt die Vergangenheit ruhen lassen.«

»Verschwinden Sie«, sagte Adam.

Amelia blickte Dodgson an. »Sie haben gehört, was Mr. Manwaring gesagt hat. Verlassen Sie auf der Stelle dieses Zimmer. Ihr Anblick verursacht mir Übelkeit.«

»Amelia.« Dodgson ging auf sie zu, als wolle er ihre Hand ergreifen. »Ich kann einfach nicht glauben, daß du so hartherzig sein sollst. Du warst einmal ein so süßes Geschöpf.«

»Rühren Sie mich nicht an.« Amelia trat eilig einen Schritt zurück. »Rühren Sie mich ja nicht an, Dodgson.«

»Sie haben Miss Farley gehört.« Adam tauchte hinter Dodgson auf, packte ihn am Kragen und schob ihn in Richtung der Tür.

Marcus trat höflich zur Seite.

Adam beförderte Dodgson in den Flur hinaus und warf hinter ihm die Tür zu.

Dann drehte er sich zu Amelia um. »Es tut mir leid, daß Sie dem Bastard begegnet sind, Miss Farley. Ich versichere Ihnen, dies war das letzte Mal.«

Amelia starrte ihn an. »Mr. Manwaring, Sie dürfen sich nicht mit ihm duellieren. Ich verbiete es.«

Adam bedachte sie mit einem schiefen Grinsen. »Denken Sie sich nichts dabei. Zufällig bin ich ein recht guter Schütze. Wissen Sie, das ist ein Hobby von mir.«

»Aber Sie könnten dabei verletzt werden. Oder sogar getötet. Dodgson ist ein Lügner und zweifellos auch ein Betrüger. Man kann nie wissen, was er bei einem Duell anstellt. Sie dürfen ihm nicht vertrauen.«

Jetzt war es an Marcus, sich einzumischen. »Machen Sie sich keine Sorgen, Miss Farley. Als Manwarings Sekundant wird es meine Aufgabe sein, ein Auge auf Dodgson zu werfen. Er wird keine faulen Tricks anwenden.«

»Nein«, platzte Amelia heraus. »Das dürfen Sie nicht tun, Mr.

Manwaring.« Sie ließ ihren Sonnenschirm fallen und stürzte auf ihn zu. »Sie dürfen nicht Ihr Leben aufs Spiel setzen.«

Sie warf sich in Adams Arme.

»Schon gut, meine Liebe«, sagte Adam und zog sie eng an sich. »Es macht mir nicht das geringste aus.«

»Vielleicht tröstet es Sie, Miss Farley«, sagte Marcus, »daß ich glaube, daß Dodgson höchstwahrscheinlich gar nicht erst auftauchen wird. Ich nehme an, bis dahin ist er bereits auf halbem Weg nach Schottland.«

Amelia hob ihren Kopf von Adams Schulter. »Glauben Sie wirklich?«

»Ja.« Marcus lächelte. »Ich glaube das wirklich.«

»Mir wäre es lieber, er käme«, meinte Adam. »Der Gedanke, ihm eine Kugel in den Leib zu jagen, gefällt mir.«

»Das ist sehr nett von Ihnen, Sir.« Amelia wischte sich die Tränen aus den Augen. »Aber ich fürchte, ich wäre außer mir, wenn Ihnen etwas zustoßen würde.«

»Ist das Ihr Ernst?« fragte Adam.

»Ja.« Amelia schenkte ihm ein strahlendes Lächeln.

Sie sahen sich tief in die Augen und vergaßen vollkommen, daß Iphiginia und Marcus auch noch da waren.

Iphiginia lächelte zufrieden und blickte Marcus an. *Habe ich's nicht gesagt?* fragte sie lautlos. *Die beiden sind füreinander geschaffen.*

Als Zeichen der Zustimmung zog er eine Augenbraue hoch.

Plötzlich kam Iphiginia der Gedanke, daß er hier eigentlich nichts verloren hatte.

»Was machst du überhaupt hier?« fragte sie leise.

»Was meinst du denn? Ich bin gekommen, um zu fragen, ob ich vielleicht ein paar Anteile an dem Investmentfonds für die Finanzierung des Bright-Place-Projekts erwerben kann.«

Sie starrte ihn verblüfft an. »Du weißt über den Fonds Bescheid?«

Er bedachte sie mit einem überlegenen Lächeln. »Natürlich.«

»Du weißt, daß Amelia und ich das Ganze organisieren?«

»Natürlich.«

»Du glaubst mal wieder, daß du alles weißt, nicht wahr?«

Marcus' Augen blitzten amüsiert auf. »Ich finde, man sollte immer über so viele Dinge wie möglich informiert sein.«

»Er hält sich für so unglaublich clever«, knurrte Iphiginia eine Stunde später, als sie und Amelia aus der weiß-goldenen Kutsche stiegen. »Er ist wirklich von sich überzeugt.«

»Wer?« fragte Amelia geistesabwesend, während sie die Treppe zum Stadthaus hinaufgingen. »Masters?«

»Ja.«

»Nun, er ist ja auch ziemlich clever. Was erwartest du also? Daß er seine Intelligenz versteckt? Du machst dir normalerweise auch nicht die Mühe, deine Intelligenz zu verbergen.«

»Er könnte zumindest ein bißchen diskreter sein.«

Amelia nagte an ihrer Unterlippe. »Ich persönlich hoffe nur, daß er recht hat, wenn er denkt, daß Dodgson eher die Stadt verläßt, als sich morgen früh mit Mr. Manwaring zu duellieren.«

Iphiginia verspürte gewisse Schuldgefühle. Hier stand sie und beschwerte sich über etwas vollkommen Unwichtiges, während die arme Amelia von echten Sorgen geplagt wurde. An Stelle ihrer Cousine wäre sie inzwischen vollkommen hysterisch.

»Ich bin sicher, daß Masters mit seiner Vermutung richtig liegt«, sagte sie beschwichtigend, als Mrs. Shaw die Haustür öffnete. »Wie ich bereits sagte, er hat *immer* recht.«

»Ja, ich weiß.« Amelia schien dieser Gedanke ein wenig zu trösten. Zumindest hellte sich ihre Miene ein wenig auf.

Iphiginia wandte sich lächelnd an ihre Haushälterin. »Guten Tag, Mrs. Shaw. Ist alles in Ordnung?«

»Ja, Mrs. Bright. Oh, dieser nette Mr. Hoyt war hier, als Sie unterwegs waren. Er hat ein Buch zurückgebracht, das Sie ihm anscheinend geliehen hatten.«

»Graysons *Bilder der klassischen Antike,* ja, natürlich.« Iphiginia setzte ihren Hut ab und gab ihn Mrs. Shaw. »War sonst noch was Wichtiges?«

»Nein, Madam. Es war ziemlich ruhig.«

»Hervorragend. Würden Sie uns bitte einen Tee in die Bibliothek schicken?«

»Sofort, Mrs. Bright.«

»Danke.« In der Tür zur Bibliothek drehte sich Iphiginia noch einmal um. »Übrigens, kurz vor fünf kommen Mr. Manwaring und seine Lordschaft. Die beiden wollen mit Amelia und mir im Park spazierenfahren.«

»Sehr wohl, Mrs. Bright.« Mrs. Shaw lächelte und ging durch den Flur in Richtung der Küche.

Iphiginia folgte Amelia in die Bibliothek. Während sie sich setzte, fiel ihr Blick auf die Ausgabe der *Bilder der klassischen Antike,* die auf ihrem Schreibtisch lag. Dann richtete sie ihre Aufmerksamkeit auf ihre Cousine.

»Versuch, dir nicht allzu viele Sorgen zu machen, Amelia. Ich bin sicher, daß Masters sich mit diesen Dingen auskennt. Wenn er der Meinung ist, daß es gar nicht erst zu einem Duell kommen wird, dann wird es sehr wahrscheinlich auch nicht dazu kommen.«

Amelia faltete die Hände im Schoß und starrte hinaus auf die Straße. »Ich kann immer noch nicht glauben, daß Mr. Manwaring Dodgson meinetwegen herausgefordert hat.«

»Ich schon. Ich weiß bereits seit einiger Zeit, daß Mr. Manwaring dich sehr gern hat, Amelia.«

Amelia warf ihr einen leicht amüsierten Blick zu. »Wie ich vorhin bereits sagte, bildest du dir auf deine Beobachtungsgabe mindestens ebensoviel ein wie Masters.«

Iphiginia kicherte. »Masters und ich haben wirklich viele Gemeinsamkeiten, nicht wahr?«

»Ja.« Amelias Lächeln schwand. »Was willst du machen, Iphiginia? Du kannst nicht ewig die Rolle seiner Mätresse spielen.«

»Ich weiß.«

Amelias Antwort ging im Klappern von Kutschenrädern unter. Das Gefährt kam direkt vor dem Haus zum Stehen.

»Ich frage mich, wer das sein kann«, sagte Iphiginia. »Es ist erst drei. Masters sagte, er und Mr. Manwaring würden nicht vor fünf erscheinen.«

Amelia spähte aus dem Fenster. »Ich kenne die Kutsche nicht. Und ich kann auch nicht erkennen, wer aussteigt.«

Iphiginia und Amelia warteten gespannt, wen Mrs. Shaw ihnen melden würde.

Draußen in der Eingangshalle erklang leises Gemurmel, und einen Augenblick später wurde die Tür zur Bibliothek geöffnet.

»Mr. Bennet Cloud möchte wissen, ob Sie zu Hause sind, Mrs. Bright«, sagte Mrs. Shaw.

»Gütiger Himmel«, murmelte Iphiginia. »Marcus' Bruder. Ich frage mich, was er will. Sie schicken ihn besser herein, Mrs. Shaw.«

Als Bennet auftauchte, verriet seine Miene grimmige Entschlossenheit. »Guten Tag, Mrs. Bright. Danke, daß Sie mich empfangen.«

»Kommen Sie herein, Mr. Cloud.« Iphiginia schenkte ihm ein beruhigendes Lächeln. »Dies ist meine Cousine, Miss Farley.«

»Sehr angenehm, Miss Farley.« Bennet bedachte Amelia mit einem steifen Kopfnicken.

Amelia erhob sich. »Vielleicht würden Sie mit meiner Cousine lieber unter vier Augen sprechen.«

»Wenn – wenn es Ihnen nichts ausmacht«, stammelte Bennet. »Ich möchte keinesfalls unhöflich sein, aber mein Anliegen ist recht persönlicher Natur.«

»Natürlich.« Amelia verließ das Zimmer und schloß leise die Tür.

Iphiginia faltete die Hände auf der Schreibtischplatte. »Wollen Sie sich nicht setzen, Mr. Cloud?«

»Was? O nein. Nein, danke.« Bennet begann, ruhelos im Zimmer auf und ab zu laufen. »Die ganze Sache ist mir äußerst unangenehm, Mrs. Bright.«

Iphiginia seufzte. »Erlauben Sie mir, es Ihnen leichter zu machen. Sie wollen mir zweifellos einen langen Vortrag über all die Gründe halten, aus denen ich Ihren Bruder nicht heiraten soll. Ich kann Ihnen versichern, Mr. Cloud, daß mir all diese Gründe bekannt sind.«

»Nein.«

Iphiginia blinzelte überrascht. »Wie bitte?«

Bennet blieb stehen und drehte sich zu ihr um. »Ich bin gekommen, um Ihnen mitzuteilen, daß ich keinerlei Einwände mehr gegen Ihre Hochzeit mit meinem Bruder habe.«

»Ach.«

Bennet verzog das Gesicht. »Nicht, daß meine Einwände meinen Bruder in irgendeiner Weise beeinflussen würden. Er macht immer, was er will.«

Iphiginia war plötzlich ehrlich besorgt. »Fühlen Sie sich nicht wohl, Mr. Cloud? Meine Haushälterin serviert gleich den Tee. Vielleicht tut Ihnen eine Tasse gut.«

»Verdammt, ich brauche keinen Tee. Sie müssen meinen Bruder heiraten, Mrs. Bright.«

Iphiginia sah ihn argwöhnisch an. »Warum?«

»Weil ich glaube, daß er Sie braucht.«

»Wer braucht mich?«

»Verdammt, wie soll ich Ihnen das erklären?« Bennet begann erneut, im Zimmer hin- und herzustapfen. »Mrs. Bright, ich kenne meinen Bruder, so lange ich lebe.«

»Das ist anzunehmen.«

»Aber ich habe ihn nie ganz verstanden. Vielleicht habe ich auch nie versucht, ihn zu verstehen. Er schien kein Verständnis zu brauchen, wenn Sie verstehen, was ich meine.«

»Nein, das tue ich nicht.«

»Er war immer da.« Bennet machte eine ausladende Handbewegung. »Wie ein Berg oder das Meer oder irgendeine andere Naturgewalt. Oh, er kann verdammt stur sein und ziemlich halsstarrig. Aber er kam mir immer so stark vor.«

»Stark zu sein bedeutet nicht, daß man nicht hin und wieder ein wenig Verständnis von anderen braucht«, sagte Iphiginia sanft.

»Das ist mir inzwischen auch aufgegangen.« Bennet erreichte eins der Bücherregale an der Wand, drehte sich um und stapfte zurück. »Gestern nacht wurde mir klar, daß Marcus Tiefen hat, deren Existenz ich bisher noch nicht einmal vermutet hatte. Ich habe festgestellt, daß er bestimmte Bedürfnisse hat. Bedürfnisse, von denen ich glaube, daß nur Sie sie befriedigen können, Mrs. Bright.«

»Hat Masters Ihnen das erzählt?«

»Ich habe gewissermaßen den Eindruck gewonnen, daß er Sie wirklich begehrt.«

»So wie Sie Juliana Dorchester begehren?«

»Großer Gott, nein, natürlich nicht.« Bennet runzelte die Stirn. »Die Gefühle, die ich für Miss Dorchester hege, sind wirklich außergewöhnlich. Ich liebe sie, Mrs. Bright. Und sie liebt mich.«

»Ich verstehe.«

Bennet war momentan überwältigt von seinem Lieblingsthema. »Unsere gegenseitige Zuneigung ist von hehren Gefühlen und einer wahrhaft metaphysischen Übereinstimmung geprägt.«

»Wie schön für Sie.«

»Unsere Liebe hat eine edle Größe, die mich sprachlos macht.«

»Das ist mir noch gar nicht aufgefallen.«

»Offen gesagt«, schloß Bennet, »ist es schwer, über Miss Dorchesters zarte Empfindungen, ihren edlen Geist oder auch nur ihr elegantes Benehmen zu sprechen, ohne die Poesie zu bemühen.«

»Ihre Gefühle sind in der Tat außergewöhnlich. Und Sie glauben nicht, daß Ihr Bruder zu derartigen Empfindungen fähig ist?«

»Wenn er jemals fähig war, zartere und erhabenere Empfindungen zu hegen, dann hat seine erste Ehe diese zunichte gemacht.« Bennet zuckte mit den Schultern. »Um die Wahrheit zu sagen, ich bin nicht sicher, daß er sich jemals derartigen Gefühlen hingegeben hat. Wissen Sie, er ist ein Vernunftmensch.«

»Ja.« Iphiginia stützte ihr Kinn auf die Hand. »Verzeihen Sie, Sir, aber Ihr plötzlicher Sinneswandel bezüglich der Heiratspläne Ihres Bruders hat mich ein wenig verwirrt.«

»Es ist von größter Bedeutung, daß Sie ihn heiraten, Mrs. Bright. Bitte glauben Sie mir. Ich stünde heute nicht hier, wenn ich nicht dächte, daß es wirklich notwendig ist. Ich bin der Meinung, Sie sollten in aller Stille heiraten. Am besten mit einer Sonderheiratserlaubnis. Sicher werden Sie keine offizielle Verlobung wollen, wie Miss Dorchester und ich sie geplant haben.«

»Sie haben Miss Dorchester gebeten, Ihre Frau zu werden?«

»Wir haben darüber gesprochen, und wir haben die Absicht, unsere Verlobung zum Ende der Saison bekanntzugeben. Wir werden dann im Frühjahr heiraten. Miss Dorchester und ich wollen die kommenden Monate nutzen, um uns noch besser kennenzulernen. Und außerdem erfordert so eine Feier ja auch gewisse Vorbereitungen.«

»Ja, natürlich.« Marcus würde erleichtert sein, dachte Iphiginia. Zumindest hatte sein Bruder auf diese Weise noch etwas Zeit, um zu überprüfen, ob er das Richtige tat.

»Sie war sogar bereit, mit mir durchzubrennen«, vertraute Bennet ihr stolz an. »Als sie dachte, ich besäße keinen Pfennig, sagte sie, daß sie mit mir nach Gretna Green fahren würde. Sie liebt mich ebenso, wie ich sie liebe.«

»Ich glaube, das tut sie. Wissen Sie, ich bin ihr schon einmal begegnet.«

»Ach ja?«

»Ja. Und ich fand sie wirklich reizend.« Miss Dorchester war eine nette junge Dame, dachte Iphiginia, auch wenn ihre Eltern ein wenig zu ehrgeizig waren.

Bennet strahlte vor Begeisterung. »Sie ist in der Tat eine charmante Person. Wahrscheinlich die charmanteste junge Lady, die es auf der ganzen Welt gibt.«

Davon war Marcus sicher noch nicht überzeugt, aber Iphiginia hatte das Gefühl, daß sich die Geschichte von Bennet und seiner geliebten Miss Dorchester zum Guten wenden würde.

»Trotzdem ist unsere Situation eine ganz andere als die Ihre«, fuhr Bennet fort. »Sie und mein Bruder brauchen keine lange Verlobungszeit. Ich möchte Ihnen ja nicht zu nahe treten, Mrs. Bright, aber schließlich sind Sie ja kein junges Mädchen mehr, das eben erst die Schule verlassen hat. Und mein Bruder ist ja auch nicht mehr gerade der Jüngste.«

»Stimmt.«

Bennet runzelte die Stirn. »Ich kann mich nicht daran erinnern, daß mein Bruder überhaupt einmal jung war. Selbst als ich noch ein Kind war, erschien er mir immer schon uralt. Aber das ist ja jetzt vollkommen unwichtig. Im Augenblick geht es einzig und allein um Ihre Hochzeit.«

»Ich weiß Ihre Besorgnis zu schätzen, Mr. Cloud. Trotzdem –« Iphiginia unterbrach sich und lauschte mit gerunzelter Stirn der nächsten Kutsche, die vor dem Haus zum Stehen kam. »Noch mehr Besucher?«

Es klopfte an der Eingangstür, und dann wurden vertraute Stimmen in der Eingangshalle laut.

»Großer Gott«, flüsterte Iphiginia. »Corina und Richard. Und Tante Zoë und Lord Otis. Was geht hier vor sich? Bitte entschuldigen Sie mich einen Augenblick, Mr. Cloud.«

Sie sprang auf, flitzte quer durch das Zimmer und riß die Tür auf, noch ehe Mrs. Shaw die Neuankömmlinge anmelden konnte.

»Iphiginia«, rief Zoë. »Du errätst nie, wer in der Stadt ist.«

Corina, die ein leuchtendblaues Kleid trug, das wunderbar zu ihrem goldenen Haar und ihren blauen Augen paßte, wandte sich mit besorgter Miene an ihre Schwester.

»*Iphiginia.* Ist alles in Ordnung? Was geht hier vor sich?«

»Guten Tag, Corina. Richard.«

Richard Hampton nickte seiner Schwägerin zu, während sich sein hübsches Gesicht in sorgenvolle Falten legte. »Guten Tag, Iphiginia. Wir sind sofort losgefahren, als wir die Nachricht erhielten.«

»Welche Nachricht?«

Corina erschauderte. »Uns wurde anonym mitgeteilt, du seist die ... Nun, schon gut. Es ist zu schrecklich, als daß ich es laut wiederholen möchte. Ich wußte natürlich, daß es nicht stimmen konnte. Aber ich mußte einfach herausfinden, was los ist. Wir sind vor einer Stunde angekommen.«

»Sie sind direkt zu mir gekommen.« Zoë warf Iphiginia einen ängstlichen und zugleich flehenden Blick zu. »Aber Otis und ich haben ihnen gesagt, daß sie dich selbst fragen müssen, nicht uns.«

Richards braune Augen verrieten ehrliche Besorgnis. »Ich will ganz offen sein, Iphiginia. Wir erhielten einen höchst alarmierenden Brief, in dem stand, daß du die Mätresse des Earl of Masters seist.«

Zoë rollte mit den Augen.

»Richard, wirklich, mußt du solche Dinge laut sagen?« Corina errötete. »Schließlich sind auch Frauen anwesend.«

»Es tut mir leid, meine Liebe, aber wir müssen der Sache auf den Grund gehen«, sagte Richard fest entschlossen. »Dies ist wirklich nicht der rechte Augenblick, um um den heißen Brei herumzureden oder empfindlich zu sein.«

Plötzlich tauchte Bennet hinter Iphiginia auf. »Was man Ihnen da erzählt hat, ist eine verdammte Lüge.«

»Wer sind Sie?« fragte Richard.

»Bennet Cloud, Masters' Bruder. Und es freut mich, Sie davon in Kenntnis setzen zu können, daß Mrs. Bright nicht die Mätresse meines Bruders ist, sondern seine Verlobte.«

Nun brach völliges Chaos in der Eingangshalle aus. Alle sprachen wild durcheinander.

»Die Verlobte«, keuchte Corina. »Iphiginia, willst du mir etwa erzählen, du seist verlobt?«

Richard starrte sie verblüfft an. »Mit einem Grafen?«

»Aber hallo«, murmelte Otis. »Das ist das Neueste, was ich höre. Gratuliere, meine Liebe.«

Zoë wandte sich an Iphiginia. »Großer Gott. Also hat Masters sich doch endlich entschlossen, um deine Hand anzuhalten.«

»Ja, das hat er«, verkündete Bennet. »Das Problem ist, daß Iphiginia ihn nicht heiraten will.«

Amelia tauchte auf der Treppe auf. »Das ist einfach lächerlich. Sie wird ihn heiraten müssen.«

»Allerdings«, pflichtete Corina ihr in strengem Ton bei. »Wenn der Name meiner Schwester in einer Form mit dem von Masters in Verbindung gebracht worden ist, die auch nur den leisesten Schatten auf ihren Ruf wirft, dann hat sie gar keine Wahl.«

Richard nickte. »Vollkommen richtig. Und wenn er sie nicht heiratet, dann werde ich ihn herausfordern.«

»Du willst Masters herausfordern?« Otis warf ihm einen besorgten Blick zu.

»Ruhe.« Iphiginia hob die Hand, um die anderen zum Schweigen zu bringen. »Ruhe, habe ich gesagt.« Als das alles nichts nützte, ballte sie die Faust und hämmerte kräftig gegen die Wand. »Bitte.«

Schließlich verstummte die ganze Meute. Alle Blicke waren auf sie gerichtet.

»Also«, sagte Iphiginia bestimmt, »daß eins klar ist. Meine Beziehung zum Earl of Masters geht nur mich etwas an. Und ihn.«

Zoë seufzte. »Du solltest realistisch sein, Iphiginia. Wenn er um deine Hand angehalten hat, wirst du ihn heiraten.«

»Und dankbar dafür sein«, fügte Corina unverblümt hinzu. »Vor allem, wenn dein Ruf wirklich beschmutzt worden ist.«

»Vollkommen richtig«, pflichtete Richard ihr bei.

»Es reicht.« Iphiginia stemmte die Hände in die Hüften und starrte die anderen wütend an. »Ich sage es zum letzten Mal. Ich habe nicht die Absicht, einen Mann zu heiraten, der, wie Mr. Cloud mir eben deutlich zu verstehen gegeben hat, nicht in der Lage ist, irgendwelche zarten Gefühle zu entwickeln.«

»Welche zarten Gefühle?« fragte Amelia.

»Wovon in aller Welt redest du?« wollte Zoë wissen.

»Der Mann hat einen Titel und ein Vermögen«, warf Otis ein. »Man sollte meinen, daß das fehlende Gefühle mehr als wettmacht.«

»Mein Bruder wird Ihnen ein guter Ehemann sein, Mrs. Bright«, sagte Bennet, um Marcus zu helfen. »Ich glaube nicht, daß zarte Gefühle in Ihrer Ehe eine so große Rolle spielen werden. Schließlich sind Sie beide intellektuelle Menschen.«

»Verdammt, was soll das denn nützen?« Iphiginia hätte vor Zorn und Erregung am liebsten geheult. »Jetzt hört mir mal alle zu. Ich werde keinen Mann heiraten, der grundsätzlich nicht an die Liebe glaubt.«

Schweigen.

Und dann trat eine große, vertraute Gestalt in den Flur.

»Du hast mir beigebracht, fast allen meinen Grundsätzen untreu zu werden, Iphiginia«, sagte Marcus ruhig. »Bring mir bei, auch diesen über Bord zu werfen.«

Sämtliche Köpfe drehten sich verblüfft zu ihm um. Sie alle waren so beschäftigt gewesen, miteinander zu streiten, daß niemand ihn hatte kommen hören.

Iphiginia sah ihn an. Verlangen wallte in ihr auf. Sie liebte ihn so sehr. Sie hatte immer gewußt, daß sie füreinander geschaffen waren.

Also mußte sie daran glauben, daß er lernen könnte, sie zu lieben.

»O Marcus.«

Sie flog durch die Eingangshalle und warf sich in seine Arme.

Er fing sie auf und preßte sie fest an sich.

Kapitel zwanzig

Die Neuigkeit, daß Dodgson kurz nach Einbruch der Dunkelheit heimlich die Stadt verlassen hatte, stieß eigentlich nur bei Amelia auf Interesse. Sie schluchzte erleichtert auf.

Was die gesamte bessere Gesellschaft viel mehr interessierte, war die Verlobung des Earl of Masters mit seiner lebenslustigen Mätresse Mrs. Bright.

Die Nachricht von der Verlobung und von dem Plan der beiden, per Sonderheiratserlaubnis so schnell wie möglich die Ehe einzugehen, hatte innerhalb kürzester Zeit die Runde gemacht. Am Nachmittag drängten sich im Park die Neugierigen und die Überraschten ebenso wie eine Reihe von Leuten, die dem Paar ihre guten Wünsche übermitteln wollten.

Iphiginia saß hoch oben auf dem Kutschbock von Marcus' elegantem schwarzen Zweispänner und erwiderte die Blicke der Menschen mit einem kühlen Lächeln und einem königlichen Nicken. Sie und Marcus begegneten den Kommentaren und versteckten Fragen mit höflicher Gleichgültigkeit.

Am Abend begann die Inquisition aufs neue.

Auf dem Ball der Binghams gesellte sich Herbert zu Iphiginia.

»Sie dürfen es den Leuten nicht übelnehmen«, sagte er, während er einen Blick auf zwei beturbante Matronen warf, die ihr Kreuzverhör gerade beendet hatten. »Die Nachricht von Ihrer Verlobung hat eben alle überrascht. Ich muß zugeben, daß ich selbst ein wenig verblüfft war.«

»Ich auch«, gestand Iphiginia mit einem Lächeln. Sie war froh, endlich ein nettes Gesicht zu sehen. Zoë und Otis hatten das Fest vor ein paar Minuten verlassen, und Marcus, der ihr die ganze Zeit beigestanden hatte, war losgegangen, um ihr ein Glas Champagner zu holen.

Herbert schenkte ihr ein freundliches, tröstliches Lächeln, aber seine normalerweise fröhliche Miene drückte Besorgnis aus. »Ich möchte Ihnen keineswegs zu nahe treten, meine Liebe, aber sind Sie sicher, daß Sie das Richtige tun? Ich weiß, daß Masters reich ist und einen Titel hat. Aber eine Heirat ist eine ernste Angelegenheit.«

»Ich versichere Ihnen, das ist mir durchaus bewußt.«

»Als Ihr Freund kenne ich Sie wesentlich besser als Masters, und ich flehe Sie an, es sich noch einmal gut zu überlegen, ehe Sie diesen

Schritt wagen. Es heißt, Sie wollen per Sonderheiratserlaubnis heiraten. Sie können doch sicher noch etwas warten?«

Iphiginia sah ihn überrascht an. »Weshalb glauben Sie, daß Sie mich besser kennen als Masters?«

Herberts Blick glitt über den überfüllten Ballsaal. »Das habe ich von Anfang an gespürt, Iphiginia. Sie und ich haben viele Gemeinsamkeiten. Mehr, als Sie wissen. Ich glaube, wir sind gewissermaßen vom gleichen Schlag.«

»Mir ist bewußt, daß Sie mir ein guter Freund sein wollen, und das weiß ich durchaus zu schätzen.« Iphiginia berührte ihn sanft am Arm. »Aber machen Sie sich keine Sorgen. Ich weiß, was ich tue.«

»Ach ja?« Herbert sah sie an. »Ich hoffe nur, Sie haben recht, meine Liebe. Ich werde Sie vermissen.«

»Mich vermissen?«

»Ich fürchte, wenn Sie erst einmal mit Masters verheiratet sind, werde ich Sie nicht mehr so oft sehen.«

»Mr. Hoyt, Sie tun ja gerade so, als würde man mich in ein Kloster stecken.«

»Ich glaube, das Wort Harem trifft es besser«, sagte Marcus direkt hinter ihr.

Sie drehte sich eilig zu ihm um. »Da bist du ja. Ich habe dich gar nicht zurückkommen sehen.«

»Ich weiß.« Marcus reichte ihr das Champagnerglas, ohne den Blick von Herbert abzuwenden. »Du warst ja auch ins Gespräch mit deinem guten Freund Mr. Hoyt vertieft.«

Herbert verbeugte sich steif. »Abend, Masters. Ich habe Mrs. Bright nur zu ihrer bevorstehenden Hochzeit gratuliert.«

»Danke, Herbert«, sagte Iphiginia freundlich.

»Es war mir ein Vergnügen.« Herbert nahm ihre behandschuhte Hand und küßte sie. »Was auch immer geschieht, Mrs. Bright, ich möchte, daß Sie wissen, daß ich die Freundschaft zu schätzen weiß, die uns bisher miteinander verbunden hat.«

Marcus nahm Iphiginias Arm. »Ich glaube, es ist Zeit, um zu den

Wilkersons zu fahren. Es ist fast zwölf, und sie erwarten, daß wir noch vorbeischauen.«

»Ja, natürlich.« Iphiginia lächelte Herbert zum Abschied zu und ließ sich von ihm durch das Gedränge führen.

»Ich bin es allmählich leid, jedesmal über Hoyt zu stolpern, wenn ich dich irgendwo suche«, sagte Marcus.

»Es tut mir leid, wenn du ihn nicht magst, aber er ist ein Freund, Marcus. Ich habe ihn sehr gerne.« Iphiginia bedachte Marcus mit einem strengen Blick, während er mit ihr die Treppe hinunter in Richtung der Kutsche ging. »Und ich erwarte, daß du auch nach unserer Hochzeit nett zu meinen Freunden bist.«

»Natürlich, meine Liebe«, sagte Marcus mit für ihn untypischem und deshalb verdächtigem Gehorsam.

Iphiginia runzelte die Stirn. »Was sollte dieser Unsinn mit dem Harem?«

»Ein ganz kleiner Harem, meine Süße. Ich versichere dir, daß du die einzige Haremsdame sein wirst.«

»Klingt interessant«, sagte Iphiginia.

»Das finde ich auch.«

Als Iphiginia schließlich um drei Uhr morgens von Marcus nach Hause gebracht wurde, war sie völlig erledigt.

Im Stadthaus herrschte Ruhe, da Amelia und die Bediensteten bereits seit Stunden in ihren Betten lagen. Marcus und Iphiginia durchquerten leise die Eingangshalle und betraten die dunkle Bibliothek.

Marcus schloß die Tür, lockerte seine Krawatte und zündete die Kerze auf Iphiginias Schreibtisch an.

»Himmel, was für ein anstrengender Abend.« Iphiginia streifte ihre weißen Glacéhandschuhe ab und ließ sich auf den Stuhl hinter ihrem Schreibtisch fallen. Ihre weißen Sarsonet- und Satinröcke flatterten. »Man hätte direkt denken können, du hättest bekanntgegeben, daß du eine Frau mit zwei Köpfen heiraten willst. Ich habe noch nie so viele neugierige Blicke gesehen und so viele erstaunte Ausrufe gehört.«

»Das Schlimmste haben wir überstanden.«

»Das hoffe ich.« Iphiginia blickte mit gerunzelter Stirn auf ihre weißen Röcke. »Das erste, was ich nach unserer Hochzeit tun werde, ist, ein paar neue Kleider zu kaufen. Ich habe wirklich die Nase voll von Weiß.«

»Es hat seinen Zweck erfüllt.« Marcus schenkte sich ein Glas Brandy ein.

»Das glaube ich auch.«

»Es war eine höchst gewagte und durchaus pfiffige Idee.«

»Danke. Mir hat sie auch ganz gut gefallen.« Iphiginia versuchte, ein gelangweiltes Lächeln aufzusetzen.

In Wahrheit war sie heute nacht alles andere als gelangweilt. Die Enormität des Schritts, den sie gehen würde, beunruhigte sie zutiefst.

Bring mir bei, auch diesen Grundsatz über Bord zu werfen.

Hatte Marcus damit wirklich sagen wollen, daß er bereit war, sie lieben zu lernen? Oder hatte er diesen Satz nur gesagt, weil er wußte, daß sie dieser Herausforderung nicht würde widerstehen können?

Er konnte so verdammt clever sein.

»Um nochmal von unserer Hochzeit zu sprechen«, sagte Marcus.

»Ja?« Iphiginia beobachtete, wie er, das Brandyglas in der Hand, durch das Zimmer ging.

Vor einer Aphroditestatue blieb er stehen. »Ich habe vor, morgen früh eine Sonderheiratserlaubnis einzuholen. Dann können wir morgen nachmittag heiraten.«

Iphiginia stockte der Atem. »So schnell?«

Als er sie über die Schulter ansah, stellte sie fest, daß sein normalerweise offener, intelligenter Blick trübe und grüblerisch war. »Es besteht schließlich keine Notwendigkeit, die Sache hinauszuzögern, oder?«

Allmählich begriff Iphiginia, daß Marcus auf seine Weise heute nacht ebenso nervös war wie sie. Wie eigenartig, daß die Gegenwart des anderen sie beide, nachdem sie schon soviel gemeinsam durchgemacht hatten, auf einmal so unruhig machte.

»Nein.

Marcus nickte zufrieden. »Dann werde ich also die notwendigen Vorkehrungen treffen.«

»Sehr gut.«

Er nahm einen Schluck Brandy und ging hinüber zu der Statue des römischen Zenturios. »Ich finde, wir haben den Abend recht gut hinter uns gebracht.«

»Weißt du, die Leute wundern sich, daß du deine Mätresse heiratest.«

»Du bist nicht meine Mätresse.« Marcus stellte sein Glas auf einem Tischchen ab. »Du bist meine Verlobte. Und wenn wir erst mal verheiratet sind, werden die Gerüchte schon verstummen.«

Iphiginias Blick fiel auf die Ausgabe der *Bilder der klassischen Antike,* die auf ihrem Schreibtisch lag. »Bist du dir da sicher?«

»Ziemlich.« Marcus lächelte humorlos. »Eine Heirat bringt jedes Gerücht zum Verstummen.«

Iphiginia dachte an die Umstände, unter denen Marcus zum ersten Mal geheiratet hatte, und zuckte zusammen. »Ja.«

»Sie sorgt dafür, daß es gar nicht erst zu einem Skandal kommt. Sie verwandelt den aufregendsten Klatsch in ein langweiliges Thema, über das man höchstens noch beim Nachmittagstee plaudert. Kurz gesagt, Iphiginia, sobald wir verheiratet sind, sind wir für die Leute nicht mehr von Interesse.«

Iphiginia sah ihn unverwandt an. »Ist das der Grund, weshalb du mich heiraten willst? Ich würde eher nach Deepford zurückziehen, als mich von einem Mann heiraten zu lassen, der mich lediglich vor einem Skandal schützen möchte.«

»Nein«, sagte Marcus. »Das ist nicht der Grund, weshalb ich dich heiraten will. Ich will dich heiraten, weil du die einzige Frau bist, die mich davor bewahren kann, zu einem Automaten zu werden.«

»Marcus.« Iphiginia war entsetzt. »Das kann nicht dein Ernst sein.«

»Es ist mein voller Ernst.« Er zögerte, als müsse er sich sammeln, um von einer Klippe ins tosende Meer zu springen. »Ich brauche dich, damit ich nicht zu einem Opfer meiner eigenen Grundsätze werde, Iphiginia.«

Iphiginia spürte seine innere Qual, als risse sie an ihren eigenen Eingeweiden. Sie wußte, wieviel ihn dieses Geständnis gekostet hatte.

Und wieder hatte er eine Regel mißachtet, dachte sie.

Sie stand auf und ging um ihren Schreibtisch herum. Dann trat sie vor ihn und nahm sein angespanntes Gesicht zwischen ihre Hände.

»Marcus, hör mir gut zu. Es besteht keine Gefahr, daß du jemals zu einem Automaten wirst. Du bist ein warmer, leidenschaftlicher, äußerst empfindsamer Mann.«

»Glaubst du?« Die dumpfe Trauer wich aus seiner Stimme, und er grinste flüchtig. »Nun, in dem Fall ist es wahrscheinlich das beste, die Hochzeit nicht noch länger hinauszuzögern. Ich bin mir nämlich nicht sicher, daß meine empfindsame Natur es ertragen würde, noch länger zu warten.«

»Nein.« Iphiginia stellte sich auf Zehenspitzen und strich mit ihren Lippen sanft über seinen Mund. »Schließlich wollen wir nicht, daß du deine warme, leidenschaftliche Natur länger als nötig unterdrücken mußt.«

»Oder du deine.« Marcus zog sie fest an sich und küßte sie leidenschaftlich.

Er vertiefte den Kuß, bis Iphiginia leise seufzend in seinen Armen lag.

»Ich liebe dich, Marcus«, murmelte sie.

Sie war sich nicht sicher, ob er sie gehört hatte, aber als er einen Augenblick später den Kopf hob, schimmerten seine Augen wie uralter Bernstein. »Ich werde dich morgen um drei abholen. Ich hoffe, du bist dann fertig.«

Iphiginia lächelte. »Soll ich Weiß tragen?«

»Du kannst tragen, was du willst.« Zögernd trat Marcus einen Schritt zur Seite, um seinen Hut von ihrem Schreibtisch zu nehmen. »Oder auch gar nichts. Gute Nacht, Iphiginia. Ich freue mich schon auf morgen abend. Ist dir klar, daß wir uns dann zum ersten Mal in einem Bett lieben können?«

»Wie praktisch für den Fall, daß du danach wieder einen Zusammenbruch erleidest.«

»Adam wird mich heute wieder um fünf zu einer Spazierfahrt im Park abholen«, verkündete Amelia am nächsten Morgen. »Was soll ich bloß anziehen, Iphiginia?«

Iphiginia las gerade mit gerunzelter Stirn die Klatschspalte der Morgenzeitung. Die Nachricht von der bevorstehenden Hochzeit war nicht zu übersehen.

Ganz London wird es interessieren zu erfahren, daß Lord M. angeblich seinem obersten Grundsatz untreu zu werden gedenkt, indem er…

»Was hast du gesagt, Amelia?«

»Ich habe gefragt, ob du mir hilfst, etwas zum Anziehen auszusuchen.«

Iphiginia blickte auf und sah das hoffnungsvolle Leuchten in den Augen ihrer Cousine. Sie lächelte.

»Wir beide haben fast dieselbe Größe«, sagte sie. »Du kannst mein safrangelbes Spazierkleid und den dazugehörigen hellgelben Mantel anziehen. Die Farbe wird dir hervorragend stehen.«

Amelia riß die Augen auf. »Aber du hast noch nicht ein einziges Mal die Gelegenheit gehabt, die Sachen selbst anzuziehen.«

»Ich schenke sie dir.« Iphiginia faltete die Zeitung zusammen und legte sie auf den Tisch.

»Das ist wirklich nett.«

»Schon gut. Wir beide müssen sobald wie möglich einmal einkaufen gehen. Du brauchst ein paar Kleider in fröhlicheren Farben, und ich habe genug von Weiß.«

»Obwohl es dir sehr gut steht.«

»Danke, aber weiße Kleider werden nach einer Weile unglaublich langweilig. Ich weiß nicht, wieso die Menschen in der Antike sie am liebsten anhatten.« Iphiginia machte eine Pause. »Du siehst glücklich aus, Amelia.«

»Ich bin glücklich.« Amelia lächelte langsam, als sei sie selbst überrascht. »Weißt du, ich habe mich seit Jahren nicht mehr so ... so *unbeschwert* gefühlt. Wenn ich daran denke, daß ich die ganze Zeit Angst davor hatte, Dodgson noch einmal gegenüberzustehen. Und als es dann tatsächlich soweit war, habe ich nichts als Verachtung und Ekel verspürt.«

»Zu Recht. Es war höchst befriedigend, sein Gesicht zu sehen, als er gestern erfahren mußte, daß du die Macht hast, ihm die Beteiligung an unserem Investmentfonds zu verwehren.«

»Glaubst du, daß es falsch von mir ist, eine solche Befriedigung zu verspüren, nachdem ich mich an ihm gerächt habe?«

»Mach dich nicht lächerlich. Du hast lediglich Genugtuung und Gerechtigkeit bekommen. Also hast du durchaus das Recht, zufrieden zu sein.«

»Adam sagt, daß Dodgson sich wahrscheinlich von seinen finanziellen Verlusten nicht mehr erholen wird«, vertraute Amelia ihrer Cousine an. »Offensichtlich sitzt er zu tief in der Patsche, um es nochmal alleine zu schaffen.«

»Ich werde mein Mitleid bestimmt nicht für ihn verschwenden. Und ich kann dir gar nicht sagen, wie sehr es mich freut zu sehen, daß du Mr. Manwaring magst. Weißt du, er fühlt sich zu dir hingezogen, seit er dich zum ersten Mal gesehen hat.«

»Ich glaube, ich wußte es. Ich habe immer eine gewisse Wärme für ihn empfunden. Aber aus irgendeinem Grund konnte ich mir meine Gefühle einfach nicht eingestehen. Aber gestern, nachdem ich

Dodgson gegenübergetreten war und gesehen hatte, wie er vor mir in die Knie ging, fühlte ich mich plötzlich wie befreit.« Amelia lächelte. »Oh, Iphiginia, ich fühle mich einfach fantastisch.«

»Hervorragend. Dann kannst du mir helfen, meine Nerven zu beruhigen.«

»Nerven? Du? Iphiginia, willst du mir etwa erzählen, daß dich der Gedanke an deine Hochzeit nervös macht?«

»Ja, ich glaube schon. Erinnere mich dran, mein Riechsalz mitzunehmen, wenn wir heute nachmittag zum Pfarrer gehen. Es wäre mir wirklich äußerst unangenehm, wenn ich vor Masters in Ohnmacht fallen würde.«

»Du überraschst mich. Ich weiß gar nicht, was ich sagen soll. Du wirkst immer so selbstsicher. Ich habe noch nie erlebt, daß du wegen einer Sache nervös bist.«

»Ich habe ja auch noch nie geheiratet«, gab Iphiginia zu bedenken. Sie lächelte traurig. »Aber Marcus. Wenn ich schon aufgeregt bin, dann denk nur, was er durchmachen muß.«

Eine halbe Stunde später war Iphiginia so aufgeregt und ruhelos wie nie zuvor. Also ging sie in die Bibliothek, um sich dort ein wenig abzulenken.

Sie setzte sich hinter ihren Schreibtisch, zog eine Schublade auf und nahm mehrere Blatt Papier heraus. Dann schob sie die Schublade wieder zu und griff nach ihrem Füllfederhalter.

Es wollte ihr einfach nichts einfallen.

Sie nahm einen Anspitzer und kratzte damit eine Zeitlang an ihrer Feder herum. Dann legte sie beides aus der Hand und betrachtete ein paar Statuenteile, die sie aus Italien mitgebracht hatte.

Es nützte nichts. Alles, woran sie denken konnte, war, wie sich ihr Leben durch diese Heirat unwiderruflich verändern würde.

Bring mir bei, auch diesen Grundsatz über Bord zu werfen, Iphiginia.

Marcus hatte sie allen Ernstes gebeten, ihm zu zeigen, wie

man liebte. Und sie war sich so sicher gewesen, daß es ihr gelingen würde.

Was, wenn sie sich irrte?

Iphiginia stand wieder auf und ging um ihren Schreibtisch herum. Sie brauchte Bewegung.

Ihr Blick fiel auf die *Bilder der klassischen Antike.* Da sie nichts anderes zu tun hatte, griff sie nach dem Buch, um es wieder ins Regal zu stellen.

Auf der Suche nach einigen ihrer Lieblingsbilder blätterte sie ein wenig darin herum.

Der kleine schwarze Wachsfleck war auf Seite zweihundertdrei. Offensichtlich war er aus Versehen dort gelandet. Er war dort getrocknet, ohne weiter aufzufallen.

Iphiginia starrte lange Zeit reglos auf den Wachs. *Ein Mensch, der alles und jeden in der besseren Gesellschaft kennt.*

In diesem Moment fiel es ihr wie Schuppen von den Augen.

»Sind Sie auch sicher, daß diese Fakten stimmen, Barclay?« Marcus beugte sich über seinen Schreibtisch und zwang sich, ruhig zu bleiben. Wissenschaftliche Nachforschungen erforderten immer ein Höchstmaß an Vorsicht und Sorgfalt. Er durfte nicht zulassen, daß seine Gefühle und seine Begeisterung ihn falsche Schlüsse ziehen ließen.

Er hatte Iphiginia erlaubt, ihn dazu zu bringen, ein paar der Regeln aufzugeben, die bis dahin sein Leben bestimmt hatten. Das hieß jedoch nicht, daß er die vernünftigen Regeln über Bord geworfen hatte, nach denen wissenschaftliche Arbeit funktionierte.

Trotzdem spürte Marcus die bekannte Erregung und Zufriedenheit, die immer dann in ihm aufwallte, wenn er eine wichtige Entdeckung gemacht hatte. Es ergab alles einen Sinn. Es war alles vollkommen logisch. Dies war das Teil des Puzzles gewesen, das ihm bisher gefehlt hatte.

Er konnte es kaum erwarten, Iphiginia davon zu berichten.

»Ja, ja, vollkommen sicher.« Barclay blätterte in seinen Papieren und blickte noch einmal auf seine Notizen. »Der echte Dr. Hardstaff, dessen bürgerlicher Name William Burn war, hat das Gebäude an dieselbe Person verkauft, die auch die Grabstätte auf dem Friedhof in Reeding errichten ließ. Der Name des Mannes ist H.H. Eaton.«

»Und er ist der Sohn der Elizabeth Eaton, die dort begraben ist?«

»Ja.« Barclay blickte auf. »Er scheint seinen Nachnamen fallengelassen zu haben, als er vor zwei Jahren in London in Erscheinung trat. Darum habe ich so lange gebraucht, um die Verbindung herauszufinden. In der Tat, wenn Sie mir nicht vorgeschlagen hätten, mich nach dem Besitzer des Museums zu erkundigen, wäre ich wohl nie dahintergekommen.«

Barclays Ausführungen wurden von einem Klopfen unterbrochen. Marcus runzelte ungeduldig die Stirn. »Herein.«

Lovelace öffnete die Tür. Hinter ihm hüpfte Iphiginia auf und ab. Wie immer trug sie ein blütenweißes Kleid und einen blumengeschmückten Strohhut.

»Mrs. Bright, Sir«, sagte Lovelace, als würde sich Iphiginia nicht direkt hinter ihm wie eine Verrückte gebärden, um Marcus' Aufmerksamkeit zu erregen.

Marcus grinste. »Schicken Sie sie herein, Lovelace.«

Lovelace trat zur Seite, und Iphiginia stürzte an ihm vorbei in das Zimmer. In der Hand hielt sie ein schweres, ledergebundenes Buch.

»Marcus, du wirst niemals glauben, was passiert ist. Ich glaube, ich weiß, wer der Erpresser ist. Ich habe etwas schwarzes Wachs auf dem Buch gefunden, das ich –«

»Herbert Hoyt geliehen habe?« fragte Marcus höflich.

»Großer Gott.« Iphiginia blieb abrupt stehen und starrte ihn verblüfft an. »Wie hast du das erraten?«

»Ich rate niemals, meine Liebe. Ich stelle wissenschaftliche Hypothesen auf.«

Es war ziemlich dunkel in der engen Gasse. Das Mondlicht reichte gerade aus, um das Hinterfenster des Hauses in der Thurley Street Nummer zwei zu erkennen. Marcus wog das Eisenstück, das er mitgebracht hatte, in der Hand und schob es vorsichtig zwischen das Fenster und den Sims.

»Sei vorsichtig«, flüsterte Iphiginia. Sie blickte über die Schulter, um sicherzugehen, daß niemand sie beobachtete.

»Ich bin vorsichtig.«

»Marcus, bist du mir böse?«

»Seltsamerweise hatte ich eigentlich nicht vorgehabt, meine Hochzeitsnacht damit zu verbringen, in Hoyts Wohnung einzubrechen.« Mit einem wohlüberlegten Ruck brach Marcus das Fenster auf. Glücklicherweise gab es problemlos nach. »Ich hatte mir eigentlich eine andere Art der Unterhaltung vorgestellt.«

»Beeil dich.« Iphiginia schob die Kapuze ihres Umhangs zurück. Die Messinglaterne, die sie mitgebracht hatte, um sie im Haus anzuzünden, schimmerte im Mondlicht. »Ich bin sicher, daß wir das schwarze Wachs und das Phönix-Siegel irgendwo finden werden.«

»Das Ganze ist vollkommene Zeitverschwendung.« Marcus schwang ein Bein über den Fenstersims. »Wir wissen bereits, daß er der Erpresser ist.«

»Aber wir brauchen Beweise. Das Wachs und das Siegel werden sie uns liefern.«

Marcus schwang auch das andere Bein über den Sims und ließ sich auf der anderen Seite fallen. »Wir tun das nicht, um irgendwelche Beweise zu bekommen. Wir tun das nur, weil du mir beweisen willst, daß deine Hypothese genauso gut war wie meine.«

»Sie ist gut. Ich weiß, daß ich den Erpresser auch alleine ausfindig gemacht hätte.« Iphiginia nahm den Saum ihres Umhangs und ihre Röcke in eine Hand und schwang ein bestrumpftes Bein über den Sims.

Marcus betrachtete wehmütig ihre eleganten Gliedmaßen und

dachte daran, wie sie aussehen würden, wenn sie die weißen Laken seines riesigen Bettes zerwühlten.

Später. Iphiginia gehörte ihm, das war das einzig Wichtige. Er konnte sich entspannen. Sie gehörte ihm, seit sie sich am Nachmittag vor einem Pfarrer das Jawort gegeben hatten.

Sie war jetzt seine Frau.

Zufriedenheit wallte in ihm auf, als er ihre Taille umfaßte und sie durch das Fenster hob. So aus dem Stegreif fiel ihm keine andere Frau ein, die ihre Hochzeitsnacht mit der Durchsuchung des Schreibtisches eines Erpressers hätte verbringen wollen, aber Iphiginia war eben ein echtes Original.

Marcus war zu dem Schluß gekommen, daß er es sich nun, da er sich ihrer sicher war, leisten konnte, ihren Wünschen nachzugeben.

In Wahrheit war er nicht sonderlich begeistert gewesen von der Idee, Hoyts Wohnung zu durchsuchen, aber er hatte sich gesagt, daß es zumindest nicht besonders gefährlich war. Schließlich war Hoyt ein Partylöwe. Er war jede Nacht bis zum Morgengrauen unterwegs. Und sein Diener hatte es sich, soweit Marcus wußte, zur Angewohnheit gemacht, die Abende in einer Taverne zu verbringen.

»Zieh die Vorhänge zu«, befahl Iphiginia leise, während sie die Laterne anzündete.

Folgsam drehte sich Marcus zum Fenster. Dann musterte er das Zimmer im Licht von Iphiginias Laterne. Es war ein gemütlicher Raum, durchaus passend für einen alleinstehenden Herrn mit bescheidenen finanziellen Mitteln. In einer Ecke stand ein Schreibtisch, und an einer Wand befand sich ein Bücherregal. Vor dem Kamin stand ein Schaukelstuhl, und auf dem Tisch daneben eine halbleere Brandyflasche und ein Glas.

»Hoyt scheint das Geld, das er mit seinen Erpressungen verdient hat, zumindest nicht in seine Wohnung investiert zu haben«, bemerkte Marcus.

»Nein, aber er bestellt seine Anzüge bei Weston, und er hat sich erst vor kurzem eine eigene Kutsche gekauft. Du weißt, was so was kostet.« Iphiginia durchsuchte eilig den Schreibtisch. »Und dann ist da noch das Gebäude, das er dem echten Dr. Hardstaff abgekauft hat. Das muß ziemlich teuer gewesen sein.«

»Und das Grabmal auf dem Friedhof in Reeding.« Marcus zog eine Schublade in der Kommode auf, die an der Wand stand, und entdeckte einen Stapel frisch gewaschener und gestärkter Krawatten.

»Es fällt mir schwer zu glauben, daß ein Mann, der bösartig genug ist, um zu morden und zu erpressen, seiner Mutter ein derart prächtiges Denkmal setzt.« Iphiginia stieß einen leisen Pfiff aus.

»Aha.«

»Was heißt hier aha?«

»Es heißt, daß die Schreibtischschubladen nicht verschlossen sind.« Iphiginia begann, in der obersten Schublade herumzuwühlen.

Marcus ging quer durch das Zimmer. »Ich hasse es zwar, etwas Offensichtliches zu erwähnen, aber wenn der Schreibtisch nicht abgeschlossen ist, liegt das zweifellos daran, daß nichts Wichtiges drin ist.«

»Unsinn. Das muß nicht sein. Es heißt einfach, daß Herbert das Wachs und das Siegel nicht für gefährlich hält.«

»Dann ist er wohl doch nicht so intelligent, wie ich angenommen hatte.« Marcus beobachtete mit gerunzelter Stirn, wie Iphiginia den Wachstiegel öffnete. »Und?«

»Rotes Wachs«, stellte sie enttäuscht fest. »Aber vielleicht gibt es ja irgendwo noch einen Wachstopf. Und das Siegel muß auch irgendwo sein.«

Doch nach zwanzig Minuten hatten sie weder das eine noch das andere gefunden.

»Das verstehe ich nicht.« Iphiginia stand mitten im Raum und wippte ungeduldig mit dem Fuß. »Die Sachen müssen doch hier sein.«

»Nicht unbedingt.« Marcus wollte wieder gehen. Es war ja schön und gut, seiner Braut einen Wunsch zu erfüllen, aber irgendwann reichte es. »Vielleicht trägt er die Dinge mit sich herum, oder er hat sie in einem Safe, den wir nicht entdeckt haben. Es gibt zahllose Stellen, an denen man so kleine Gegenstände wie einen Wachstiegel und ein Siegel verstecken kann.«

»Ich weiß, wo er solche Dinge aufbewahren würde.« Iphiginia war plötzlich wieder hellwach. »In Dr. Hardstaffs Museum der Göttinnen der Manneskraft.«

Marcus stöhnte. »Ich glaube wirklich nicht, daß es viel Sinn hat, das Museum zu durchsuchen. Was ist, wenn gerade einer seiner Patienten eine Behandlung bekommt?«

»Zumindest ist es den Versuch wert.« Iphiginia löschte die Laterne und ging zum Fenster. »Trödel nicht herum, Marcus. Schließlich haben wir nicht die ganze Nacht Zeit.«

»Gott sei Dank.« Marcus blickte sich noch einmal eilig um, um sicherzugehen, daß nichts auf ihr Eindringen hindeutete. »Ich würde wirklich gern noch einen Teil der Nacht im Bett verbringen.«

Iphiginia raffte ihren Umhang und ihre Röcke und legte ein Bein auf den Fenstersims. »Warum meckerst du eigentlich? Wir haben noch den ganzen Rest unseres Lebens Zeit, um im Bett zu liegen.«

Dieser Gedanke heiterte Marcus auf. Er hatte noch den ganzen Rest seines Lebens, um ihn mit Iphiginia zu verbringen …

Die Gasse hinter der Lamb Lane Nummer neunzehn war ebenso dunkel und menschenleer wie in der anderen Nacht. Die Treppe, die zur Hintertür führte, quietschte und ächzte unter Marcus' Gewicht, obwohl er auf Zehenspitzen vor Iphiginia hinaufschlich.

Aus irgendeinem Grund verspürte er ein Unbehagen, das er in der Thurley Street nicht verspürt hatte.

Marcus erreichte den Treppenabsatz und drehte am Türknauf. Genau wie in der anderen Nacht ließ er sich problemlos herumdrehen. Die feinen Haare in seinem Nacken sträubten sich.

»Marcus?« Iphiginia blieb auf der Treppe stehen und blickte zu ihm hoch. »Ist alles in Ordnung?«

»Bleib hier. Ich gehe erst mal alleine rein.« Marcus zog seine Jacke aus und legte sie sich über die Schulter. Die kalte Nachtluft pfiff direkt durch sein feines Batisthemd, aber das war ihm egal. Er hatte plötzlich das Bedürfnis, sich ungehindert bewegen zu können. »Gib mir die Laterne.«

»Aber Marcus.«

»Warte hier, Iphiginia. Und rühr dich nicht von der Stelle.«

Zu seiner unendlichen Erleichterung gehorchte sie. Marcus zündete die Laterne an und betrat den finsteren Flur.

Im Inneren des Gebäudes herrschte Grabesstille. Offensichtlich gab es heute nacht keine Aufführung. Marcus ging den Korridor entlang bis zu dem Zimmer, in dem das Bett und die Bühne waren.

Vorsichtig öffnete er die Tür.

Der Raum lag in vollkommener Dunkelheit. Das Licht der Laterne fiel auf den zerrissenen Vorhang vor der Bühne. Er war also nicht repariert worden, seit Sands ihn von der Decke gerissen hatte.

»Kannst du irgendwas erkennen?« fragte Iphiginia leise hinter ihm.

Marcus fuhr herum. »Verdammt, Iphiginia. Ich habe doch gesagt, daß du draußen warten sollst.«

Das Scharren eines Stiefels auf dem Holzboden im Flur ließ ihn erstarren.

»Iphiginia, *komm rein.*« Marcus stellte die Laterne ab und stürzte in Richtung der Tür.

Zu spät.

Ein Männerarm tauchte aus der Dunkelheit auf und legte sich blitzschnell um Iphiginias Hals. Der erstickte Schrei, den sie ausstieß, brach ab.

»Keinen Schritt weiter, Masters.« Herbert schob Iphiginia wie ein Schutzschild vor sich her, als er das Zimmer betrat. Das Licht der Laterne fiel auf den Lauf der Pistole, die er in der Hand hielt. »Oder ich schieße.«

»Lassen Sie sie los, Hoyt.« Marcus blieb stehen. Er trat zögernd einen Schritt zurück und blieb neben der Laterne stehen. »Die Sache ist weit genug gegangen. Irgendwann ist Schluß.«

»Da stimme ich Ihnen zu.« Herbert verzog den Mund zu einem bitteren Lächeln. »Aber da ich auch fast alle anderen Szenen dieses Stücks geschrieben habe, werde ich auch den Schluß schreiben. Ich nehme an, irgendwas Melodramatisches würde den Leuten gefallen. Was halten Sie davon, daß die resolute Lady Masters ihren Ehemann erschießt, als sie ihn in ihrer Hochzeitsnacht in Dr. Hardstaffs Museum überrascht?«

Kapitel einundzwanzig

»Und was wird in Ihrem Stück aus Iphiginia?« wollte Marcus wissen.

»Bedauerlicherweise wird meine gute Freundin, die ehemalige Mrs. Bright – oder sollte ich besser sagen *Miss* Bright aus Deepford in Devon – auf der Flucht die Hintertreppe hinunterstürzen und sich das Genick brechen.«

»Damit werden Sie niemals durchkommen«, schwor Iphiginia. Sie war sichtlich verängstigt, aber sie zeigte immer noch ein hohes Maß an Selbstbeherrschung. »Man wird Sie hängen, Mr. Hoyt. Wenn nicht dafür, dann für den Mord an Mrs. Wycherley.«

»Das haben Sie also auch herausgefunden?« Herbert bedachte sie mit seinem gewinnenden Lächeln, aber seine Augen waren hart wie Stahl. »Wirklich clever, Madam. Ich habe Ihren Intellekt schon immer bewundert. So sehr, daß ich versucht habe, Sie aus der Sache herauszuhalten, aber Sie haben sich nicht abschrecken lassen.«

»Sie waren es, der mich in der Grabstätte auf dem Friedhof in Reeding eingeschlossen hat, nicht wahr?« fragte Iphiginia.

»Ich dachte, ein gehöriger Schreck würde Sie vielleicht davon abhalten, sich weiter in fremde Angelegenheiten einzumischen, aber ich habe mich wohl geirrt.«

Marcus hatte seine Jacke immer noch locker über der Schulter hängen. »Warum haben Sie Mrs. Wycherley getötet?«

»Ah ja, Constance Wycherley«, sagte Herbert nachdenklich. »Sie war diejenige, die mit der ganzen Sache angefangen hat. Ihre kleinen Erpressungen haben jahrelang problemlos funktioniert. Sie hat immer ein paar der Gouvernanten und Gesellschafterinnen, die sie in die Herrschaftshäuser geschickt hat, dafür bezahlt, daß sie ihr interessante Informationen über ihre Arbeitgeber zukommen lassen.«

»Und dann hat sie diese Leute erpreßt?« fragte Iphiginia.

»Ja. Ein wirklich brillanter Plan, aber ich habe sofort erkannt, daß Mrs. Wycherley nicht die Fähigkeit hatte, die Möglichkeiten, die sie hatte, ganz auszuschöpfen. Sie war sehr bescheiden mit ihren Forderungen, und außerdem erpreßte sie immer nur die kleinen Fische. Sie hatte Angst davor, die mächtigeren Leute auf ihrer Liste anzusprechen.«

»Aus Angst, sie könnten ihr auf die Schliche kommen und etwas gegen sie unternehmen?« hakte Marcus nach.

»Genau. Wissen Sie, sie wollte kein Risiko eingehen. Sie war sehr konservativ. Aber ich bestand darauf, daß wir das Geschäft ausdehnen. Sie hatte ernste Bedenken.« Herbert zuckte mit den Schultern.

»Und wie haben Sie sie dazu gebracht, mit Ihnen zusammenzuarbeiten?« fragte Iphiginia.

»Ich habe ihr damit gedroht, sie auffliegen zu lassen. Eine Zeitlang haben wir sogar sehr gut zusammengearbeitet, obwohl sie immer mehr Angst bekam. Nachdem Iphiginias Mittelsmann sie aufgesucht hatte, um ihr ein paar Fragen über eine gewisse Miss Todd zu stellen, brach sie unglücklicherweise in Panik aus und verlangte, daß wir mit der ganzen Sache aufhören. Ich war also gezwungen, sie umzubringen, ehe sie alles kaputtmachen konnte.«

»Und dann haben Sie ihr Haus durchsucht, um es so aussehen zu lassen, als sei sie von einem ihrer Opfer getötet worden?« wollte Iphiginia wissen.

»Oder von einem Einbrecher. Eigentlich war mir relativ egal, was die Polizei denken würde. Schließlich hätte niemand ihren Tod mit mir in Verbindung gebracht.«

»Wie haben Sie von den Erpressungen erfahren?«

»Meine Mutter hat als Gouvernante gearbeitet. Sie hat Mrs. Wycherley jahrelang Informationen verkauft, und dafür wurde sie von der Agentur in die besten Häuser geschickt.« Herbert verzog erneut den Mund zu einem bitteren Lächeln. »Das heißt, bis meine Mutter von einem ihrer Herren, einem Gentleman aus den besten Kreisen, verführt und geschwängert wurde. Natürlich wurde sie auf der Stelle rausgeworfen.«

»Und Mrs. Wycherley hat sich geweigert, sie danach weiterzuvermitteln«, flüsterte Iphiginia.

»Woher wissen Sie das?« Herberts Stimme, die bis dahin beinahe freundlich geklungen hatte, wurde plötzlich zornig. Er legte den Arm fester um ihren Hals. »Verdammt, woher wissen Sie das?«

»Es war nur so eine Theorie«, wisperte Iphiginia.

Marcus spannte sich an. »Sie tun ihr weh, Hoyt.«

»Rühren Sie sich nicht von der Stelle.« Herbert hielt die Pistole weiter auf Marcus gerichtet. »Sie haben recht, Iphiginia. Mrs. Wycherley wollte mit einer Gouvernante, die dumm genug war, sich von einem ihrer Arbeitgeber schwängern zu lassen, nichts zu tun haben. Also war meine Mutter gezwungen, sich anders durchzuschlagen.«

»Sie waren das Kind, das sie erwartete, nicht wahr?« fragte Iphigνia mit überraschender Sanftheit.

»Ja. Ich war ihr Bastard. Der Sohn eines Vicomte, aber ein Bastard. Dank der Prämien, die Mrs. Wycherley ihr über die Jahre hinweg bezahlt hatte, hatte Mutter ein wenig Geld. Und sie war clever. Sie ging in ein kleines Dorf im Norden und gab sich dort als Witwe aus. Niemand hat jemals die Wahrheit herausgefunden.«

»Und wie haben Sie sie erfahren?« wollte Marcus wissen.

»Vor zwei Jahren erzählte mir Mutter auf dem Totenbett die ganze Geschichte. Also bin ich nach London gekommen, um Constance Wycherley zu finden.«

»Und Ihren Vater?« fragte Iphiginia sehr leise.

Hoyts Gesicht war wutverzerrt. »Er war tot, zur Hölle mit ihm. Er hat sich vor fünf Jahren bei einem Kutschenunfall das Genick gebrochen. Ich hatte niemals auch nur die Gelegenheit –« Herbert unterbrach sich abrupt und atmete tief ein. »Also ging ich zur Wycherley Agentur und stellte mich der alten Hexe vor.«

»Wie ich sehe, haben Sie von Erpressung bis hin zum Betrug alles getan«, stellte Marcus fest.

»Ja.« Herbert wies mit seiner Pistole auf die Räumlichkeiten des Museums. »Sie glauben gar nicht, wieviel Geld manche Gentlemen bezahlen, um ihre Manneskraft wiederzuerlangen, vor allem diejenigen, denen es bisher noch nicht gelungen ist, einen Erben hervorzubringen.«

»Daß Sie gerade dieses Betätigungsfeld gewählt haben, ist nicht ohne eine gewisse Ironie«, sagte Marcus. »Der illegitime Sohn eines Adligen betrügt andere Gentlemen.«

»Sie sind immer so verdammt wild darauf, einen legitimen Erben zu bekommen«, stellte Herbert verbittert fest. »Ihre Bastarde können ruhig verrecken. Es sind nur die ehelichen Kinder, die zählen.«

Iphiginia versuchte, Herbert den Kopf zuzudrehen. »Mr. Hoyt, bitte hören Sie mir zu.«

»Ruhe.« Sein Arm legte sich wieder fester um ihren Hals. »Es gab einmal eine Zeit, in der ich hoffte, Sie und ich könnten vielleicht mehr als nur gute Freunde werden, meine liebe Iphiginia. Wir hatten so viele Gemeinsamkeiten. Ich wollte, daß Sie das begreifen, aber das haben Sie nie.«

»Was in aller Welt meinen Sie?« fragte Iphiginia.

»Wir beide gehören zu derselben Art Mensch, meine Liebe. O ja. In der Tat. Das wurde mir in dem Augenblick klar, als wir uns zum ersten Mal begegneten. Sie waren so dermaßen unverfroren. So clever. Ich mußte einfach mehr über Sie herausfinden. Natürlich war Ihre enge Freundschaft mit Lady Guthrie ein erster Hinweis.«

»Sie brauchten also nur die Unterlagen von Mrs. Wycherley durchzusehen, um festzustellen, daß sie zwei Nichten hat, Iphiginia Bright und Amelia Farley«, sagte Marcus.

»Mrs. Wycherleys Unterlagen waren wirklich aufschlußreich«, bestätigte Herbert. »Als mir klar wurde, daß Iphiginia ihre Nichte war, wußte ich, daß sie eine Betrügerin sein mußte. Eins führte zum anderen, und schließlich wußte ich über alles Bescheid.«

»Und weshalb haben Sie gedacht, wir hätten viel gemeinsam?« wollte Iphiginia wissen.

»Das ist doch wohl offensichtlich. Wir hatten uns beide durch unsere Cleverneß und unsere Entschlossenheit einen Platz in den allerbesten Kreisen erobert. Wir hatten die gesamte bessere Gesellschaft getäuscht und sie davon überzeugt, daß wir zu ihnen gehören. Ich dachte, wir wären füreinander geschaffen, meine Liebe. Aber Sie mußten sich ja unbedingt den Earl of Masters angeln.«

»Sie dachten, sie hätte sich in der Hautevolee eingeschlichen, um meine Bekanntschaft zu machen?« fragte Marcus.

»Daß sie versuchte, den Erpresser ihrer Tante zu finden, entdeckte ich erst in der Nacht auf dem Friedhof in Reeding. Bis dahin dachte ich, sie habe es einzig auf Sie abgesehen. Und das konnte ich ihr noch nicht einmal verübeln. Ich habe ihre Nervenstärke bewundert. Aber ich hatte Angst, daß es nicht gut ausgehen würde.«

»Also hatten Sie vor, sich ihr zur Verfügung zu stellen, wenn ihre hochtrabenden Pläne verflogen wären, nicht wahr?«

»Ja. Verdammt. Wer hätte schon geahnt, daß der legendäre Masters all seine Grundsätze über Bord werfen würde, nur um seine Mätresse zu heiraten?«

»Sie haben versucht, uns auseinanderzubringen, indem Sie sie in der Nacht hierhergelockt haben, damit sie mich mit Lady Sands überrascht, stimmt's?« Marcus blickte Iphiginia unverwandt an. Er hoffte nur, daß sie sich bereit hielt.

»Alle Welt war davon überzeugt, daß Sie und Lady Sands seit Jahren ein Verhältnis hatten. Selbst Lord Sands. Ich dachte, ich könnte auch Iphiginia davon überzeugen.«

»Aber warum haben Sie Lord Sands in jener Nacht hierherbestellt?« fragte Iphiginia.

Marcus zog die Brauen hoch. »Hoyt hat zweifellos gehofft, daß Sands mich umbringen würde, wenn er mich mit seiner Frau überrascht.«

Herbert bedachte ihn mit einem anerkennenden Blick. »Genau. Sands hängt sehr an seiner Frau. Ich gratuliere Ihnen, Sir. Sie sind wirklich so scharfsinnig, wie alle sagen.«

»Danke.«

In diesem Augenblick ließ Marcus seine Jacke auf die Laterne fallen, so daß der Raum völlig im Dunkeln lag.

»Bastard«, kreischte Herbert. »Rühr dich nicht von der Stelle.« Dann schrie er überrascht auf. »Verdammt, du hast mich gebissen, du kleine Hexe.«

Es zischte.

Marcus glitt ein wenig nach rechts, um der Kugel auszuweichen. Er bückte sich und machte einen Satz auf seinen Gegner zu. Da er nichts sah, mußte er sich auf sein Gehör verlassen.

Herberts Pistole krachte ein zweites Mal. Die Funken der Explosion erhellten für den Bruchteil einer Sekunde sein Gesicht. Seine wohlgenährten, normalerweise angenehmen Züge hatten etwas Dämonisches.

Einen Augenblick später stieß Marcus mit ihm zusammen.

Sie gingen beide in die Knie und begannen, miteinander zu ringen. Die Pistole fiel scheppernd zu Boden. Marcus hörte Iphiginias Schritte, die sich in Richtung der Laterne bewegten. Er hoffte nur, daß sie sie erreichen würde, ehe seine Jacke Feuer fing.

Herbert schrie auf und klammerte sich an Marcus fest. Sein Zorn verlieh ihm eine überraschende Kraft. Für einen Augenblick entwand er sich Marcus' Griff und kam stolpernd auf die Beine.

In diesem Moment riß Iphiginia die Jacke von der Laterne, und im Zimmer wurde es wieder hell.

Mit einer einzigen geschmeidigen Bewegung erhob sich auch Marcus. Er nutzte die plötzliche Helligkeit, um Herbert einen Hieb in die Magengrube zu versetzen. Herbert ging in die Knie, aber nicht zu Boden. Statt dessen schwankte er in Richtung der Laterne und trat wütend dagegen.

Glas zerbarst. Öl ergoß sich auf dem Teppich. Flammen loderten auf.

»Mein Gott«, schrie Iphiginia. »Das Bett.«

Aus dem Augenwinkel heraus sah Marcus, daß sie sich seine Jacke schnappte und anfing, damit auf die Flammen einzudreschen.

»Raus hier, Iphiginia.«

»Wenn die Flammen das Bett oder die Wandteppiche erreichen, wird das ganze Gebäude abbrennen.«

Marcus wußte, daß sie recht hatte. Und wenn das Gebäude brannte, war nicht abzusehen, wieviel Schaden entstehen oder wie viele Leben gefährdet werden würden. In den Räumen über den zahlreichen Geschäften in der Lamb Lane schliefen bestimmt zahlreiche Familien.

Herbert nutzte die Gelegenheit und sprang auf die Tür zu. Marcus setzte ihm instinktiv nach.

Als er den Flur erreichte, hörte er Hoyts donnernde Schritte, die sich in der Dunkelheit von ihm entfernten. Eine Sekunde später hörte er die Eingangstür. Ein schwacher Lichtstrahl fiel auf Herberts massige Gestalt.

Marcus rannte den Korridor hinab und erreichte die Tür, als der andere Mann gerade die Außentreppe hinunterstürzen wollte.

»Du entkommst mir nicht, du kleiner Bastard.« Marcus packte mit einer Hand das Geländer und streckte die andere aus, um Herbert am Kragen zu packen.

»Zur Hölle mit Ihnen, Masters.« Hoyt fuchtelte wild mit den Armen, um Marcus abzuschütteln.

Die hektischen Bewegungen führten dazu, daß der panische Mann das Gleichgewicht verlor. Er fiel gegen das Geländer, fuhr herum und stolperte rückwärts die Stufen hinab.

Sein kurzer Schmerzensschrei brach abrupt ab, als er auf dem Gehweg aufkam.

Marcus sah hinab zu dem reglosen Körper. Das Licht reichte gerade aus, um zu erkennen, daß Hoyts Hals unnatürlich verbogen war. Der Mann war tot.

»Marcus«, schrie Iphiginia in diesem Moment. »Hilf mir.«

Marcus fuhr herum und rannte zurück in das Zimmer, wo er feststellte, daß es Iphiginia gelungen war, den Brand fast vollständig zu löschen. Nur hier und da loderten noch ein paar kleine Flämmchen auf.

»Geh zur Seite.« Marcus schnappte sich das Ende des Teppichs und rollte es zusammen, so daß die Flammen erstickt wurden.

Iphiginia schlug noch einmal mit der Jacke zu, und dann senkte sich erneut Dunkelheit über sie.

»Gott sei Dank. Marcus, ist alles in Ordnung?«

»Ja. Hoyt ist tot. Er ist die Treppe runtergefallen.«

»Gütiger Himmel.«

Marcus zündete die Kerze in dem Wandleuchter an und blickte sich ein letztes Mal um. Das Feuer hatte überraschend wenig Schaden angerichtet. Dann sah er in Iphiginias rußgeschwärztes Gesicht.

Sie begegnete seinem Blick, die rauchende Jacke immer noch fest umklammert.

»Hast du dich verbrannt?«

»Nein.«

Marcus schnupperte. Plötzlich fiel ihm etwas ein. »Zeig mal her.«

Er schnappte sich die Jacke und fuhr mit der Hand in eine der Taschen. Seine Hand umschloß seinen neuen, verbesserten Füllfederhalter mit hydraulischem Speicher. Er zuckte zusammen, als er das verbogene, heiße Metall spürte. »Verdammt und zugenäht.«

»Was ist los?«

»Nichts weiter. Anscheinend muß ich mich nochmal an meinen Zeichentisch setzen.«

Es dämmerte fast, als Marcus endlich die Tür des Schlafzimmers öffnete, das neben seinem eigenen lag. Neben dem aufgeschlagenen Bett brannte eine einzelne Kerze.

Das Bett selbst war leer.

Iphiginia erwartete ihn am Fenster. Als sie ihn kommen hörte, drehte sie sich zu ihm um. Sie trug ein weißes, spitzenbesetztes Nachthemd aus feinstem Batist, und auf dem Kopf hatte sie eine rüschenbesetzte Nachthaube. Beim Anblick ihres strahlenden Lächelns stockte Marcus der Atem.

»Iphiginia.« Etwas anderes fiel ihm nicht ein.

Er breitete die Arme aus, und sie warf sich hinein. Dann hob er sie hoch, trug sie zum Bett und fiel mit ihr auf die sauberen, duftenden Kissen.

Er hatte das Gefühl, endlich ein ganzer Mensch zu sein und nicht mehr aus geölten Rädern und Schrauben zu bestehen.

»Ich liebe dich, Marcus.«

Er zog sie eng an sich und küßte sie leidenschaftlich. Er umfaßte ihre Hüfte und nahm eine ihrer festen, süßen Brustwarzen in den Mund. Sie war einfach perfekt, dachte er voll der Bewunderung. Es war, als sei sie nur für ihn gemacht.

All die Jahre hatte er nur auf sie gewartet.

»Halt mich, Iphiginia. Laß mich nie mehr los.«

»Nie.«

Er war sich nicht sicher, ob er das Gefühl richtig deutete, das kurze Zeit später in ihm aufwallte, als er sich in Iphiginias warmen, engen Körper schob. Wahrscheinlich war es Freude.

Als Iphiginia erwachte, stellte sie fest, daß sie allein in dem zerwühlten Bett lag. Die morgendlichen Sonnenstrahlen fielen ins Zimmer und ergossen sich über die Laken.

Sie schloß die Augen und streckte sich langsam. Sie genoß die Erinnerung an Marcus' Zärtlichkeit, die ihren Körper auch jetzt noch erwärmte. Es war herrlich gewesen, die starken, erregenden Hände ihres Ehemannes auf ihren Brüsten, an ihren Schenkeln, zwischen ihren Beinen zu fühlen.

Plötzlich wurde sie von einem seltsamen Ticken aus ihren Träumen gerissen. Sie hörte das Ächzen von Zahnrädern und das Knirschen von Scharnieren.

Drrrrrrr.

Sie öffnete die Augen und sah, daß die Tür zwischen den beiden Schlafzimmern offenstand. Marcus stand im Türrahmen und lehnte mit einer Schulter an einem der Pfosten.

Er trug einen Morgenmantel aus schwarzer Seide. Sein dunkles Haar war noch vom Schlafen zerzaust. Er kreuzte die Arme vor der Brust und sah sie mit seinen leuchtenden bernsteinfarbenen Augen an.

»Guten Morgen, Iphiginia.«

»Guten Morgen. Ich habe mich schon gefragt, wo du bist.« Iphiginia setzte sich auf. »Um Himmels willen, was ist das für ein Geräusch?«

Dann sah sie den mechanischen Butler, der direkt auf sie zukam. Verblüfft beobachtete sie, wie seine Beine vor- und zurückschwangen, bis er genau vor ihrem Bett stand. Einer seiner Arme war ausgestreckt, und in seiner hölzernen Hand hielt er ein Silbertablett.

Auf dem Silbertablett lag ein kleiner, zusammengefalteter Zettel.

Iphiginia verfolgte fasziniert, wie der Automat vor das Bett stieß. Seine Eingeweide knirschten weiter, und seine Beine rotierten sinnlos, bis er mit dem Gesicht auf die Matratze fiel.

Iphiginia nahm den Zettel von dem Tablett. Sie faltete ihn langsam auseinander und las die Worte, die darauf geschrieben waren.

Ich liebe dich.

»O Marcus.« Iphiginia warf die Decke zurück und stolperte aus dem Bett.

Sie ignorierte den mechanischen Butler und rannte barfuß durch das Zimmer zur Tür. Genau vor Marcus blieb sie stehen.

Er lächelte.

»Ist das dein Ernst?«

»Ja, und zwar von ganzem Herzen.«

Sie wurde von einer Woge des Glücks erfaßt, die sie direkt in den Himmel zu tragen schien. »Ich wußte, daß wir füreinander geschaffen sind.«

Er lachte, zog sie in seine Arme und trug sie zurück zum Bett. »Da hattest du wohl recht.«

Iphiginia blickte ihn zufrieden an. »Wie immer.«